ALIEN™

A tradução de *Alien™ – Rio de Sofrimento*, publicada originalmente em 2014, é comercializada mediante acordo com a Titan Publishing Group Ltd. – 144 Southwark Street, Londres SE1 0UP, Inglaterra.



*Título original*
*Alien™ – River of Pain*

*Preparação*
Carolina Vaz
Mariana Oliveira

*Revisão*
Rachel Rimas

*Capa*
Leandro Dittz

*Projeto gráfico*
Victor Mayrinck

*Criação de lettering de capa*
Adilson Gonsalez de Oliveira Junior

*Ilustração de capa e miolo*
Ralph Damiani

*Diagramação*
Filigrana

*Curadoria*
Affonso Solano

Dados Internacionais de Catalogação na Publicação (CIP)
Angélica Ilacqua CRB-8/7057

---

Golden, Christopher
Alien™ : Rio de Sofrimento / Christopher Golden ; tradução de Camila Fernandes. – São Paulo : LeYa Brasil, 2019.
304 p.

ISBN: 978-85-441-0512-2
Título original: Alien – River of Pain

1.Literatura norte-americana 2. Ficção científica I. Título
II. Fernandes, Camila

17-0283 CDD 813

---

Índices para catálogo sistemático:
1. Literatura norte-americana

LeYa Brasil é um selo editorial da empresa Casa dos Mundos.


CASA DOS MUNDOS PRODUÇÃO EDITORIAL E GAMES LTDA.
Rua Frei Caneca, 91 | Sala 11 – Consolação
01307-001 – São Paulo – SP
www.leyabrasil.com.br

# ALIEN™

## RIO DE SOFRIMENTO

CHRISTOPHER GOLDEN

TRADUÇÃO DE
CAMILA FERNANDES

LeYa

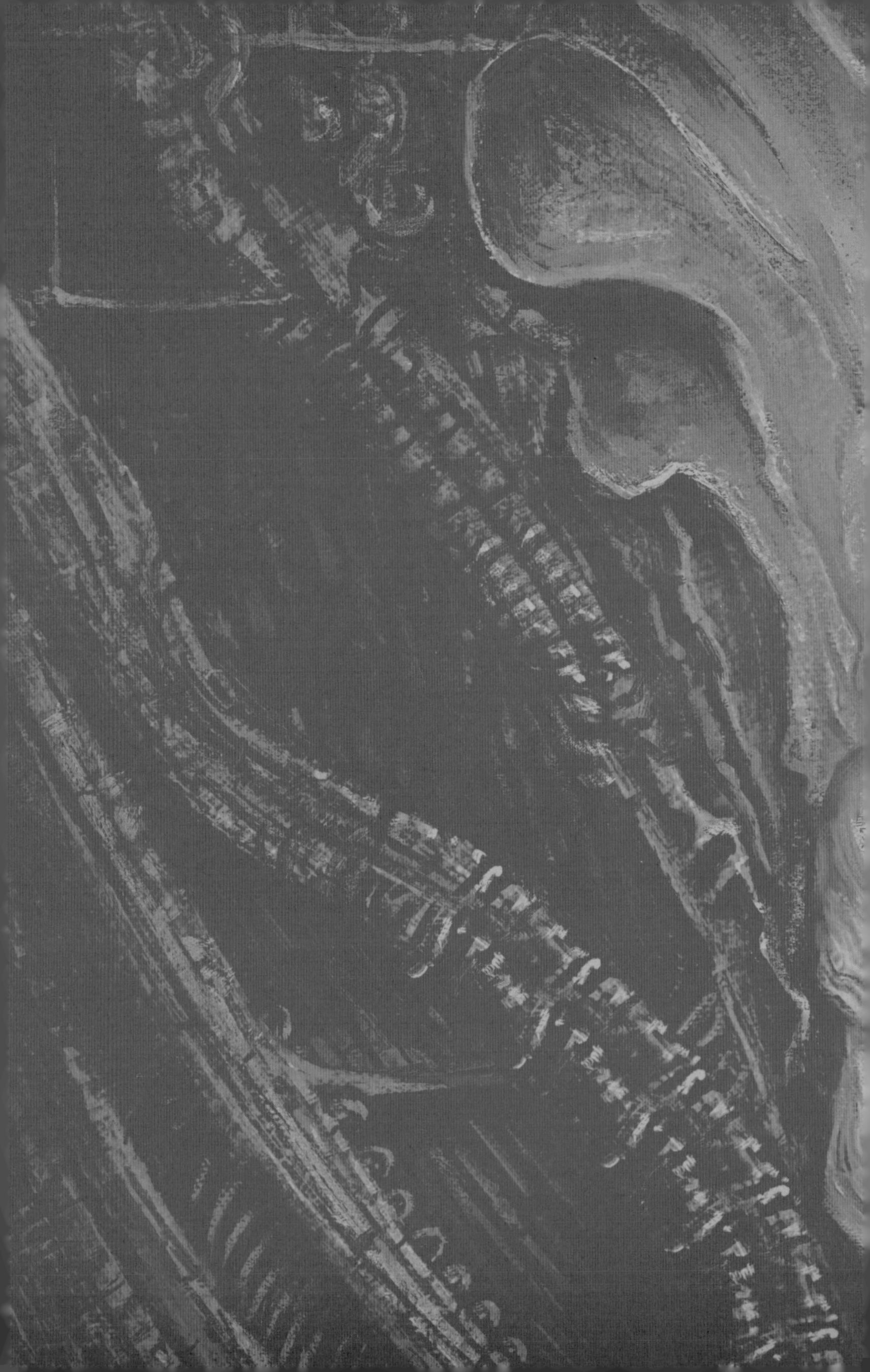

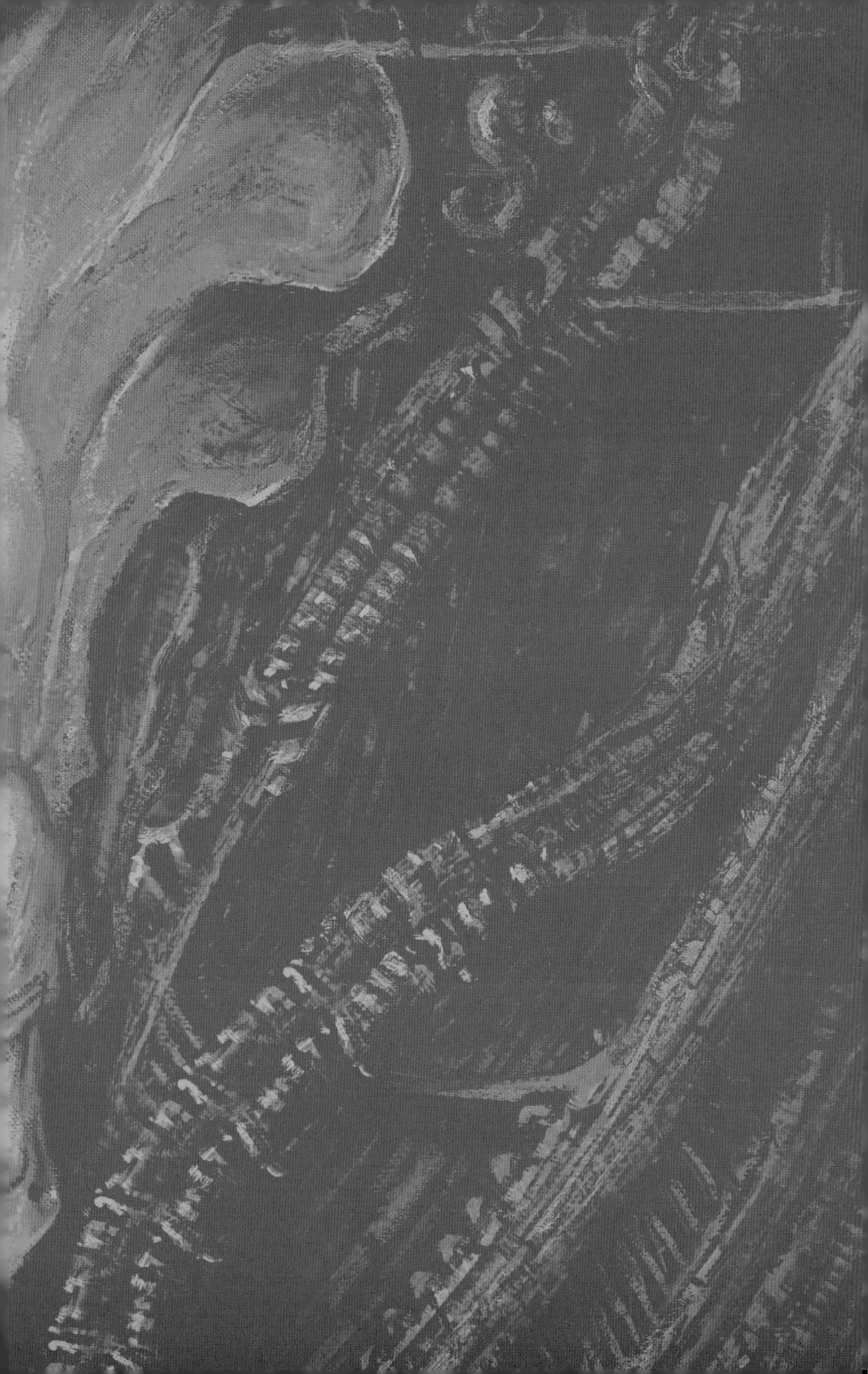

# 1
# NOSSO HÓSPEDE

DATA: 4 DE JUNHO DE 2122

Por um longo tempo, Ripley fez o que pôde para evitar a ala médica da *Nostromo*. As paredes brancas e as luzes fluorescentes afugentavam qualquer sombra. O ar era tomado por um zumbido elétrico e pelos ruídos das máquinas.

Como subtenente a bordo da *Nostromo*, passara muito mais tempo na penumbra cinza dos corredores e compartimentos da nave, e as lâmpadas vacilantes eram a única intromissão na escuridão. Na verdade, era estranho, mas, depois de viver em tantas naves, ela havia se acostumado mais às sombras do que à luz.

Mas tudo isso havia mudado.

A *Nostromo* atravessava o sistema Zeta-2-Reticuli transportando vinte milhões de toneladas de minério destinados ao planeta Terra quando o computador de bordo da nave, denominado Mãe, interceptara um sinal de socorro de um planetoide conhecido por LV426. Mãe acordara a equipe do hipersono mais cedo, instruindo-os a investigar.

Ripley ficara apreensiva com a ordem desde o início. Não eram exploradores planetários nem colonos. Aquele não era o trabalho deles.

Mas as ordens tinham sido claras. O capitão Dallas fizera o favor de lembrar a Ripley que seu "trabalho" era tudo o que a corporação decidisse que deveria ser. Assim, foram para lá.

Ao aterrissar, Dallas havia levado o oficial executivo, Kane, e o navegador, Lambert, à superfície para investigar a origem do sinal de socorro: uma nave espacial abandonada que definitivamente não era de origem humana. Àquela altura, todos os instintos de Ripley lhe diziam que aquilo era um erro. Não tinham ideia de que perigos poderia haver dentro da nave, e o capitão, o oficial executivo e o navegador não deveriam ter ido averiguar.

Era um pesadelo.

Ripley não se sentia mais confortável nas sombras da *Nostromo*. Foi até a ala médica, não para buscar tratamento, mas por causa da luz. Ash estava lá – o oficial de ciências da nave. Ele tinha um ar de superioridade que a irritava. Às vezes, parecia olhar para os outros com arrogância, como quem vê espécimes num microscópio.

Isso lhe dava arrepios.

No entanto, por causa de seu cargo, talvez ele fosse a melhor pessoa para descobrir que diabo havia realmente acontecido lá embaixo, em meio às tempestades atmosféricas furiosas na superfície de LV426… o que havia acontecido com Kane.

Mas Ripley não seguiria ordens cegamente, não mais. As exigências da companhia a inquietavam. O interesse de Mãe em qualquer vida xenomórfica que tivessem encontrado naquele satélite feioso a havia intrigado. Mas, quando expressara sua preocupação, os outros não lhe deram ouvidos.

*Bom, eles que fossem para o inferno.* Não lhes daria essa escolha. Tinha uma filha na Terra – havia prometido a Amanda que voltaria para casa sã e salva, e se recusava a quebrar a promessa.

Então, seguiria os próprios instintos, fazendo qualquer pergunta que exigisse resposta sem se preocupar com os calos nos quais poderia pisar.

Ripley entrou em silêncio na ala médica. Foi como cruzar a fronteira de uma terra estrangeira sem permissão. Inspecionou a área do laboratório, cheio de telas, paredes brancas e botões amarelos, a luz agora um pouco mais tênue.

Entrou num segundo compartimento e viu Ash à direita, estudando uma videotela. O homem era pequeno, mas ainda assim sua presença tinha certo peso. O cabelo castanho começava a ficar grisalho, e os olhos eram de um azul gélido.

Ash se inclinou para espiar por um microscópio, distraído a ponto de ela conseguir se aproximar alguns passos sem que ele percebesse. A imagem na tela do computador fez Ripley estremecer de repulsa.

Parecia um scan da criatura alienígena aracnoide que se colara ao rosto do oficial executivo, mas não era possível distinguir os detalhes. A criatura tinha uma espécie de cauda, que se enrolara ao pescoço de Kane e o sufocava toda vez que alguém tentava removê-la. Tentaram cortá-la, mas a coisa medonha sangrou um ácido que penetrara no chão de três níveis da *Nostromo*. Mais um ou dois deques e teria rompido o casco, e todos estariam mortos agora.

Ash estava fascinado pelo alienígena. Ripley só queria que a criatura morresse.

– É incrível – sussurrou ela, indicando a imagem na tela. – O que é?

Ash ergueu o olhar abruptamente.

– Ah, isto? Ainda não sei. – Ele desligou a tela, endireitou as costas e aparentou um ar de cortesia que não lhe era habitual. – Está precisando de alguma coisa?

*Tão educado*, pensou ela. *Somos tão educadinhos, nós dois.*

– É, eu… preciso falar com você – murmurou. Na verdade, Ripley não sabia exatamente *por que* estava ali. – Como anda o Kane?

O ar entre eles parecia energizado, como se possuísse um ruído próprio, semelhante ao zunido persistente da eletricidade. Desde que Ash se juntara à tripulação – uma exigência da companhia pouco antes de decolarem de Thedus com a carga –, Ripley nutriu certa antipatia por ele. Algumas pessoas tinham esse efeito sobre ela. Entravam no recinto e, na mesma hora, ela ficava em alerta. Se Ripley fosse um gato – como Jonesy, a mascote da tripulação –, um encontro com Ash teria eriçado seus pelos.

Ash evitava contato visual, e Ripley percebeu que ele queria que ela fosse embora.

– O quadro dele é estável. Sem alterações.

Ripley indicou a tela escura com um gesto.

– E nosso hóspede?

Isso fez com que ele a encarasse.

– Bom, como eu disse, ainda estou… coletando dados, na verdade. – Ash pegou um tablet com microescâner e observou a tela. – Mas já confirmei que ele tem um exoesqueleto de polissacarídeos proteicos. E tem o estranho hábito de descartar células e substituí-las por silício polarizado, que confere resistência prolongada a condições ambientais adversas. – Ele deu um sorrisinho. – Está bom para você?

*Está*, pensou ela. *Está bom para você?* Daria no mesmo tê-la mandado embora.

– É muita informação – respondeu, sem sair do lugar. – O que isso quer dizer? – perguntou, curvando-se para olhar no microscópio.

Ash se retesou.

– Por favor, não faça isso.

Ripley inclinou a cabeça, incapaz de conter uma careta. Sabia que ele era extremamente meticuloso em relação ao laboratório, mas por que se incomodar tanto que ela olhasse no microscópio? Nem tinha tocado nele.

– Desculpe – disse ela, o tom deixando claro que não lamentava.

Ash recuperou a compostura.

– Bom, é uma combinação interessante de elementos, o que faz dele um filho da puta bem durão.

Ripley sentiu um calafrio.

– E você o deixou entrar na nave – afirmou ela.

Ash ergueu o queixo, parecendo ofendido.

– Eu estava obedecendo a uma ordem direta, lembra? – respondeu, petulante.

Ripley o observou com atenção, e naquele momento entendeu exatamente por que tinha ido até a ala médica.

– Ash, quando Dallas e Kane estão fora da nave, eu sou a oficial de maior patente – declarou ela.

O rosto dele ficou inexpressivo.

– Ah, sim. Esqueci.

Mas ele estava mentindo. Ripley sabia disso, e ele também. Ash nem mesmo tentou parecer convincente. O que a incomodava, no entanto, era o *porquê* de tudo aquilo. Seria só outro exemplo da babaquice de Ash? Não queria respeitar o posto dela na hierarquia? Ou isso não tinha nada a ver com ela? Ele só achava que podia fazer tudo o que quisesse, sem enfrentar as consequências?

*Isso vai acabar agora*, decidiu ela.

– Também esqueceu o protocolo básico de quarentena da divisão de ciência – continuou ela.

– Não, *isso* eu não esqueci – retrucou ele, calmamente.

– Ah, entendi. Então você só ignorou, foi isso?

Ash se empertigou, encarando Ripley, a mão direita pousada no quadril.

– Ah, e o que você teria feito com o Kane, hein? Você sabia que a única chance de ele sobreviver era trazê-lo para cá.

Ela gostou de ver Ash irritado. Era bom saber que conseguia atingi-lo.

– E você, ao romper a quarentena, arriscou a vida de todos – argumentou ela.

– Talvez eu devesse tê-lo deixado lá fora – comentou Ash antes de voltar ao seu costumeiro ar de indiferença e superioridade. – Talvez eu tenha colocado a vida de todos em perigo, mas foi um risco que aceitei correr.

Ripley se aproximou um pouco mais, o olhar cravado no dele.

– É um risco muito grande para um oficial de ciências correr – disse ela. – Não é exatamente ortodoxo, é?

– Eu levo minhas responsabilidades tão a sério quanto você, sabia?

Ripley lançou outro olhar à tela. Queria dar uma olhada naquele computador, mas nem sabia ao certo se entenderia o que encontraria ali.

Ash a encarava, desafiador.

– Faça o seu trabalho e me deixe com o meu, combinado? – acrescentou ele.

Várias respostas passaram pela cabeça de Ripley, nenhuma delas educada ou agradável. Em vez disso, respirou fundo, soltou o ar, virou-se e saiu da sala. Tudo o que queria, esse tempo todo, era que Ash fizesse o trabalho dele, mas o homem parecia mais interessado na criatura colada no rosto de Kane do que em salvar o oficial executivo.

*Por quê?*

# 2
# TREMORES

DATA: 11 DE OUTUBRO DE 2165

Greg Hansard estava em meio à agitação atmosférica furiosa na superfície de LV426 e gostaria de poder gritar. Acima dele, o processador atmosférico soltou um rangido agudo e metálico e estremeceu com tanta força que ele sentiu o tremor da máquina debaixo dos pés.

– Que diabo vocês estão fazendo aí dentro? – berrou Hansard no comunicador.

O coração martelava no ritmo das pancadas do processador, e ele sentia como se estivesse sufocando dentro da máscara respiratória. Não deixou de perceber a ironia, mas isso não atenuou a vontade de arrancar a máscara. Contudo, não faria isso – podia estar ficando louco ali, no meio da tempestade de areia, mas não *tão* louco assim.

– O melhor que podemos... é isso que estamos fazendo! – gritou um dos engenheiros em resposta. Acima do rugido da tempestade, Hansard não conseguiu identificar de quem era a voz. – Tem uma rachadura na caixa do gerador! Se o desacelerarmos até metade da velocidade, talvez consigamos consertar sem precisar desligar tudo.

– Façam isso – respondeu Hansard. – Terminem o mais rápido possível! Não podemos mais ter nenhum atraso.

– Que inferno, chefe, a gente não escolheu a porcaria do planeta.

Hansard baixou a cabeça, exasperado.

– Sei disso – afirmou. – E adoraria estrangular o idiota que escolheu.

– Hansard, é melhor você vir aqui! – gritou outra voz no comunicador. Esta ele reconheceu.

– Que foi, Najit? – perguntou, começando a contornar a máquina. O processador atmosférico chegava a vinte metros de altura, trepidando e sacudindo e vomitando ar respirável.

– É melhor você ver pessoalmente – respondeu Najit.

Havia três engenheiros dentro do processador e meia dúzia do lado de fora. Najit era o engenheiro estrutural. Fazia seis anos que a companhia tentava terraformar LV426 – agora chamado de Aqueronte –, ao mesmo tempo que construía as fundações da futura colônia. A principal estrutura do complexo central estava pronta, e dezenas de colonos já viviam em LV426 com os construtores e engenheiros, todos sob a gestão do administrador colonial, Al Simpson.

Mal se passava um dia sem que Simpson o procurasse para reclamar da velocidade das obras de terraformação. Na opinião de Hansard, Simpson era um idiota contratado por gente mais idiota ainda.

A colônia – batizada de Hadley's Hope em homenagem a um dos seus idealizadores – era um empreendimento patrocinado pelo governo da Terra em conjunto com a Corporação Weyland-Yutani e dirigido pela administração colonial, *supostamente* de acordo com todas as regras estabelecidas pela Comissão de Comércio Interestelar. O próprio Aqueronte não era de fato um planeta, embora as pessoas se referissem a ele dessa forma. Era uma rocha no meio do nada, um dos satélites de um planeta chamado Calpamos.

As tempestades eram quase contínuas, uma torrente ofuscante de vento, areia e pó. Não importava quão bem Hansard prendesse a máscara, o capuz e o traje de imersão, a areia ainda entrava em todo lugar.

*Todo lugar.*

Todo santo dia.

De todos os lugares que a Weyland-Yutani poderia ter escolhido como berço de uma nova colônia humana, por que este? As condições atmosféricas haviam impedido que a topografia fosse corretamente mapeada a partir do espaço, e mesmo assim algum imbecil decidira que aquele era um terreno propício.

Para Hansard, era como se Aqueronte não os quisesse lá. Haviam conseguido instalar os processadores atmosféricos ao longo da superfície, e o mais importante – o imenso Processador Um, que era do tamanho de uma catedral – estava em construção. Mas tinham esbarrado em uma série de obstáculos no caminho. Tremores racharam o terreno e engoliram por completo um dos processadores menores. Acidentes, erros de inspeção e equipamentos defeituosos haviam causado todo tipo de atraso.

E agora… qual era o problema?

Ele deu a volta no processador, enervado pelas batidas da máquina. O chão tremeu, e Hansard pensou que talvez tivesse tremido com ele. Sentiu gosto de terra.

– Najit? – chamou, pensando que já devia ter encontrado o homem.

– Aqui!

Hansard perscrutou o véu de areia e avistou três silhuetas, mas não estavam perto do processador, e sim a três ou quatro metros de distância da máquina, olhando para o chão.

*Ah, merda*, pensou ele. *Por favor, não me diga que…*

O processador sacudiu. Hansard girou para olhá-lo, prendendo a respiração. A máquina estremeceu com tamanha violência que ele pôde ver o casco se deslocar. De repente, percebeu que nem todos os tremores vinham da máquina em si.

– Filho da puta! – gritou.

O ranger do metal dentro da estrutura cresceu até se tornar um trovão agudo.

Virando-se, Hansard correu até os outros. Três homens do lado de fora, sim. Mas também havia três no interior. Dentro daquela torre de metal rangedora e estridente.

– Que diabo… – começou.

– É outra fissura! – gritou Najit.

Ao se aproximar, Hansard pôde ver a rachadura no chão sob seus pés, camadas grossas de poeira atmosférica e cinza vulcânica espirrando da fissura como areia. Najit correu ao longo da rachadura, seguindo-a e afastando-se do processador para determinar o comprimento. Depois, parou e se virou para encarar os outros dois engenheiros estruturais.

– Quatro metros e meio! – gritou ele. – E continua aumentando!

Hansard não dava a mínima para a extensão da rachadura, contanto que ela crescesse para *longe* do processador. Correu até o casco externo e olhou para o ponto em que a fissura desaparecia debaixo da máquina.

– Não – sussurrou. – Não, não, não, não.

Olhou através da cortina de areia soprada pelo vento. O processador trepidou, e o barulho que vinha de dentro dele o lembrou uma antiga locomotiva que vira num arquivo de vídeo.

– Desliguem! – rugiu ele. – Desliguem essa coisa e saiam daí!

– Chefe… – começou Najit numa voz cautelosa.

Hansard se aproximou dos três engenheiros estruturais.

– Saiam daí, seus idiotas – disse, afastando-os com gestos. – Não lembram o que aconteceu com o Processador Três?

Pelo comunicador, pôde ouvir os engenheiros dentro do processador gritando uns com os outros – ordens e palavrões – numa cacofonia de pânico.

– Acha que vai piorar? – gritou Najit.

O chão continuava a tremer. O tremor era localizado, mas não havia como saber quanto tempo duraria. Haviam passado dezoito meses inspecionando este setor antes de começar a construção, sem nenhum indício de tremores localizados.

Até ser tarde demais para parar.

– Já está bem ruim – resmungou Hansard.

O processador engasgou, e o zumbido no seu interior silenciou, mas a máquina continuou a tremer. Uma calmaria na tempestade deu a ele uma visão mais clara do casco, onde avistou uma rachadura no metal que, de resto, era liso, a seis metros do chão.

*Merda!*

– Saiam daí *agora*! – berrou ele. – Nguyen! Mendez! Saiam…

De repente, Hansard hesitou e olhou para os pés. O chão pareceu se acomodar, e o tremor cedeu. Prendeu a respiração por vários segundos, até ter certeza de que havia terminado. Não que isso importasse.

O processador poderia ser consertado, mas não era essa a questão. O próximo tremor – dali a um dia ou dez anos – talvez o destruísse completamente. A máquina teria que ser abandonada, passaria a ser só um trambolho de metal do qual tirariam peças quando construíssem outro num terreno que julgassem estável. Em Aqueronte, contudo, nunca saberiam ao certo se um terreno era estável o suficiente.

– Chefe? – chamou Najit, parando ao seu lado.

Hansard olhou para a tempestade ao longe, fustigada pelo vento.

Derrotada.

Quem quer que tivesse batizado LV426 com aquele nome havia reconhecido o absurdo de tudo aquilo. Na mitologia grega, Aqueronte tinha sido um dos rios que percorriam o mundo inferior. O significado da palavra era sombrio.

*Rio de sofrimento.*

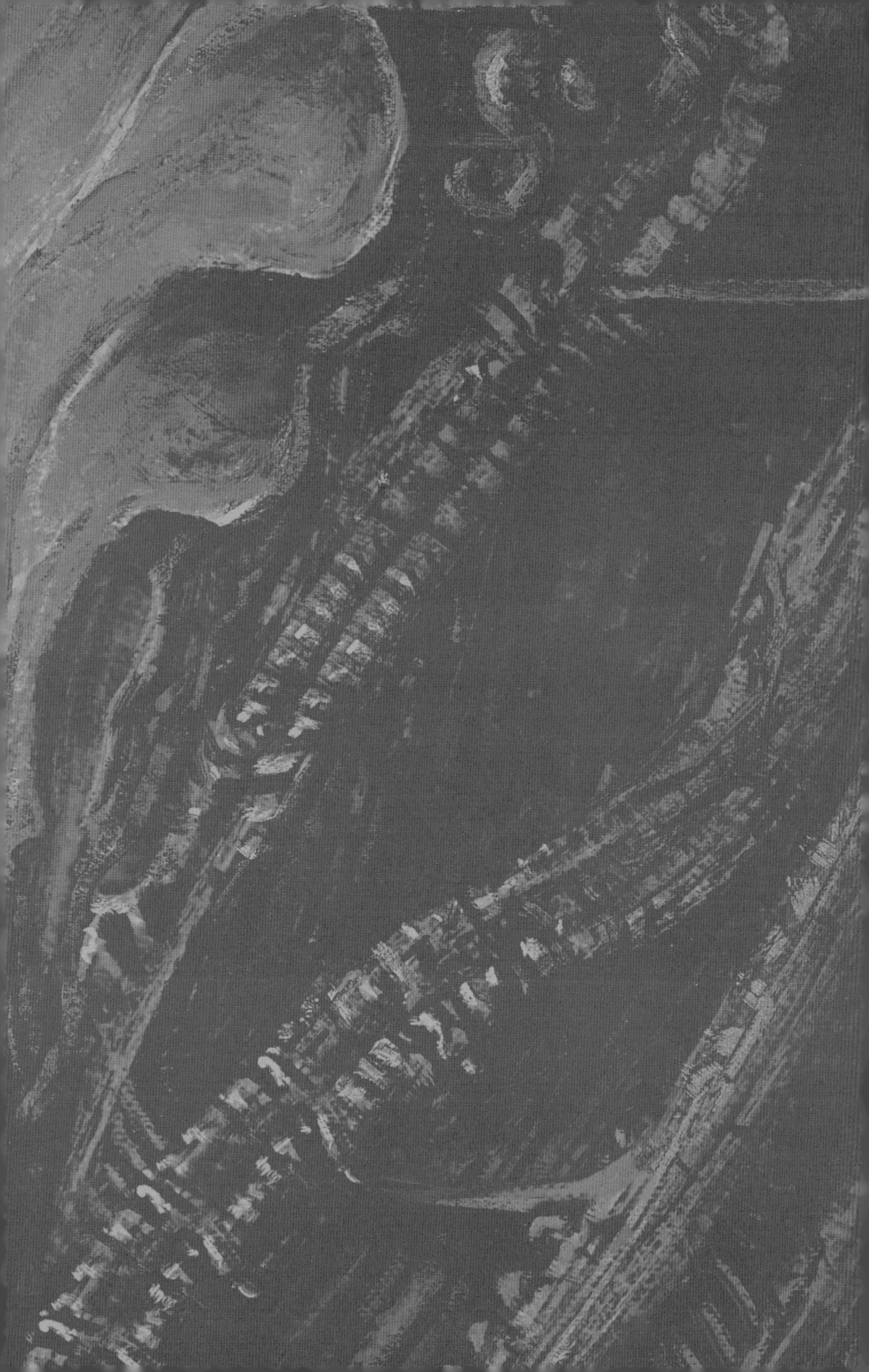

# 3
# REBECCA

## DATA: 15 DE MARÇO DE 2173

Russ Jorden olhou para as gotículas de suor na testa da esposa e sentiu um aperto no peito. Ela segurou a mão do marido com tanta força que ele sentiu os ossos estalarem. Ela segurava o fôlego, o rosto comprimido numa máscara de fúria e dor.

– Respire, Anne – implorou ele. – Vamos, querida, respire.

Ela inspirou, e o corpo inteiro relaxou por um momento antes de franzir os lábios e começar a soprar longas lufadas de ar. O rosto estava pálido havia horas, mas agora parecia quase cinzento, e as olheiras tinham a cor de hematomas. Deixou a cabeça pender para um lado, e seus olhos suplicaram que ele fizesse alguma coisa, embora ambos soubessem que o melhor que podia fazer era ficar ao lado dela e continuar amando-a.

– Por que ela não *sai* de uma vez? – perguntou Anne.

– Ela está confortável aí dentro – respondeu Russ. – É quentinho, e ela pode ouvir seu coração batendo. Aqui fora, o universo é grande e assustador.

Anne olhou para a própria barriga enorme, que havia baixado drasticamente nas últimas horas. Franziu o cenho, a testa marcada por linhas austeras.

– Vamos lá, menininha. Se vai ser parte desta família, vai ter que ser corajosa e meio maluca.

Russ riu um pouco, mas não conseguiu ceder ao humor das palavras como normalmente teria feito. Anne estava em trabalho de parto havia dezessete horas, e, nas últimas três, o colo do útero estava com sete centímetros de dilatação e sessenta por cento afinado, mas a hora não chegava. A dra. Komiskey lhe dera medicamentos para acelerar o processo, com o aviso de que forçar o útero a funcionar poderia aumentar a dor do parto.

Anne deu um gemido profundo, e a respiração acelerou.

– Russell…

– Ela já vai chegar. Prometo – garantiu ele, acrescentando silenciosamente: *Vai, Rebecca. Está na hora.*

O enfermeiro entrou na sala enquanto Anne rangia os dentes e arqueava as costas, retesando o corpo. Russ prendeu a respiração com ela – ver Anne sofrendo o fazia querer gritar. Ergueu o olhar cheio de pânico e frustração.

– Não pode fazer nada por ela, Joel? – perguntou ele.

O enfermeiro esbelto, de pele escura, balançou a cabeça com simpatia.

– Já disse, Russ. Ela queria parto natural, assim como foi com o Tim. Agora é tarde demais para oferecer qualquer coisa que possa aliviar. Os analgésicos que ela já tomou são o melhor que podemos fazer sem colocar o bebê em risco.

Anne o xingou. Joel foi até a beirada da cama e pôs a mão no ombro dela enquanto ela voltava a respirar, relaxando um pouco depois de outra contração.

– A dra. Komiskey estará aqui num segundo para avaliar o seu quadro.

Russ olhou feio para ele.

– E se não houver progresso?

– Não quero cesariana! – rosnou Anne, ofegando.

Joel afagou o ombro dela.

– Você sabe que é perfeitamente seguro. E se estiver preocupada com a cicatriz…

– Não seja burro. Cesariana não deixa cicatriz desde o tempo da minha avó – resfolegou Anne.

– É isso que estou dizendo – respondeu o enfermeiro. – Pelo bem do bebê…

Abalada, Anne se virou para encará-lo.

– Joel, tem alguma coisa errada com o bebê?

– Por enquanto, não. Tudo o que vimos parece perfeitamente normal, e todos os exames genéticos e de sangue mostram uma criança saudável. Mas pode haver complicações se… Bem, na verdade a dra. Komiskey é que deveria falar com vocês sobre isso.

– Que merda, Joel, a gente já se conhece há dois anos – protestou Russ. – A colônia não é assim tão grande. Se tem algo com que devemos nos preocupar…

– Não. Podem parar – mandou Joel, erguendo a mão. – Se vocês estivessem sozinhos, teriam com que se preocupar. Mas não estão. Têm a equipe médica cuidando de vocês e do bebê, e a colônia inteira esperando para ver a cara da menininha.

Anne gritou e apertou a mão de Russ mais uma vez. Ele olhou para o belo rosto da esposa, contorcido de dor, e percebeu que uma das gotas na face dela não era de suor, mas uma lágrima, e soube que aquilo já tinha ido longe demais.

– Traga Komiskey aqui – rosnou Russ.

– Ela vai chegar a qualquer… – começou Joel.

– Traga-a agora!

– Ok, ok.

O enfermeiro saiu da sala depressa, deixando os Jorden sozinhos com o medo, a esperança e o bebê que não parecia querer conhecê-los.

Um silêncio aflito pairou entre Russ e Anne.

Exausta, ela usou os momentos de calmaria entre as ondas agonizantes das contrações para respirar, descansar e rezar para que, quando a dra. Komiskey voltasse, o colo do útero estivesse totalmente dilatado e ela pudesse parir o bebê.

– Não entendo... – sussurrou, numa voz cansada. – Tim levou quatro horas da primeira à última contração. E as minhas costas… meu Deus, minhas costas não doeram tanto assim. O que está acontecendo?

Russ olhou para os monitores brancos instalados acima e ao lado da cama. Se o bebê começasse a sofrer, os alarmes disparariam, mas por enquanto as telas piscavam luzes verdes e azuis e não produziam nada além de um zumbido suave, quase musical. Atrás dos monitores, havia uma máquina muito maior, silenciosa e escura, uma câmara com uma cobertura quase toda transparente.

Se Komiskey tivesse que fazer uma cirurgia para retirar o bebê, ela colocaria Anne naquela câmara. Não era a cicatriz que Anne temia, mas a ideia de não ser mais tratada por mãos humanas. A câmara de cesariana faria a cirurgia praticamente sozinha, e essa ideia aterrorizava os dois Jorden. Os humanos podiam cometer erros, mas pelo menos se importavam com o resultado da cirurgia. As máquinas não entendiam as consequências, nem o valor da vida.

– Será que erramos? – arfou Anne.

Russ colocou um pano frio e úmido na testa dela.

– Timmy foi tão fácil – respondeu ele. – Não tínhamos como saber que seria assim desta vez. Tentar o parto natural fez sentido na época.

– Não é isso – retrucou a esposa, abanando uma das mãos fracas, movendo os dedos como se pudesse apagar a resposta dele. – Estou falando de vir para Aqueronte. Para Hadley's Hope.

Russ franziu o cenho.

– Não tivemos escolha. Não havia trabalho na Terra. Tivemos sorte em conseguir a chance de trabalhar fora do planeta. Você sabe…

– Sei – arfou ela, e começou a se retesar, a respiração saindo num sibilo entre dentes à chegada de outra contração. – Mas ter filhos… *aqui*…

Uma luz vermelha se acendeu nos monitores, só por um instante, quando Anne ficou rígida e urrou de dor.

– Já chega! – rosnou Russ.

Ele levantou-se de um salto, deixando a cadeira cair, e se virou na direção da porta, mas Anne não soltou sua mão. Ele se virou para implorar que a esposa o largasse e viu que as luzes dos monitores voltaram a ficar verdes. Nenhum alarme soou.

Não importava. Já tinha sido o suficiente.

– Komiskey!

Enquanto tomava fôlego para gritar mais uma vez o nome da médica, a dra. Theodora Komiskey passou esbaforida pela porta, uma mulher atarracada com olhos azuis e uma massa de cachos castanhos. Joel veio em seu encalço, diligente.

– Vamos ver em que ponto está – disse a médica, sorridente e otimista como sempre.

– Já cruzou metade do universo, porra – resmungou Russ.

Detestava a falsa animação que tantos médicos usavam como máscara e queria berrar com a dra. Komiskey até arrancar aquele sorriso da cara dela, mas isso não ajudaria nem Anne nem o bebê. Em vez disso, ficou parado ali enquanto a mulher com forma de barril sacava um par de luvas cirúrgicas, sentava num banquinho e se posicionava entre as pernas de Anne, tateando como se procurasse por algo que tinha perdido.

– Estou sentindo a cabeça – disse a médica, com uma voz preocupada. – E agora entendo qual é o problema. O bebê está na posição cefálica posterior...

Russ sentiu um aperto no peito.

– O que isso significa?

Komiskey o ignorou, dirigindo-se a Anne:

– Ela está virada para o lado errado, para o seu abdômen, o que significa que a nuca dela está pressionando o seu osso sacro... o seu cóccix. A boa notícia é que você está completamente dilatada e afinada. Seu bebê logo vai se tornar a adorável princesa de Hadley's Hope.

Russ baixou a cabeça.

– Graças a Deus.

– E qual... – disse Anne, respirando fundo. – Qual é a má notícia?

– A má notícia é que vai doer pra diabo – respondeu Komiskey.

Anne suspirou de alívio.

– Estou pronta, Theo. Vamos tirar nossa Newt daqui de dentro.

Russ sorriu. Newt. *Salamandra*. Estavam chamando o bebê desse jeito havia meses, imaginando-o enquanto ia de um grãozinho até um anfíbio esquisito e, depois, um feto plenamente desenvolvido.

– Então muito bem – disse a dra. Komiskey. – Quando vier a próxima contração, você vai...

Mas Anne não precisava de instruções. Já tinha dado à luz uma vez. A contração chegou, e ela gritou de dor, mas agora parecia menos um berro de agonia e mais um rugido de guerra.

Treze minutos depois, a dra. Komiskey colocou Rebecca Jorden nos braços da mãe. Russ sorria tanto que o rosto chegava a doer, o peito tão cheio de amor que parecia prestes a explodir. Quando Anne beijou a testa da menininha, Russ tocou a minúscula mão e a filha segurou firme no seu dedo. Já era forte.

– Oi, minha Newt – sussurrou Anne para o bebê, beijando-o de novo. – Melhor tomar cuidado ou o apelido vai pegar.

Russ riu, e Anne se virou, sorrindo para o marido.

*Newt*, pensou ele. *Você é uma garotinha de sorte.*

## DATA: 2 DE ABRIL DE 2173

Quando o novo centro recreativo da colônia de Hadley's Hope foi aberto, ninguém se incomodou em fazer nada tão formal ou antiquado quanto cortar uma fita na inauguração. Al Simpson, o administrador da colônia, destrancou a porta e a abriu, e a festa começou. Os irmãos Finch trouxeram um pouco do seu uísque caseiro, Samantha Monet e o irmão decoraram as instalações, e Bronagh Flaherty, a cozinheira, exibiu uma seleção de bolos e biscoitos que havia feito para a ocasião.

A estrela da noite, porém, era Rebecca Jorden, com duas semanas e meia de idade. Al Simpson ficou parado no canto do salão bebericando uma caneca de *irish coffee* quente, observando enquanto os outros colonos se revezavam para paparicar o bebê.

Envolta num cobertor, aninhada nos braços da mãe, era uma coisinha linda, sem dúvida. Via de regra, Al não tinha nenhuma predileção por bebês. Na maior parte das vezes, eram máquinas de chorar e fazer cocô, e pareciam macacos enrugados e carecas. Mas não a pequena Rebecca. Mal ouvira a menina dar um pio desde que a festa tinha começado, e ela tinha uns olhos grandes e adoráveis, que a faziam parecer uma alma antiga e curiosa habitando o rosto corado e saudável de um bebê.

O filho mais velho dos Jorden, Tim, era pequeno quando eles chegaram a LV426, mas Rebecca era motivo de celebração para toda a colônia – o primeiro bebê nascido em Aqueronte. Al achava que, se todos os futuros bebês da colônia fossem como ela, não seria tão ruim tê-los por perto. Mas tinha a sensação de que a menina seria uma exceção à regra, e que não mudaria sua opinião quanto aos recém-nascidos... e às crianças em geral, agora que parava para pensar.

– Criança bonita – disse uma voz atrás dele.

Al se sobressaltou, derramando um pouco do café. Soltou um palavrão quando queimou os dedos e mudou rapidamente a caneca da mão direita para a esquerda.

– Não me assuste assim – reclamou ele, sacudindo as gotas de café dos dedos e soprando-os.

– Caramba, Al, desculpa – respondeu Greg Hansard, sem jeito.

Al balançou os dedos de novo, mas a dor começara a diminuir.

– Que bom que eu pus um pouco de creme de licor irlandês na caneca – disse ele. – Ajudou a esfriar.

Hansard sorriu.

– Bom, agora, se não estiver queimado demais, talvez você possa me mostrar onde anda escondendo a garrafa.

Na verdade, Al não queria dividir, mas Hansard era o engenheiro-chefe da colônia e sempre uma boa companhia. Achava que podia ceder um pouco do seu estoque particular.

– Posso ser convencido – respondeu, tomando um longo gole da caneca. Antes de se incomodar em oferecer um copo ao engenheiro, queria tomar o café enquanto ainda estava quente. – Mas você tem razão. A menina dos Jorden é linda. Não sei de quem ela puxou tanta beleza, considerando os pais.

Hansard soltou um riso seco.

– É, eles são *bem* desengonçados.

Al deu uma risadinha, escondendo o sorriso atrás da caneca enquanto olhava ao redor. Sempre fora um homem cheio de opiniões, mas os colonos eram obrigados a conviver, e os relacionamentos em Hadley's Hope ficariam complicados se o administrador colonial começasse a falar mal das pessoas pelas costas. Por outro lado, não eram os cachos emaranhados de Anne Jorden que o irritavam, nem o fato de que Russ sempre estava com cara de quem tinha bebido demais na noite anterior.

– Esses garimpeiros são sempre meio desengonçados, não? – comentou Al em voz baixa.

– Eles são encrenca, isso sim – respondeu Hansard, indicando com o queixo um punhado de pessoas que ainda faziam *aaahs* e *ooohs* para o bebê. Otto Finch havia se agachado para falar com o jovem Tim, filho dos Jorden, e lhe entregara um bicho de pelúcia. – São boas pessoas, os Jorden. Mas me preocupo com o menino.

Al franziu a testa, voltando-se para ele. Não gostou do que ouvira.

– Como assim?

Hansard fez uma careta, unindo as sobrancelhas como se já se arrependesse de ter falado qualquer coisa.

– Greg, você começou. Sou o administrador. Não posso deixar isso pra lá. Se você acha que tem um problema…

– Depende do que você chama de "problema".

Al voltou a olhar para os Jorden. O pai e a mãe pareciam cansados, mas sorriam, felizes, orgulhosos de sua pequena família. Eram pesquisadores contratados pela colônia, mas, como metade da equipe de pesquisa, faziam trabalhos extras como exploradores, vasculhando setores da superfície do planetoide em busca de depósitos minerais, pontos de queda de meteoros e outras coisas do interesse da companhia. A equipe científica da Weyland-Yutani na colônia usava os exploradores para obter amostras de solo e minerais, e para mapear partes do planeta. As excursões eram quase sempre muito perigosas.

– Não é só porque o estilo de vida deles é maluco – comentou Hansard, pensativo. – É, os colonos vão ter filhos. Essa é a essência do que estamos fazendo aqui. Mas o garimpo é perigoso, e Anne e Russ não parecem entender os riscos. Já é bem ruim para a maioria das pessoas… Quem vai criar os filhos deles se alguma coisa der errado? E os Jorden… Bem, eles passam do limite, não é? Hoje mesmo Russ levou o filho com ele no trator até dez quilômetros ao norte.

Al o encarou.

– Tem certeza?

Hansard meneou a cabeça.

– Não quero criar caso. Pelo menos, não esta noite. Mas lá fora não é seguro para o moleque. Já estive no meio dessas malditas tempestades mais vezes do que qualquer um aqui, e, se o carro enguiçar…

Al ergueu a mão.

– Concordo com você, mas não existe regra contra isso. Já comentei com vários exploradores antes, mas eles pensam como os fazendeiros: é um negócio de família, e, se eles levam os filhos para o campo, estão só ensinando, garantindo o futuro, dando a eles um sentimento de propriedade.

– Que idiotice.

– Não disse que concordo com eles. – Al coçou a nuca, sentindo-se cansado de repente. – Se quer saber, para mim, é culpa da Weyland-Yutani.

Hansard ergueu uma sobrancelha.

– Opinião perigosa, Al. Dizer esse tipo de coisa pode custar seu emprego.

– Estamos flutuando numa rocha desolada onde estão tentando semear um pouco de civilização. Acho que não vão se importar com o que eu digo, desde que eu faça meu trabalho. E desde quando você é tão apaixonado pela companhia?

– Não sou – admitiu Hansard. – Mas sou bem pago, e, quando sair daqui, quando o trabalho estiver finalmente terminado, espero conseguir uma tarefa mais fácil. Que inferno, desde meu primeiro dia em Aqueronte fico pensando quem é que eu irritei para vir parar aqui.

– Talvez só confiem em você. Obviamente, não é um trabalho fácil tentar tornar este lugar habitável. – Al bebeu da caneca outra vez, deixando que o café o aquecesse e o álcool o relaxasse. Apesar de colocar os aquecedores dos prédios da colônia no máximo, ainda fazia frio. *É longe demais do sol*, pensou ele.

Baixou a voz e olhou à sua volta para ter certeza de que ninguém o ouvia.

– O que quero dizer é que eles tendem a recrutar os corajosos ou os burros como colonos, para não falar das pessoas que estão procurando um recomeço porque estragaram tudo e perderam a chance lá na Terra.

– Mas você gosta dos Jorden – disse Hansard.

Al deu de ombros.

– Até gosto, mas eles são descuidados demais, desesperados demais para conseguir um extra. A equipe científica usa os exploradores porque eles aceitam correr riscos. O que me preocupa é que um dia desses eles acabem nos colocando em perigo. Temos muitos anos pela frente até que esta colônia esteja totalmente estabelecida e povoada. Uma década ou mais. Com uma equipe dessas, tudo pode dar errado.

Olhou para Anne Jorden, que aninhava o bebê junto ao peito, beijando as bochechas macias e sussurrando palavras carinhosas. Russ havia se ajoelhado ao lado do jovem Tim, que, de braços cruzados, fazia bico, parecendo aborrecido com algo relacionado ao bebê.

– Guarde minhas palavras – disse Al. – Se um dia tivermos um problema sério nesta bola de lama, vai ser por causa de gente como eles.

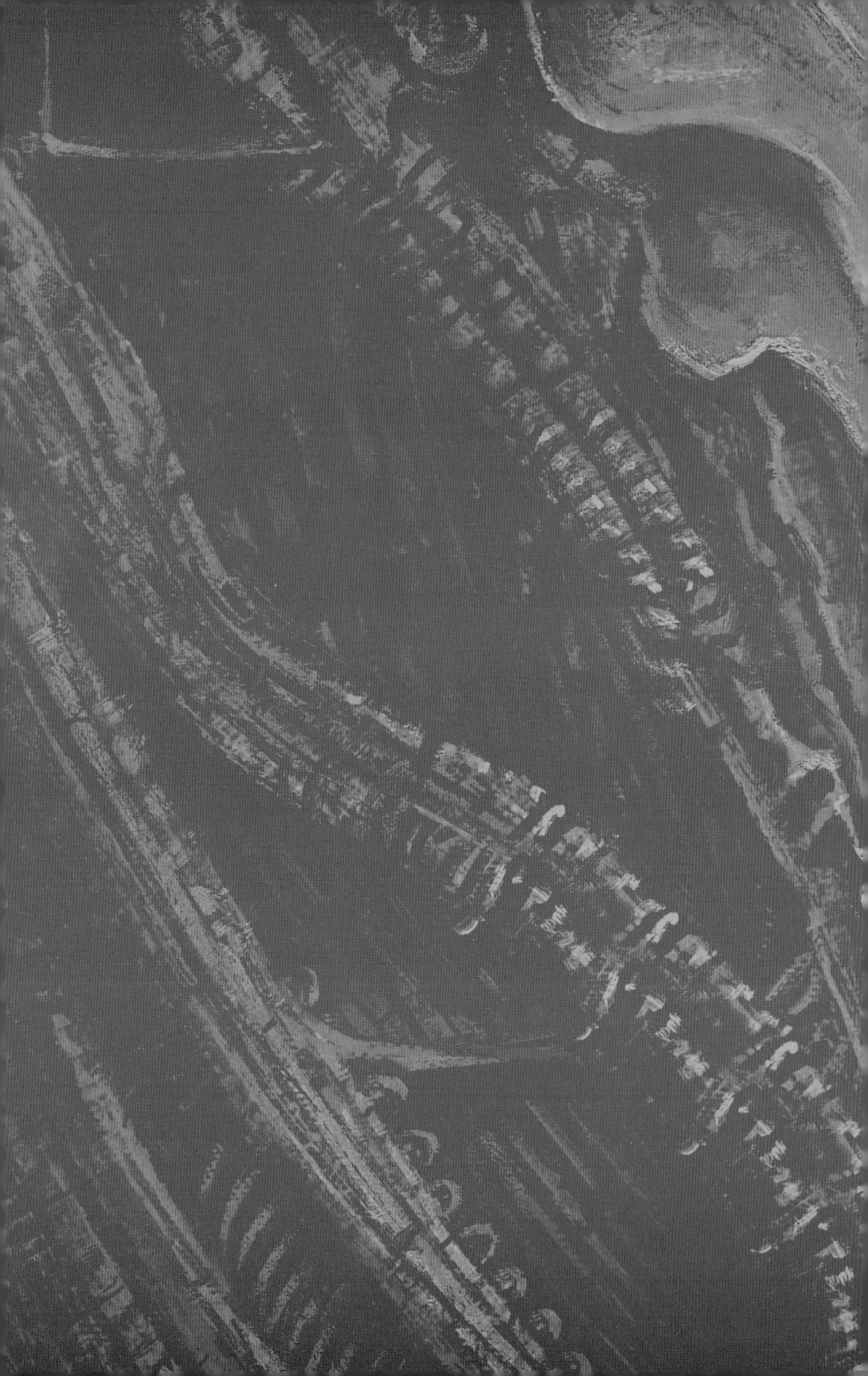

# 4
# CHEGADAS

## DATA: 16 DE MAIO DE 2179

Pela primeira vez na carreira de Jernigan, parecia que ele reivindicaria uma nave pela qual não estava procurando. Ficou parado na câmara de descompressão que levava à baia de recuperação e se vestiu, observando os dois companheiros e imaginando o que estariam pensando.

Não que fosse difícil imaginar o que Landers pensava. O desgraçado ganancioso devia estar louco para ver que tesouros a nave à deriva poderia conter. Fleet, porém... era um enigma. Jernigan vinha tentando entendê-lo havia três anos e quatro expedições. Landers ria e dizia que ele devia deixar isso para lá, que Fleet era quase um espécime alienígena. Mas Jernigan não era de desistir.

– Nave-alvo recolhida – zumbiu uma voz no seu ouvido.

Era Moore, da cabine de comando. Ele era os olhos e os ouvidos da equipe agora, e para Jernigan estava ótimo.

– Alguma indicação da origem? – perguntou.

– Negativo. Nenhum aviso, nem transmissão, nem sinal de vida. Mandei mais uma dezena de saudações desde que vocês foram se vestir. Nada. Nenhuma resposta automática dos computadores de bordo, nenhum sinal de que eles estejam sequer recebendo as minhas mensagens. Quieto feito um túmulo.

– Então, o que você acha? – perguntou Landers. – Uma espécie de transporte militar?

– Não é militar – respondeu Moore, e Jernigan viu a decepção de Landers pela forma como seus ombros murcharam.

Qualquer coisa militar não podia ser considerada legalmente sucata, mas lá fora não havia ninguém para policiar o que eles arrancavam, empacotavam e vendiam pelo maior preço. Normalmente, procuravam naves ou estações orbitais que tinham sido danificadas ou abandonadas. As informações eram enviadas pela companhia dona da ruína, ou, às vezes, por contatos particulares que sabiam com quem falar e quanto uma boa recuperação de sucata podia render.

Muitas vezes informações dúbias eram passadas por fontes escusas, e em várias Jernigan se vira abordando naves que exibiam sinais de abandono forçado ou atividade criminosa. Uma vez, encontrara os resquícios de um tiroteio.

A recuperação de sucata no espaço profundo nunca fora a mais respeitável das profissões, mas Jernigan não dava a mínima para o que as pessoas pensavam. Tinha um código moral próprio e muito orgulho em executar um trabalho que a maioria das pessoas não faria.

Às vezes, chegavam a um alvo e encontravam sobreviventes a bordo. Isso mudava tudo. Ainda cobravam da empresa pelo tempo e pelo transporte, mas nunca mais do que isso. Nem mesmo Landers fazia objeção quando eles deixavam de pilhar ou rebocar uma nave que ainda tivesse um tripulante ou passageiro vivo.

Não eram exatamente respeitáveis, mas também não exatamente criminosos.

– Não é militar – ecoou Jernigan. – Mas não há nada que indique a origem? A nave não tem uma assinatura?

– Não, mas é *antiga* – respondeu Moore. – Acho que nunca vi nada assim, a não ser nos hologramas históricos. – Fez uma pausa, depois acrescentou: – Certo, só falta atracar e pressurizar. Segurem-se.

Uma leve vibração percorreu a nave, e, quando Jernigan olhou pela janela, viu a umidade se condensar rapidamente do outro lado, transformando-se em gelo. Verificou se os sistemas de controle climático do traje estavam num nível confortável, depois esperou que todas as luzes ficassem verdes.

Landers e Fleet eram profissionais experientes, e Jernigan não tinha problema para trabalhar com nenhum dos dois. Haviam abordado juntos pelo menos vinte naves e estações e cuidado uns dos outros em alguns momentos difíceis. Este trabalho seria feito com precisão cirúrgica.

Tinha certeza disso.

Como sempre, sentiu a fagulha do entusiasmo. Um dia, certamente encontrariam alguma coisa sensacional.

Quando as luzes ficaram verdes, os três saíram da câmara de descompressão e entraram no compartimento de carga. Fleet acionou o robô cortador, fazendo-o avançar pela nave manipulando um controle remoto e ligando o laser de corte. Olhou para Landers, que se posicionara diante de um pequeno painel perto de onde a nave recuperada estava presa por uma série de tenazes.

Landers fez mais uma rápida verificação em todos os sistemas e assentiu.

– Limpa feito xoxota de virgem – disse. – Nada com que se preocupar.

– E o que é que você sabe sobre xoxota de virgem? – perguntou Fleet.

– Pergunta pra sua irmã – respondeu Landers.

Fleet não retrucou nem deu sinal de ter ouvido. Fez o robô cortador avançar rumo à nave e usou um escâner para medir a densidade da porta e planejar o corte. Então, apertou o botão *acionar.*

O laser levou um minuto para cortar a porta. Jernigan passou o peso de um pé para outro.

*Nave esquisita,* pensou. *Uma velha nave de transporte, talvez. Não uma salva-vidas.* Havia evidência de danos em torno da porta: riscos e arranhões, além de uma marca de explosão perto dos motores. Como tudo o que encontravam e recuperavam, esta nave tinha uma história para contar.

A porta tombou para dentro com um barulho alto. Fleet retirou o robô cortador e mandou um escâner para lá. Eles não esperavam encontrar nada surpreendente, mas todos conheciam as regras. Melhor prevenir do que remediar.

O escâner fez seu trabalho.

– Alguma coisa? – perguntou Jernigan.

– Parece uma cápsula de hipersono.

– Ah, cara… – resmungou Landers. – Tem alguém vivo lá dentro?

Jernigan detestou o tom de decepção na voz do colega.

– Não dá pra saber – respondeu Fleet. – Vamos dar uma olhada.

O escâner recuou e Jernigan entrou primeiro, os outros dois logo atrás. Havia um traje espacial jogado sobre a poltrona do piloto, e o que parecia um tipo de espingarda de arpão largada sobre o painel de controle. A única cápsula de hipersono estava coberta por uma camada de gelo.

Jernigan esfregou a mão na superfície da tampa curva, revelando a bela mulher no interior. Encolhido ao lado dela havia um gato. *Puta merda.* Não via um gato desde que era criança.

– Os sinais vitais estão todos verdes… Parece que ela está viva. – Jernigan tirou o capacete e suspirou. – Bom, já era a grana da sucata, meus camaradas.

*E esse rosto com certeza tem uma história para contar,* pensou.

DATA: 10 DE JUNHO DE 2179
HORA: 0945

O zumbido da nave de pouso tornou-se um gemido metálico quando ela entrou na atmosfera de LV426. O capitão Demian Brackett manteve as botas plantadas no chão e segurou-se no equipamento de segurança que o deixava preso ao assento. A nave guinou drasticamente para um lado por vários segundos antes de se endireitar, depois sacudiu como uma lancha acelerada em alto-mar.

Os alarmes começaram a soar, luzes vermelhas piscando por toda a cabine adiante.

– O que atingimos? – gritou ele para a piloto.

A mulher não se virou, concentrada demais em mantê-los na rota.

– Só a atmosfera – respondeu ela. – Nunca é fácil voar em Aqueronte.

A piloto apertou uns botões e os alarmes pararam, embora as luzes continuassem a piscar, aflitas.

Brackett rilhou os dentes enquanto a nave era tomada pelo som dos detritos na atmosfera batendo e arranhando o casco. Parecia haver *muitos* deles.

– Será que eu perdi alguma coisa? – perguntou, erguendo a voz para fazer-se ouvir por cima do barulho. – Já não faz quinze anos que estão terraformando este planeta?

– Mais, até – berrou a piloto. – Você devia ter visto como era tentar pousar aqui dez anos atrás, quando eu cheguei.

*Não, obrigado*, pensou Brackett. Tinha estômago de ferro, mas até ele começava a se sentir enjoado. A mandíbula doía de tanto ranger os dentes. *Meu cérebro vai virar patê*, pensou enquanto toda a nave chacoalhava violentamente ao seu redor.

Por um momento, o bombardeio cessou. Ele começou a relaxar, então a nave mergulhou abruptamente, como se a queda livre controlada tivesse acabado de se tornar um suicídio. Xingando internamente, segurou-se e virou o rosto, tentando enxergar o lado de fora através da cabine.

– Eu preferiria não morrer no meu primeiro dia no comando! – gritou. – Sabe, se estiver tudo bem para você.

A piloto olhou para ele de soslaio com uma careta.

– Respire fundo, capitão. Sete colisões e nunca perdi um passageiro.

– Sete *o quê*?

Chegaram a outro bolsão de ar, e a queda o jogou para a frente um segundo antes de a atmosfera voltar a se adensar, atirando-o para trás com tanta força que bateu a cabeça no casco da nave.

*Filho da...*

– Pronto, bonitão – anunciou a piloto.

Os retrofoguetes foram acionados, fazendo-os subir uns três metros e meio antes de começarem a descer devagar. Ela guiou a nave com cuidado, para a frente e para baixo, até pousar suavemente.

A nave emitiu um chiado hidráulico, como se expirando com Brackett, que soltou o cinto de segurança. As luzes de emergência se desligaram e a cabine se iluminou com uma luz branco-azulada.

– São e salvo, como prometido – disse a piloto.

A mulher desativou as trancas da porta e se levantou, um sorriso travesso nos lábios. Pela primeira vez, Brackett notou suas curvas e o modo como olhava para ele.

– É uma mulher de palavra – respondeu o fuzileiro. – Mas só agora percebi que nem sei seu nome.

– Tressa. – Ela estendeu a mão. – A seu dispor.

– Demian Brackett. – Ele a cumprimentou.

Ela foi até a porta a estibordo e digitou um código num painel de controle. A porta se abriu com um chiado, e uma pequena rampa se estendeu chacoalhando até a superfície do planeta.

– Então, que crime você cometeu para vir parar aqui no cu do universo? – perguntou Tressa.

Brackett sorriu.

– Sou um bom fuzileiro – respondeu. – Vou para onde me mandam.

O vento começou a uivar, soprando um pó áspero para dentro da nave. Ele olhou para o lado de fora e o sorriso murchou. Aqueronte era um mundo preto e cinza, a não ser pela colônia crescente cujos edifícios eram meras silhuetas na tempestade forte. Depois de vários segundos, o vento voltou a arrefecer, oferecendo uma vista melhor, mas não havia muito mais para ver. Estruturas quadradas, uma cúpula vítrea de estufa, e ao longe o processador atmosférico, imponente e agourento em seus 45 metros de altura, vomitando oxigênio no ar.

– Lar, doce lar.

– É – disse Tressa –, não teremos muitos dias de sol. Quanto tempo vai ficar aqui?

Brackett pegou a bolsa com seu equipamento e a jogou por cima do ombro.

– Até me mandarem para outro lugar.

Ela inclinou a cabeça e jogou o quadril para um lado, e ele se convenceu de que via decepção no olhar dela.

– Bom, espero que a gente se veja de novo, capitão Brackett. Em algum lugar longe de Aqueronte.

## DATA: 10 DE JUNHO DE 2179

Havia alguém no quarto com Ellen Ripley. Ela continuou com os olhos fechados. O cheiro de desinfetante dominava o ar, e ela ouviu o som reconfortante de máquinas médicas. A sensação dos lençóis na pele e do colchão às suas costas era magnífica.

Nada disso impedia que ela se sentisse péssima.

Não sentia perigo vindo daquela presença, nenhuma ameaça, mas na memória havia o peso profundo da escuridão empenhando-se em vir à tona. Era uma massa sólida em algum lugar dentro dela, e sua gravidade era implacável.

*Estou tão cansada*, pensou. Porém, ao finalmente abrir os olhos, soube que tinha sorte por estar viva. Uma enfermeira trabalhava perto da cama, verificando informes, ajustando o equipamento, tomando notas. Enquanto via a mulher cuidar de suas tarefas, Ripley avistou uma janela que nunca antes vira aberta. Oferecia uma vista ampla e ininterrupta do espaço, os braços e cápsulas de moradia de uma estação espacial que ela não reconhecia... e a superfície do planeta abaixo.

Um planeta que ela reconheceu como seu lar.

Um calor a percorreu, espalhando-se do âmago e chegando à face. Felicidade e esperança. Tinha conseguido. Tinha sobrevivido à *Nostromo*, derrotado a criatura e voltado para casa. Em breve, veria Amanda.

Mas alguma coisa não estava certa. Sentiu um mal-estar no fundo do estômago, e não só por seu hipersono ter sido interrompido. Aquela escuridão em sua memória estava repleta de terror, de pesadelos esperando para nascer. Tentava atraí-la. Pensou em Dallas, em Kane e nos outros, e no destino terrível que lhes sucedera, e na mente o rosto dos colegas estava velho e triste, como numa foto desbotada no fundo de uma mala esquecida.

Pensou em Ash, o desgraçado, mas ele não parecia tão distante.

Havia mais alguma coisa. Algo... mais próximo.

– Como está se sentindo hoje? – perguntou a enfermeira.

Ripley tentou responder, mas a língua parecia inchada e seca. Estalou os lábios.

– Horrível – grasnou.

– Bom, melhor que ontem, pelo menos – disse a enfermeira. A voz era jovial e otimista, mas também tinha algo impessoal, como se quisesse guardar distância da paciente.

– Onde estou?

– Fora de perigo. Estamos na Estação Gateway há alguns dias. – Ela ajudou Ripley a se sentar e arrumou os travesseiros atrás dela. – No começo você estava meio zonza, mas agora está bem.

*Isso está errado*, pensou Ripley. Estação Gateway? Nunca tinha ouvido falar dela. Estava fora havia um bom tempo, é verdade, mas, a não ser que aquele lugar fosse ultrassecreto, até militar, ela saberia da sua existência.

– Parece que tem uma visita – anunciou a enfermeira.

Ripley se virou e, quando a porta se abriu, não foi o homem que ela viu, mas o gato que ele trazia.

– Jonesy! – disse, e sentiu-se bem por sorrir. – Ei, venha cá. – Estendeu as mãos para o gato, e o homem o levou até ela. – Onde é que você estava, seu gato bobo? Como vai? Por onde andou?

O homem sentou-se enquanto ela fazia festa. Sabia que parecia tola ao falar com o gato. Mas era Jonesy seu elo com o passado, com a *Nostromo* e… *E?*

E com a escuridão em seu âmago, atraindo-a com sua pavorosa gravidade. Talvez só precisasse vomitar.

– Acho que vocês já se conhecem, não é?

Ripley olhou para o homem pela primeira vez e levou só um instante para desgostar dele. O que ele disse em seguida não ajudou a desfazer a impressão.

– Sou Burke, Carter Burke. Trabalho para a Companhia. – Então acrescentou: – Mas não deixe isso te enganar, na verdade sou um cara legal.

*Legal?*, pensou Ripley. *Hum, sei. Sutil, manhoso, evasivo, não me olha nos olhos. Merda, ainda me sinto péssima.* Queria que ele fosse embora, que a deixasse com Jonesy e suas dores, e aquela coisa lá dentro – a lembrança, a terrível ameaça – que ela ainda precisava entender.

Mas ele era da companhia, o que significava que estava ali por um motivo.

– Fico feliz em ver que está se sentindo melhor – continuou ele, bajulador. – Fui informado que a fraqueza e a desorientação devem passar logo. São só os efeitos colaterais comuns depois de um hipersono anormalmente longo – deu de ombros – ou coisa assim.

*Aí está*, pensou Ripley. *O começo da verdade. Nada vai ficar bem. Não tenho tanta sorte.*

– Como assim? – perguntou. – Por quanto tempo fiquei perdida?

O jeito meloso de Burke evaporou, e de repente ele pareceu pouco à vontade. Ripley preferia quando era puxa-saco.

– Ninguém falou sobre isso com você ainda? – perguntou.

– Não. Mas, quero dizer… – Ela olhou mais uma vez pela janela. – Não reconheço este lugar.

– Eu sei. Ah… tudo bem. É que isso pode ser chocante para você.

*Quanto tempo?*, pensou Ripley, e, em suas memórias, Amanda olhou para ela.

– Não foi mais que… – começou ele.

– Quanto tempo? – exigiu saber. Amanda, em sua mente, chorava. – Por favor.

– Cinquenta e sete anos.

– O quê?

*Não. Não, de jeito nenhum, não é possível, não é...* Mas, na memória, os colegas eram figuras desbotadas, sussurros na ponta da língua. Menos Ash. Ele ainda estava quase todo ali.

– É isso, você ficou perdida por 57 anos. Ficou à deriva até passar pelos sistemas centrais, e foi mesmo... pura sorte que uma equipe de resgate no espaço profundo tenha encontrado você naquela hora.

O coração de Ripley disparou. Cinquenta e sete anos.

Amanda lhe deu as costas, desaparecendo, tornando-se a sombra de uma memória, como a tripulação da *Nostromo*.

*Não! Amanda! Eu passei por tanta coisa para voltar pra você e...*

Pelo que *havia* passado? Aquele peso dentro dela pulsava, quase brincalhão, com a promessa de uma revelação doentia e arrasadora.

– Foi uma chance em mil, na verdade – disse Burke, mas a voz dele se tornava distante, menos relevante. – Você tem muita sorte por estar viva, menina.

*Menina.* Ela chamava Amanda de "menina". Tentou agora, mas a voz não funcionava, e sua garotinha estava perdida.

Perdida.

– Você poderia ter ficado flutuando para sempre... – As palavras foram sumindo, todo o significado roubado pelo que acontecia dentro dela. O peso que carregava começava, afinal, a se revelar.

Ripley tentou recuperar o fôlego. Jonesy rosnou para ela. Os gatos viam tudo.

Mas, quando o peso insuportável finalmente eclodiu, não era uma lembrança.

Era um *deles*.

Sentiu-o dentro dela, invadindo, contorcendo-se no peito enquanto se preparava para nascer numa imitação repulsiva e perversa da filha que ela havia perdido. Ripley tombou de novo na cama, agonizando, agitando os braços. Burke tentou segurá-la, gritando por ajuda. Ela derrubou um copo da mão dele e o ouviu se estilhaçar no chão. O suporte do soro caiu, arrancando a agulha do braço dela.

Outras pessoas entraram correndo no quarto. Não sabiam qual era o problema e não havia como contar a elas, como explicar, a não ser implorando por socorro.

– Por favor! – disse ela. – Me matem!

A criatura empurrava e partia, rachando as costelas, esticando a pele, e em meio à agonia incandescente ela ergueu a camisola e viu...

Ripley acordou de repente, a mão agarrando o peito. Sentiu um movimento rápido, mas eram só seus batimentos cardíacos.

A realidade chegou com tudo, e era horrível. Ela olhou pela janela e viu a bela superfície da Terra. Tão perto e, ainda assim, tão longe – mas isso não importava mais. Para Ripley, não era mais seu lar.

A pequena tela do monitor ao lado da cama ganhou vida, e o rosto da enfermeira apareceu.

– Outro pesadelo? – perguntou ela. – Quer alguma coisa para ajudar a dormir?

– Não! – rosnou Ripley. – Já dormi o bastante.

A enfermeira assentiu e a tela se apagou.

Jonesy estava dormindo na cama com ela. Os médicos não gostavam dele, mas Burke os convencera de que isso faria bem à paciente. *Depois do choque que ela sofreu*, ouvira-o dizer. Supunha que deveria ser grata, mas a primeira impressão havia ficado. Não gostava daquele merdinha.

– Jonesy – chamou, pegando o gato e abraçando-o. – Está tudo bem, tudo bem. Acabou.

Mas aquele peso sombrio e imenso permaneceu dentro dela, tornando-se parte de Ripley, porém, ainda assim, desconhecido. E, ao dizer palavras reconfortantes ao gato, tentava apenas convencer a si mesma.

# 5
# TERRENO ACIDENTADO

DATA: 10 DE JUNHO DE 2179
HORA: 1022

Dois fuzileiros esperavam Brackett do lado de fora da nave. Saudaram-no enquanto descia a rampa, e ele retribuiu o gesto, seguindo a passos largos e rápidos na direção deles.

– Bem-vindo a Aqueronte, capitão. – O primeiro fuzileiro era uma mulher alta com pele de um tom castanho quase tão escuro quanto o de Brackett, a linha pálida de uma antiga cicatriz cruzava a bochecha esquerda. Ela gesticulou para o fuzileiro baixo ao seu lado, um homem muito branco, de peito largo, com cabelos ruivos e grossos óculos de proteção. – Sou a tenente Julisa Paris. Este é o sargento Coughlin…

– É um prazer conhecê-los – respondeu Brackett. – E obrigado por virem aqui fora, durante uma tempestade, me receber. Mas vamos conversar lá dentro.

O sargento Coughlin pegou a bolsa de Brackett com uma das mãos, carregando-a com uma facilidade que evidenciava uma força notável, e os três foram rapidamente até a porta mais próxima, que levava a um prédio cinza de dois andares cujas janelas eram fendas longas e horizontais, algumas cobertas por pesadas proteções de metal contra tempestades.

– Detesto ter que informar, capitão – disse a tenente Paris, indicando a tempestade –, mas está vendo este clima de merda? É um dia típico aqui. – Ela foi na frente, parou à entrada para deixá-los passar e depois fechou a porta com um estrondo. O som do vento corrosivo foi interrompido instantaneamente e a porta se trancou com um chiado.

Luzes brancas tremularam e ficaram mais intensas. Brackett olhou para o corredor vazio e largo que levava às profundezas do prédio. Uma música baixa saía de caixas de som no teto – jazz do começo do século XXII –, e o capitão decidiu que a situação poderia ter sido bem pior. Havia muitos postos de comando onde seria quase impossível não desenvolver pelo menos uma leve claustrofobia. Ali, haveria espaço para se mexer e pessoas para conhecer, tanto civis quanto militares.

– Ok, vamos começar com o pé direito – disse, apertando a mão de Paris e Coughlin. – Demian Brackett. Seu novo comandante. E acho que, como vocês saíram para me receber, isso me dá três opções. Ou vocês são bons fuzileiros ou são puxa-sacos ou perderam no palitinho. Qual vai ser?

Coughlin soltou uma gargalhada, o rosto corando.

– Ah, com certeza sou o puxa-saco – respondeu, erguendo a bolsa. – Estou carregando a sua mala.

– E você, tenente? – perguntou Brackett, arqueando uma sobrancelha ao olhar para Paris.

Um sorriso perpassou as feições da mulher, mas só um canto da boca se ergueu. Do lado esquerdo, abaixo da cicatriz, os músculos não pareciam reagir.

– Dê tempo ao tempo, capitão – respondeu ela. – Tenho certeza de que vai descobrir.

– É justo. Vá na frente.

Enquanto a tenente Paris o conduzia para dentro do prédio, Coughlin começou a recitar o que parecia considerar os encantos de Hadley's Hope, incluindo as estufas de vegetais frescos, um salão de jogos, vastos e incompletos andares subterrâneos com muito espaço para correr, e uma cozinheira que era – assim dizia o sargento – uma virtuose nas massas italianas.

A colônia estava em seus estágios iniciais. Algum dia, seria um centro em crescimento, desde que a Weyland-Yutani continuasse a promover a expansão naquele quadrante. Tanto a empresa quanto o governo apoiavam a pesquisa científica que já ocorria ali, mas o verdadeiro valor de Hadley's Hope acabaria sendo o de uma parada ou um porto.

– Tenho que admitir – continuou Coughlin –, o fato de haver mulheres lindas entre os colonos só ajuda. – Pareceu se deter, ajeitando a alça da bolsa de Brackett no ombro, e lançou um olhar breve e preocupado a Paris. – Diga, capitão... Nosso último comandante era meio linha-dura em relação a, hã, confraternizar com os colonos. Isso vai ser um problema para o senhor?

Brackett havia pensado nisso quando fora designado para o trabalho. Embora não quisesse o drama do envolvimento romântico ou sexual entre fuzileiros e colonos, não via maneira de evitar isso. Era melhor tratar as coisas às claras do que lidar com a tolice das pessoas tentando manter relacionamentos em segredo.

– Não sou a favor – respondeu –, mas prefiro que vocês durmam com os colonos a com outros fuzileiros. As regras existem por uma razão. Não quero você suspirando pela tenente Paris no meio de uma missão e despencando de um penhasco.

Coughlin piscou, boquiaberto.

– Eu e a tenente? Não, capitão, não tem nada de... Quero dizer, eu não faria... bom, não que eu não quisesse, mas...

Paris começou a rir e balançou a cabeça. Brackett mantivera o rosto impassível, mas Coughlin viu a expressão de Paris e ficou extremamente corado.

– Você está me zoando?

– Sim, sargento – admitiu o capitão. – Estou zoando.

Coughlin suspirou.

– Entendi, capitão. Já vi como vai ser.

– Então, não vou ter nenhum problema com você, sargento Coughlin?

– Com ele, não – intrometeu-se a tenente Paris. – Mas temos nossa cota de idiotas.

– Pode me adiantar essa parte? – disse Brackett. – Preciso saber em quem devo ficar de olho.

Paris não respondeu. Todo vestígio de sorriso desapareceu do seu rosto. Ao chegar à porta e abri-la com a chave, sua expressão dizia que se arrependia de ter falado qualquer coisa.

Enquanto os três percorriam a colônia, passaram por vários civis. Brackett ouviu risadas num corredor lateral e olhou para lá, vendo duas crianças dar cambalhotas no chão. Isto era algo com que precisaria se acostumar, ter crianças por perto.

– E quanto ao senhor, capitão? – perguntou Coughlin.

Brackett franziu a testa.

– O que é que tem, sargento?

– Tem alguém na sua vida? Alguém que deixou para trás?

Adiante, uma série de janelas altas dava vista para a espaçosa sala de comando, onde as equipes de segurança e operações se sentavam a estações de trabalho e observavam os monitores. No meio da sala, um homem branco e corpulento parecia ralhar com um jovem barbado e franzino que segurava um diagrama enrolado na mão.

– Administração – anunciou Paris. – Aquele é Al Simpson. Ele está de bom humor hoje.

O rosto de Simpson estava vermelho enquanto gritava com o jovem. Porém, Paris não parecia estar brincando ao dizer que aquele era o administrador num dia bom. Brackett esperava que o homem não criasse problemas. Não lidava bem com interferência civil.

Paris chamou a atenção de Simpson, e o homem gesticulou para indicar que sairia num instante.

– Parece um sujeito encantador – disse Brackett.

– Não é tão ruim – comentou a tenente. – Mas eu não gostaria de trabalhar para ele.

Um silêncio amistoso pairou entre os três fuzileiros enquanto esperavam no corredor. Ao passar, civis curiosos sorriam ou cumprimentavam o comandante recém-chegado com gestos. Coughlin deixou a bolsa no chão e apoiou-se na parede.

Brackett voltou-se para o sargento.

– A propósito, a resposta é não.

– Não o quê?

– Não deixei ninguém pra trás.

Não era mentira, mas também não era verdade. Desde o começo, tivera sentimentos conflitantes em relação a este comando. Já havia sido designado para trabalhar em colônias antes – todas mantinham um pequeno destacamento de fuzileiros enviados pelo governo dos Estados Unidos, assim como o Corpo de Fuzileiros Coloniais oferecia serviços de proteção a todos os signatários do pacto das Américas Unidas.

Havia poucos anos a Weyland-Yutani – que possuía ou influenciava metade do universo – tinha entrado no negócio da colonização. Os boatos sobre suas práticas eram absolutamente pavorosos, mas a realidade era bastante ruim. Poderíamos chamar de corrupção, pensara ele muitas vezes, se a malícia e a ambição eram puramente intencionais, parte da essência do negócio? Hadley's Hope era um empreendimento conjunto entre o governo e a companhia, e ele não gostava da ideia de receber ordens de executivos patetas.

Havia outra razão pela qual ter sido enviado para LV426 o inquietara.

O sargento Coughlin tinha perguntado se ele deixara alguém para trás, e Brackett não mentiu ao responder que não. Não tinha deixado ninguém na Terra, mas, anos antes, ao se alistar nos Fuzileiros Coloniais, fora forçado a terminar um relacionamento com a mulher que amava. Ela acabara construindo uma vida nova com outro homem. Ao voltar para casa de licença – esperando, pelo menos, dizer um olá, vê-la sorrir –, ela e o novo marido haviam deixado a Terra.

Agora, de alguma forma, seus caminhos iriam se cruzar outra vez. A antiga namorada e o marido dela estavam entre os primeiros colonos a chegar a Aqueronte mais de doze anos antes. Brackett se perguntou se ela ainda teria o mesmo sorriso, e se ficaria feliz em vê-lo.

Seu nome, naquela época, era Anne Ridley.

DATA: 10 DE JUNHO DE 2179
HORA: 1105

Curtis Finch teve vontade de estrangular o irmão. Até poderia fazer isso, só que, se tirasse as mãos do volante do carro-lagarta, eles cairiam numa vala.

– Quero dar no pé, cara – disse Otto, segurando-se ao painel com ambas as mãos enquanto a tempestade agredia o veículo de seis rodas com rajadas de vento que mais pareciam os punhos de um gigante.

Um riso zombeteiro veio do banco de trás do carro. Os dois fuzileiros coloniais estavam calados havia vários minutos enquanto Curtis os levava pelas colinas escarpadas, mas agora o sargento Marvin Draper se inclinava para a frente, os olhos gélidos cravados no Finch mais velho.

– Se quiser descer aqui, fique à vontade – escarneceu Draper. – Miolo mole.

Otto ficou vermelho quando se virou para encarar tanto Draper quanto a séria e silenciosa soldada Ankita Yousseff.

– Fecha essa matraca, Draper. Eu disse dar no pé, não descer. Dar no pé. Cair fora desta rocha maldita! Quero ir para casa.

Draper deixou o cinto de segurança puxá-lo de volta ao encosto do banco traseiro. Sorriu, depois falou pelo canto da boca, dirigindo-se à soldada Yousseff.

– Otto quer a mamãe dele.

– Nossa mãe morreu! – rosnou Otto, gritando quando uma rajada de vento ergueu o lado esquerdo do carro, tirando-o do chão por um segundo antes de jogá-lo de volta, e o veículo continuou a avançar. – Mas eu me juntaria a ela no túmulo se isso significasse não ter que viver mais neste…

– Cala a boca! – berrou Curtis. Já estava farto.

Otto o encarou. Tinha os olhos azuis e o cabelo ruivo da mãe, enquanto os olhos e cabelos castanhos de Curtis vinham do pai, mas ninguém olharia para os dois e deixaria de notar que eram irmãos.

Curtis olhou adiante, os lábios secos, o coração esmagado no peito enquanto tentava desesperadamente manobrar o veículo em meio à tempestade. Já tinha feito este caminho dezenas de vezes, mas, com o pó e os detritos, a visibilidade caíra para, talvez, dez por cento nos últimos quinze minutos. Continuar assim – quase às cegas – era no mínimo imprudente, mas, se calculara o progresso corretamente, só precisavam cobrir uma curta distância até chegar ao abrigo.

Seria mais seguro do que tentar resistir à tempestade dentro do carro-lagarta. Ainda estavam a 32 quilômetros de Hadley's Hope, sem chance de voltar à colônia antes de a tempestade de areia acabar.

– Curt...

– Não estou de brincadeira, Otto – disse ele ao irmão, erguendo a voz para se fazer ouvir sobre o vento estridente e o rugido avassalador do pó atingindo o carro. – Vou deixar você aqui mesmo.

– Está dizendo que não se arrepende do dia em que a gente pôs o pé em Aqueronte?

Curtis se virou para ele.

– Está de brincadeira? A gente nem estaria aqui se não fosse você.

– Lá vamos nós de novo! – gemeu Draper no banco de trás. – Yousseff, por favor, mete uma bala na minha cabeça para eu não ter que ouvir esses dois de novo.

Draper era seu superior, mas Yousseff não pareceu encarar isso como uma ordem. Curtis quase desejou que ela fizesse isso. Draper, um homem muito musculoso, tinha uma cicatriz no lado direito do rosto, saindo do canto da boca, como se alguém tivesse tentado prolongar seu sorriso. No pescoço, havia tatuado um escorpião, e de alguma forma a combinação da cicatriz com o desenho deixava Curtis muito nervoso. Como um escorpião, Draper parecia prestes a atacar a qualquer momento, o senso de humor um disfarce para sua personalidade volátil.

Contudo, o mesmo valia para Yousseff, que não possuía cicatrizes nem tatuagens. Seus olhos transmitiam calma, porém cheios de promessa de violência. Otto dissera uma vez que aquilo era só a marca de um soldado, mas Curtis discordava. Conhecera muitos outros fuzileiros, e a maioria não era do tipo que considerava como certa a violência iminente.

– Curtis... – começou Otto, cauteloso.

– Não.

Não queria ouvir. Curtis e Otto – o irmão dois anos mais velho – estavam em Aqueronte havia 47 meses como pesquisadores e exploradores. Seu tempo na colônia podia não ser nada comparado ao de gente como Meznick e Generazio ou Russ e Anne Jorden, mas algumas pessoas simplesmente tinham nascido para esse tipo de trabalho e outras não. Fora Otto quem havia convencido Curtis a vir para a colônia, mas, nos últimos meses, ele vinha perdendo as estribeiras.

Curtis entendia, é claro. Todos esses anos de terraformação só domaram parcialmente a atmosfera violenta de Aqueronte. Sempre turbulentos, os padrões climáticos criavam tempestades gigantescas, fortes o bastante para capotar veículos, levantando tanta poeira que ficava impossível enxergar e usar instrumentos de navegação. O ambiente podia ser mortal, e o equipamento abaixo do padrão parecia estar sempre à beira da disfunção letal.

Por mais que gostassem dos outros colonos, a competição entre os garimpeiros – para encontrar e reivindicar a posse de qualquer coisa que pudesse ser valiosa para a companhia – tornava difícil criar verdadeiros laços de camaradagem.

Otto fora vencido pela natureza opressiva do planeta. O problema era que não podiam ir para casa sem ganhar dinheiro suficiente para pagar pela viagem de volta à Terra e pelo menos seis meses de aluguel.

Curtis segurou o volante com mais força e se inclinou para a frente, desacelerando o carro. O vendaval rugia ao redor deles, e, por longos segundos, não pôde ver nada além do para-brisa. As luzes do painel de controle do carro emitiam um brilho verde, dando aos rostos deles uma palidez fantasmagórica, mas lá fora tudo era negro.

Ele prendeu o fôlego. O veículo sacudiu.

Desceu com estrondo por diversos declives da superfície. Curtis brecou até quase parar, relutante em se arriscar no desconhecido. Então, o vento diminuiu e ele viu uma silhueta familiar escura em forma de bloco na tempestade adiante. Pisando no acelerador, o carro-lagarta ganhou velocidade.

– Não consigo – choramingou Otto. – Não posso ficar aqui, Curt. É como se o planeta estivesse tentando nos matar!

Curtis tirou uma das mãos do volante, virou-se e deu um soco forte no ombro do irmão, como se tivessem voltado a ser criancinhas. Otto gemeu e levou a mão ao braço.

– Que diabo foi isso? – berrou.

– Que droga, Finch! – rugiu Draper.

Yousseff pronunciou as únicas palavras que disse naquele dia:

– Babaca idiota.

Curtis voltou a olhar para a frente, segurando o volante com firmeza, e tentou fazer a curva – mas foi tarde demais para evitar a vala. Seu coração afundou quando o lado esquerdo do veículo se inclinou, depois desabou, e eles pararam de repente, rangendo, os pneus do lado direito girando e jogando terra enquanto os do esquerdo rodavam no ar.

– Acelera! – disse Draper, furioso.

– Não vai adiantar – respondeu Curtis, acelerando mesmo assim. O carro deslizou um pouco, a traseira descendo ainda mais na vala.

– Para! – disse Otto, fitando-o. – O chassi ficou preso numa pedra. Se a gente escorregar mais, o carro vai despencar.

Curtis soltou o ar devagar, ainda agarrado ao volante. A rocha matriz da área consistia em pedras achatadas e cristas enterradas no solo denso, e a camada superior era composta de pó e cinzas que se deslocavam com as tempestades, por isso os detalhes topográficos do terreno mudavam consideravelmente de um dia para outro. Algumas das valas chegavam a nove metros de profundidade. Se saíssem agora e conseguissem pousar com o lado certo para cima, ele achava que o carro aguentaria o tranco. Podiam seguir caminho ao longo do fundo da vala até encontrar um ponto para sair onde a inclinação não fosse íngreme demais.

Mas se pousassem de cabeça para baixo…

– Vamos cair fora – disse ele, e desligou o motor.

Yousseff soltou um palavrão.

Enquanto Curtis destravava o cinto de segurança, Draper agarrou seu ombro por trás.

– O que está fazendo, Finch?

– Não seja idiota! – disse o irmão. – Você vai morrer lá fora.

Otto pegou o radiocomunicador, esticando o fio. A tecnologia wireless não funcionava durante as tempestades.

– Administração, responda, aqui é Otto Finch! – gritou ele ao aparelho. – Responda!

Todos ficaram em silêncio, ouvindo apenas estática em resposta. Por uma fração de segundo a linha ficou muda e então escutaram um murmúrio – só algumas poucas palavras ininteligíveis. Até que a tempestade se acalmasse, as comunicações seriam quase impossíveis. Talvez fossem capazes de transmitir a mensagem, mas a administração teria dificuldade para localizá-los. Com todo o pó mineral e a cinza vulcânica na atmosfera, era sempre complicado ler os instrumentos externos.

– Não sou suicida. – Curtis apontou pelo para-brisa. – Olhem lá.

– O que tem? – resmungou Draper.

A tempestade havia piorado novamente. O veículo balançou sobre a rocha, depois deslizou mais um pouco. A torre que Curtis vira antes fora bloqueada pela rajada de detritos.

– Tem uma torre de processamento uns noventa metros adiante – disse ele. – Processador Seis. Vamos nos abrigar ali até o vento baixar. Quando conseguirmos falar com a administração, eles vão mandar alguém para ajudar. Mesmo que não dê para nos comunicarmos com eles, vão nos encontrar rastreando os transmissores de dados pessoais. Vamos ficar bem.

Virou-se para o irmão, viu o medo em seus olhos e chegou a sentir pena.

– Otto. Nós vamos ficar bem.

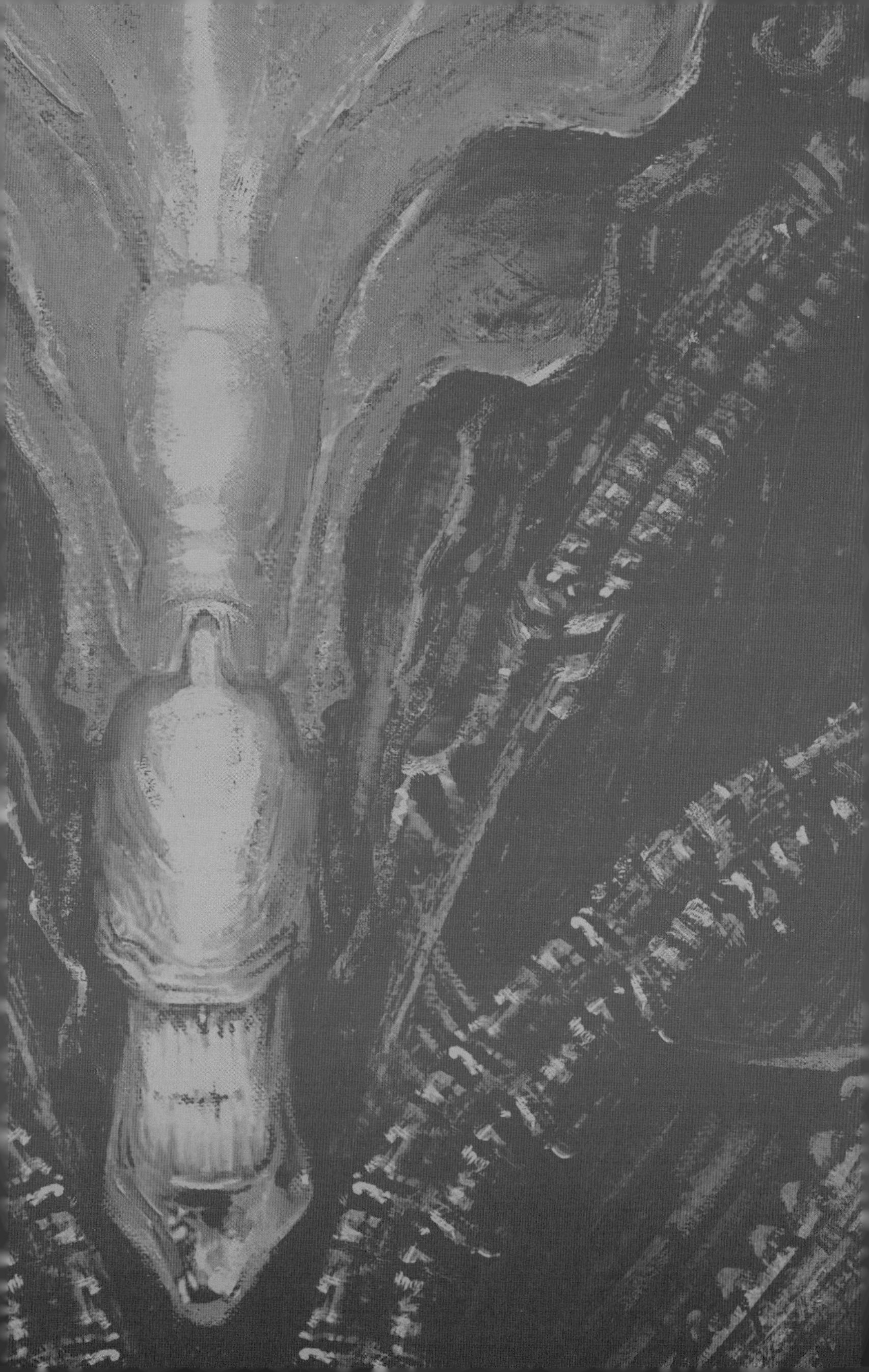

# 6
# A ESCADA

Enquanto corriam em meio à tempestade, golpeados por detritos e açoitados pelo vento, Otto mantinha a cabeça baixa. Os óculos de proteção cobriam os olhos, mas sentia-se mais seguro olhando para o chão.

Um medo indizível vinha crescendo dentro dele havia meses, uma espécie de abismo nas entranhas. Em seus pesadelos, fissuras se abriam na superfície de Aqueronte e coisas escuras se agitavam no cerne do planeta. Toda vez que deixavam a colônia, sentia como se estivesse parado à beira de um telhado a trezentos metros de altura, olhando para o chão lá embaixo. A vontade de se atirar, de mergulhar para a morte, o atiçava. A parte lógica de seu cérebro lutava contra esse impulso, mas ainda assim ele o incitava a ceder, sedutor como a voz de uma serpente.

*Tânatos*, era esse o nome. Tinha lido em algum lugar. *Pulsão de morte.*

Uma voz pequenina dentro de Otto Finch estava cada vez mais convencida de que Aqueronte queria feri-lo, e forçando-o a se render a um propósito malicioso.

– Não quero morrer aqui… – sussurrou, as palavras devoradas pelo vento.

Ergueu os olhos, viu as costas de Curtis e continuou marchando. Draper e Yousseff estavam atrás dele, mas não tinha certeza de que o ajudariam a se levantar caso caísse. Já seu irmão... Precisava acreditar que, se gritasse, se caísse, Curtis o salvaria. Eram irmãos, afinal de contas.

*Por favor, Deus*, pensou. *Por favor, Deus. Não me deixe morrer aqui.*

Mas parecia uma prece vazia. Nem sempre acreditara em Deus, mas, se existisse, não conseguia evitar pensar que Ele devia viver muito, muito longe dali.

Um ruído alto de metal raspando metal fez Otto olhar naquela direção.

Adiante, Curtis tinha chegado ao processador e, enquanto Otto cambaleava naquela direção, quase carregado por uma rajada, a porta pesada se ergueu e retraiu, abrindo-se. Ocorreu-lhe que, sem Curtis, nunca teriam conseguido entrar – todos os pesquisadores conheciam o código de anulação daquelas coisas, mas Otto tinha esquecido.

*Obrigado, meu irmão*, pensou.

Mas quando entrou cambaleando na máquina, saindo da tempestade, de repente sentiu-se muito menos agradecido. Arrancou os óculos e olhou ao redor, observando o sistema de dutos cilíndricos que percorria as paredes e o teto. Os processadores atmosféricos remotos espalhados por Aqueronte eram pequenos comparados ao Processador Um da colônia, imenso como uma arena, mas, mesmo assim, a construção era impressionante. O interior do Processador Seis tinha quinze metros de diâmetro. No canto havia uma pequena sala de controle cheia de alavancas e medidores, um sistema de comunicação e alguns computadores que faziam a maior parte do trabalho. Tubos, dutos e escadas subiam até uma vasta esfera, o processador central, e sumiam na escuridão quinze ou vinte metros acima.

Otto não precisava escalar nem usar a sala de controle para ver que havia um problema. O vapor saía chiando das junções, e, quando foi até o duto mais próximo, com sessenta centímetros de largura, viu que a superfície de metal vibrava. Um zumbido alto enchia o interior da estação, centenas de metros de canos que se chocavam contra os suportes e anéis que os mantinham no lugar.

– Jesus – disse Draper, tirando o casaco. – Por que está tão quente aqui?

Em outro momento, a curiosidade inocente na expressão do fuzileiro teria feito Otto rir depois do que tinham passado. Mas, naquele instante, não era capaz de achar graça em nada.

– Curtis! – chamou Otto, alto o bastante para fazer-se ouvir por cima do chiado e do tremor dentro do processador e do rugido da tempestade.

Voltando à porta, Curtis havia tirado a jaqueta protetora. Estava com os óculos apoiados na testa, sujo de poeira e suor, e falava em voz baixa com Youssef. A soldada dos Fuzileiros Coloniais parecia ignorar seu flerte na metade do tempo, e passar a outra metade concedendo-lhe uma sobrancelha arqueada ou um sorriso enviesado diante das idiotices que ele falava.

Otto a detestava por isso. Entendia que seu irmão a achava bonita – com aquela pele morena e os olhos castanhos, grandes e hipnóticos, qualquer um ficaria encantado num primeiro momento. Mas, para Otto, Youssef nunca parecera nada além de uma megera insensível. Seus sorrisinhos zombavam de Curtis por ter um coração solitário, mas esperançoso.

– Que droga, Curtis! – gritou ele. – Você vai ter tempo para fazer papel de bobo depois! – Detestava a falha na própria voz, o tom de pânico que se escondia ali.

Só quando o irmão o olhou com raiva para disfarçar a dor da verdade é que Otto percebeu o que tinha dito.

– Sabe de uma... – começou Curtis, indo na direção dele.

– Pare! – rosnou Otto, balançando a cabeça e erguendo a mão. – Só… pare. Pode ficar puto comigo depois, está bem? Agora a gente tem um problema.

Draper havia se sentado no chão, os joelhos junto ao peito e as costas apoiadas na parede. Agora ele ria.

– Porra, só *um* problema?

Otto sentia falta de ar. Quando os dois eram pequenos, o pai costumava puni-los por mau comportamento trancando-os no armário. A escuridão o assustara, mas o confinamento era pior. Às vezes, imaginava uma presença no ar denso, e que ela não gostava de intrusos – principalmente garotinhos malcriados – e por isso tentava sufocá-lo. Ali, dentro do armário, em cima dos sapatos dos pais, com os casacos longos da mãe roçando a nuca, podia sentir a escuridão tocá-lo num abraço pesado e poeirento. Em pouco tempo sentia calor, e o suor porejava da pele. Nunca se atreveu a bater na porta – o pai os havia alertado muitas vezes para que não fizessem isso –, mas chorava e implorava para ser libertado. Quando finalmente se deitava quieto em cima daqueles sapatos, podia sentir o cheiro de óleo da fábrica onde o pai trabalhava.

O interior do processador tinha o mesmo cheiro. Escuro e quente, o ar espesso. Olhou para o irmão enquanto este ia em sua direção, perscrutando seus olhos e imaginando por que Curtis não entendia.

– Não está ouvindo? – perguntou Otto, passando a mão pelo cabelo ruivo emaranhado. – Não está *sentindo*?

Curtis parou, prestando atenção.

Draper olhou para Yousseff.

– O que foi? Você ouviu alguma coisa?

Então, todos ouviram. Um rangido explosivo vindo do alto. Curtis passou por Otto e pôs a mão no mesmo duto, sentiu a vibração e tentou ver alguma coisa acima, na escuridão.

– São máquinas – comentou Draper. – Só umas máquinas idiotas.

– Claro que são máquinas – respondeu Curtis, lançando-lhe um olhar de censura. – Máquinas em colapso.

Yousseff estava atenta. Nada de sobrancelha arqueada nem sorriso sugestivo.

– Como assim, "em colapso"?

– Entupidas – disse Otto, remexendo nervosamente as mãos. Puxou os cachos da nuca, um hábito doloroso que tinha adquirido havia pouco tempo. – O equipamento está entupido. Houve tempestades demais ultimamente e faz muito tempo desde a última manutenção. Draper disse que está quente. Bom, ele tem razão, mas é mais do que isso… O processador está superaquecendo. Pelo barulho, o equipamento deve ter engasgado lá no alto, todos os filtros precisam ser enxaguados e ventilados…

Otto pôs a mão no duto. Tinha ficado mais quente.

– ... e eu diria que isso precisa ser feito nas próximas horas. Provavelmente em menos tempo. – Puxou mais uma vez os fios ruivos. – Estou sendo otimista.

– Senão, o quê? – quis saber Draper. – E daí se o equipamento entrar em colapso? Não é problema nosso. Assim que passar a tempestade de detritos, podemos enviar uma mensagem pedindo que mandem alguém da colônia para nos buscar.

Otto olhou de soslaio para o irmão e baixou o olhar.

– Curtis? – chamou Youssef numa voz preocupada.

– Na melhor das hipóteses, Draper tem razão – respondeu ele. – O processador central deveria desligar se os filtros ficassem entupidos demais, se o núcleo ficasse superaquecido. Mas já está bem quente aqui dentro, e isso não aconteceu.

– E o que acontece se o processador central não desligar automaticamente? – perguntou Draper.

Otto bateu uma das mãos na outra.

– Bum!

Youssef xingou, virou-se para a porta e a destrancou. Espiou lá fora por apenas um segundo antes de trancá-la bem.

– Imagino que a tempestade não vá ceder tão cedo – comentou Curtis.

O olhar dela era a única resposta de que precisavam. Os quatro se entreolharam por um longo momento. Otto viu o suor brotando na testa de Draper, sentiu as gotas escorrerem nas próprias costas e percebeu que a temperatura havia aumentado nos poucos minutos desde que haviam entrado.

– Curtis! – gritou Otto.

O irmão olhou para ele.

– Já sei, ok?

Proferindo um palavrão, Curtis correu para uma escada presa à parede, ao lado da porta da sala de controle.

– Espere, o que você está fazendo? – Draper exigiu saber, enxugando o suor da testa.

Curtis olhou para ele.

– Você sabe como enxaguar os filtros e ventilar os detritos?

Draper abriu os braços, chamando atenção para o uniforme militar e para sua silhueta musculosa.

– Eu *pareço* o cara da manutenção?

Curtis indicou a escada.

– É por isso que vou subir. Sou o único aqui que sabe como fazer isso. Se eu conseguir limpar os filtros, este lugar não explode. Se não conseguir, teremos que nos arriscar na tempestade.

– Bom, que diabo… então, suba – respondeu Draper, apontando para a escada.

Otto viu como os degraus vibravam nas mãos do irmão enquanto ele escalava o primeiro metro. *Deve estar sacudindo até os ossos dele*, pensou.

Yousseff aproximou-se da base da escada.

– Tome cuidado.

Curtis sorriu para Otto lá embaixo como quem diz: *Eu falei*. O rangido de metal e o chacoalhar acima deles aumentou.

Otto sentiu o lugar sacudindo sob seus pés, o tremor percorrendo todo o seu corpo. Travou a mandíbula, vendo o irmão escalar, e o tremor do chão fez seus dentes trepidarem. O coração disparou, e outra gota de suor desceu pelo pescoço.

– Odeio este planeta – sussurrou, convencido de que falava apenas consigo mesmo. – Odeio este maldito…

– É uma lua – retrucou Yousseff.

Otto virou-se para ela, praticamente rosnando.

– Odeio este planeta! – berrou, os olhos cheios de lágrimas que ele se recusava a derramar.

Então, ouviram um ruído de dentro do núcleo, o metal cedendo sob a pressão. O estouro que se seguiu abalou toda a estrutura, como se algum gigante lá fora tivesse dado um chute no processador atmosférico. No alto da escada, Curtis gritou e Otto olhou para cima, vendo o irmão escorregar, os dedos frenéticos em busca dos degraus.

Otto gritou o nome do irmão e correu para a base da escada enquanto Curtis caía. Quando Curtis atingiu o chão, o som fez Otto congelar. O barulho lhe era familiar desde a infância – era o ruído de um osso se quebrando.

Curtis soltou um grito de dor, só um, e depois ficou em silêncio, tão rapidamente quanto se uma guilhotina tivesse decepado sua voz. Desabou ali, na base da escada, com o processador sacudindo e batendo ao redor deles, mais e mais vapor enevoando o ar já estagnado e quente, e Otto temeu que ele tivesse morrido.

Draper empurrou Otto para o lado com grosseria, dizendo *merdamerdamerdamerdamerdamerda* como se no ritmo do coração acelerado, e se ajoelhou ao lado de Curtis.

Yousseff deu dois passos em direção ao processador central.

– Draper, isso não vai acabar bem – disse ela. – Precisamos sair daqui!

Com dois dedos no pescoço de Curtis para verificar sua pulsação, Draper se virou e a fulminou com o olhar.

– Acha que eu não sei? – respondeu. – Qual é o seu plano? Tentar dirigir na tempestade de detritos? Se não esperarmos ela ceder, vamos morrer lá fora.

– Vamos morrer *aqui* se não desentupirmos a garganta dessa besta! – gritou Yousseff.

Otto mal podia ouvi-los. Arrastou-se para junto do irmão e caiu de joelhos ao lado de Draper, balançando a cabeça. Seus pensamentos ficaram embaralhados pela ansiedade e pelo medo por tanto tempo – uma sensação profunda e crescente de que todos corriam um perigo terrível – que a súbita lucidez era uma sensação estranha.

– Curtis? – tentou, cutucando o ombro do irmão.

Curtis não se mexeu.

Otto cobriu a boca com as mãos e encarou Draper, a respiração travada no peito, o horror tomando conta dele, erradicando qualquer outra emoção.

– Ah, meu Deus – murmurou ele. – Fui eu que fiz isso. Fui eu! Ele não queria vir para a colônia e eu o convenci. É culpa minha. Matei meu próprio irmão!

Draper torceu o nariz de Otto. A dor o fez recuar.

– Que diabo você…

– Está prestando atenção? – berrou Draper, e de repente o som da tempestade lixando as paredes externas e o estrondo lamentoso do processador inundaram os ouvidos de Otto, como se de repente ele tivesse baixado o volume do resto do mundo.

Ele assentiu.

– O idiota não morreu – explicou Draper, indicando Curtis. – A perna dele quebrou na queda. Bateu a cabeça com força. Se tiver sorte, desmaiou de dor, não por lesão cerebral. A grande pergunta é: você consegue fazer o serviço, Otto? Consegue levantar essa bunda, subir lá e limpar os canos?

Balançando a cabeça, Otto estendeu a mão para acariciar o cabelo de Curtis.

– Que saco, cara, sabe como fazer isso ou não? – rugiu Draper, cutucando-o no peito.

– Não! – berrou Otto, o lábio inferior tremendo. – Não tenho a menor ideia!

Draper se voltou para Yousseff.

– Sei que a tempestade está causando interferência, mas você tem que conseguir contato. Manda alguém vir aqui com uma lagarta pesada!

Lá fora, o vento uivou ainda mais alto. Os detritos raspando o metal quase pareciam cantar uma melodia aguda e zombeteira.

– Não tem a menor chance de conseguirmos um sinal nessa tempestade! – vociferou Yousseff. – Temos que voltar lá para fora e nos proteger debaixo do carro!

– Continue tentando, caramba! – rugiu Draper. – A tempestade vai dar uma acalmada. Você vai conseguir.

Yousseff afastou-se deles e marchou até o outro extremo da sala, cobrindo um dos ouvidos ao colocar o headset. Otto a fitou, sabendo que não haveria sinal. Iam morrer ali, e Aqueronte os engoliria. Os detritos os rasgariam até os ossos, e os ossos seriam enterrados no pó e desabariam até o inferno que ele sempre vira nos pesadelos – o inferno no núcleo de Aqueronte.

– Odeio este planeta! – disse em voz alta, trêmulo. Virou-se para olhar a expressão plácida no rosto do irmão. A cabeça de Curtis pendia para um lado e, pela primeira vez, Otto viu na têmpora esquerda o enorme hematoma vermelho e inchado.

– Curtis! – choramingou, incapaz de se conter. Sacudiu a mão do irmão, cutucou o seu ombro. – Curtis, por favor! Eu sinto muito, sinto muito! – Balançou-se para a frente e para trás, fechando os olhos. – Odeio este planeta! Odeio este…

Arregalou os olhos quando Draper o agarrou pela gola da camisa.

– Cale essa boca! – berrou o militar, e o esmurrou.

O golpe silenciou Otto, fez sua boca sangrar e quebrou um dente. Chocado, olhou para Draper, que ainda o segurava pela camisa, o punho pronto para desferir outro soco. Lágrimas brotaram dos olhos de Otto e, desta vez, ele não conseguiu contê-las. Começaram a escorrer pelo rosto quando cuspiu o dente quebrado, usando a língua para sondar as pontas afiadas que tinham restado no lugar.

– Você vai subir lá – ordenou Draper, indicando a escada. – Você e o babaca do seu irmão são inseparáveis. Não acredito nem por um segundo que você não tenha a *mínima* ideia de como impedir isso. Então, você vai subir, Otto. Minha vida depende disso, portanto ou você sobe ou eu meto uma bala na sua cabeça.

Otto prendeu a respiração. Seus ombros tremeram.

– Odeio este pla…

O punho de Draper golpeou o rosto dele mais uma vez. Otto desmoronou, soluçando, cuspindo mais sangue. Por fim, assentiu.

Pelo menos, no alto da escada, estaria fora do alcance de Draper. E talvez, visto lá de cima, Curtis pareceria estar só dormindo.

Recuperando o equilíbrio, foi até o primeiro degrau. Com o processador sacudindo e gritando ao seu redor, Otto começou a escalar.

No terceiro degrau, ficou paralisado, depois se soltou e caiu no chão com um baque.

– Que diabo você está… – começou Draper.

Otto voltou-se para ele, as lágrimas fluindo livremente.

– Atire em mim – disse, apoiando-se na parede. Escorregou até o chão, a angústia dilacerando-o. – Se vai me matar, faça isso logo. Prefiro morrer a continuar aqui.

Draper praguejou e ergueu a arma.

Yousseff agarrou o pulso dele, balançou a cabeça e foi até Otto.

– Curtis está ferido, Otto – disse ela. – Se você não fizer alguma coisa, provavelmente todos nós vamos morrer aqui, incluindo o seu irmão.

Otto olhou nos olhos castanhos dela, brilhantes e lindos.

– Prometa que vai mandar a gente para casa, o Curtis e eu, e farei tudo o que puder. Prometa que vai convencê-los a mandar a gente embora na próxima nave.

Yousseff assentiu.

– Prometo.

Otto abriu um sorriso de escárnio, as narinas dilatadas, e desviou o olhar.

– Piranha mentirosa. Acha que consegue disfarçar? – Otto voltou a chorar. Então, gritou: – Quero ir para casa!

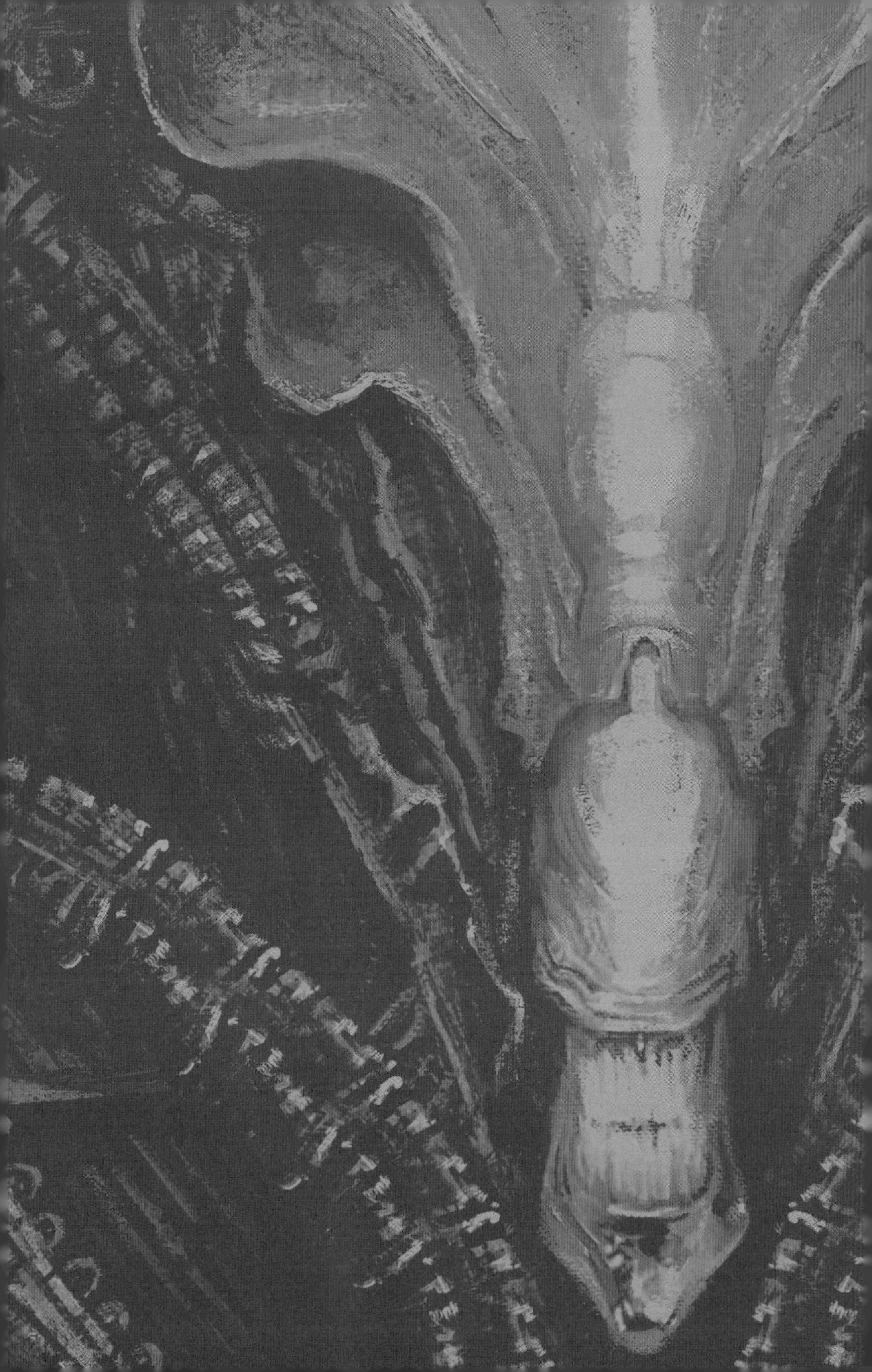

# 7
# PROBLEMA EM TRIOS

DATA: 10 DE JUNHO DE 2179
HORA: 1110

Por experiência própria, Demian Brackett sabia que, quanto mais longe da Terra fosse seu posto, maiores seriam as chances de encontrar encrenqueiros. As pessoas se alistavam nos Fuzileiros Coloniais por uma série de razões: algumas por um senso de honra e dever, outras para escapar dos vícios do passado e outras ainda porque tinham a violência dentro de si e não queriam ferir as pessoas que amavam.

Ele descobriu que não importavam os motivos do alistamento: depois que entravam na corporação, ou se tornavam bons fuzileiros ou problemas ambulantes. Quaisquer que fossem as intenções no começo, ele percebeu que a maioria dos recrutas podia enveredar por ambos os caminhos depois que entrava para o Exército.

Outra coisa que havia entendido com o tempo era que, quanto mais longe da Terra estivesse um pelotão, mais liberdade tinham os encrenqueiros do grupo para causar problemas.

Quarenta e cinco minutos após sua chegada a Aqueronte, o capitão Brackett tinha guardado o equipamento em seu alojamento, tido uma reunião preliminar com Al Simpson e com os principais membros da equipe de apoio da colônia e começado a primeira reunião de briefing do pelotão. Os Fuzileiros Coloniais tinham uma pequena sala à disposição, mas era grande o bastante para os 21 homens e mulheres agora reunidos.

Brackett estava de pé na frente da sala, inclinado sobre um púlpito que o fazia pensar num tipo de cerimônia religiosa, observando os fuzileiros parados diante dele. Havia cadeiras encostadas na parede, mas, como esta era sua primeira reunião com o pelotão, não queria que ficassem muito à vontade. Era melhor que todo mundo ficasse de pé, inclusive ele.

Brackett foi simples. Apresentação básica e suas expectativas, a esperança de que eles o ajudariam a se atualizar, uma instrução firme sobre obedecer aos protocolos e um agradecimento pelas boas-vindas que já havia recebido da tenente Paris e do sargento Coughlin, que estavam num dos cantos da sala, ligeiramente separados do resto do grupo. Enquanto falava, olhava nos olhos deles. A maior parte do pelotão parecia atenta, até curiosa quanto ao novo comandante, e só estava ali para fazer seu trabalho. Muitos deles, porém, não pareciam tão receptivos.

Um homem em especial estreitou ligeiramente os olhos, o canto da boca voltado para cima, como se fosse começar a rir a qualquer momento. Pálido e magro, com nariz aquilino, o sujeito irradiava rebeldia. Brackett já tinha visto esse tipo antes – provocador e hostil, o tipo de homem que debochava, murmurava e resmungava. Nariz de Gavião exigiria cuidados, mas não era a única preocupação de Brackett.

Havia outros três por perto. Embora não tivessem a expressão debochada de Nariz de Gavião, Brackett percebeu a tensão e a rigidez na postura deles, e pensou ter notado diversos momentos de comunicação silenciosa.

Havia perigos em Aqueronte, mas deveria ter sido uma tarefa fácil. Brackett pretendia garantir que Nariz de Gavião e seus amigos não complicassem as coisas para ele.

– Ok, por enquanto basta – disse ele, observando o pelotão. Um bando com aparência durona, a maioria deles alerta e acolhedora. – Nos próximos dias vou querer bater um papo com cada um de vocês individualmente. Se vamos passar todo esse tempo juntos aqui no paraíso, quero saber quem está cuidando da minha retaguarda e quero que todos saibam que vou fazer o mesmo por vocês.

Pode ter sido só imaginação, mas teve certeza de que a curva de desprezo no canto esquerdo da boca de Nariz de Gavião se aprofundou um pouco.

– É isso. Dispensados. – Brackett olhou para a direita. – Tenente Paris. Sargento Coughlin. Fiquem mais um pouco, por favor.

Esperou enquanto o pelotão saía da sala. Muitos fuzileiros começaram a cochichar antes mesmo de chegarem ao corredor. Brackett não os culpava. Tinham acabado de conhecer o novo comandante – era natural que especulassem se ele se tornaria um enorme pé no saco. Aguardou até que o último saísse e ficasse sozinho com Paris e Coughlin.

– Como me saí? – perguntou, voltando-se para os dois.

– Foi bem, capitão – respondeu Paris. – Eles ainda não sabem o que pensar do senhor, mas logo vão relaxar.

– Não sei se quero que relaxem – disse Brackett, pensativo. Franziu o cenho. – O cara com nariz de gavião… qual é a dele?

Paris inclinou a cabeça, curiosa.

– Nariz de gavião?

Coughlin sabia de quem ele estava falando.

– É Stamovich. Não há muito que dizer sobre ele, mas, se está perguntando se ele vai causar problemas…

– A resposta é "talvez" – interrompeu Paris, e Coughlin concordou. – Stamovich é um filho da puta agressivo, provavelmente já saiu da barriga da mãe dando porrada, mas ele vai se comportar, a não ser que Draper diga o contrário.

– O sargento Marvin Draper? – perguntou Brackett, estreitando os olhos. – Vi o arquivo dele. Tem algumas suspensões por insubordinação, mas isso foi há anos. Devo me preocupar com ele, então? Se ele é o cara que vai dizer ao soldado Stamovich o que fazer…

– Dá para lidar com o Draper – disse Paris. – Ele sabe que está flutuando numa pedrinha feiosa no meio do nada e que não é boa ideia irritar o comandante. Enquanto ele não desobedecer diretamente a nenhuma ordem, o melhor é ignorá-lo.

Brackett franziu novamente a testa.

– Se Stamovich é uma espécie de pau-mandado do sargento, como vou poder re…

– Não é só Stamovich, capitão – interrompeu Coughlin. – Outras pessoas também seguem o Draper.

Estreitando os olhos, Brackett voltou-se para observar a sala de reuniões, repovoando-a mentalmente. Tentou reconstruir os rostos do pelotão, lembrar onde esteve cada um.

– Qual deles era o Draper? – perguntou.

Paris balançou a cabeça.

– Nenhum. Ele e Yousseff saíram com uma equipe de pesquisa.

– Por quê?

– Procedimento padrão, senhor. Toda vez que a administração manda uma equipe de pesquisa lá fora, dois dos nossos a acompanham.

Brackett piscou.

– Por que os Fuzileiros Coloniais são necessários em excursões civis? Os colonos têm o trabalho deles e nós temos o nosso. Estamos aqui para manter a segurança da colônia, não para trabalhar como guarda-costas pessoais dos residentes.

Paris olhou para Coughlin, mas o homenzinho atarracado deu de ombros.

– É o procedimento operacional padrão – respondeu Coughlin. – Já era assim quando cheguei aqui.

– Al Simpson está aqui desde o começo – informou Paris. – Se alguém tem uma resposta para isso, é ele.

Brackett respirou fundo. Não pretendia arrumar encrenca logo no primeiro dia, mas não parecia certo os fuzileiros arriscarem a vida diariamente em algo que não fazia parte da missão.

– Vão cuidar das suas tarefas – disse ele. – Vou falar com Simpson e depois me ambientar. Encontrem-me aqui às treze horas.

Paris e Coughlin acenaram, mas Brackett mal notou. Pensava no ausente sargento Draper. Será que seus superiores falharam na hora de passar as informações sobre o posto de Draper em Aqueronte ou a administração colonial estava usando os fuzileiros para propósitos corporativos sem autorização? Deixou a sala de reunião e começou a refazer seus passos em direção ao núcleo administrativo. A última coisa que queria era pisar no calo de Al Simpson logo no primeiro dia da missão, mas não passara anos com os Fuzileiros Coloniais – de tiroteios a caçadas alienígenas – nem fora premiado com a Cruz Galáctica só para virar cachorrinho de empresários no fim do mundo.

De testa franzida, perdido em pensamentos, virou na esquina errada e quase colidiu com um homem e uma mulher que vinham na direção oposta.

– Perdão – murmurou.

As palavras mal haviam saído de sua boca quando ele registrou o leve arfar que escapou dos lábios da mulher. De início, Brackett pensou que ela tivesse se assustado e começou a pedir desculpas outra vez. Percebeu o olhar estranho que o companheiro lançou a ela, mas só quando voltou a olhá-la percebeu que o susto fora de reconhecimento.

– Demian? – disse ela, as feições desabrochando num sorriso brilhante. – O que *você* está fazendo aqui?

Toda a tensão e a frustração evaporaram. Brackett correspondeu ao sorriso dela e deu uma risadinha de deleite. Havia 158 colonos em Hadley's Hope, sem contar os fuzileiros, e ele a encontrara.

– Olá, Anne.

*Tinha esquecido como você é linda*, quase acrescentou. Mas olhou para a esquerda, notou a expressão confusa no rosto do homem e fez a conexão que momentaneamente lhe escapara.

Brackett estendeu a mão.

– Você deve ser Russell Jorden.

– Russ – respondeu ele, desconfiado, retribuindo o cumprimento.

– Capitão Demian Brackett, Russ. É um prazer conhecer o homem digno de ser o marido desta aqui.

– É... Obrigado – retrucou Russ cordialmente, mas a cautela em seu olhar não desapareceu. Brackett não podia culpá-lo: maridos tendem a não gostar de encontrar os ex das esposas.

De sua parte, Anne ainda sorria, mas o entusiasmo de seu sorriso dera lugar à perplexidade.

– Sério, Demian – disse ela. – O que está fazendo em Aqueronte? Achei que nunca mais veria você.

Desde a última vez que eles se encontraram, anos antes, algumas rugas haviam aparecido em torno dos olhos dela, e o período que Anne tinha passado nas regiões inóspitas do espaço profundo lhe dera uma aparência um tanto selvagem. Mas, para ele, o tempo só a deixara mais bela. Os cachos emaranhados emolduravam o rosto, e o trabalho pesado a tornou esbelta e forte. Os olhos tinham a luz da intrépida determinação, inerente àqueles que escolheram os caminhos mais desafiadores da vida.

*Ela se casou com outro homem*, lembrou a si mesmo. Não que precisasse de lembrete, considerando a forma como Russ Jorden agora o observava, estreitando tanto os olhos que quase pareciam reptilianos.

– Fui enviado para cá – explicou Brackett. – Os fuzileiros de Hadley's Hope estão sob meu comando.

– Isso é... é... – gaguejou Anne.

– Maravilhoso – disse Russ, agora usando a máscara educada de um sorriso. – Bem-vindo a bordo, Brackett. É uma vida dura, mas estamos aqui há tanto tempo que já nos sentimos em casa. Acho que o lugar em que seus filhos crescem acaba se tornando seu lar, não é?

– É o que dizem – respondeu Brackett. – Não tenho filhos, mas invejo vocês dois.

Anne olhou de Brackett para o marido e um constrangimento retesado pairou sobre todos eles. Ela parecia procurar a combinação certa de palavras para aliviar o desconforto quando uma voz soou pelo corredor.

– Capitão Brackett, aí está o senhor!

O fuzileiro se virou para ver Al Simpson avançando a passos largos e firmes na direção deles. Parecia ter uma expressão permanente de desaprovação.

– Eu já ia falar com você – disse Brackett, deixando claro no tom de voz que a desaprovação era recíproca.

– No momento certo, então. – Se Simpson havia percebido a irritação na voz do fuzileiro, não demonstrou. – Olha, temos uma pequena crise nas mãos, e envolve o seu pessoal. Marquei uma reunião na sala de conferências, o senhor precisa ir para lá.

– Quando?

– Agora.

Anne lançou um olhar preocupado para o marido.

– Tem a ver com Otto e Curtis? – perguntou Russ a Simpson. – Estávamos indo falar com você agora mesmo.

Um brilho de pânico passou pelos olhos de Simpson.

– Os irmãos Finch estão bem. A tempestade está forte naquele setor, mas eles conseguiram se abrigar. Está tudo bem. Agora, se nos derem licença, preciso consultar o capitão Brackett quanto a uma questão relativa ao pelotão dele.

Simpson o segurou pelo cotovelo e o conduziu abruptamente em direção ao núcleo administrativo. O capitão olhou para os Jorden lá atrás. Russ o fitava, mas Anne olhava para o marido, parecendo preocupada e pálida. Por um instante, Brackett se arrependeu de ter aceitado o posto em Aqueronte, mas afugentou o sentimento. Não tinha vindo a Hadley's Hope só para ver Anne Jorden outra vez.

Ou tinha?

Brackett se livrou da mão de Simpson e lançou-lhe um olhar de soslaio enquanto andavam pelo corredor, passaram por um cruzamento e chegaram ao núcleo administrativo do setor de comando, envidraçado e cheio de funcionários ocupados.

– Você não é um bom mentiroso – comentou Brackett.

– Como é? – rosnou Simpson, o rosto repuxado de irritação.

– Não sei quem são os irmãos Finch, mas, quem quer que sejam, não estão bem. – Parou e acrescentou: – Também duvido que Anne tenha acreditado em você.

– Ela não precisa acreditar. Ela trabalha para mim. Então, que tal deixar que eu me preocupe com o meu pessoal? Você pode se preocupar com o seu?

Quando atravessaram o setor de comando e dobraram uma esquina, Brackett o observou com mais atenção. Na superfície, o cara era igual a centenas de outros gerentes medíocres que conhecera. Porém, ele se perguntava se Simpson era mais inteligente do que parecia.

Pouco depois, pararam diante de uma porta cuja placa dizia PESQUISA: SOMENTE PESSOAL AUTORIZADO. Simpson digitou um código no painel que lhes permitiu o acesso.

– Você tocou num assunto interessante – comentou Brackett –, a linha que separa o seu pessoal do meu.

Simpson esperou a porta se fechar e a tranca ser acionada. Então, foi até uma porta branca uns três metros à frente, obviamente esperando que Brackett o seguisse.

– Se tem algo a dizer, guarde para outra hora – disparou o administrador. – No momento, temos problemas maiores do que qualquer disputa de ego que você esteja querendo começar.

Brackett apertou o passo, lutando contra a vontade de agarrar Simpson pelo pescoço e enfiar a cara dele na parede. Então, entraram numa sala de portas brancas, e havia testemunhas demais para que ele fizesse qualquer coisa. De todo modo, não teria feito – provavelmente –, mas com certeza não acertaria o nariz do administrador na frente de jovens assistentes de laboratório, de olhos arregalados e jaleco branco, nem dos muitos outros pesquisadores em trajes civis.

O pessoal de jaleco rodeava um trio de pesquisadores mais velho, incluindo um japonês de cabelo grisalho, um homem de olhar sinistro com uma marca de nascença no pescoço e no maxilar, e uma mulher de uns sessenta anos tão magra que fazia Brackett pensar nos bonecos de palitinhos que desenhava quando criança.

A única pessoa na sala que não parecia cientista estava um pouco mais longe da mesa, a testa profundamente franzida. Tinha certo ar de desaprovação, como um homem esperando que os filhos se cansassem no parquinho para poder levá-los para casa.

– Capitão Brackett, estes são o dr. Mori, o dr. Reese e a dra. Hidalgo, e seu time de gênios.

Os cientistas o cumprimentaram com um aceno de cabeça. Simpson indicou o homem parado longe da mesa.

– O rabugento ali no canto é Derrick Russell, o encarregado das nossas operações de terraformação em andamento.

– Capitão – cumprimentou Russell, com um meneio de cabeça.

Brackett aproximou-se para uma rodada de apertos de mão.

– Bem-vindo a Hadley's Hope, capitão… – começou o dr. Mori.

– Chega disso – disse o cientista de olhar sinistro, a marca de nascença escurecida. – Não temos tempo para amenidades. Dra. Hidalgo, por favor, atualize o capitão.

A boneca de palitinhos endireitou as costas. Brackett notou que a cientista tinha olhos gentis e, no momento, aflitos.

– Dois dos nossos pesquisadores, Otto e Curtis Finch, encontraram uma tempestade atmosférica de nível cinco. Elas são bem raras e localizadas, e é difícil prever sua duração – contou a dra. Hidalgo. – Os irmãos Finch e sua escolta militar foram forçados a abandonar o veículo que usavam e a se abrigar num processador atmosférico.

Ela lançou um olhar de censura a Russell.

– O processador em questão está sem manutenção há pelo menos seis meses – continuou ela. – Os registros não são claros…

Brackett fez uma careta e ergueu a mão.

– Olha, para começo de conversa, nem sei por que meu pessoal está lá fora, mas...

– Depois, capitão – interrompeu o dr. Reese.

Brackett olhou para Simpson.

– Depois – concordou o administrador.

– Eles estão com problemas – informou Derrick Russell, enfatizando a última palavra para garantir que todos definissem suas prioridades. – O processador está falhando, entupido, e a tempestade só agrava a situação. Curtis Finch é o único com algum conhecimento de engenharia entre eles, e está ferido.

Brackett se retesou.

– Quanto tempo até o equipamento explodir?

– Não há como ter certeza daqui – respondeu Simpson. – A tempestade está causando interferências, não só com as comunicações, mas com o sinal de monitoramento do processador. Foi por isso que não descobrimos que estava com defeito. Ainda não entrou em estado crítico, mas, até onde sabemos, isso vai acontecer em breve.

Brackett o encarou.

– Vocês têm um carro-lagarta pesado, não têm? Por que estamos aqui parados conversando? Mande alguém para lá!

O dr. Mori e a dra. Hidalgo se entreolharam com uma expressão indecifrável.

O sorriso do dr. Reese fez Brackett pensar num tubarão.

– É por isso que o senhor está aqui, capitão – disse ele. – Há dois fuzileiros coloniais lá fora, e vocês nunca deixam um dos seus para trás. Presumimos que o senhor e o seu pelotão gostariam de conduzir a missão de resgate pessoalmente.

Não havia passado nem um dia inteiro desde que Brackett pousara em Hadley's Hope, e ele já queria esganar a maioria das pessoas que conhecera.

– Então, vocês mandam os fuzileiros cuidarem das suas incumbências e agora esperam que também façamos seu trabalho sujo?

O dr. Mori alisou as lapelas bem-passadas do paletó de alfaiataria.

– Quando estiver lá – disse ele –, a companhia agradeceria se recuperasse quaisquer amostras que a equipe tenha coletado antes desse contratempo.

Brackett olhou fixamente para o cientista, mas ficou em silêncio. Antes, queria bater em Simpson. Agora, rilhava os dentes e tentava lembrar que agredir um cientista idoso da Weyland-Yutani não seria bem-visto por seus superiores.

– Um contratempo... – repetiu ele, a palavra soando como blasfêmia a seus ouvidos.

Todos os cientistas da sala o fitaram, inexpressivos. Apenas Russell e a dra. Hidalgo tiveram o bom senso de parecer levemente constrangidos. Brackett voltou-se para Simpson.

– Prepare a lagarta pesada lá fora.

– Já está pronta para sair – respondeu Simpson.

– Ótimo. Chame o sargento Coughlin. Diga que ele tem três minutos para escolher cinco fuzileiros e me encontrar no meu alojamento.

Virou-se e marchou de volta ao corredor.

*Contratempo*, pensou. *Realmente, bem-vindo a Aqueronte.*

# 8
# TEMPESTADES VISÍVEIS E INVISÍVEIS

DATA: 10 DE JUNHO DE 2179
HORA: 1232

Anne e Russ Jorden passaram pelo corredor lado a lado, ligados por longos anos de casamento e uma rede de tensão que tanto os prendia quanto os mantinha separados. Anne detestava o som dos passos pesados do marido, o modo como ele parecia pisotear o chão quando estava zangado. Podia sentir a ansiedade irradiando dele em ondas, e isso a fazia querer fugir.

Se ao menos houvesse algum lugar para o qual pudesse escapar, só por um tempo, para recuperar a própria identidade. Mas aonde poderia ir, dentro da colônia de Hadley's Hope, que Russ não fosse capaz de encontrá-la? Ou onde não houvesse a interferência de amigos bem-intencionados?

Lugar nenhum.

– Ainda quer almoçar? – perguntou ele, as palavras curtas e concisas, como se mal tivesse aberto a boca para falar.

– Só se... você estiver com fome – respondeu ela, com cuidado.

Tinham planejado pedir notícias dos irmãos Finch a Simpson e depois ir almoçar no refeitório. Agora, sentia o estômago cheio do que pareciam ser facções inimigas de borboletas em guerra.

– Sala de recreação? – propôs Russ.

*Ainda lacônico.* A ansiedade cedia lugar à raiva. Isso a fazia querer dar um soco nele. Anne amava o marido da ponta do queixo com a barba por fazer até os tornozelos magricelas. Ao longo dos anos, tinham dado muita risada juntos. Foram corajosos e, às vezes, um pouco malucos. Cruzaram a galáxia e tiveram filhos tão longe da Terra que faziam piada, dizendo que as crianças poderiam ser classificadas como extraterrestres se um dia voltassem ao planeta natal dos pais.

Atravessaram anos difíceis, mas Anne e Russ continuaram juntos – uma equipe –, e isso foi importante quando a mesmice da vida em Hadley's Hope começou a fazer com que os dois se sentissem com claustrofobia. No dia em que Russ confessou que às vezes tinha a sensação de viver num presídio, Anne tinha chorado até ele jurar que o amor dela e a presença de Tim e Newt eram as únicas coisas que o mantinham são.

Ainda tinham dias bons – até maravilhosos –, mas os dois estavam com os nervos em frangalhos. Havia noites em que Anne não conseguia dormir, e sentia que talvez estivesse desmoronando. Então, ouvia Newt rir ou via Tim tentando copiar a forma de andar do pai, e tudo ficava bem.

Hoje, não.

Anne Jorden conhecia cada tique e gesto do marido. Não chegariam à sala de recreação. Assim que esse pensamento se consolidou na mente dela, Russ entrou num corredor de manutenção e se virou para olhá-la. Anne queria continuar andando – talvez a nave de pouso ainda não houvesse partido –, mas, em vez disso, entrou naquele corredor silencioso com o marido. Um trabalhador passou e olhou para eles sem desacelerar o passo.

– Que diabo ele está fazendo aqui? – sussurrou Russ, quase um sibilo. Perscrutou os olhos dela por um momento, depois desviou o olhar como quem se prepara para a resposta.

– Não tenho ideia.

Ele estreitou os olhos.

– É para eu acreditar nisso? Pense em como estamos longe da Terra, quantas colônias existem agora e como foram poucas as pessoas que se interessaram em vir para cá. Quer mesmo que eu acredite que um cara com quem você trepava simplesmente apareceu aqui? *Aqui*?

Anne sentiu o rosto corar. O coração bateu forte contra o peito, e ela pôde sentir a pulsação latejar nas têmporas. Deu um passo adiante e desferiu um soco no ombro de Russ.

– Ei, que mer... – começou ele.

Ela empurrou o peito dele uma vez, depois outra.

– Preste atenção, Russell – sibilou Anne. – Seu cérebro ficou tão confuso depois de todos esses anos no espaço que você perdeu a capacidade de raciocinar? Como é que eu vou saber o que Demian faz ou deixa de fazer? Não tive contato com ele desde que saímos da Terra. – Ela deu um passo para trás e o observou. – O que você acha? Que andei tendo um romance intergaláctico? Claro, faz sentido... Fica só a 39 anos-luz de distância. – Parou, depois acrescentou: – Você perdeu a porra do juízo?

Russ simplesmente a fitou, fumegando de raiva e frustração. Então, as palavras fizeram sentido e ele passou as mãos pela barba.

– Não – admitiu. – Claro que não. Isso é...

– Loucura.

– ... burrice – completou ele. – Mas, se for coincidência... *isso*, sim, é loucura.

Anne pegou a mão dele e passou o polegar pelos nós protuberantes nos dedos, num gesto quase inconsciente. Sabia que isso o acalmava e o fez sem pensar, do mesmo modo que ele mal admitia o efeito que causava. O casamento incluía centenas dessas intimidades reconfortantes.

– Não vou mentir para você, Russ – disse Anne, tranquila. – Estou muito feliz que Demian esteja aqui. Temos amigos em Hadley's Hope, mas é um prazer inesperado encontrar alguém que me conhece bem. Demian e eu já estivemos juntos, mas antes disso fomos amigos por muito tempo. Amigos de verdade. Ele é um bom homem, e quero saber o que ele fez da vida desde a última vez que o vi... mas você é meu marido.

Russ suspirou, virou-se e se apoiou na parede, estupefato.

– Eu sou meio idiota, não é?

Anne riu.

– Meio?

De repente, ouviram risadinhas ecoando pelo corredor principal, depois o som de passos velozes. Eles se viraram e observaram as crianças da colônia passarem correndo pela entrada do corredor de manutenção, com pedaços de papel nas mãos. A maioria tinha sete anos ou menos e andava em duplas ou trios. Anne viu o cabelo vermelho-fogo de Luisa Cantrell, depois a juba loura e familiar de sua filha de seis anos, Rebecca.

– Newt! – gritou ela para a menina.

A garotinha parou de supetão. Quando se virou em direção ao corredor de manutenção, quase foi atropelada pelo irmão mais velho, Tim.

– Rebecca, o que você está...

Newt interrompeu o irmão com um tapinha no peito:

– Preste atenção, seu bobo – disse ela, andando na direção dos pais. – O que vocês estão fazendo aqui?

Russ sorriu.

– Precisávamos de um lugar reservado para dar uns amassos.

– Eeeeca! – gritou a menina, mas logo deu uma risadinha. – Vocês são tão *noxentos*.

– Nojentos – corrigiu Tim, revirando os olhos.

– Isso – concordou a menina.

– Vocês adoram pagar mico – disse Tim aos pais. Tinha o mesmo cabelo louro da irmã, mas, com quase dez anos, começava a se parecer menos com o garotinho que um dia fora.

– A gente se esforça – respondeu Anne.

Várias outras crianças passaram correndo, inclusive Aaron, amigo de Tim, que gritou que ele e a irmã iam se perder do grupo.

– Vamos, Tim – pediu Newt, tentando arrastar o menino consigo, ansiosa para voltar à bagunça e à destruição que perpetravam.

– O que estão fazendo? – perguntou Russ. – Além de correr por aí feito loucos?

– Caça ao tesouro – respondeu Tim enquanto a irmã o puxava pela mão e o arrastava de volta ao corredor principal. – Tchau!

Russ balançou a cabeça ao ver os filhos debandarem, achando graça. Apesar da tensão que poderia haver entre eles nos últimos anos, o coração de Anne ainda se derretia ao ver como o marido amava os filhos.

– Ei – disse ela, apertando a mão dele e ficando na ponta dos pés para beijá-lo no rosto. Olhou-o nos olhos. – Não precisa se preocupar, ok? Absolutamente nada. Aqui é o nosso lar, e somos mais fortes juntos, você e eu. Nossa família está sã e salva.

Russ sorriu.

– Sã e salva – repetiu.

Ainda assim, Anne não deixou de notar um vestígio de tristeza no olhar dele. Por mais feliz que tivesse ficado em ver Demian, sabia que o marido continuaria a ser assombrado pela presença do ex.

Ele soltou a mão dela.

– Está com fome?

– Morrendo – confessou ela. – Meu apetite voltou.

Foram juntos até o refeitório, as mãos dos lados do corpo, não chegando a tocar um no outro. Russ ficou quieto, e Anne pôde sentir um resto de tensão pairando entre eles. As dúvidas e os medos se amalgamavam, separando-os.

*Sã e salva*, disse a si mesma, sem saber se era uma promessa ou uma súplica.

### DATA: 10 DE JUNHO DE 2179
### HORA: 1337

O fuzileiro que dirigia a lagarta pesada era um veterano chamado Aldo Crowley. Tinha a pele dura como couro e cabelo grisalho cortado bem curto, mas o lampejo em seus olhos cor de cobre sugeria que talvez não fosse tão velho quanto parecia.

E não era. Aldo Crowley tinha completado 41 anos em janeiro. Vinha de uma família de soldados, nunca foi esperto ou ambicioso o bastante para ter uma patente mais alta que sargento. Era rebaixado a cabo toda vez que desobedecia às ordens dos oficiais superiores muito mais despreparados do que ele fora no seu primeiro dia de uniforme.

Brackett soube de tudo isso nos primeiros sessenta segundos de conversa que tivera com Julisa Paris sobre quais membros do pelotão poderia mandar na missão de resgate. Crowley tinha sido a primeira sugestão dela, seguido de um par de soldados rasos com jeito de durões chamados Chenovski e Hauer, cuja reputação era manter a cabeça no lugar quando a situação ficava feia.

O capitão levou a tenente Paris consigo também, e os primeiros três fuzileiros nos quais botou os olhos nos momentos frenéticos de preparação – Nguyen, Pettigrew e Stamovich.

– Não sei bem por que o senhor me trouxe, capitão – disse Paris.

Brackett olhou para o vasto interior da lagarta pesada. Os outros estavam sentados nos bancos ao longo do compartimento dianteiro. A traseira do veículo era usada para guardar equipamentos e carga.

Olhou para tenente Paris. Com o ronco dos motores da lagarta e a forma como ela se sacudia ao percorrer a superfície de Aqueronte, nenhum dos outros poderia tê-lo ouvido se respondesse. Mas o que teria dito? Que queria a tenente ali porque confiava nela, embora só a conhecesse havia algumas horas? Que ela conhecia a topografia e os fuzileiros e a natureza das tempestades atmosféricas? Qualquer uma dessas confissões transmitiria fraqueza.

Em vez disso, ele inverteu a pergunta:

– Você tem alguma preocupação quanto à capacidade do sargento Coughlin de comandar na nossa ausência?

Paris franziu o cenho.

– Absolutamente nenhuma!

– Ótimo.

Ela o observou por um momento, a lagarta sacudindo-os para a frente e para trás, depois desviou o olhar, tentando ver alguma coisa além do para-brisa. A visibilidade estava uma merda desde o momento em que saíram de Hadley's Hope, e só tinha piorado quando se aproximaram do Processador Seis. Aldo tinha uma série de instrumentos em funcionamento para fornecer leituras de radar e termografia do terreno adiante. Mesmo assim, Brackett não tinha a menor ideia de como o cara conseguia enxergar.

Ao seu lado no banco havia uma exomáscara. As máscaras pretas com os óculos protuberantes o faziam pensar em insetos gigantes e pavorosos. Geralmente, eram usadas para excursões breves a planetas e luas onde a atmosfera contivesse toxinas, mas também servia para outras situações. As exomáscaras também eram muito usadas durante as piores tempestades de Aqueronte, só para manter os detritos longe dos olhos e da boca, tornando mais fácil ver e respirar.

– Me diga uma coisa, tenente – pediu Brackett, tentando quebrar a tensão que havia se formado entre ele e Paris. – Alguém já perguntou por que os fuzileiros são enviados nas excursões de pesquisa? É simplesmente um trabalho de graça ou a ideia é que nosso pessoal impeça os pesquisadores de fazerem corpo mole no trabalho?

– Eu perguntei quando cheguei aqui – respondeu Paris. – Meu primeiro comandante em Aqueronte contou que isso era comum desde que os oficiais de ciências chegaram... Isso foi doze ou treze anos atrás. Mas os pesquisadores não estão só coletando amostras e mapeando a topografia.

Brackett ergueu a sobrancelha.

– O que mais eles poderiam fazer nesta rocha?

A tenente Paris lançou um olhar cauteloso a Stamovich e aos outros sentados do lado oposto. Colocou um cacho do cabelo curto atrás da orelha.

– É a Weyland-Yutani, capitão – respondeu ela, como se isso explicasse tudo.

Brackett se recostou no banco, a cabeça batendo quando a lagarta pesada passou por um buraco raso. Talvez o envolvimento da Weyland-Yutani explicasse tudo, sim. As ordens da corporação incluíam não só o estudo do próprio planetoide, mas o interesse contínuo da empresa em vida alienígena, fosse nativa ou deixada por raças viajantes do espaço. Ainda assim, treze anos após a chegada da equipe científica, parecia uma ideia ridícula.

Se os pesquisadores tivessem que encontrar alguma coisa interessante para seus empregadores, certamente já a teriam encontrado. Talvez a companhia estivesse enviando os fuzileiros com os pesquisadores por segurança, afinal; só por precaução.

Brackett inclinou-se para a frente, tentando captar um vislumbre de qualquer coisa além do para-brisa. Aldo nunca desacelerava, não importava quanto a lagarta sacudisse nem que a tempestade bloqueasse completamente a visão.

– Você consegue enxergar alguma coisa? – gritou Brackett, erguendo a voz para fazer-se ouvir sobre o ronco do veículo e os ruídos dos detritos soprados pelo vento no casco.

Aldo olhou de relance para ele.

– É esse o segredo, capitão – respondeu. – Você tem que aceitar que *não há nada* para ver, e aí fica tudo bem!

Brackett balançou a cabeça.

– Por que diabo criaram uma colônia nesta lua maldita, para começo de conversa?

No banco do outro lado, Stamovich ouviu a pergunta e se pronunciou:

– O resto do universo precisava de um lugar para o qual pudesse apontar quando a situação ficasse ruim e dizer: "Olha, podia ser pior... podia ser Aqueronte!"

Nguyen e Pettigrew riram, meneando a cabeça e concordando. Stamovich e Pettigrew bateram a palma da mão um do outro, mas o resto da equipe que Brackett escolhera para a missão não pareceu achar a menor graça. O capitão olhou para Chenovski e Hauer, viu a forma como desviaram o olhar, depois observou Stamovich.

O cara tinha um sorrisinho, um ar de arrogância. A tenente Paris tinha contado a Brackett que Stamovich era leal ao sargento Draper, mas agora começava a perceber que havia uma cisão profunda no grupo, e isso o preocupava. Esse tipo de divisão nas fileiras podia causar a morte dos fuzileiros.

A lagarta pesada deu uma guinada para a esquerda, e o motor rugiu ao sair do buraco onde havia caído. Chegando a um terreno mais plano, Aldo pisou no freio. A lagarta derrapou na poeira, balançando-se para a frente e para trás por um momento.

Ele travou o câmbio e se virou no assento, olhando para Brackett.

– Chegamos, capitão – disse Aldo. – Mas eu me apressaria se fosse o senhor.

– A tempestade está piorando? – perguntou a tenente Paris.

Aldo abriu um sorriso cansado.

– Não. O processador está pegando fogo.

# 9
# O DESEJO DE OTTO

DATA: 10 DE JUNHO DE 2179
HORA: 1341

Brackett soltou um palavrão e se jogou para a frente, encaixando-se entre os bancos para poder olhar pelo para-brisa.

À direita, no rodamoinho de detritos propelidos pelo vento, pôde ver a torre negra do Processador Seis. Mesmo dentro da lagarta pesada, conseguia ouvir o rangido e o chacoalhar do núcleo e dos respiradouros, um tipo de lamento metálico. Fumaça preta saía dos respiradouros no topo da instalação, e ele viu a luz alaranjada das chamas dentro deles.

– Filho da…

Pegou a exomáscara.

– Saiam! – berrou. – Esta coisa vai explodir a qualquer momento, e não quero estar aqui quando isso acontecer!

Aldo ficou no banco do motorista, e Brackett mandou Pettigrew ficar dentro da lagarta – era sempre bom deixar alguém de prontidão para bancar a cavalaria se as coisas piorassem muito. A escotilha traseira do veículo podia ser baixada até o chão para servir como rampa, mas, no meio da tempestade, todos saíram pela porta lateral e fecharam-na depressa.

Com as máscaras devidamente colocadas, Brackett e Paris guiaram os outros três fuzileiros por entre os detritos que voavam pelos ares, cambaleando ao vento. Um pé depois do outro, conseguiram chegar ao processador atmosférico. Mesmo com a exomáscara, Brackett sentia como se estivesse sufocando.

– Ouçam isso! – gritou Nguyen.

Brackett ouviu. Batidas e rangidos vinham de dentro da máquina. Todos os seus instintos lhe diziam para dar o fora dali, mas o ruído o incomodava muito menos que a fumaça química e fedorenta que a tempestade soprava na direção deles.

– Já se arrependeu de ter aceitado o cargo? – gritou a tenente Paris ao lado de Brackett, a voz abafada e quase perdida na ventania.

O capitão não respondeu. Não gostava de mentir.

Alcançaram a entrada alguns segundos depois. Stamovich foi o primeiro a chegar e abriu a tranca. O vento empurrou a porta para dentro com um estrondo, e Nguyen entrou rápido. Brackett sabia que eles eram amigos do sargento Draper, ansiosos para saber se o companheiro estava bem, então não importava quem seguia na frente.

Lá dentro, o nível de ruído caiu tão drasticamente que, por um momento, ele achou que havia ficado surdo. Então, Chenovski bateu a porta de metal e a trancou. O capitão hesitou na penumbra. Só as luzes fracas de emergência forneciam iluminação, pulsante. Luzes vermelhas brilhavam por todo o núcleo, e uma nuvem de fumaça preta e fina preenchia a torre, mais densa na altura do teto.

Brackett tirou a máscara e olhou para cima, mas não conseguiu ver o que estava queimando.

– Draper! Yousseff! – gritou Paris, e todos os fuzileiros olharam ao redor.

Havia sinais da equipe em apuros – jaquetas, um par de óculos de proteção e, estranhamente, uma bota –, mas ninguém à vista. O núcleo trovejava, sacudindo com tanta força que os parafusos que o prendiam ao chão pareciam tentar se soltar dos buracos. Uma das escadas reluzia, banhada pelas sombras vermelhas que criavam um efeito zootrópico numa parede à direita.

– Marv! Dê um sinal, seu desgraçado! – bradou Stamovich. – Cadê você?

Brackett começou a contornar o núcleo, gesticulando para que Nguyen o seguisse. Não tinham dado dois passos quando ouviram a resposta:

– Estamos aqui! Tomem cuidado!

Depois, outra voz:

– Mandem a gente para casa!

Brackett não dera mais do que três passos quando viu o homem barbado e corpulento deitado no chão. Havia sangue no rosto, que empapava o cabelo do lado esquerdo da cabeça. Os olhos estavam abertos, e uma das mãos se ergueu para detê-los – ou talvez para pedir socorro. Segurava a perna esquerda, e Brackett percebeu que algo ali estava errado.

*Osso quebrado, e a fratura está feia.*

– Curtis! – gritou a tenente Paris.

Mais três passos e a cena toda se tornou visível – era a última coisa que Brackett esperaria. Sacou a arma antes mesmo que a mente tivesse tempo de entender completamente a dinâmica que se desenrolava diante dele.

Um homem ruivo com o olhar furioso estava de costas contra a parede e segurava uma fuzileira por trás com um dos braços, sufocando-a enquanto mantinha o que só podia ser a arma da mulher apontada para a têmpora dela.

A pouco mais de três metros da cena, nas profundezas das sombras vermelhas e oleosas do processador, outro fuzileiro estava de pé, em posição de ataque, a arma apontada para o ruivo e para a refém.

Não foi difícil para Brackett descobrir quem eram os envolvidos. Se o cara da perna quebrada era Curtis Finch, aquele só podia ser…

– Otto! – rugiu Brackett. – Solte a soldada Yousseff!

Draper – quem mais poderia ser? – olhou brevemente para os recém-chegados, mas não desviou sua atenção de Otto Finch por muito tempo. Deslocou-se um pouco para a direita, movendo-se em direção aos outros fuzileiros. Brackett e Stamovich estavam lado a lado agora, e se apressaram a assumir posição atrás dele. O restante procurou abrigo.

– Para trás! – gritou Otto, com um tom que misturava terror e a rabugice de uma criança irritada. Ele olhava para os fuzileiros recém-chegados como se um movimento em falso pudesse fazê-lo explodir. – Não se aproximem ou eu mato ela! Não quero matar… Não queria nada disso, mas juro que mato!

– Draper, informe a situação! – rosnou Brackett.

O sargento o fulminou com o olhar, depois olhou para Stamovich com ar questionador.

– Novo comandante – explicou Stamovich.

– Jura? – desdenhou Draper.

Ele deu um passo na direção de Otto, que gritou até o sargento voltar à posição anterior.

Curtis Finch gesticulou para a tenente Paris, que correu e se ajoelhou ao lado dele.

– Sargento Draper, informe a situação! – ordenou Brackett mais uma vez.

– O que parece, senhor? – gritou Draper. – Precisa mesmo que eu descreva essa merda?

– Ele quer ir embora! – berrou Yousseff.

A expressão da soldada não demonstrava medo, mas Brackett o viu em seu olhar. Os Fuzileiros Coloniais eram muito resistentes, alguns até mais do que outros, mas nenhum guerreiro queria morrer como refém. Yousseff parecia estar tendo dificuldade para respirar.

– Como assim, *ir embora*? – perguntou a tenente Paris.

– De Aqueronte! – rosnou a soldada, e tossiu.

– Só queremos ir embora! – berrou Otto, os olhos enlouquecidos indo de um lado a outro, as lágrimas caindo. O muco escorria por cima dos lábios. – Não ligo mais para dinheiro! Não preciso de nem um dólar que a gente ganhou aqui! Só coloque Curtis e eu numa nave para casa!

Toda a torre sacudia, como se o chão estremecesse debaixo deles. Um estrondo soou como um trovão, e uma fissura se abriu no casco do núcleo, expelindo fumaça preta. Uma explosão abalou o equipamento no topo. Brackett olhou para lá e viu as chamas alaranjadas se espalharem no rodamoinho de detritos da tempestade.

Um pedaço do teto tinha sido arrancado.

– Tudo bem! – disse Brackett num tom urgente. – O que você quiser, Otto! Se quer ir para casa, posso garantir que é isso que vai acontecer!

– Capitão… – avisou Draper.

– Como é que eu posso ter certeza? – berrou Otto. – Como é que eu posso acreditar em *qualquer pessoa* neste lugar maldito?

Mais ruídos vieram do interior do núcleo. Brackett quebrou a cabeça tentando descobrir o que poderia dizer para acalmar Otto Finch. O sujeito estava passando por um surto psicótico. Não havia chance de ele acreditar em qualquer promessa que Brackett fizesse.

*O irmão.*

Brackett olhou para o outro lado e viu Paris ajoelhada com Curtis Finch. O suor escorria do rosto pálido do homem. De onde estava, o capitão podia ver uma pequena poça no chão, onde Curtis tinha vomitado de dor por causa da perna fraturada. Parecia desesperado, agarrando a manga de Paris como se implorasse.

*Será que esse cara está doido também?*

*Só há um jeito de saber.* Brackett correu e se ajoelhou ao lado da tenente. No processo, largou a exomáscara.

Paris se voltou para ele.

– O que quer que esteja pensando em fazer, capitão, faça rápido – pediu ela. – Curtis disse que só temos alguns minutos antes de este lugar explodir.

Otto começou a gritar de novo. Brackett viu Draper gesticular para Stamovich e Pettigrew, que se aproximaram um pouco mais, como se não acreditassem de verdade que Otto mataria a soldada Yousseff. O ruivo de olhos arregalados a estrangulou ainda mais e gritou para que parassem.

– Mais um passo e ela morre! – berrou.

– Otto, me escute! – disse Brackett, levantando-se outra vez. – Você não vai matar só a soldada Yousseff… vai matar todos nós, inclusive você e seu irmão! Curtis falou que só temos alguns minutos antes de o núcleo explodir. Olhe ao redor, cara! Metade do teto já foi arrancado, todo esse fogo e a fumaça… Vamos morrer se não sairmos agora…

– Tire o Curtis daqui! – vociferou Otto, com as lágrimas criando linhas claras no rosto sujo de fuligem.

Brackett guardou a arma no coldre e ergueu as mãos.

– Todos temos que ir embora – disse. – Não só o seu irmão.

– Tire-o daqui! – insistiu Otto.

Brackett passou um momento fitando o medo profundo nos olhos de Otto, depois assentiu, virando-se para Paris.

– Tire-o daqui. – Olhou ao redor. – Nguyen! Hauer! Ajudem a tenente Paris a levar Curtis para o carro!

Quando os fuzileiros se apressaram em obedecer às suas ordens, baixando as armas, Otto ficou imóvel. Yousseff se retesou como se pretendesse escapar, e Otto pressionou o cano da arma na têmpora dela.

– O que estão fazendo? – berrou ele, não para Yousseff, mas para os fuzileiros que pegavam seu irmão. – Deixem-no em paz!

A tenente Paris deu ordens silenciosas a Hauer e Nguyen. Um deles foi até um painel de controle, abriu-o e começou a arrancar a portinhola enquanto o outro ajudava Paris a tirar a jaqueta de Curtis.

– Vamos tirá-lo daqui, mas primeiro precisamos estabilizar a perna quebrada – gritou Brackett para Otto, o suor escorrendo na nuca. A temperatura dentro do Processador Seis continuava a subir. – A fratura está feia, Otto. Ele não consegue andar! Quer que seu irmão morra aqui?

Aflito, Otto só olhou para ele. Fechou os olhos com força por vários segundos, depois palavras irromperam de sua boca:

– Ok! Tirem-no daqui!

Paris gesticulou para Nguyen e Hauer, que trabalharam depressa para colocar a pequena porta de metal debaixo das pernas de Curtis. Então, amarraram a jaqueta nelas, prendendo-as ao metal. Curtis gritou muitas vezes, e, quando Nguyen apertou o nó, ele berrou e perdeu os sentidos. Mesmo abaixo do rugido e da trepidação do processador em colapso, aquele berro deixou Brackett arrepiado.

– Vão, vão! – ordenou.

Hauer, Nguyen e Paris tiraram Curtis do chão e o carregaram rapidamente até a saída. Se já não estivesse inconsciente, Brackett não duvidava que os gritos do homem teriam sido pavorosos quando os ossos fraturados roçassem uns nos outros.

– Capitão! – bradou Draper. – Não temos tempo…

Brackett ergueu a mão para silenciá-lo, voltando-se para Otto. Estava preocupado com Yousseff, cujos olhos haviam começado a se fechar.

– Não temos mais tempo, Otto – disse o capitão. – Vamos ajudar Curtis, e podemos ajudar você também. Vou fazer tudo o que puder para mandar vocês dois para casa, mas você precisa soltar a soldada Yousseff agora mes…

– Preciso ouvir uma confirmação da companhia! – gritou Otto, a voz falhando. – Quero a garantia deles!

O desespero em seu olhar denunciava um temor profundo que Brackett sabia que nunca poderia apaziguar. Otto se comportava como um homem preso num pesadelo do qual não conseguia acordar. Mas não estava dormindo. Isso era a vida real, e era letal.

– Otto, só temos dois ou três minutos! Solte a Yousseff agora, senão vamos todos morrer aqui dentro!

– Capitão Brackett, não temos mais opção! – gritou Stamovich.

– É isso aí! – rosnou Draper.

O sargento disparou, atingindo o olho esquerdo de Otto Finch. Sangue, fragmentos do crânio e massa cinzenta espalharam-se na parede. Na morte, os dedos de Otto se retesaram e a arma disparou. Yousseff gritou e recuou, mas a mão do cadáver já começara a se afastar e o projétil se perdeu, sumindo na escuridão fumacenta.

Brackett atravessou a sala trepidante enquanto o processador atmosférico sacudia e retinia ao redor deles.

– Que merda, Draper, que diabo foi aquilo?

– Tomei uma atitude, capitão! O senhor mesmo disse que não tínhamos tempo a perder.

Pettigrew e Stamovich assentiram, concordando. Furioso, Brackett sentiu as mãos se fecharem em punhos, mas forçou-se a abri-las. Draper teria que esperar até mais tarde.

– Saiam! – gritou, gesticulando para Pettigrew, Chenovski e Stamovich enquanto Yousseff cambaleava para longe do cadáver de Otto, tentando recuperar o fôlego. – Mas vamos levar o corpo conosco! O irmão vai querer enterrá-lo.

– Que se dane! – rosnou Draper. – Esse doido quase matou a Yousseff. Não vamos arriscar a vida por ele!

Apesar do perigo crescente – os segundos que escoavam em seu relógio mental –, Brackett olhou embasbacado enquanto Draper dava um tapinha em Stamovich e os dois saíam correndo pela porta, com Pettigrew hesitando apenas um segundo antes de segui-los.

*Esse filho da puta me paga*, pensou Brackett.

– Capitão!

Brackett se voltou para ver Chenovski tentando erguer o corpo de Otto Finch do chão. O sangue e o cérebro já haviam assado na parede quente de metal, mas a poça ao redor do morto tinha crescido, e Chenovski escorregou um pouco ao tentar levantar Otto. Brackett correu na direção deles. Percebeu um movimento à sua esquerda e viu Yousseff, que finalmente recuperara o fôlego.

Juntos, os três levantaram Otto assim como os outros haviam carregado Curtis e partiram rumo à saída. O processador ameaçava tombar e eles se esgueiraram pela brecha da porta aberta antes de se lançarem na escuridão e na tempestade uivante de detritos. O vento os açoitou, e eles precisaram se curvar. Sem a exomáscara, Brackett mal conseguia distinguir o veículo. Os três fuzileiros que desobedeceram a uma ordem direta marchavam na direção do carro, lutando contra o vento. Ver as silhuetas em fuga deu-lhe motivação extra, e ele gritou para incentivar Yousseff e Chenovski.

Chegaram à lagarta doze longos segundos depois de Draper e os outros dois. Aldo os recebeu na traseira do veículo, onde a rampa fora baixada, e ajudou Chenovski a arrastar o corpo de Otto para dentro, colocando-o ao lado do irmão inconsciente.

– Por que você ajudou? – perguntou Brackett a Yousseff, gritando para fazer-se ouvir em meio à tempestade.

A soldada olhou para ele.

– O senhor deu uma ordem.

Brackett sabia que aquele não era o verdadeiro motivo. Yousseff era uma das amiguinhas de Draper ou não teria sido escolhida para acompanhar os Finch.

– Vamos, capitão! – gritou Aldo, acenando para que eles entrassem enquanto corria para o banco do motorista.

Duas explosões vieram do Processador Seis. Yousseff se virou para ver a torre, e Brackett seguiu o olhar dela em direção às chamas que se erguiam até o teto. Pôs a mão nas costas dela, empurrando-a de leve, e Yousseff pareceu despertar do transe. Subiram a rampa correndo e se sentaram quando a porta se trancou e a rampa se retraiu.

– Ponham os cintos! – gritou Aldo, e o carro avançou, a tempestade de detritos arranhando o casco enquanto o veículo cruzava o terreno desigual com um ronco alto.

Brackett sentou-se, olhou ao redor e percebeu que estava de frente para Draper. Todos os olhares convergiam para o capitão, os outros fuzileiros imaginando como ele reagiria à insubordinação do sargento.

Ainda em silêncio, Brackett rilhou os dentes com tanta força que a mandíbula doeu. Seu primeiro instinto foi botar o canalha atrás das grades assim que voltassem a Hadley's Hope e mantê-lo ali até conseguir que Draper fosse transferido para longe de Aqueronte. O problema era que não sabia quanto apoio receberia dos seus superiores. Se pusesse Draper na prisão e depois tivesse que libertá-lo, isso minaria sua autoridade ainda mais do que as ações de Draper já tinham minado.

– Escuta aqui, seu filho da... – começou Brackett, inclinando-se para a frente.

Naquele momento, o Processador Seis explodiu. O estouro sacudiu o carro, jogando-o para a esquerda. Hauer e Pettigrew caíram no espaço entre as fileiras de assentos. Mesmo abafado pela tempestade, o som da explosão fez todos se encolherem, e Yousseff cobriu os ouvidos. Alguma coisa bateu no teto do carro, e Aldo deu uma guinada para evitar um pedaço de metal em chamas que caiu na frente deles como um meteorito.

Stamovich xingou em voz alta, e os outros imediatamente começaram a provocá-lo por demonstrar medo. Isso só durou uns segundos, pois todos voltaram a atenção para a agressividade silenciosa que crepitava no espaço entre Brackett e Draper.

– O que estava dizendo? – perguntou Draper num tom seco, cheio de desrespeito.

– Estava dizendo que meu primeiro dia no comando foi bem ruim – disse Brackett. – Mas tenho certeza de que para você os problemas só começaram, sargento. Você, Stamovich e Pettigrew vão ficar confinados no alojamento quando voltarmos, e vão ficar lá até segunda ordem. Se os três pensam que não vão sofrer as consequências depois dos atos de hoje, suponho que seu comandante anterior tenha dado a impressão de que a hierarquia não significava nada aqui, neste lugar perdido no espaço. Estou aqui para dissuadi-los dessa ideia.

O canto da boca de Draper se ergueu no que pode ter sido um sorriso sarcástico, mas essa foi sua única resposta. Os outros também foram sensatos o bastante para ficar calados.

A lagarta seguiu em frente.

Estavam a meio caminho da colônia e a tempestade começava a diminuir quando Julisa Paris veio dos fundos do carro e sentou-se ao lado de Chenovski.

– Sinto muito, capitão – disse ela. – Hauer fez o possível. O choque e a perda de sangue cobraram um preço. Curtis Finch morreu.

Brackett suspirou profundamente e apoiou a cabeça na parede trepidante do carro.

– O babaca maluco queria ir embora do planeta, ele e o irmão – resmungou Stamovich. – Parece que o desejo foi atendido.

– Como é que o desejo deles foi atendido? – perguntou Chenovski com escárnio. – Agora eles nunca mais vão sair de Aqueronte. Vão ser enterrados aqui. Quem quer que eles tenham deixado na Terra vai saber que eles morreram e seguir em frente. Este lugar é tão longe de casa que esses colonos já podem até ter morrido na mente das pessoas que eles deixaram para trás. Se isso fosse mais que só um posto de trabalho para mim... se eu fosse ficar aqui para sempre... ia pirar que nem o Otto.

Seguiram viagem em silêncio por um minuto ou dois, todos absorvendo aquelas palavras. Os fuzileiros começaram a baixar os olhos ou a tentar ver além do para-brisa, embora Aldo gesticulasse para que permanecessem sentados.

Yousseff cutucou Brackett com o cotovelo. O capitão notou que ela estava sentada ao lado dele, mas estava preocupado demais com a própria raiva.

– Você perguntou por que ajudei a carregar o corpo – murmurou ela, de forma que, com o ronco do motor e o sopro da tempestade, só Brackett pudesse ouvir.

– Não foi só obediência – rebateu ele, e não foi uma pergunta.

Yousseff baixou os olhos por um instante, depois voltou a encará-lo.

– Deu para sentir o medo dele – contou ela. – Otto conseguia ser um pé no saco, mas eu até que gostava dele. O cara desmoronou, capitão. Ele não queria me machucar… só estava apavorado. Detesto que tudo tenha terminado assim.

Brackett estreitou os olhos.

– O que poderia deixar alguém tão assustado?

Yousseff deu de ombros.

– Acho que não era nada real. Nada tangível. Aqueronte afetou os nervos dele. Ele se convenceu de que existia alguma coisa nesta lua maldita da qual devia ter medo, alguma coisa que ia matá-lo. Tinha medo de morrer se não saísse daqui.

Brackett olhou de relance para Draper.

– Acho que ele tinha razão. Mas não era de Aqueronte que deveria ter medo.

# 10
# O CUSTO

DATA: 10 DE JUNHO DE 2179
HORA: 1648

Newt nunca se importou em ser vista como criança. Conhecia algumas que ficavam muito zangadas quando os adultos as chamavam de *pequenas*, mas ela considerava um motivo bobo demais para se irritar. Afinal, elas *eram* pequenas. Não era como se os adultos quisessem usar a verdade para ofendê-las.

Na verdade, não tinha a menor pressa de crescer. Os adultos eram muito rabugentos. Ficavam estressados com coisas que não pareciam lá muito importantes – coisas sobre divergências que eles achavam que aconteceriam, mas que não tinham acontecido ainda. Seus pais eram o exemplo perfeito. Ultimamente, andavam preocupados com coisas que Newt admitia abertamente que não entendia direito.

O que ela sabia era que não parecia haver nenhum motivo para isso. O estresse deixava os dois tensos e irritáveis, e crepitava entre eles como aquela energia invisível que às vezes dava choque quando ela revirava as roupas recém-lavadas procurando meias que combinassem.

*Estática*, pensou Newt, cheia de si. *É claro… esse é o nome.*

A eletricidade estática que chiava invisível no ar entre os pais ao longo dos últimos meses só fazia crescer, mas nunca estivera tão forte quanto hoje. A menina estava no alojamento da família fazendo a lição de casa e viu o modo como eles iam de um cômodo a outro, às vezes se evitando mutuamente… e ela teve que sair dali.

Tim estava jogando *Burning Gods* em imersão total e ignorou irmã quando ela perguntou se ele queria ir à cozinha ver se Bronagh Flaherty lhes daria um sacolé. Então, foi sem ele.

Newt gostava de sacolés. Seu sabor preferido era cereja, embora houvesse uma cerejeira na estufa e, depois de provar a fruta, ela nunca tivesse entendido por que o sacolé de cereja se chamava sacolé de cereja se o gosto não tinha nada a ver com o da cereja de verdade.

Perdida nesses pensamentos, quase trombou com um homem que veio apressado dobrando a esquina perto dos escritórios administrativos.

– Opa! – disse ele, levantando as mãos.

Só quando olhou para ele, protegendo o sacolé de cereja da colisão iminente, percebeu que era o capitão Brackett. Quando ele a reconheceu, sorriu.

– Oi! Rebecca, não é? – falou o homem, como se tivesse resolvido um enigma. Os adultos eram tão esquisitos. Mas ele tinha um sorriso bonito.

– Newt – respondeu ela. – Todo mundo me chama de…

– Certo, desculpe! – disse o capitão. – E desculpe por quase ter atropelado você. Estou com coisas demais na cabeça, mas isso não é desculpa para não prestar atenção. – Olhou para baixo. – Sacolé de morango?

Ele ainda sorria, mas para Newt parecia tenso, como se quisesse ser gentil com ela ao mesmo tempo que estava zangado com outra pessoa. Isso parecia criar uma estática própria, uma espécie de nuvem de frustração.

– Cereja. É o meu favorito.

– Cereja é bom. Eles também têm sacolé de uva lá embaixo?

– Se você pedir para Bronagh na cozinha, ela pode fazer um, mesmo que não tenha no freezer.

O capitão Brackett assentiu como se essa notícia o deixasse muito satisfeito.

– Vou ter que fazer isso. Ela parece uma pessoa legal.

Rebecca assentiu.

– Ela é muito legal.

Ele a observou por um segundo.

– Você parece muito a sua mãe. Alguém já lhe disse isso?

– É porque às vezes meu cabelo fica arrepiado. Minha mãe tem o cabelo arrepiado praticamente o tempo todo, mas o meu só fica às vezes. Eu tenho uma boneca… Meu irmão diz que sou crescidinha demais para ter boneca, e pode ser verdade, mas é só uma boneca. O nome dela é Casey. Ela tem cabelo arrepiado também.

O capitão Brackett deu uma risadinha, e Newt percebeu que parte da estática ao redor dele pareceu sumir. O homem não parecia mais tão estressado como quando quase colidira com ela.

– Talvez eu possa conhecer a Casey um dia – disse ele. – E talvez você possa me apresentar à Bronagh também.

Newt sorriu.

– Posso apresentar, sim.

– Ótimo! Depois eu falo com você, então. – Olhou para o corredor. – Agora tenho que falar com o sr. Simpson.

Ela ergueu o polegar num sinal positivo e mordeu a ponta do sacolé. O gelinho sabor cereja congelou os dentes e a fez falar de um jeito engraçado.

– Falou e disse – respondeu ela. Seu pai sempre dizia isso. – Até mais.

– Até mais, Newt – disse ele, e passou por ela, indo em direção ao centro de comando com os ombros tão rígidos que o faziam parecer zangado.

– Capitão Brackett? – chamou ela.

O homem olhou para trás.

– Sim?

– Parece que o seu primeiro dia está sendo ruim. Espero que melhore.

Ele deu aquela mesma risadinha e concordou:

– Também espero, menina. Também espero.

Brackett encontrou Al Simpson no escritório. Várias pessoas lhe lançaram olhares estranhos quando marchou determinado em direção à porta fechada do administrador colonial, mas só depois de bater à porta e abri-la entendeu o porquê das expressões intrigadas.

Simpson não estava sozinho. Virou a cabeça ao notar a intrusão de Brackett, as sobrancelhas espessas franzidas de irritação.

– Posso ajudar, capitão?

Brackett o fitou com a mão ainda na maçaneta, depois olhou com mais atenção para as outras duas pessoas no escritório – dr. Reese e dra. Hidalgo, os chefes da equipe científica da Weyland-Yutani na colônia. Os três pareciam estar no meio de uma conversa, mas o que poderia ser mais importante que a destruição do Processador Seis e a morte de dois pesquisadores?

– Achei que você ia querer um relatório sobre os acontecimentos de hoje – disse Brackett, sem tentar esconder o tom acusatório das palavras. – Dois homens morreram, caso não saiba.

O olhar de Simpson ficou ainda mais gélido.

– Eu soube, sim – respondeu. – Estávamos discutindo as falhas de manutenção que levaram ao colapso do processador. Cuidar para que nada assim volte a acontecer é minha prioridade. Só o custo da substituição do Processador Seis vai ser…

– Certo – disse Brackett. – O *custo*.

A dra. Hidalgo desviou o olhar, abalada pela insinuação, mas o dr. Reese se retesou e ergueu o queixo como quem se prepara para uma briga.

– Os irmãos Finch conheciam os riscos que estavam correndo quando saíam nas expedições – disse o dr. Reese. – Se quer relembrar ao sr. Simpson que ele deve dar atenção à questão principal, devo avisá-lo de que ele está fazendo o que lhe cabe. Talvez, capitão, o senhor deva se preocupar mais com o próprio trabalho.

Brackett pensou numa dúzia de formas de arrancar a expressão convencida da cara do cientista. Forçou-se a respirar fundo.

– Na verdade, esta é uma das coisas sobre as quais vim falar – respondeu, voltando-se para Simpson. – Precisamos entender com clareza qual exatamente é o trabalho dos fuzileiros designados para esta colônia. Antes de tratar disso, porém, o protocolo exige que eu faça um relatório do que aconteceu lá... e foi isso que vim fazer.

Simpson recostou-se na cadeira, tamborilando os dedos na mesa de prata brilhante e liga de vidro. Todo o escritório se destacava lindamente com mobília metálica, fria e moderna, além de luminárias rotatórias, diferentes de qualquer coisa que Brackett tivesse visto desde que chegara a Hadley's Hope. Essa elegância só podia ser uma vantagem do cargo, porém Simpson deixara os restos de seu trabalho empilhados em cada superfície – xícaras sujas de café, suéteres usados, tubos com amostras de solo, grossos arquivos de papel antigo debaixo de tablets. O homem tratava o ambiente com descaso, e Brackett só podia presumir que tratasse os funcionários do mesmo modo.

– Faça por escrito e mande para mim – disse Simpson, os dedos deixando de batucar a mesa. – Depois eu leio.

O tom sugeria uma dispensa, mas Brackett não estava pronto para ser dispensado.

– Dois de seus homens estão mortos, Simpson. Você não vai ter plena compreensão dos eventos que levaram à morte deles sem um relatório completo...

O dr. Reese suspirou profundamente, como se estivesse cansado de lidar com um simplório.

– Já temos um relatório completo, capitão.

Brackett inclinou a cabeça.

– Mas eu não preenchi nenhum...

– Do sargento Draper – interrompeu Simpson.

Por um ou dois segundos, Brackett só conseguiu olhar para eles. Então, fungou e balançou a cabeça ao apreender o significado da declaração.

– Draper está confinado no alojamento dele.

– Entendido – respondeu Simpson. – Mas, até onde sei, você não deu nenhuma ordem que o proibisse de receber visitantes. Você não estava disponível imediatamente após seu retorno...

– Estava numa reunião com a minha equipe – Brackett endireitou as costas, o uniforme criando atrito com a pele – e cuidando do desembarque dos dois colonos mortos. Mas imagino que saiba disso.

– O relatório do sargento Draper foi muito detalhado, e certamente satisfaz nossas necessidades – disse o dr. Reese. – Tenho certeza de que todos precisamos conversar, capitão Brackett, conversar sobre o modo como as operações são conduzidas aqui, e como a equipe científica trabalha de mãos dadas com os Fuzileiros Coloniais, mas receio que isso tenha de esperar. A destruição do Processador Seis nos deixa…

Brackett pigarreou para limpar a garganta, o que pelo menos serviu para silenciar o homem por um momento.

– É, doutor, vamos conversar durante o chá. Enquanto isso, quero esclarecer algumas coisas agora. Coisas que *não* podem esperar. – Levantou um dedo. – Primeiro, deste momento em diante vocês não vão ter contato direto com nenhum dos meus fuzileiros, a não ser para agradecer se eles forem educados o bastante para segurar a porta para vocês passarem.

Brackett olhou para Simpson, depois para a dra. Hidalgo, que parecia muito constrangida.

– Capitão, o senhor precisa entender… – começou ela.

– Preciso? – Brackett balançou a cabeça. – Não, doutora, acho que não. Meu pelotão responde a mim, e somente a mim, e *vocês* não vão receber relatórios de Draper nem de mais ninguém. O sargento Draper é um soldado problemático. Sempre há pelo menos um em todo pelotão. Mas, de agora em diante, ele é problema *meu*.

– Anotado – disse Simpson, alisando a camisa por cima da barriga redonda.

Brackett observou o administrador por um segundo, depois estreitou o olhar ao se voltar para Reese e Hidalgo. A marca de nascença na mandíbula e no pescoço de Reese ficara tão escura que estava quase roxa.

– E vocês dois? Simpson pode ser o administrador aqui, mas está claro que a companhia tem mais influência que o governo. Então preciso ouvir a resposta de vocês também. Minha mensagem está clara?

O dr. Reese o fulminou com o olhar, os olhos brilhando de desprezo.

– Muito clara – respondeu a dra. Hidalgo.

Reese não a contradisse. Brackett teria gostado se ele desse uma resposta mais concreta, considerando que era o membro sênior da equipe científica, mas seu silêncio teria que bastar… por enquanto.

– Que bom. Isso nos leva à segunda coisa.

Al Simpson enfiou a camisa mais para dentro da calça, como se isso pudesse lhe garantir mais autoridade.

– Não dá para esperar?

Brackett o ignorou e continuou concentrado nos cientistas.

– Ouvi dizer que é um procedimento padrão os Fuzileiros Coloniais acompanharem as equipes de pesquisa em campo – disse ele. – Essa prática termina agora.

A dra. Hidalgo titubeou.

– Você não pode fazer isso!

– Me perdoe, doutora, mas posso, sim.

Ele olhou fixamente para ela, surpreso com a mudança súbita de expressão. Antes, ela parecera constrangida com a atitude de Reese, mas agora tinha adotado um ar igualmente insensível.

Brackett entendeu que eles o viam como um idiota de uniforme. Simpson e os cientistas achavam que o estavam mantendo no escuro, mas não era preciso ser nenhum gênio para entender por que queriam fuzileiros acompanhando as excursões. Não depois que tivera um tempo para ponderar sobre isso.

A maior parte dos avanços científicos do último século fora alcançada por organizações que adquiriram e estudaram espécimes de várias formas de vida alienígena. Às vezes, era um governo, mas, na maior parte do tempo, era uma corporação.

Havia muito tempo, a Weyland-Yutani estava numa cruzada para encontrar e utilizar, monetizar ou converter em arma qualquer espécie alienígena na qual conseguisse pôr as mãos. Os esforços da companhia não eram segredo. A humanidade havia aprendido muito com seus parceiros comerciais arcturianos.

Brackett não podia negar o valor do contato com a vida alienígena, mas nunca fora trabalho dos Fuzileiros Coloniais bancar os seguranças particulares de um bando de pesquisadores civis... nem conduzir missões de resgate de garimpeiros freelancers.

Isso tinha que parar.

– Tem razão, capitão... Esse *é* nosso procedimento padrão – admitiu Simpson. – Tem sido assim desde o começo da colônia. Os fuzileiros dão segurança e apoio para...

Brackett ergueu a mão para interrompê-lo.

– Não, não damos. Isso não é um tópico para discussão. Quando recebi ordens para assumir o posto de comandante em Hadley's Hope, não houve nenhuma menção a um acordo desse tipo. Os Fuzileiros Coloniais não são empregados da companhia, sr. Simpson. – Fez uma pausa, depois continuou: – Assim que sair desta sala, vou consultar meus superiores. Vai levar aproximadamente uma semana para a mensagem chegar à Terra e para recebermos uma resposta. Se eu for instruído a cooperar com as suas exigências, é claro que vou cumprir as ordens. Mas, a não ser que eu receba esse tipo de instrução, não haverá mais escoltas de fuzileiros nas missões de pesquisa.

O dr. Reese fungou, o rosto duro como pedra.

– Acho que não gostará da resposta.

Brackett deu de ombros.

– Não cabe a mim gostar ou desgostar das minhas ordens, doutor. Sou fuzileiro. E isso quer dizer que não preciso dar a mínima para o que o senhor pensa.

DATA: 10 DE JUNHO DE 2179
HORA: 1844

Hadley's Hope fora projetada para a vida em comunidade. O salão de jantar – que os fuzileiros chamavam de refeitório – servia três refeições por dia, e Anne Jorden seria a primeira a admitir que os homens e as mulheres que lá trabalhavam tinham muito mais talento na cozinha do que ela jamais teria.

Russ tinha algumas habilidades culinárias – em partes iguais de inspiração e intuição –, mas nem em seus melhores momentos Anne fora capaz de preparar mais que uma receita básica. Mesmo assim, pelo menos três vezes por semana, os Jorden faziam um jantar em família no alojamento, só os quatro sentados ao redor da mesinha ou espalhados em cadeiras na sala de estar.

A maioria dos colonos preparava refeições particulares toda semana. A vida em comunidade tinha suas vantagens, mas todos precisavam de um tempo para si de vez em quando. Ultimamente, o problema era que, toda vez que ela e Russ tinham momentos de ócio – sozinhos ou com as crianças –, os dois acabavam discutindo.

Anne amava o marido. Não tinha atravessado metade do universo com ele por capricho. Porém, os anos em Aqueronte haviam mostrado a eles que viver numa comunidade tão pequena significava que não havia nenhum lugar aonde os devaneios pudessem levá-los. Na Terra, se ficasse irritada com o parceiro, podia fantasiar a ideia de ir embora, comprar um chalé nas montanhas e conhecer um homem que olhasse para ela do jeito que Russ olhava quando começaram a namorar.

Ainda conseguia se lembrar daquele olhar, do desejo e da malícia na expressão dele.

Em Aqueronte, seus sonhos não tinham para onde fugir. Isso a deixava sem paciência com ele, e às vezes implacável.

*Hoje, não*, prometeu ela enquanto mexia o macarrão e os temperos que refogava na frigideira do fogãozinho. O cheiro subiu numa onda e fez sua boca salivar. Três tipos de pimenta, um armário inteiro de ervas... Podia não ser a melhor chef da galáxia, mas havia aperfeiçoado pelo menos um prato.

Pena que as crianças detestavam.

Anne bebericou o vinho enquanto cozinhava e olhou para Tim. O filho estava sentado numa poltrona estofada baixa, e toda a sua atenção estava voltada para o pequeno tablet que tinha nas mãos. Qualquer um teria pensado que estava fazendo a lição de casa ou lendo um livro, mas ela via os botõezinhos pretos nas orelhas dele, indicando que estava ouvindo alguma coisa. Ou estava vendo algum vídeo ou jogando videogame.

Em outro momento ela poderia tê-lo censurado – hoje, tomou outro gole de vinho, sorriu e mexeu o macarrão temperado.

*Demian Brackett*, pensou, o sorriso suave e cheio de lembranças.

*Não.* Esta noite não iria arranjar briga com Russ.

Não ia sair correndo e ter um caso com Demian – não havia nenhum lugar em Aqueronte onde pudesse se esconder das consequências da infidelidade. Mas isso não queria dizer que não pudesse namorar a ideia por um tempo. Um homem bom, ainda que um pouco sério demais, Demian continuava bonito como sempre. Quando muito, os pequenos vincos no canto dos olhos na pele negra o tornavam ainda mais atraente.

Anne bebericou o vinho, deixando a mente divagar. Russ estava irritado com a presença de Demian. Nesse mesmo dia, mais cedo, ela tivera vontade de dar um soco nele por ser tão infantil. Mas, se continuasse deixando a lascívia dominar seus pensamentos, tinha a impressão de que esta noite o marido colheria os benefícios da chegada do ex-namorado.

*Russ sortudo*, pensou. *Anne sortuda também*, pois, apesar das tensões recentes, tinha um marido forte, inteligente, bonito e corajoso, que amava os filhos mais que a própria vida. Qualquer que fosse a discussão, ela sabia que ainda ficariam juntos quando a poeira assentasse. Russ Jorden era seu homem rústico de olhos grandes, mesmo quando queria dar um tapa na cabeça dele.

A tranca da porta chacoalhou e ela ouviu um ranger conhecido. Cozinhando o macarrão temperado, baixou um pouco o fogo e se virou, sorrindo para Russ quando ele entrou no alojamento.

– Oi, querido – começou ela. – Quer uma taça de...

O olhar pálido e assombrado do marido deteve suas palavras.

– Annie...

Ela desligou o fogão, um torpor apavorado espalhando-se dentro dela.

– O que foi, Russell? Conheço essa cara. Merda, detesto essa cara.

Ele foi até ela. Anne notou a cabeça de Tim virando para segui-lo – mesmo jovem como era, também devia ter ficado abalado com a expressão pesarosa do pai. A porta ainda estava aberta para o corredor, e ela queria pedir que o filho a fechasse, mas Russ a tomou nos braços e lhe deu um abraço apertado. Então desabou sobre ela, um navio baixando as velas ao chegar a um porto seguro, e ela passou os dedos pelo cabelo da nuca dele.

– Conte o que aconteceu – sussurrou.

Russ suspirou profundamente, pressionando a testa na dela, depois recuou para olhá-la nos olhos.

– Acabei de esbarrar com Nolan Cale, e ele me deu a notícia… Curtis e Otto morreram.

As palavras a deixaram perplexa, de pernas bambas.

– Não – conseguiu dizer, balançando a cabeça. – Isso não pode…

Anne se virou, debruçando-se sobre o fogão, fechando os olhos e lutando contra a onda de raiva que a invadia.

– Idiotas. – Bateu a mão com força no fogão, sacudindo a frigideira que ainda chiava. – Aqueles filhos da puta burros!

– Ei – chamou Russ, segurando o braço dela. – Você sabe que não é assim. Eles tentaram se proteger dentro do Processador Seis. Teriam ficado bem, mas o Otto endoidou. Pelo que ouvi, ele… perdeu o juízo.

Anne olhou para ele.

– Para começar, eles nem deveriam ter ido lá fora. Aqueles dois estavam correndo riscos desnecessários… faziam qualquer coisa para tentar sair na frente.

– Eles eram nossos amigos – lembrou-a Russ.

– Isso não quer dizer que não fossem idiotas – argumentou Anne, recusando-se a ser apaziguada. – As piores tempestades atmosféricas podem ser previstas em questão de horas. Talvez não pudessem saber como essa tempestade ficaria forte antes de saírem daqui, hoje de manhã, mas sabiam que teriam um dia difícil.

Russ deu um passo para trás, olhando para Tim, que mantinha os olhos grudados no tablet.

– Eles morreram, Anne. Você vai ficar com ódio de si mesma depois, por…

– Por quê? Por saber que eles não precisavam morrer assim? – Deu um suspiro longo, trêmulo e repleto de lágrimas, baixando o olhar. – Eles não *precisavam* morrer.

Russ tocou o braço dela, passando a mão quente sobre a pele.

– Não, não precisavam.

Anne olhou para o marido, esfregando os olhos.

– Somos tão ambiciosos quanto eles, mas nunca corremos esse tipo de risco. Levamos nossos filhos conosco nas expedições de pesquisa, Russ. Nossos *filhos*. Alguns dos administradores acham que somos malucos, mas qualquer um que já tenha passado um tempo lá fora, trabalhando na areia e no vento, sabe perceber quando as piores tempestades vão chegar.

– Otto perdeu a cabeça, amor. Você sabe como ele andava nervoso.

Anne se retesou, depois assentiu devagar, concordando.

– Desmoronando, Russ. O cara estava desmoronando. Fiquei preocupada com ele e também fiquei preocupada com você, desde que vocês dois começaram a passar tanto tempo juntos, nos últimos meses. Tendo pensamentos negativos. Querendo coisas impossíveis.

Russ se retraiu, depois balançou a cabeça, passando a mão pelo queixo barbado.

– Agora? – perguntou ele. – Quer discutir isso agora?

Anne sentiu que não conseguia respirar.

– Eu *nunca* quero discutir isso. Não significa que vou fingir não ter ficado incomodada vendo você e Otto passarem meses convencendo um ao outro de que suas vidas teriam sido melhores se nunca tivessem vindo para Aqueronte.

– E não teriam? – rosnou Russ, erguendo as mãos. – As coisas não teriam sido melhores? No mínimo, Otto e Curtis ainda estariam vivos!

– Você não tem como saber – retrucou ela. – Otto nunca foi a pessoa mais estável…

– Pare!

– Viemos para cá porque sonhamos com uma vida de descobertas.

Russ revirou os olhos.

– E como vem sendo isso até agora?

– Estamos no extremo mais distante da civilização humana – respondeu Anne. – Temos uma vida boa. Ganhamos um salário decente. Toda noite, quando deito, penso em todas as pessoas que nunca teriam a coragem de fazer o que nós fizemos!

– Nenhuma delas foi burra o bastante para correr os riscos que corremos.

– É preciso correr riscos para colher as melhores recompensas – disse Anne, ecoando as palavras que ele usara para persuadi-la a vir para a colônia, anos atrás.

Russ inclinou a cabeça, fitando-a como se tivesse crescido uma segunda cabeça do seu pescoço.

– Quando saímos em missões de exploração, eles controlam cada passo nosso. Sabem onde estamos e o que fazemos. Mesmo que encontremos algum artefato deixado por formas de vida alienígena, ou um veio de pedra preciosa, eles têm tudo planejado para tirar proveito do que conseguimos ganhar. Isso nem é garimpo de verdade… só estamos arriscando nosso pescoço sem garantia nenhuma quando estamos trabalhando para a companhia. E em todos esses anos, o que encontramos que tivesse valor real? Nada! – Ele a olhou com firmeza. – Estamos desperdiçando nosso tempo nesta rocha maldita!

Anne sentiu a bile subir no fundo da garganta. Queria vomitar.

– Não acho que estou desperdiçando meu tempo aqui, Russell – disse ela. – Tenho uma família feliz e um círculo de amigos e um emprego que de vez em quando me dá uma onda de adrenalina. É uma vida boa.

– Eu não quis dizer… – Russ balançou a cabeça, irritado. – Não é o que estou falando, você sabe disso.

Anne olhou para Tim, debruçado no tablet. De jeito nenhum os fones pretos nas orelhas impediam que ouvisse a voz do pai – não quando Russ gritava.

– Se quer tanto sair da colônia – sussurrou ela –, então saia. Se está tão infeliz…

– Ah, você ia *adorar* isso, não ia? É o momento perfeito, agora que o idiota do Demian Brackett está aqui!

Ela o fuzilou com o olhar.

– Merda, parece mesmo que você tem dez anos de idade, sabia?

– Negue quanto quiser, Anne, mas sei que você ainda gosta dele. Dá para ver.

Anne cobriu a boca com a mão. Não se atreveu a olhar para Tim. Que diabo Russ estava pensando, falando essas coisas quando o filho dos dois estava na sala? Já tiveram muitas discussões na frente das crianças, mas nada desse tipo. Ela só rezava para que o menino não estivesse prestando atenção, que tivesse se perdido no que quer que estivesse vendo, lendo ou jogando, como tendia a fazer.

– É melhor você parar agora – disse ela.

Russ piscou e olhou para Tim, finalmente entendendo, mas, quando voltou a encarar Anne, ainda tinha o rosto corado de raiva.

– Você está triste por causa do Otto – disse ela. – Eu também. Vamos conversar sobre isso depois.

– Estou triste, sim. Meu amigo morreu. Otto podia ser instável, mas isso não quer dizer que ele não tivesse razão. Esta colônia é um beco sem saída para mim…

– Para você?

– Para todos nós.

Anne se forçou a respirar.

– Se quiser ir embora…

– Porra! – gritou Russ, jogando os braços para o alto.

Virou-se para sair, e ambos olharam para a porta. Newt estava parada lá, a boca pintada pelo corante vermelho do seu sacolé favorito. Os olhos estavam arregalados, cheios de sofrimento, e o lábio inferior tremia.

– O papai vai embora? – sussurrou ela.

Russ fechou e abriu os punhos, o rosto vincado de remorso.

– Só por um tempo, querida – respondeu ele. – Só por um tempo.

Então, saiu.

Anne, Newt e Tim passaram um longo momento encarando a porta. Depois, a menina saiu correndo atrás dele. Russ tinha virado à esquerda, provavelmente dirigindo-se ao centro de recreação, mas a filha não seguiu o pai. Virou à direita e desapareceu num instante.

– Newt! – gritou Anne.

Tim se levantou, tirando os fones do ouvido e deixando o tablet na poltrona.

– Vou atrás dela – anunciou. Então, olhou com raiva para a mãe. – Qual é o *problema* com vocês dois?

Anne observou em silêncio enquanto o filho saía correndo atrás da irmã. Ficou sozinha no alojamento da família, o coração latejando nos ouvidos.

O aroma dos temperos cozidos havia penetrado nos cabelos e nas roupas, mas ela perdera o apetite.

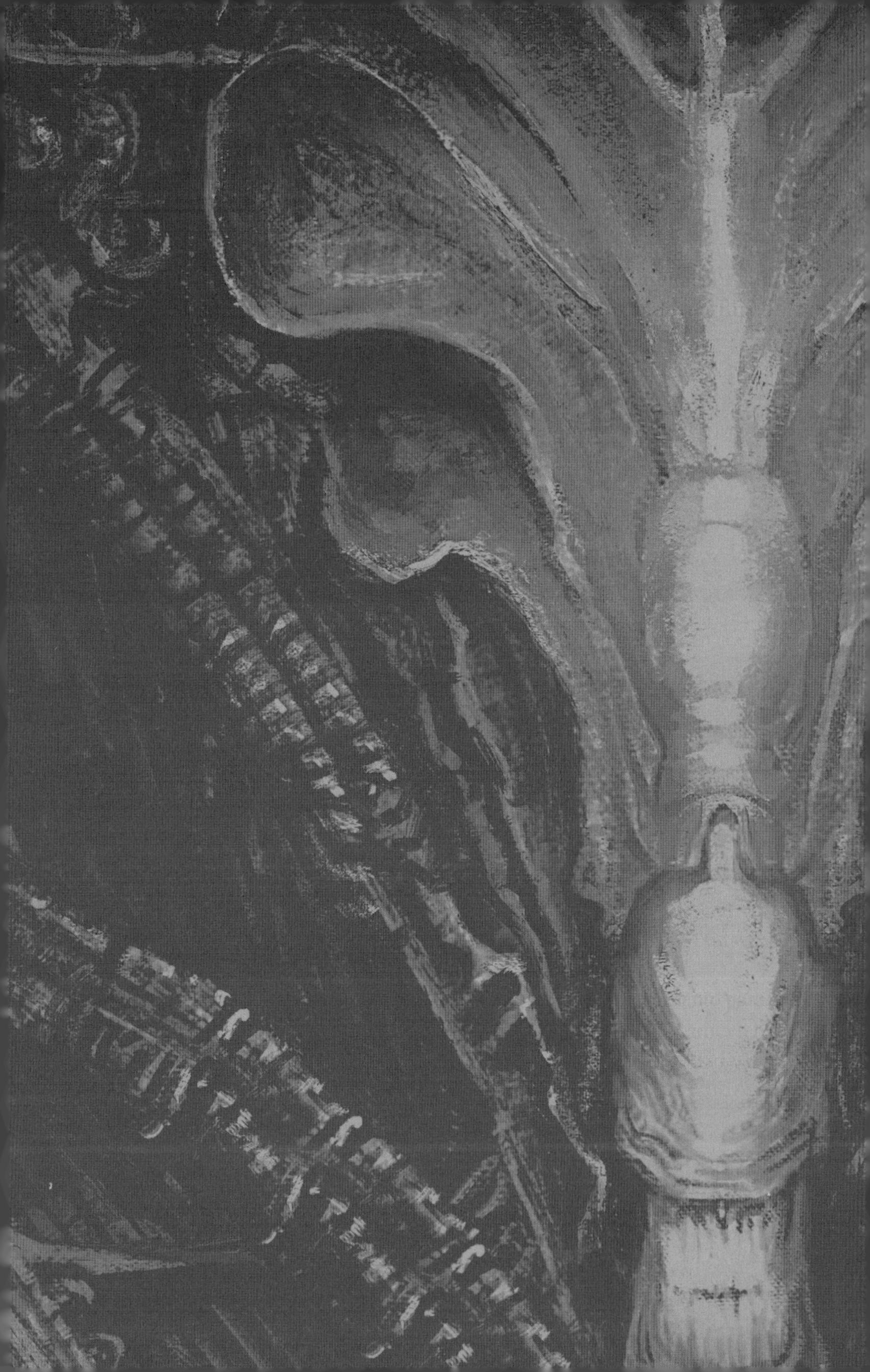

# 11
# NOVOS E VELHOS AMIGOS

DATA: 10 DE JUNHO DE 2179
HORA: 1932

O alojamento de Brackett em Hadley's Hope não era nem melhor nem pior do que ele havia esperado.

Fazer carreira nos Fuzileiros Coloniais significava se acostumar a um estilo de vida espartano. Cama, pia, gaveteiro e um pequeno guarda-roupa se tivesse sorte. Viver de uniforme facilitava a vida. Nos dias de folga, uma camiseta simples e as calças do uniforme ou um moletom eram tudo de que precisava, e nunca tinha que se preocupar com o que vestir – bastava ter peças limpas.

Nunca levava muitos itens pessoais consigo quando era designado a um posto. Tinha um fotocubo, um tablet cheio de música e milhares de livros, as etiquetas de identificação da mãe e um leãozinho de madeira. Era uma estatueta esculpida pelo pai. Aqueles eram os únicos objetos da juventude que guardava, símbolos cuja presença física o confortava, de forma que mesmo ali, no limite da civilização, ele se sentisse em casa.

Brackett abriu e fechou os armários na cozinha, viu copos e pratos e tigelas. No gabinete havia uma cafeteira e uma torradeira, e isso o fez sorrir. Não importava quantas coisas a tecnologia alterasse, algumas continuavam as mesmas. Séculos após sua invenção, uma torradeira ainda era necessária se você quisesse preparar uma torrada decente. Claro que fora aprimorada, mas não tocava música, não fazia pesquisa, nem esquentava o jantar – apenas preparava torradas. De um modo estranho, ele achava isso reconfortante.

– Merda – sussurrou, percebendo como estava exausto.

*É claro que estou cansado*, pensou. A caminho de Aqueronte, tivera a ideia fantasiosa de que chegaria e se reuniria com o pelotão e a equipe, se acomodaria, faria uma boa refeição e sairia para conhecer todos. Em vez disso, o dia tinha começado mal e ficado muito pior. Ainda conseguia ouvir as súplicas desesperadas de Otto Finch ao cruzar a antessala e entrar no quarto.

Lençóis brancos, travesseiros brancos, paredes quase brancas, piso cinza. Uma onda de prazer o envolveu, e ele relaxou. Pronto. Só precisava deixar aquele dia sinistro para trás e recomeçar do zero na manhã seguinte.

Brackett olhou ansioso para a cama. Precisava transmitir um relatório aos superiores e um pedido de esclarecimento em relação à cooptação dos fuzileiros por parte da equipe científica, mas imaginou que isso poderia esperar algumas horas. Sabia que deveria desfazer as malas, mas para que a pressa? As malas estavam no chão, no canto da pequena antessala, cortesia do sargento Coughlin.

Então desabou na cama, ainda de botas, e puxou o travesseiro para apoiar a cabeça. Pôde sentir o sono cercando-o como um tipo de névoa mágica e envolvente, pronto para levá-lo. Draper e os outros dois babacas estavam confinados nos alojamentos, e Brackett decidiu que, por enquanto, ficaria confinado no seu também. Só por algumas horas… ou talvez a noite toda. No fundo da mente, sabia que estava faminto, mas a fome agora parecia distante. Muito distante. Os pensamentos começaram a se turvar.

Ouviu batidas à porta.

– Ah, fala sério – grunhiu Brackett.

Agarrou-se ao travesseiro como se fosse um bote salva-vidas, enquanto o momento de quase sono se dissipava. Deixara a tenente Paris e o soldado Hauer como oficiais de serviço, incapaz de imaginar que outra crise ainda poderia surgir. Mas as batidas soaram uma segunda vez, e ele percebeu que não seria capaz de ignorá-las.

Murmurando um palavrão, Brackett se levantou. Espreguiçando-se, girou o pescoço até ouvir um estalo satisfatório e marchou pela antessala em direção à porta.

– Quem é?

– Sargento Coughlin, senhor – foi a resposta abafada. – Lamento incomodar, capitão, mas o senhor tem uma visita.

Brackett franziu a testa, confuso. Uma visita que precisava de escolta? Por um segundo, pensou que devia ser alguém da equipe científica, mas depois percebeu que o dr. Reese não precisaria de ninguém para lhe mostrar onde ficava o alojamento do comandante.

Parou com a mão na tranca da porta, e um sorriso se formou nos lábios. *Anne*, pensou. *Só pode ser.*

Destrancando a porta, abriu-a, inclinando a cabeça num ângulo curioso. Coughlin estava no corredor, sorrindo, e Brackett piscou confuso ao ver que não era Anne ao lado dele.

Era a filha dela, Newt.

– Ela parecia perdida – explicou Coughlin. – Quando falou que estava procurando o senhor, achei que não se incomodaria.

Brackett se agachou para poder ficar na altura da garotinha. Ela ainda estava com a boca vermelha do sacolé que tinha tomado mais cedo. Abriu para ele seu melhor sorriso, mas Brackett pôde ver, pelos olhos vermelhos e as linhas nas bochechas, que ela havia chorado.

Coughlin também tinha notado, e a bondade o levara a procurar o comandante.

– Não é nenhum incômodo – disse Brackett. – O que posso fazer por você, Newt?

A menininha deu de ombros.

– Por mim, nada. É o que *eu* posso fazer por você. Olha, eu voltei pra casa e pensei que o senhor ia querer muito um sacolé, e eu não me importaria em comer mais um, então talvez eu pudesse levar o senhor para conhecer Bronagh agora mesmo em vez de amanhã ou sei lá quando. Minha mãe sempre diz "Não deixe pra amanhã o que pode fazer hoje".

Brackett riu.

– Bom, ela tem razão. – Olhou para Coughlin. – Eu assumo agora, sargento. Obrigado pela ajuda.

– Imagina – respondeu Coughlin. Então, deu uma piscadela para Newt. – Se a Bronagh tiver um sacolé extra, você sabe onde me encontrar. Meu favorito é o de mirtilo.

– Eeeca – disse a menina, torcendo o nariz. – Mas tudo bem. Minha mãe também diz "Gosto não se discute".

– Essa também é muito boa – respondeu Coughlin, antes de saudar Brackett e se virar para ir embora.

O capitão esperou até o sargento se afastar e se abaixou, apoiado num joelho, olhando nos olhos esperançosos de Newt.

– Eu gosto de sacolé, mas acho que não foi por isso que você veio falar comigo.

A menina apertou os lábios, as sobrancelhas franzidas num ar de contrariedade.

– Se você não quiser sacolé é só falar.

– É o seguinte – começou Brackett com cuidado. – Por que a gente não faz isso amanhã e eu levo você de volta para o seu alojamento agora? Está na hora do jantar. Sua mãe deve estar querendo saber aonde você foi.

Newt respondeu numa voz tão baixa que ele demorou um momento para perceber que ela havia dito alguma coisa:

– Eles estão brigando. Não gosto quando eles brigam.

– Sei como é – disse o capitão. – Meus pais também brigavam toda hora. Às vezes, levavam um tempo para fazer as pazes, mas sempre faziam. – Levantou-se e estendeu a mão para ela. – Me deixa levar você, e aposto que na hora em que chegarmos lá a briga já vai ter acabado. Aliás, já que sou novo aqui, você pode me mostrar o lugar enquanto a gente vai pra lá.

Os lábios de Newt ainda estavam comprimidos e as sobrancelhas continuavam franzidas, mas ele viu a boca dela tremer, e depois a menina assentiu. Nenhuma palavra, só um aceno de cabeça.

Ela pegou a mão dele e foi na frente, dando-lhe a versão infantil de um tour pelas seções civis da colônia. Pouco depois ele já sabia quais colonos tinham filhos, quais crianças eram valentonas ou choronas, quais dutos de ventilação eram as melhores passagens secretas para brincar de esconde-esconde e quais vizinhos faziam comida com cheiro nojento. Ele quase a lembrou do conselho da mãe, de que gosto não se discute, mas decidiu não provocá-la.

Numa encruzilhada, encontraram a dra. Hidalgo, que trocara o jaleco de laboratório por grossas calças de moletom azul e camiseta. Tinha uma toalha pendurada no pescoço e o rosto estava corado por causa do esforço físico. A cientista idosa parecera magra quando Brackett a conhecera, mas, com esse traje, os membros pareciam quase esqueléticos.

– Foi bom o exercício, doutora? – perguntou Newt.

A dra. Hidalgo sorriu.

– Foi, sim, querida. – Olhou para Brackett. – Vejo que você fez um novo amigo.

– Na verdade ele é um *velho* amigo – respondeu a menina, muito séria. – Quer dizer, um velho amigo da minha mãe.

A dra. Hidalgo deu um sorrisinho e lançou um olhar para Brackett.

– Universo pequeno, não é mesmo, capitão?

Ele assentiu.

– Fica menor a cada dia. Mas ainda surpreende.

– Espero que nunca pare de surpreender.

A dra. Hidalgo e Newt se despediram, e a menina continuou a conduzir Brackett pelos alojamentos civis. Ele olhou para trás, vendo a cientista dobrar uma esquina e sumir de vista, então voltou-se para a garotinha.

– Você gosta tanto assim da dra. Hidalgo? – perguntou.

Ela olhou para ele com curiosidade.

– Você não gosta?

Brackett resmungou.

– Acho que sim – respondeu, surpreendendo-se.

O dr. Reese e o dr. Mori pareciam ser babacas, arrogantes e imorais, e a dra. Hidalgo trabalhava com eles todo santo dia. O que quer que tivessem vindo fazer em Aqueronte, ela estava envolvida até o pescoço. Mas, se uma criança fofa como Rebecca Jorden gostava dela, com certeza não podia ser uma pessoa tão ruim.

Quando pararam em frente à porta do alojamento da família dela, a garotinha loura encarou Brackett com seus olhos grandes, sábios demais para a idade, e suspirou, preparando-se para o que quer que estivesse ali atrás.

– Obrigada por ser meu amigo.

Brackett abriu um sorriso genuíno, e tão largo que chegou a doer no rosto arranhado pela tempestade.

– O prazer foi meu. É sempre bom fazer novos amigos.

Newt destrancou a porta e a empurrou. Quando entrou, o capitão ficou esperando no corredor, relutando em se intrometer. Ouviu Anne chamar o nome da filha, o tom carregando aquela mistura de amor, aflição e frustração tão característico dos pais.

– Você sabe que não pode sair por aí sozinha! – ralhou ela.

– Mãe, eu estou sempre por aí sozinha. Mesmo quando você faz o Tim ir junto, ele quase nunca fica comigo. Não vai acontecer nada de ruim. Eu conheço *todo mundo*.

A menina fez uma pausa. No corredor, Brackett quase pôde visualizar a expressão no rosto de Anne. No tempo em que passaram juntos, ele acreditava ter visto cada expressão do rosto dela. Deu um passo à frente, cruzando a soleira, e viu o menino, sentado numa grande poltrona estofada, revirando os olhos diante do alarde que a mãe fazia por causa da irmã.

Tim percebeu a presença do capitão e olhou para o homem.

– Olá – cumprimentou o menino, estendendo a mão.

– Olá, Tim.

– Quem está aí? – perguntou Anne, e Brackett ouviu os passos dela quando atravessou a sala de estar.

Brackett entrou no alojamento, deixando a porta aberta. Fechá-la teria sido presunçoso. Talvez já estivesse ultrapassando os limites só por entrar, mas não pôde evitar.

– Demian... – disse Anne, piscando várias vezes ao parar de repente, a pouca distância dele.

– O capitão Brackett me trouxe de volta – declarou Newt, feliz, pegando a mão da mãe. A menina sorriu com orgulho, como se tivesse trazido para casa um gatinho ferido do qual fosse cuidar até ficar bom. – Prometi que o apresentaria para Bronagh e pegaria um sacolé para ele, mas o capitão disse que a gente pode fazer isso outro dia, porque já deve estar na hora do jantar...

– Já *passou* da hora do jantar – retrucou Anne, sem tirar os olhos de Brackett.

– Na-na-ni-na-não, porque o papai ainda não voltou – respondeu a menina.

A lógica parecia razoável, mas Anne se retesou. Newt pareceu perceber que havia falado demais, e a tristeza tomou seu rosto.

Anne soltou a mão da filha.

– Vá lavar as mãos para jantar, por favor.

A menina hesitou por um segundo antes de agradecer a Brackett, prometer-lhe um sacolé no dia seguinte e se retirar por um corredor curto até onde deveria ser o banheiro.

– Você também, Tim – disse Anne, olhando para o filho. Incomodada, insegura.

O garoto tirou os fones de ouvido pretos e deixou o tablet de lado; depois, levantou-se e seguiu pelo mesmo corredor.

– Oi de novo, Annie – comentou Brackett assim que Tim saiu. Cuidadoso, neutro.

Sem saber direito o que dizer, a mulher abriu a boca, mas só conseguiu emitir um ruído que era meio risada, meio suspiro. Passou a língua pelos lábios e desviou o olhar, balançando a cabeça.

– Era melhor eu não ter vindo? – perguntou Brackett.

– Para o meu alojamento ou para Hadley's Hope?

– Para nenhum dos dois, acho. Ou ambos. – Ele deu de ombros. – Mas, de todo jeito, aqui estou.

Anne revirou os olhos, um sorrisinho zombeteiro familiar nos lábios.

– Você é irritante, Demian, sempre foi, mas fico feliz que esteja aqui. É uma surpresa maravilhosa. Achei que nunca mais veria você… nem ninguém da Terra.

Ele a observou por um momento, tantas coisas por dizer exigindo ser ditas. Porém, os anos haviam passado, as crianças estavam por perto, e o marido poderia chegar a qualquer instante. Então, tudo o que ele fez foi sorrir.

– Fico feliz por ainda conseguir surpreender você – respondeu, virando-se para sair.

– Espere! – disse Anne, estendendo a mão para pegar o braço dele.

O contato fez os dois congelarem… Olhando para o ponto onde os dedos dela tocaram o antebraço dele. Anne retirou a mão como se tivesse levado um choque, os olhos tristes e inseguros. Então, suspirou e riu.

– Obrigada por trazer a Newt de volta.

– Ela é uma menina maravilhosa.

Anne assentiu.

– É, sim. Mas dá trabalho.

– Que nem a mãe dela.

Uma tristeza terrível o envolveu, e Brackett percebeu que ela viu isso em seu olhar, viu a forma como ele desmoronou.

– Demian – começou Anne, com cuidado –, você sabia…

Ele a silenciou com um gesto.

– Não. Estou bem. Seria mentira se eu dissesse que não sinto mais nada, mas não vim para cá por sua causa, e não tenho nenhuma intenção de interferir na sua vida e na sua felicidade. Eu só…

– Só... – repetiu ela, a voz pouco mais que um sussurro, os olhos cheios de lembranças e dúvidas.

Brackett deu um sorriso enviesado.

– Tenho que ir. Seus filhos são lindos.

Queria dizer a ela que era impossível olhar para Tim e Rebecca e não pensar que, se tivessem feito escolhas diferentes anos antes, poderiam ser os filhos dele. Dele e de Anne. Queria dizer que isso o magoava, porque era muito fácil imaginar a família que poderiam ter tido.

Mas não teria sido justo com ninguém. No treinamento dos recrutas, aprendeu que às vezes não havia caminho seguro, nenhuma decisão da qual pudesse sair ileso. Nesses casos, fora ensinado a trilhar o caminho da honra, mesmo que levasse à dor ou à morte.

– Tenho que transmitir um relatório – anunciou. – Vejo você por aí, Annie. Diga a Newt que estou ansioso para tomar os sacolés.

Brackett saiu sem encará-la, pois não queria saber se havia esperança para os dois. Não queria que ela visse a esperança nos olhos dele.

# 12
# MISTÉRIOS DA *NOSTROMO*

### DATA: 12 DE JUNHO DE 2179

*Talvez estejam fazendo isso para me torturar,* pensou Ripley. *Mas só conseguiram me irritar.*

Ela tinha saído do leito hospitalar só para descobrir que havia ficado famosa na Estação Gateway – quase uma celebridade, com seu hipersono absurdamente longo e sua história de sobrevivência. A companhia lhe pediu que não comentasse nada, é claro. Que não conversasse sem autorização sobre nenhuma das experiências com ninguém. Ainda assim, havia sussurros e boatos.

Como sempre.

E agora eles lhe mostravam a face dos mortos.

Só naquele dia ela já os tinha visto uma dezena de vezes, mas ainda os fitava, tentando guardá-los na memória. Parecia a coisa certa a fazer, mas todos eles já tinham morrido havia mais de meio século. Não importava quão recente e intensa fosse sua perda, eles iam desaparecer na história.

Eles e sua filha. Sua vida era feita de luto.

*Foda-se.*

– Não entendo – disse ela, virando-se para encarar o grupo que havia se reunido para a investigação oficial. – Estamos aqui há três horas e meia. De quantas maneiras diferentes vocês querem que eu conte o que aconteceu?

Van Leuwen – outro representante da companhia, porém muito mais esperto que Burke – estava na outra ponta da mesa comprida. Supervisionava a investigação. Sentadas ao redor da mesa havia outras oito pessoas: federais, integrantes da Comissão de Comércio Interestelar, administradores coloniais, agentes da seguradora… e Burke.

Ele havia tentado orientá-la sobre como abordar o assunto, o que dizer.

*Sonso maldito.*

– Tente outra perspectiva, por favor – pediu Van Leuwen.

Ele a convidou a sentar-se mais uma vez, e Ripley aquiesceu, frustrada com todo o processo, mas começando a ver que talvez dançar conforme a música fosse a melhor alternativa. Acomodou-se devagar e ouviu o que já tinha ouvido várias vezes antes.

– Agora, você admite de livre e espontânea vontade que detonou os motores de um cargueiro estelar classe M, um equipamento relativamente caro, destruindo-o por completo.

O homem do seguro se pronunciou:

– Quarenta e dois milhões de dólares na moeda atual. – Olhou com sarcasmo para Ripley. – Isso sem falar da carga, é claro.

*Eu poderia tirar esse sorrisinho da sua cara*, pensou ela, um tanto surpresa pela imagem mental de si mesma partindo para cima dele. Ele não era seu inimigo. Nenhuma dessas pessoas era. O inimigo estava morto, e a coisa mais frustrante era que ninguém naquela sala parecia acreditar nisso.

A lembrança dos amigos assassinados exigia que ela os *forçasse* a acreditar. Inferia-se que alguma coisa suspeita tivesse acontecido, algo que ela tentava acobertar com essa história grotesca, e estava determinada a corrigir a impressão.

– Os registros do computador de bordo da nave salva-vidas corroboram *alguns* elementos da sua declaração – continuou Van Leuwen. – Que, por razões desconhecidas, a *Nostromo* chegou ao LV426, planetoide não investigado na época. Que ela retomou o curso e, subsequentemente, foi programada *por você* para se autodestruir por motivos desconhecidos...

– Desconhecidos, *não*!

*Mais uma vez*, pensou ela. Quanto mais contava a história, menos eles pareciam acreditar, e mais terrível a verdade era para Ripley.

– Já disse: descemos lá por ordem da companhia para pegar essa coisa que matou minha tripulação. E a sua nave tão cara.

Um burburinho pareceu percorrer as pessoas ali reunidas. Gente da companhia, algumas delas, mas não todas, com certeza. Em essência, ela estava culpando a companhia pelo que tinha acontecido à *Nostromo*, então entendia que *alguns* deles ficassem pouco à vontade com isso. Van Leuwen, a mulher do departamento de biologia e aquele cretino do Burke.

Mas *todos* eles?

– A equipe que examinou a nave salva-vidas não encontrou nenhuma prova física da criatura que você descreveu – argumentou Van Leuwen.

– Perfeito! – respondeu Ripley, voltando a se levantar. Era alta e imponente, e gostou da forma como alguns daqueles caras se encolheram um pouco quando ela ergueu a voz. – É porque eu a mandei pelos ares na câmara de descompressão.

Suspirou e olhou para o depoimento que assinara, ainda sentindo que faltava alguma coisa. Uma história contada, mas inacabada. Virou-se para a tela e viu Lambert a encará-la, a pobre e apavorada Lambert, que tivera uma morte medonha.

– Existe alguma forma de vida hostil como essa em LV426? – perguntou o homem do seguro, voltando-se para a mulher do departamento de biologia.

Ela tragava avidamente um cigarro e levou alguns segundos para responder:

– Não, é só uma rocha. Não há vida nativa.

Agora era Ash quem olhava para Ripley da tela, zombando dela por estar naquela sala com aqueles idiotas.

– Será que os QIs despencaram enquanto eu dormia? – perguntou ela. – Senhora, eu já disse que não era uma espécie nativa. Era uma espaçonave abandonada, uma nave alienígena, não era daquele planeta. – Encarou a mulher, que tinha uma expressão um tanto sarcástica. – Entendeu? Seguimos o sinal de socorro...

– E encontraram uma coisa nunca antes registrada em mais de trezentos planetas investigados – completou a mulher. – Uma criatura que se desenvolve dentro de um hospedeiro humano vivo, nas suas palavras, e tem ácido concentrado em vez de sangue!

– É isso mesmo! – rosnou Ripley.

Estava furiosa, frustrada, cansada e faminta. Mas também via as expressões nos rostos ao redor da mesa. Algumas pessoas olhavam para ela com gentil condescendência. Outras pareciam horrorizadas – não pelo que Ripley contava, mas porque pensavam estar diante de uma mulher em meio a um colapso nervoso. A maioria parecia constrangida meramente por estar ali.

– Olhem, já estou vendo aonde isso vai chegar, mas volto a afirmar: aquelas coisas existem.

– Obrigado, oficial Ripley, encerramos por aqui – respondeu Van Leuwen.

– Por favor, vocês não estão me ouvindo. Kane, o tripulante que... – Teve um vislumbre de Kane, lacônico e gentil, um cara legal tentando ganhar um salário decente para ajudar a família. – Kane, que entrou naquela nave, disse que havia milhares de ovos lá. Milhares.

– Obrigado, *encerramos* por aqui.

– Não encerramos, não! – gritou Ripley. Não conseguia se comunicar com eles. Será que não *enxergavam*? Será que não *entendiam*? – Porque, se alguma daquelas coisas chegar até aqui, aí, sim, vai ser caso *encerrado*, e isto... – Pegou os papéis, cópias do seu depoimento, formulários de provas. – Estas merdas que vocês acham tão importantes... vão ter que dizer adeus a tudo isso!

Silêncio. Alguns deles até a encararam. Sabia que tinha ido longe demais, mas não dava a mínima. Sua filha querida tinha morrido acreditando que a mãe se perdera para sempre. Ripley estava à deriva. E tudo que lhe restava fazer era garantir que ninguém, *ninguém*, precisasse passar pelo que ela passara. Nunca mais.

Van Leuwen suspirou e tampou a caneta. Então, depois de uma pausa mais longa, rompeu o silêncio.

– A conclusão desta comissão investigativa é que a subtenente E. Ripley, matrícula 14472, agiu com discernimento questionável e não está capacitada a manter uma licença da CCI como oficial de voo comercial. Tal licença está, portanto, revogada por período indeterminado. Nenhuma acusação criminal será feita contra você neste momento…

Ele continuou. Papo de oficial, cheio de termos técnicos. Ripley o encarou, querendo muito que acreditassem nela, controlando a raiva e a angústia para evitar uma nova explosão. Mas Van Leuwen estava decidido. Não parecia o tipo de homem que tomava decisões como essa de forma leviana, e seria necessário mais que o olhar de Ripley para fazê-lo mudar de ideia.

Na verdade, ela até concordava com ele, em parte. Não estava capacitada para voar. Tinha pesadelos em duas a cada três noites. Aquela sensação de pavor sombrio e pesado ainda habitava seu âmago. Às vezes, ameaçava cercá-la, cercar todos ao redor.

Mas aquilo não era sobre ela.

Desviou o olhar, respirou fundo. Quando os outros começaram a sair da sala, o seboso Burke foi até ela. Sentiu o cheiro da loção pós-barba antes de vê-lo, e ambos lhe davam nojo.

– Poderia ter sido… melhor – disse ele.

Em vez de responder, ela o dispensou, voltando-se para confrontar Van Leuwen enquanto o agente saía da sala.

– Van Leuwen – chamou, fazendo o que podia para manter a voz sob controle, para conter a loucura. – Por que não verifica a situação de LV426?

– Porque não preciso. Pessoas estão vivendo lá há mais de vinte anos, e nunca reclamaram de nenhuma forma de vida hostil.

*Não!*

– Como assim? – perguntou ela. – Que pessoas?

– Terraformadores. Engenheiros planetários. Eles chegam e instalam grandes processadores atmosféricos para tornar o ar respirável. Isso leva décadas. É o que chamamos de colônia infalível.

Ela bloqueou a porta com o braço, impedindo a passagem.

– Quantas pessoas vivem lá? – exigiu saber. – Quantos colonos?

– Não sei. – Ele deu de ombros. – Sessenta, talvez setenta famílias. – Olhou para o braço dela. – Pode me dar licença?

Ela o deixou sair. Não tinha escolha. A sensação de pavor crescia, um mistério terrível que ela deveria saber explicar, mas não conseguia.

– Famílias – sussurrou, fechando os olhos e vendo sua querida Amanda naquelas noites em que a garotinha vinha ao seu quarto, com frio e medo do escuro, assombrada por monstros.

DATA: 19 DE JUNHO DE 2179
HORA: 1612

O dr. Bartholomew Reese era reservado.

Anos antes, a pedido da dra. Hidalgo, a equipe científica havia combinado um jantar semanal, um tipo de período obrigatório de socialização para pessoas que tendiam ao isolamento e à contemplação. O dr. Reese supunha que o ritual de segunda-feira à noite fosse bom, até necessário, de certa forma – pelo menos no caso dele, pois o pesquisador sabia que passar tempo demais sozinho o deixava mais impaciente e irritável do que já era com o resto do mundo, e isso era um problema. Ainda assim, nunca chegava a apreciar o momento e o considerava uma distração.

Felizmente, hoje era quinta-feira – a reunião da segunda ainda estava a dias de distância –, então não precisava suportar a presença dos colegas, nem fingir uma afabilidade que nunca sentira.

Reese estava numa poltrona reclinável em sua antessala, uma taça de Malbec na mesa ao lado e uma edição comemorativa dos duzentos anos de *O homem ilustrado*, de Ray Bradbury, aberta no colo. A maioria das pessoas evitava livros impressos, até zombavam do que viam como autoindulgência da parte do cientista por levar várias caixas de livros para Aqueronte quando fora designado pela companhia para trabalhar ali. Contudo, num universo selvagem e indiferente, Reese sempre sentira que uma taça de vinho e um livro aberto eram a melhor forma de lembrar o que significava ser civilizado.

Um toque delicado ecoou pelo alojamento. Ele franziu a testa e olhou irritado para a porta, imaginando se poderia ignorar a campainha. Mas não... ninguém o interromperia sem uma boa razão. Não tinha amigos de verdade, apenas colegas, e eles não teriam ido até lá sem uma necessidade urgente.

Tomou um gole do vinho, deixou a taça na mesa lateral, pôs um dedo dentro do livro para marcar a página e se levantou da poltrona. Enquanto ia até a porta, a artrite nos joelhos cantarolando um lembrete doloroso, a campainha tocou de novo.

– Um instante! – gritou ele.

Abriu a porta e se deparou com o dr. Mori. Durante todo o tempo em que trabalharam juntos, Reese nunca vira um sorriso tão amplo no rosto do biólogo japonês. O sorriso o transformou, e, por um momento fugaz, Reese teve um vislumbre de como o grisalho Mori devia ter sido quando menino.

– Bartholomew – disse o dr. Mori –, posso entrar?

Reese deu um passo para o lado, e o dr. Mori praticamente se jogou para dentro da sala. Uniu as mãos na frente do rosto como se para esconder um sorriso bobo. O dr. Reese fechou a porta e se voltou para ele.

– Você parece um adolescente apaixonado – comentou, com um tom de reprovação. – O que quer que…

– *Talvez* seja a resposta para o mistério da *Nostromo* – disse o dr. Mori, baixando as mãos para revelar novamente o sorriso. Balançou a cabeça, dando uma risadinha.

Reese sentiu o coração disparar, mas se conteve. Podia não ser nada. No máximo, otimismo.

– Explique-se – mandou.

O dr. Mori assentiu.

– Al Simpson acaba de receber uma ordem especial, que seguiu em cópia para você e para mim. Nessa ordem, um executivo da Weyland-Yutani chamado Carter Burke mandou coordenadas em grade da superfície de Aqueronte com instruções para que uma equipe de exploradores seja enviada imediatamente para investigar o local. Com esse tipo de urgência, Bartholomew, o que mais poderia ser?

O dr. Reese desviou o olhar e ficou olhando para o chão por um momento antes de soltar uma risadinha. Balançou a cabeça.

– Estamos aqui há anos. Só pode haver uma razão lógica para a urgência. – Estreitou os olhos. – Embora possa não ter nada a ver com a *Nostromo*. Pode ser alguma outra indicação: um conjunto de imagens atmosféricas, revelando uma depressão geológica que sugira a presença de ruínas.

– Então, por que a urgência? – retrucou o dr. Mori. – Por que falar diretamente com Simpson?

O dr. Reese contemplou o raciocínio de Mori e não conseguiu achar nenhuma falha nele. Ainda assim, forçou-se a respirar com calma. Só um tolo se deixaria entusiasmar excessivamente antes de saber o verdadeiro propósito por trás da ordem especial de Carter Burke.

Décadas antes, um cargueiro estelar da Weyland-Yutani chamado *Nostromo* se desviara do curso para responder ao que a tripulação acreditara ser um pedido de socorro do espaço profundo – que só poderia ter vindo de uma nave alienígena – e, em seguida, desaparecera. Havia muito tempo, acreditava-se que o sinal de socorro viera de uma das luas de Calpamos, sendo Aqueronte a candidata mais provável.

A principal tarefa da equipe científica com a colônia de Hadley's Hope fora estudar Aqueronte e a maneira como tinha sido modificada pela terraformação, assim como tentar enriquecer o solo em mutação para viabilizar a agricultura. Pelo menos, isso era o que fora dito aos colonos, fuzileiros e administradores. O trabalho menos evidente e de maior prioridade era examinar todas as amostras em busca de qualquer indício de vida alienígena – nativa ou visitante, do passado ou do presente – em LV426.

– O que quer que tenha acontecido – disse o dr. Mori –, novas informações devem ter surgido.

Reese concordou, a mente acelerada. Voltou à poltrona, pensando no melhor modo de organizar a relação da equipe científica com Simpson. O homem seguia as instruções da Weyland-Yutani como se fossem do próprio governo. O governo e a companhia haviam fundado Hadley's Hope juntos, mas os cheques de Simpson tinham o logotipo da Weyland-Yutani. Ele sabia para quem, de fato, trabalhava.

Avistando o vinho pelo canto do olho, o dr. Reese deixou o livro de lado e pegou a taça. Girou o Malbec por vários segundos antes de tomar um gole pensativo.

– A chegada do capitão Brackett logo neste momento está longe de ser ideal – comentou, olhando para o dr. Mori. – Acredito que saiba o que seus superiores dirão a ele, mas, a não ser que receba um comando contrário, suas ordens referentes a esta colônia continuarão as mesmas.

O dr. Mori franziu a testa.

– Por que está tão incomodado? – perguntou. – Não são os fuzileiros que devem acompanhar essa expedição, mas um de nós. Eu deveria ir com eles, ou você. Até a dra. Hidalgo…

Reese arqueou a sobrancelha.

– Quer sair para investigar uma presença alienígena desconhecida sem uma escolta militar? Alguém com armas e disposição para usá-las, que morrerá para proteger você?

– Bom, olhando por esse ângulo…

– Não, vamos deixar que Simpson mande uma equipe de garimpeiros. Enquanto isso, vamos reanalisar quaisquer dados dessa área que tenhamos coletado. Se a equipe de pesquisa voltar sem incidentes, talvez um de nós possa ir da próxima vez. Até lá, Brackett terá sido instruído a cooperar, e o risco será notavelmente menor.

O dr. Mori sorriu.

– Gosto do seu raciocínio. Poderíamos brindar a isso se você me oferecesse uma taça desse ótimo vinho tinto.

As sobrancelhas de Reese se ergueram.

– Como sou rude. Perdão, amigo. Chegou uma caixa na nave que pousou hoje, e não pretendo guardá-la a sete chaves.

– É claro que pretende – caçoou o dr. Mori.

– Bom, sim, mas não a ponto de não poder lhe oferecer uma taça – explicou, sorrindo. – Acho que não devemos celebrar tão cedo…

– Claro que não.

– … mas isso não quer dizer que não possamos brindar por esperança.

Pegou uma segunda taça na pequena cozinha e serviu uma quantidade generosa de vinho para Mori. Entregou a taça e ergueu a própria.

– À *Nostromo* – propôs.

O dr. Mori assentiu e brindou.

– À *Nostromo*.

***

A dra. Hidalgo estava na porta do escritório do dr. Mori, esperando-o voltar.

A notícia a tirou do jantar, e ali, de pé, encostada à parede, o estômago roncava. Já fora comparada a um pássaro muitas vezes na vida – uma cegonha, um flamingo –, mas as analogias mais acuradas eram em relação ao apetite. Comia pequenas porções, bocadinhos aqui e ali, mas passava o dia inteiro comendo. Naquela noite, estava no salão de jantar com vários assistentes do laboratório, comendo bolinhos de legumes com chili, quando o assistente do dr. Mori veio buscá-la.

Ela extraíra a notícia dele na caminhada apressada de volta ao escritório, e agora esperava como uma estudante malcomportada enviada à sala do diretor.

Quando viu o dr. Mori surgindo pelo corredor, preparou-se para o encontro. Admirava Mori pelo seu brilhantismo e pela sua dedicação, mas nunca gostara dele como pessoa. Ao longo de sua carreira, Elena Hidalgo tinha conhecido muitos cientistas cuja companhia apreciara – até mesmo ali, em Hadley's Hope, havia muitos assistentes de laboratório prestativos e gentis –, mas fora má sorte acabar trabalhando sob o comando de Bartholomew Reese e do mordaz e imponderado dr. Mori.

– Preciso falar com você – disse ela quando o colega se aproximou. – Com você e com o dr. Reese.

– Ele se juntará a nós em breve. Há algum problema?

– Acho que sim.

O dr. Mori destrancou a porta do escritório e gesticulou para que ela entrasse primeiro. Seguiu-a e fechou a porta. As luzes se acenderam automaticamente, detectando sua presença.

– Pode elaborar o assunto? – pediu o dr. Mori, virando-se para ela e apoiando-se na mesa. Tudo na postura e no tom de voz declarava que ele a achava um incômodo. – Presumo que seja sobre a mensagem que a companhia mandou esta noite.

– De Carter Burke – confirmou a dra. Hidalgo. – Quem quer que seja.

– Agora mesmo, o dr. Reese e eu estávamos compartilhando nosso entusiasmo por esse acontecimento, Elena. Você não parece tão empolgada quanto eu teria esperado. Este pode ser precisamente o tipo de achado que esperamos desde nossa chegada a Aqueronte. Não sei quanto a você, mas eu nutria um medo secreto, quase desde o primeiro dia, de que tivéssemos desperdiçado o nosso tempo e os nossos esforços construindo a colônia no lugar errado.

A dra. Hidalgo negou, balançando a cabeça.

– Como pode haver um lugar errado? A colônia não existe apenas como um corpo hospedeiro do qual nos aproveitamos.

O dr. Mori ergueu a sobrancelha, confuso.

– Está nos comparando a parasitas?

– É claro que não – respondeu ela. – Eu amo meu trabalho, só estou... preocupada. Só isso.

– Não há nada com que se preocupar, dra. Hidalgo.

Ela pensou nas crianças que vira antes, brincando no corredor: Newt e sua amiguinha ruiva, Luisa.

– A preocupação não é comigo mesma.

O dr. Mori alisou o queixo, pensativo. O clichê – o cientista velho e sábio em silenciosa contemplação – era tão condescendente que ela teve vontade de gritar. Mas segurou a língua.

– Minha cara amiga – disse ele –, a companhia não escondeu nada de você. De nenhum membro da nossa equipe. Sim, Hadley's Hope teria sido construída quer a companhia tivesse copatrocinado sua construção ou não, mas houve uma razão para a Weyland-Yutani se interessar pela ideia. Ela usou sua influência para escolher locais que favorecessem seus interesses. Isso não é espionagem, Elena. São negócios. E, mais importante, é ciência.

Ela mergulhou as mãos nos bolsos do jaleco, encontrando um pacote de balas de menta num lado e um maço de guardanapos no outro. Coisas tangíveis e insignificantes, mas que, de alguma forma, tornavam suas preocupações mais reais.

– Se encontrarmos vida alienígena... – começou ela.

– Criaturas vivas? – debochou o dr. Mori. – Depois de todos esses anos, com todos os estudos que fizemos em Aqueronte, você sabe que as chances de isso acontecer são minúsculas. Nunca houve o menor sinal de vida.

– A questão é que é *possível*. A maior parte dos contatos com raças alienígenas tem sido benigna, mas houve conflitos brutais, sangrentos. Você sabe disso. Todos os nossos amigos dos Fuzileiros Coloniais devem ter histórias de amigos que morreram. Então não posso evitar certo receio em fazer contato com uma nova forma de vida numa colônia cheia de pessoas, inclusive crianças, que não têm ideia de que essa possibilidade existe. E se os alienígenas forem agressivos? O que faremos?

O dr. Mori piscou, surpreso, fitando-a como se a pergunta fosse a coisa mais idiota que já tivesse ouvido. Então franziu o cenho, a testa vincada de impaciência.

– Você sabe a resposta para essa pergunta, dra. Hidalgo – declarou secamente. – Nossa pesquisa é importante demais para ser desperdiçada. É por isso que a equipe científica tem sua própria nave de evacuação, é por isso que todos recebemos um treinamento básico para fazer a tal nave decolar e acionar o sistema de orientação do piloto automático. Você não achou que estivessem nos ensinando tudo isso por diversão, achou? O que quer que aconteça, nossas descobertas devem chegar à Terra.

– Certo, a cápsula de fuga – respondeu ela. – Um veículo do qual nem o administrador colonial tem conhecimento.

O dr. Mori afastou-se dela, estreitando os olhos ao encará-la.

– Não sei aonde pretende chegar com isso – disse ele, cauteloso –, mas devo lembrá-la dos contratos que assinou, especificamente sobre as prioridades que a companhia definiu para nós. Você não foi obrigada a concordar com essas cláusulas. Ninguém pôs uma arma na sua cabeça, Elena. Foi escolha sua. É uma visão pessimista, que, lembre-se, não vai acontecer.

A voz dele ficou um pouco mais suave.

– Este é um planeta morto. Não há nenhuma ameaça aqui, apenas uma história a ser desenterrada, e talvez alguns vestígios alienígenas. Mas, na pior das hipóteses, aquela nave de fuga vai nos tirar daqui: a equipe científica, nossas amostras e nossos dados. Nada mais.

– Mas há crianças…

O dr. Mori a encarou por um longo momento, respirou fundo e expirou devagar.

– Sim, é verdade – disse, afinal. – Crianças cujos pais sabiam que seus dias e noites seriam repletos de perigo desde o instante em que partiram para se unir à colônia. Assim como você. Se eu fosse você, pararia de me preocupar com a pior das hipóteses e começaria a me concentrar na tarefa que temos nas mãos, na oportunidade maravilhosa que recebemos.

Ele foi até a mesa e puxou a cadeira, sentando-se nela.

– Quer um conselho? – continuou. – Quando nos reunirmos com Reese, não toque nesse assunto. Se ele achar que você não está comprometida com o que estamos fazendo aqui, vai retirá-la completamente da pesquisa. E aí, *se* encontramos alguma coisa, todo o tempo que você passou nesta rocha miserável, com homens que detesta, terá sido em vão.

A dra. Hidalgo o encarou. Sabia que deveria oferecer algum tipo de argumento, ao menos dizer a ele que não o detestava, mas nunca fora uma boa mentirosa.

Mori ligou o tablet e começou a digitar num teclado, talvez tomando notas ou consultando arquivos. Após vários segundos, ela se virou e foi embora, sem se incomodar em fechar a porta.

Em todos esses anos, a dra. Hidalgo nunca estivera tão empolgada.

Nem tão temerosa.

# 13
# UM PASSEIO EM FAMÍLIA

DATA: 19 DE JUNHO DE 2179
HORA: 1857

Anne e Newt estavam jogadas no tapete jogando Kubix, um quebra-cabeça pelo qual haviam se apaixonado no ano anterior. As peças eram coloridas e tocavam notas musicais ao serem encaixadas, mas Anne gostava mais do jogo por causa do elemento matemático que havia em configurá-las.

A menina mal notava que estava aprendendo alguma coisa, só apreciava a competição. No começo, raramente vencia uma partida, mas nas últimas semanas ela havia melhorado tanto que derrotava a mãe com frequência, o que dava grande prazer à garotinha.

Tim fora à sala de recreação se encontrar com o amigo Aaron, um menino corpulento de cabelo preto encaracolado e uma atitude ressentida. Anne teria preferido que o filho fizesse outras amizades, mas não havia muitas crianças da idade dele em Hadley's Hope, então resignava-se, esperando que Tim tivesse uma influência positiva sobre Aaron, e não o oposto.

Rebecca colocou uma peça triangular com o desenho de um sorriso cor-de-rosa no projeto que estava montando, e uma bonita melodia começou a tocar, emanando das próprias peças.

– Eba! – disse ela, feliz, batendo palmas. – Te peguei!

Anne riu.

– Pegou mesmo.

O som da tranca da porta fez as duas olharem para lá, e Anne se retesou. Uma semana havia se passado desde a noite em que a grande briga aconteceu, mas a tensão acabou ecoando em cada interação que tivera com o marido desde então. Ainda conseguia ouvir as palavras raivosas dos dois. Respirou fundo, mas não se levantou para cumprimentá-lo quando a porta se abriu.

– O papai chegou! – anunciou Russ, praticamente correndo para dentro com um sorriso. Bateu palmas ao vê-las. – Opa, olha só as minhas meninas. Newt, espero que você esteja ganhando de lavada da mamãe, como sempre!

A menina assentiu, as sobrancelhas erguidas.

– É claro.

Anne percebeu que a filha tinha ficado tão tensa quanto ela, e sentiu o próprio alívio refletido na filha.

– Você está de bom humor – comentou Anne com um sorriso hesitante.

Russ fechou a porta e se ajoelhou ao lado dela. Pegou suas mãos e olhou-a nos olhos. Isso a fez se lembrar do olhar do marido no dia em que a pedira em casamento.

– Você vai ficar de bom humor também – declarou ele.

Anne riu baixinho.

– Ok, quantos copos você e Parvati beberam?

– Três. Não, quatro. Isso incluindo os *shots*. Mas não é o álcool que está afetando meu humor, querida. É a promessa de dinheiro. Simpson foi me procurar no bar. Amanhã cedo você e eu vamos sair!

Newt soltou um gritinho feliz e começou a bater palmas, contagiada pelo entusiasmo do pai. Anne também se animou.

– Aonde nós vamos?

Russ estalou os dedos e apontou para ela.

– Essa, meu amor, é a grande pergunta e a melhor parte. Não é para falarmos sobre isso, mas ele recebeu instruções para mandar uma equipe de exploradores a coordenadas muito específicas.

– Coordenadas específicas – repetiu Anne, um tremor agradável a percorreu. – Então não é um lugar aleatório. Dessa vez nós vamos mesmo…

– *Procurar* uma coisa – interrompeu Russ, assentindo rapidamente. Levantou-se de um salto e começou a andar para lá e para cá, os pensamentos já na manhã seguinte. – Não vão nos dizer o que devemos procurar, é claro, mas a companhia deve esperar que a gente encontre alguma coisa lá.

– Ruínas nativas! – gritou Anne. – Tem que ser!

– Ou algum tipo de assentamento antigo – sugeriu outra voz.

Anne ergueu o olhar e encontrou Tim parado à entrada do corredor, sorrindo, feliz. O menino não tinha sorrido o dia todo, e a alegria da mãe cresceu só de ver isso.

– Exatamente. – Russ estalou os dedos mais uma vez e apontou para Tim. – Um assentamento *não humano*.

– É como se fosse um presente – comentou Anne, mas, então, uma ideia sombria lhe ocorreu. – *Se* encontrarmos alguma coisa. Não vamos comemorar antes da hora, Russ. Pode ser que a gente vá até lá e não encontre nada.

– Pode ser, pode ser – concordou Russ.

Mas ela pôde ver o brilho em seu olhar – um lampejo que conhecia tão bem – repleto de esperança e planos para o futuro, e soube que, mentalmente, ele já começara a gastar o dinheiro.

– Eu quero ir também! – pediu Newt, levantando-se, a expressão adoravelmente determinada.

– Rebecca e eu queremos ir, nós *dois* – confirmou Tim.

– De jeito nenhum – respondeu Anne, ficando de pé.

– Mas vocês *sempre* deixam a gente ir – argumentou a menina, cruzando os braços. Voltou-se para o pai. – Pai, fala pra ela.

– Bom – respondeu Russ –, *nem sempre* deixamos vocês irem, querida. Só quando a expedição não dura mais que um dia.

Anne olhou para o marido, desconfiada.

– Russ…

Ele sorriu.

– Deixa disso, Anne, eles estão empolgados. Vamos fazer o seguinte: se acordarmos amanhã e as coordenadas que Simpson der forem longe demais ou se o tempo estiver feio…

– O tempo está sempre feio. – Qualquer vestígio de alegria se esvaiu quando ela pensou nos irmãos Finch. – Depois do que aconteceu com Otto e Curtis, não acho que seja uma boa ideia.

– Mãe, a gente vai ficar bem – garantiu Tim. – Deixa, vai?

– A tempestade já passou – argumentou Russ. – Vi a previsão do tempo para amanhã, e não há sinal de nada próximo daquele nível de perturbação.

– Isso pode mudar num instante – afirmou ela.

– Vamos monitorar.

– O dia mais calmo na atmosfera de Aqueronte ainda é perigoso. O vento e a poeira…

– A gente já saiu com vocês *várias* vezes – insistiu Newt.

– Não comece a choramingar – ralhou a mãe.

– Não estou choramingando!

Russ inclinou a cabeça.

– Amor?

Newt e Tim olharam para ela, cheios de expectativa. Anne sabia que deveria dizer não, mas os argumentos tinham seu mérito. A tempestade que levara os irmãos à morte fora uma anomalia, e a atmosfera voltara ao nível costumeiro de violência – que todos haviam enfrentado muitas vezes. Até as crianças. E, se ela e Russ não aceitassem esse trabalho, ele seria entregue a Cale ou a outro garimpeiro, e, se eles encontrassem alguma coisa realmente valiosa, ela lamentaria aquela decisão para sempre.

Ainda assim, não gostava da ideia de passar os próximos dias dentro de uma lagarta com o marido. O fantasma da briga de uma semana atrás e o ciúme que ele sentia da presença de Demian em Aqueronte os assombrariam. Isso não a animava nem um pouco. Depois que a euforia passasse, a conversa certamente seguiria para lugares aonde ela não queria ir...

A não ser que as crianças fossem com eles.

– Tudo bem – respondeu, por fim. – Se a previsão do tempo não mostrar nenhuma perturbação atmosférica, não só amanhã, mas nos próximos dias, aí as crianças podem vir.

– Eba! – Tim deu um soco no ar, triunfante.

Newt saiu correndo e abraçou a cintura de Anne, assentindo em precoce aprovação.

Do outro lado da sala, Russ sorriu para ela. Foi um sorriso lento e doce, com um olhar que sugeria que talvez ele tivesse acabado de lembrar o casal excelente que formavam e a família sensacional que tinham.

Naquele momento, a ansiedade passou, e Anne sentiu-se inundada por uma satisfação maravilhosa – uma certeza de que tinham acabado de superar um obstáculo invisível. De repente, mal podia esperar pelo dia seguinte.

A manhã prometia um novo começo.

DATA: 21 DE JUNHO DE 2179
HORA: 0812

Al Simpson gostava das manhãs no centro de comando, embora "manhã" fosse um conceito ilusório em Aqueronte. O redemoinho constante de cinzas vulcânicas e pedaços do solo na atmosfera bloqueava qualquer raio solar direto, mas, num dia relativamente calmo, a manhã tinha uma luz agradável, crepuscular.

A colônia estava agitada, as pessoas trabalhavam com afinco. Através da janela – o escudo contra tempestades retraído –, ele podia ver as lagartas de seis rodas em movimento, emergindo das garagens subterrâneas e atravessando a extensão da colônia em expansão. Simpson pensava em todos eles como aranhas, trabalhando juntas para construir uma única teia.

Já fora acusado, muitas vezes, de ser um grosseirão, e havia um fundo de verdade nisso. Mas quem trabalhasse com ele por bastante tempo percebia logo que, se o pegasse de manhã, num dia com clima decente, com uma xícara de café na mão, talvez não gritasse com nenhum funcionário.

Deu as costas à janela e tomou um gole. Depois de anos em Aqueronte, a merda que chamavam de café ali finalmente começou a parecer gostosa para ele. Viu os técnicos em seus consoles, apressados, inserindo dados nos computadores, e a sensação foi boa, especialmente ao lembrar que, ao contrário das outras pessoas em Hadley's Hope, para ele isso era só um emprego. Os colonos tinham se comprometido a ficar em Aqueronte praticamente a vida toda, mas, num aspecto, Simpson era como os fuzileiros – poderia pedir transferência quando quisesse.

Seu olhar vagou propositalmente até Mina Osterman, a funcionária mais recente. Chegara dois meses antes para substituir o arquiteto de edificações, Borstein, que fora trabalhar numa nova colônia que a Weyland-Yutani estava desenvolvendo em outro setor. Mina tinha cabelo avermelhado e olhos negros, e uma atitude descontraída que deixava as pessoas muito à vontade perto dela.

Na segunda-feira anterior, Simpson tinha ficado um pouco à vontade demais com Mina e seu sorriso caloroso e seus olhos escuros, e sugerira certas atividades noturnas que não tinham nada a ver com arquitetura. Ela pareceu sentir o olhar dele em sua direção e ergueu o rosto, curiosa. A testa se franziu, e ela revirou os olhos antes de voltar a atenção aos documentos que tinha diante de si.

Simpson tomou outro gole de café, mas agora o sabor estava mais amargo. Sabia que tinha passado dos limites com Mina, e isso o fazia se sentir um idiota. Ele se voltou para a mesa de operações e viu seu gerente-assistente, Brad Lydecker, vindo em sua direção.

– Lembra quando mandou uns garimpeiros para o platô, depois da cordilheira de Ilium?

Simpson fez uma careta. Os Jorden.

E a manhã estava indo tão bem…

– Lembro. O que foi? – perguntou com aspereza.

– Bom, o cara da equipe de pesquisa está na linha – explicou Lydecker. – Diz que está chegando às coordenadas e quer confirmar se o crédito pela descoberta vai ser honrado.

Simpson resmungou, amaldiçoando-se por ter mandado Jorden para lá. O cara estava em Aqueronte havia tanto tempo quanto o administrador, e ainda precisava conferir as regras? De todo jeito, Russ não fora escolhido pela inteligência.

Lydecker, por outro lado, não precisava saber que isso era algo além de uma expedição rotineira de garimpo.

– Jesus Cristo – disse Simpson, fazendo drama. – Algum mandachuva num escritório chique manda olhar umas coordenadas no meio de lugar nenhum, a gente vai e olha. Eles não dizem por quê, e eu não pergunto. De todo jeito, levaria duas semanas para a resposta chegar aqui.

– Então, o que digo para o cara?

Simpson olhou o café, mas a bebida perdera completamente a magia.

– Diga que, no que me diz respeito, o que ele encontrar é dele.

DATA: 21 DE JUNHO DE 2179
HORA: 1109

Russ Jorden sentia-se vivo. Segurou o volante da lagarta e o coração bateu depressa quando afundou o pé no acelerador.

O veículo roncou por cima da pista de rocha sulcada, desceu uma ladeira e percorreu a crista de um depósito alto de cinza vulcânica. Com a poeira rodopiando ao redor deles, a sensação era de que singravam as ondas de um mar morto e cinzento, com a terra prometida logo à frente.

Na traseira da lagarta, Newt e Tim se empurravam e implicavam um com o outro, como os irmãos faziam em viagens desde o início das eras. As crianças se amavam e brincavam juntas todo dia, mas também se atacavam como cachorrinhos zangados. Às vezes, Russ perdia a paciência com eles, mas hoje, não.

– Olha só para isso, Anne – disse ele, indicando o painel.

À luz verde do magnetoscópio, ela adquiria uma beleza etérea, um anjo fantasmagórico e selvagem. A lembrança da briga na semana anterior lhe deu um golpe de tristeza, mas ele se desvencilhou. Agora, estavam juntos – juntos de verdade –, eram parceiros, exatamente como deveriam ser.

– Estou olhando – respondeu Anne, observando o magnetoscópio, que tiniu de novo. O tom dos tinidos se alterava ligeiramente conforme a proximidade do objeto que buscavam e o ângulo da aproximação. Nesse instante, o som foi alto e claro como um sino. – Seis graus a oeste – informou ela.

– Seis a oeste – ecoou Russ, girando o volante para compensar. O instrumento continuou a tinir, e ele olhou para ela outra vez, radiante.

– Olha que delícia esse perfil magnético! – gritou alegremente. – E é meu, meu, meu!

– Metade é minha, querido – lembrou Anne com um sorriso indulgente.

O entusiasmo do marido sempre a divertia; ele a tinha conquistado assim.

– E metade é minha! – gritou Newt lá atrás.

– Tenho sócios demais – brincou Russ, embora, no momento em que as palavras saíram da boca, tivesse percebido que aquilo não era nenhuma piada. A Weyland-Yutani ficaria com parte do que quer que o instrumento tivesse captado.

*Não seja ganancioso*, pensou ele. *Esta ainda é a descoberta pela qual você tanto esperou.*

O que quer que o magnetoscópio tivesse identificado, com certeza não era nenhum tipo de rocha natural ou formação mineral. O tinido estava forte demais, regular demais, e ele conhecia o terreno ali bem o bastante para saber que tinham encontrado uma imensa anomalia. Não, o que quer que fosse, tinha sido construído por alguém… ou alguma coisa. Agora, ele só queria ver. É claro que seria ótimo receber o pagamento, mas não podia deixar de pensar no que significaria se encontrasse as ruínas de uma raça desconhecida. Seu nome – e o de Anne – ficariam registrados nos livros de história, ao lado de Burkhardt e Koizumi e os outros.

Newt espichou a cabeça entre os bancos da frente.

– Pai, quando vamos voltar para a cidade?

Russ sorriu.

– Quando ficarmos ricos, Newt.

– Você sempre diz isso – queixou-se ela. – Quero voltar. Quero brincar de Labirinto do Monstro.

O rosto de Tim apareceu ao lado dela, empurrando-a de leve.

– Você trapaceia demais.

– Não trapaceio, não! Só sou a melhor!

– Trapaceia, sim! Você entra em lugares onde a gente não cabe.

– E daí? É por isso que eu sou a melhor!

Frustrada, Anne se virou para eles.

– Chega disso, os dois. Se eu pegar *qualquer um* de vocês brincando nos dutos de ventilação de novo, o couro vai comer.

– Mas, *mãe* – choramingou a menina –, todas as crianças brincam lá.

Russ teria defendido os filhos, lembrando Anne que, se também fossem crianças presas em Hadley's Hope, certamente passariam dias inteiros explorando o sistema de dutos de ventilação que cruzava toda a instalação. Mas, no momento, perdera a habilidade de criar frases – ou qualquer coisa semelhante a um pensamento coerente.

Só o que conseguiu fazer foi tirar o pé do acelerador da lagarta e inclinar-se para a frente, olhando através do para-brisa para a forma imensa que assomava adiante, em meio ao véu de cinzas.

– Puta merda – disse Russ, reverente.

À primeira vista, o objeto gigantesco que se erguia do chão pareceu quase orgânico, como se fossem os restos colossais e curvilíneos de uma fera alienígena.

Quando o veículo se aproximou devagar, ele viu que a silhueta tinha, de fato, alguma influência orgânica no projeto. E não restava dúvida de que *fora* projetada.

Mas não por humanos.

– Ah, meu Deus – sussurrou Anne.

Russ sentiu o coração martelar quando parou o carro. Nunca vira nada parecido com aquele objeto em forma de ferradura, nem com a sua construção estranha, biomecanoide, mas certamente era uma nave. Uma nave espacial. A julgar pelo modo como o terreno rochoso fora arrebentado, deixando pilhas de destroços ao redor, tinha certeza de que a nave havia caído ali, levantando pedras e cinzas ao impactar no chão.

– Gente – disse Russ –, desta vez tiramos a sorte grande.

As crianças saíram do caminho enquanto Anne colocava o casaco pesado, o capacete e os óculos contra o vento. Russ desligou o motor e a imitou, os quatro conversando animadamente. Puseram cintos equipados com verificadores de amostras, lanternas e comunicadores de curto alcance que lhes permitiriam conversar sem ter que gritar.

Avaliando o peso das câmeras e testando os equipamentos, ele e a esposa desceram do veículo para a superfície. Uma rajada intensa de vento os agrediu, e Russ se colocou na frente de Anne, protegendo-a da maior parte do impacto. O vento o lembrou de Otto e Curtis, e prometeu em silêncio tomar mais cuidado do que já tomava, e ficar atento a qualquer sinal no céu que pudesse indicar uma piora no clima.

A respiração dos dois condensou no ar. A temperatura tinha caído.

– Fiquem aí dentro, crianças! – gritou Anne para os filhos. – Estou falando sério! Voltamos já.

Ligando a lanterna do capacete, Russ avançou em direção ao objeto abandonado, caminhando com dificuldade em meio à poeira, depois subindo numa saliência rochosa que brotava das cinzas. Anne o alcançou enquanto observava o formato e a estranha textura da nave.

– Não devíamos avisar que encontramos? – perguntou ela.

– Vamos esperar até sabermos o que é – sugeriu Russ.

Anne soltou um resmungo.

– Que tal "coisa grande e esquisita"?

Era uma piada, mas o tom de voz não indicava isso. Ela parecia estar com medo, e Russ não podia culpá-la. A verdade era que ele mesmo estava mais que só um pouco amedrontado, mas não ia admitir. Pelo aspecto da "coisa grande e esquisita", ela estava ali havia anos – talvez séculos. O que quer que já tivesse sido, agora era pouco mais que uma casa decrépita e assombrada, silenciosa e remota.

Anne foi na frente, descendo a pedra protuberante, passando por correntes de cinzas e subindo uma cascata de pedra ao lado do casco. Russ passou a mão enluvada pela superfície, a textura áspera e estriada quando a percorreu numa direção, mas lisa quando passou a palma no sentido contrário. Começaram a contornar a nave, mas depois de poucos minutos Anne estacou na frente dele.

– O que é? – perguntou Russ, aparecendo ao lado dela.

Então, viu o que a fizera parar. Havia um talho enorme e retorcido no casco de metal, e dentro dele a escuridão assomava. Era quase uma coisa viva.

– O que é? – Anne olhou para Russ, e ele pôde ver o sorriso entusiasmado através da máscara dela. – Eu diria que é uma entrada.

Apontou a lanterna pendurada ao cinto e a ligou. Russ fez o mesmo.

# 14
# ABANDONO E DEVER

DATA: 21 DE JUNHO DE 2179
HORA: 1121

O sargento Marvin Draper e seus amiguinhos tinham passado a primeira semana de Brackett em Aqueronte testando a paciência do novo comandante. Sussurravam uns com os outros na presença do capitão, chegavam atrasados para o serviço, discutiam uns com os outros e com o resto dos fuzileiros. Isso o fez desejar que eles tivessem continuado confinados – em seus alojamentos, mas não podia deixá-los trancafiados para sempre, por mais tentadora que fosse a ideia.

A última tolice que o grupo havia cometido, menos de doze horas antes, fora ficar bêbado e entrar no curral do gado para que o cabo Pettigrew pudesse demonstrar seu passatempo de infância, o "cutuca-vaca", que consistia em derrubar as vacas para dar umas risadas.

Esse era um comportamento que Brackett teria esperado de moleques, não de Fuzileiros Coloniais.

Já estava farto.

– Vocês têm que tomar uma decisão – disse ele aos quatro fuzileiros enfileirados no escritório. – Ou entram na linha ou vão passar o resto do seu tempo em Aqueronte trancados nos alojamentos, até eu conseguir transferi-los para algum lugar ainda mais remoto que este fim de mundo.

Draper ergueu o queixo com a barba por fazer.

– Senhor, por acaso *existe* algum lugar mais remoto?

Nguyen e Pettigrew continuaram com a expressão neutra, mas Stamovich sorriu, debochado. Até onde sabia, Draper era o líder da gangue em Hadley's Hope, e o cabo tinha toda a confiança do universo de que continuaria assim. A soldada Yousseff, por outro lado, fechou os olhos e comprimiu os lábios, furiosa ou enojada com Draper e Stamovich, ou as duas coisas.

Brackett queria dar uns tapas em Stamovich, mas sabia que o único jeito de lidar com um puxa-saco como ele era chutar o saco que ele gostava tanto de puxar. Assim, concentrou-se em Draper, aproximando-se dele.

– Qual é o meu nome, sargento? – bradou ele.

– Brackett, senhor! – bradou Draper em resposta, arrogante como sempre.

– Tente de novo!

– Capitão Brackett, senhor!

Pettigrew, Nguyen e Yousseff se remexeram, nervosos. Stamovich espiava a conversa pelo canto do olho, ainda meio sorridente, com a certeza de que seu ídolo babaca ganharia o dia.

– Olhe bem para a minha cara, sargento! – rosnou Brackett.

Draper fez cara de deboche ao obedecer, revelando sua verdadeira natureza.

– Sou seu comandante – explicou Brackett, agora em voz baixa, olhos nos olhos, encarando-o com tanta firmeza que disse a si mesmo que seu olhar estava queimando os miolos de Draper. – Se eu mandar você lamber o chão até ficar limpo, é isso que você vai fazer. Se eu quiser que você plante bananeira num canto por um mês, é isso que vai fazer. Se eu disser que você está confinado ao seu alojamento, com zero contato humano, então vai ficar sozinho no seu alojamento até arrancar os olhos de tanto tédio.

Stamovich piscou e se remexeu.

Draper, porém, ainda parecia confiante demais. Brackett sabia que fora tolo em dar ao sujeito uma chance de revidar, e agora a tomaria de volta.

– Acha que vai pedir transferência daqui se não gostar do seu novo comandante e vai ficar só nisso? – continuou, olhando para todos, um de cada vez, antes de voltar a Draper. Inclinou-se para a frente, chegou ainda mais perto, invadindo fisicamente o espaço de Draper a ponto de o fuzileiro ser forçado a dar um passo para trás. – Se quiser sair daqui, *eu* tenho que assinar a transferência. Sou eu quem tem que *deixar* você sair. Então, não sou só seu capitão ou comandante, Marvin. Sou seu carcereiro. Sou o diretor do presídio. Sou a porra da sua divindade particular. Posso ser um deus benevolente ou posso ser o diabo que você preferia não ter conhecido.

A vermelhidão no rosto de Draper agradou Brackett, mas não tanto quanto a insegurança que surgiu nos olhos do homem.

– Agora você entende, não é, Marvin? – continuou Brackett. – Você e seus amigos. No momento em que cheguei aqui vocês tiraram certas conclusões, e a mais idiota foi que um capitão jovem sem nenhuma cicatriz de batalha visível poderia ser um bundão. Vocês acharam que podiam continuar fazendo qualquer…

– Capitão? – chamou Yousseff, a voz baixa, mas firme.

Brackett se aproximou.

– Tem alguma coisa a dizer, soldada? Não vê que estou destruindo seu amiguinho aqui?

– Sim, senhor – respondeu Yousseff, olhando para a frente, ainda em posição de sentido. – E já era hora, senhor. Mas deve saber que aqui, tão longe de casa, a companhia é quem controla tudo. Tem muito mais poder que o governo. É assim desde sempre. Nós…

– Talvez nenhum de vocês esteja ouvindo – disse Brackett, abrindo e fechando os punhos. – Então vou deixar o mais claro possível. Sou fuzileiro. Não trabalho para a Weyland-Yutani, e vocês também não. Se vier uma ordem de cima para eu restabelecer as escoltas militares dessas missões de pesquisa, que seja. Até lá, vamos seguir as regras, e a equipe científica da colônia vai ter que se virar sem nós!

– Já fizeram isso, senhor – declarou Pettigrew.

Brackett franziu a testa.

– Fizeram o quê?

– Se viraram sem nós. Um dos garimpeiros me disse que a ordem veio da companhia, uma coisa específica, diferente do normal – respondeu Pettigrew, queixo erguido de forma disciplinada. – A família inteira saiu ontem de manhã numa lagarta.

Um temor gélido serpenteou pela coluna de Brackett.

– Que família?

O soldado deu de ombros.

– Algum de vocês sabe? – perguntou o capitão, esquadrinhando os rostos.

Stamovich olhou para Pettigrew.

– Foi o Russ, não foi? – perguntou o cabo. – O cara de barba desgrenhada com a esposa bonitinha?

Yousseff franziu a testa.

– E eles levaram os *filhos*?

Brackett a olhou por um segundo, querendo dizer alguma coisa, mas as palavras não vinham. Tinha negado isso a si mesmo, fingido que era um homem pragmático demais para nutrir quaisquer ilusões românticas, mas agora a verdade surgia nua e crua dentro dele. Não tinha vindo a Aqueronte para roubar a esposa de outro homem, mas não teria esperado em segredo que Anne percebesse o próprio erro e finalmente o escolhesse? Que os dois voltassem ao caminho que antes compartilharam?

Tolo maldito que era, a resposta era sim. Ainda a amava.

Sua decisão – de não deixar que os fuzileiros escoltassem as equipes de pesquisa – ainda parecia correta. Mas não gostava de pensar em Anne e na sua família lá fora, sozinhos. Ainda visualizava a pequena Newt, a boca pintada de sacolé sabor cereja. Se alguma coisa acontecesse a ela porque ele seguira as regras, não seria capaz de se perdoar.

E como não tinha percebido isso? Tinha lhe ocorrido que não vira Anne, nem esbarrara em Rebecca ou Tim nos corredores, não nos últimos dias. Mas andara tão concentrado em colocar o pelotão na linha...

Só mais uma razão para ficar furioso com Draper.

Preocupava-se não só por terem sido mandados sozinhos à expedição, mas por causa das circunstâncias. Se havia chegado uma ordem específica, não era uma missão de rotina.

– A ordem da companhia – disse Brackett, voltando-se novamente para Pettigrew. – O que dizia, exatamente?

– Não tenho ideia, capitão. Sinto muito.

Todos os cinco fuzileiros o olhavam agora, sem dúvida querendo saber por que parecia tão perturbado pela notícia. Brackett não ligava. Seus receios pessoais eram assunto particular.

– Draper.

– Sim, capitão?

– Por algum motivo, seus amigos o admiram. – Brackett olhou de novo nos olhos dele, deixando claro que não havia margem para discussão. – Isso quer dizer que não vou responsabilizar você apenas por suas ações, mas pelas deles também. Você criou sua própria tribo aqui, mas não é parte de tribo nenhuma. É um fuzileiro colonial. Se vai começar a se comportar como um ou não, a decisão é sua.

Brackett observou todos eles mais uma vez.

– Dispensados.

Os cinco foram embora. Ele contou dez segundos depois que o último se retirou e saiu da sala à procura de Al Simpson.

Precisava de respostas.

E não conseguia tirá-la da cabeça.

*Anne.*

### DATA: 21 DE JUNHO DE 2179
### HORA: 1122

Quando Anne Jorden tinha nove anos, na Terra, seu irmão Rick a persuadira a nadar com ele numa lagoa no bosque moribundo do fim da rua. O lugar tinha uma camada de folhas pútridas na superfície espumosa, manchada de um verde doentio e nada natural. Mosquitos voavam por ali, mas nunca pousavam por muito tempo.

A não ser por uma enguia ocasional, não viram nada vivo dentro d'água, certamente nenhum peixe. Mas, naquele tempo, Anne se esforçava para acompanhar Rick, lutava para que ele a visse como sua igual, embora o menino fosse três anos mais velho. Ela sabia dar um soco, escalar uma árvore e consertar um carro, se o problema não fosse complicado demais. Quando era desafiada pelo irmão mais velho a fazer alguma coisa, ela certamente o acompanharia... desde que ele fosse na frente.

Anne não precisava mais que o irmão fosse na frente, mas, ao atravessar o talho no casco da nave, sentiu um arrepio percorrê-la e lembrou-se daquele dia na lagoa com absoluta clareza. Tinha entrado na água só de calcinha, o lodo e a imundície entrando entre os dedos dos pés e grudando na sola. Sentiu a água da lagoa escorrer na pele numa carícia oleosa e viscosa. Na hora em que a água chegou à altura da cintura, sentia-se mais suja do que jamais estivera.

O interior da nave a lembrou daquela lagoa. O ar deveria estar empoeirado e seco, e o chão perto do talho estava coberto de cinzas, mas mesmo com o casaco pesado ela pôde sentir um tipo de umidade fria e pegajosa no ar.

– Está sentindo isso? – perguntou Russ, aproximando-se por trás dela.

Anne olhou para os dois lados do corredor alto e largo. O piso e as paredes eram feitos de alguma liga alienígena, tubos percorrendo como veias o teto e as paredes internas.

Ela desligou a lanterna do capacete para preservar a bateria, pegou a lanterna que estava pendurada no cinto e a acendeu. Russ fez o mesmo. Algum fluido havia escorrido e secado em vários pontos da parede. Ela estendeu os dedos para tocar a mancha, mas hesitou e recolheu a mão.

– É. Estou sentindo. – Olhou para a direita, fitando o túnel.

Aquela direção os levaria à ponta da nave com design de ferradura – a ponta mais próxima do carro –, o que sugeria que os achados mais relevantes estariam à esquerda, no ventre da nave.

Anne olhou para Russ.

– É melhor sairmos daqui – propôs –, avisar a administração e levar as crianças de volta à colônia.

Russ a encarou por trás dos óculos protetores. Havia uma névoa de condensação no interior. Mesmo assim, ela viu a relutância em seu olhar.

– Se voltarmos, nunca vamos saber o que eles vão achar aqui – disse ele. – Amor, até a nossa parte do que encontrarmos aqui ajeitaria nossa vida para sempre. Entende isso? Mas, se quisermos nos proteger, impedir que a companhia ferre com a gente, nós *temos* que saber o que encontramos.

O coração de Anne palpitou, mas não de medo.

– Essa é a única razão pela qual você quer continuar?

Russ sorriu.

– Lógico que não. Foi para isso que viemos aqui… para fazer algo exatamente assim! Você quer que o Mori ou o Reese ou algum babaca da companhia seja o primeiro a ver o que quer que esteja aqui?

Nervosa, receosa, porém mais empolgada do que nunca, ela umedeceu os lábios.

– Lógico que não – repetiu. – Mas vamos ficar só mais meia hora, nada mais. Não quero as crianças esperando lá fora tanto tempo. Não vou fazer isso com elas.

Os olhos do marido brilharam.

– Fechado – respondeu ele.

*Foi por isso*, pensou ela, *que me casei com esse homem.*

Ergueu a lanterna e virou-se para a esquerda, seguindo na frente. O sentimento da lagoa suja não desapareceu. Na verdade, cresceu à medida que penetravam a nave abandonada. Anne sentia a pele úmida e, embora o ar estivesse frio, sentia-se aquecida de um modo um tanto febril. Teria pensado que estava ficando doente, não fosse o fato de Russ sentir o mesmo.

Ela tentou se localizar, visualizando mentalmente a maneira como a nave jazia, inclinada para trás. Parecia oca e morta, vazia de um modo que a fazia pensar numa igreja abandonada em que uma vez entrara, ainda menina. O pequeno cemitério no terreno fora transportado para outro lugar, os corpos desenterrados e levados. O tabernáculo fora retirado, assim como muitas das peças mais elaboradas dos vitrais.

O lugar parecia assombrado, não por fantasmas, mas pela ausência de vida… a memória arquitetônica das vozes unidas numa canção ou prece, os ecos dos passos no piso de pedra, o estalo dos genuflexórios de madeira, e a esperança e a entrega que sempre vinham com a adoração.

Nunca mais havia sentido esse vazio, até aquele dia.

Ali, era muito pior. A sensação do desconhecido, o sopro das eras de uma cultura alienígena deslizou ao seu redor, e ela estremeceu com um temor que não entendia.

– Isso é…

– Extraordinário – disse Russ.

– Agourento – corrigiu Anne. – Sinto nos ossos, é como se estivesse nos dando as boas-vindas e querendo nos expulsar, tudo ao mesmo tempo.

– É coisa da sua cabeça. Você está imaginando coisas. Não dá nem para começar a ter noção do que foram as criaturas que construíram isso. Mas devem ter sido enormes, muito maiores que qualquer ser humano. Então sua intuição diz que somos invasores.

– Nós *somos* invasores, Russell.

Pôde ouvi-lo rir de leve atrás dela.

– Não estou vendo ninguém acionar um alarme.

Anne abriu um sorriso, mas só durou um instante. Os batimentos continuavam acelerados, a adrenalina tomando conta de seu corpo.

– À sua direita – disse Russ, com a voz tensa. – Uma sombra. O que é?

Ela se virou e viu a fenda sombreada na parede. Prendendo a respiração, aproximou-se, e à luz da lanterna pôde distinguir uma abertura muito mais larga do que havia imaginado. Do chão ao teto, fazia uma curva na parede, uma faixa larga de sombra. Passando a cabeça pela fenda, congelou.

– Cuidado – avisou Russ.

– Desce em espiral – informou ela.

– Talvez seja a versão deles de uma escada?

– Talvez. Com certeza vai para outro andar.

A espiral a lembrou do interior de uma concha vazia, que para ela acentuava a sensação de que a nave era algo orgânico, assim como o vazio que a assombrava.

– Vamos. O tempo está correndo – lembrou Russ.

*Certo,* pensou ela. *Newt e Tim*. Tinha que superar a inquietação que a tomava e apertar o passo. Pensando nas crianças, Anne começou a andar mais rápido, agora seguindo o marido.

– Tem certeza de que não deveríamos descer para verificar o andar de baixo?

– Talvez, mas desconfio que o que quer que corresponda à cabine do piloto aqui deve estar no topo da ferradura. Posso estar errado, mas não temos tempo para pensar demais nisso. O que quer que esteja lá embaixo deve ser mais do que uns corredores.

Enquanto ele falava, a escuridão interior da nave parecia se aprofundar. Anne virou a cabeça e apontou a lanterna para a parede, revelando cicatrizes no estranho metal. Parou de novo.

– Anne.

– Olha isso – disse ela, fitando os vincos e arranhões na parede.

Havia outros no chão. Alguma coisa havia derretido o material, o que a fez recuar e olhar para cima e para os lados para ter certeza de que o que causara o derretimento não continuava a vazar.

– Russ…

– Depois. – Ele passou por ela.

Anne continuou andando atrás dele, mas agora atenta às paredes e ao chão, e viu numerosos pontos onde marcas semelhantes foram feitas. Não eram só os pontos derretidos. Havia buracos queimados na parede, como se algum tipo de arma tivesse sido disparada. Não fossem o fato de a nave ser muito antiga e o modo como a poeira e a pedra haviam corroído o casco e começado a engoli-lo, ela teria começado a se preocupar.

– Agora, isso é esquisito – comentou Russ.

Acendeu uma das lanternas potentes que tinham trazido, esperando tirar fotos para ajudá-los a reivindicar a posse. O corredor se iluminou com uma luz amarela doentia, e Anne arfou. Ali, as paredes eram diferentes. Se a construção da nave parecia tender ao orgânico, aquela área era ainda mais bizarra. As paredes estavam cobertas por uma substância estriada, negra e cintilante, como uma mistura de casulos de insetos e rocha vulcânica.

– Que diabo é isso? – perguntou ela.

– Nem imagino – respondeu Russ.

Anne passou a mão pela superfície, segurou uma saliência afiada e quebrou um pedacinho. Quitinoso e duro, as pontas finas eram quebradiças.

– Vamos em frente – disse, guiada pelo fascínio. A sensação úmida tinha piorado, mas, de alguma forma, ela a ignorou.

Quando chegaram a uma nova fenda que espiralava até um nível inferior, pararam e olharam para ela por quase um minuto inteiro. Aquela fenda diferia da primeira. Também estava coberta pelo material quitinoso, como se fosse adaptada para uma espécie inteiramente diferente.

– Não estou gostando nada disso – declarou Anne.

– Nem eu – confessou Russ. Ela percebia como era difícil para ele admitir seu receio. Russ suspirou. – Olha, vamos só chegar até a ponta da nave, para ver se tem uma sala de máquinas ou cabine de controle, ou sei lá. Vamos gravar imagens e depois dar o fora daqui. Se chegarmos tão longe, eles não vão poder nos excluir totalmente.

Voltou a andar.

Anne ficou para trás, fitando a fenda curva.

– Que... – começou Russ.

– Vamos descer – disse ela, sem saber direito por quê. – O que quer que seja valioso para a companhia, artefatos, tecnologia e tal, se estiver lá embaixo e nós deixarmos passar, vamos nos arrepender para sempre. – Virou-se e olhou para o marido, deixando-o ver em seus olhos uma verdade dolorosa. – Não quero viver aqui para sempre, Russ.

Ele balançou a cabeça, rindo incredulamente, e pousou a mão no capacete.

– Otto e eu...

– Estavam falando besteira – disse Anne. – Abandonar a colônia sem um plano B, sem uma estratégia... é tolice. Mas isto... você tem razão. Esta pode ser a nossa chance, a coisa que estávamos procurando. As crianças estão lá fora esperando por nós e vão continuar esperando. Já as deixamos sozinhas mais tempo que isso, e elas sabem se entreter. É pelo bem delas que não podemos sair daqui sem saber o que foi que encontramos.

Anne deu mais uma longa olhada no corredor, a lanterna iluminando as estranhas protuberâncias e curvas das paredes negras e vítreas. Um estranho clarão de reconhecimento brilhou em sua mente – casulo, teia, aranha –, e ela estremeceu com a sensação. Não gostava da ideia de que estavam presos em algum tipo de teia de aranha.

*Não é uma teia*, pensou, franzindo a testa ao observar de novo as paredes. *É mais como uma colmeia. Um ninho de vespas.*

De todo modo, não gostava nada daquilo.

# 15
# CARGA ESTRANHA

DATA: 21 DE JUNHO DE 2179
HORA: 1131

Brackett encontrou Simpson saindo do banheiro, ainda afivelando o cinto. O homem pareceu ouvir passos pesados vindo em sua direção e ergueu o olhar, retesando-se na mesma hora. Ergueu as mãos como se temesse um assalto.

– Tenho uma pergunta para você – falou Brackett numa voz firme.

– O que quer que seja, talvez seja melhor você recuar – disse Simpson. Nervoso, alisou o bigode e endireitou a postura, tentando disfarçar o medo que sentira momentos antes.

Brackett inclinou-se para a frente, cercando o administrador de forma que fosse ele a recuar.

– Você mandou os Jorden numa expedição…

– Que não é da sua conta, é? – retrucou Simpson, tentando manter a voz sob controle. – Quer dizer, você deixou bem claro que, na sua opinião, os Fuzileiros Coloniais não devem se envolver com o trabalho de campo da companhia – acrescentou, estreitando os olhos.

– Os filhos deles tem o quê, seis e dez anos?

Simpson deu de ombros.

– Algo assim.

Brackett se esforçou para lembrar que passaria anos em Aqueronte e que precisaria trabalhar com aquele homem. Mas só o cheio rançoso do hálito de Simpson lhe dava vontade de socar o sujeito.

– Olhe, capitão, concordo com o senhor – disse o administrador. – Desaprovo completamente a ideia de Russ e Anne levarem os filhos nessa expedição, mas não há nenhuma regra contra isso. Na verdade, é um trabalho de exploração. Neste momento, eles estão atuando como profissionais independentes.

– Por que agora? – perguntou Brackett. – Por que hoje?

Dois técnicos passaram com pressa por eles. Olharam intrigados para Simpson e Brackett, sentindo a hostilidade no ar.

– Isso realmente não é da sua conta, capitão.

– Você recebeu uma ordem específica. Essa não é uma exploração de rotina – disse Brackett, e viu a confirmação no olhar de Simpson. – A Weyland-Yutani deve ter mandado alguém inspecionar o local imediatamente.

Simpson estreitou os olhos, um sorriso sarcástico surgindo no rosto.

– Presume-se que esse seja o caso, capitão Brackett, mas não tenho conhecimento dos porquês em casos como esse. Ninguém me conta nada. Se *tivessem* me contado, porém, pode ter certeza de que eu não compartilharia com o senhor. É assunto da companhia, devo lembrá-lo.

– E se acontecer alguma coisa com os Jorden? – insistiu Brackett. – Com os filhos deles?

Simpson fez cara de deboche.

– Bom, então terá sido uma pena eles não terem sido acompanhados por nenhum fuzileiro para protegê-los.

Passou por ele e foi andando de volta ao próprio escritório. Brackett nada podia fazer, apenas observar enquanto o administrador se distanciava.

DATA: 21 DE JUNHO DE 2179
HORA: 1139

Anne entrou primeiro na fenda, e ela e Russ desceram pela espiral até o andar inferior da nave abandonada.

Russ não disse nada, mas ela pôde ver, pela postura dele – a cabeça inclinada e os ombros ligeiramente encolhidos – que ele sentia o peso sombrio da nave. Assim como ela. O coração batia mais rápido e a respiração ficou rasa à medida que desciam, as luzes dos capacetes projetando formas fantasmagóricas nas paredes.

Encontraram a primeira criatura morta no fim da espiral.

– Puta merda – murmurou Russ.

Anne prendeu a respiração ao adentrar o corredor, observando a criatura sob a luz oscilante. Ela tremia. Quando vivo, o alienígena fora muito alto e corpulento, com tronco e cabeça prolongados. Parecia humanoide apenas no sentido de ter dois braços e duas pernas, mas, de resto, era inteiramente inumano. Alguma coisa nele sugeria um inseto, o que dava a Anne uma ligação enervante com os pensamentos que tivera sobre a substância quitinosa que cobria as paredes.

Ainda assim, não era um inseto.

A pele não era pele, mas um tipo de carapaça blindada. Em alguns pontos era profundamente azul, desbotada para o cinza em outros, e a carapaça parecia ter ficado fina e quebradiça. Tinha certeza de que a casca mais rígida e escura se assemelhava à aparência que tivera quando vivo. Atrás, uma cauda retorcida, afiada e esquelética, cuja ponta poderia ter sido uma lança. Não exatamente um ferrão, pensou Anne, mas, se o alienígena a usasse assim, teria matado uma pessoa com a mesma velocidade.

– É lindo – disse Russ.

Anne se virou para ele com nojo.

– Quê?

– Olhe para ele. É diferente de *tudo* o que já foi visto. Até hoje.

– É horrível – sussurrou ela, olhando as garras azuladas e a cauda. – Essa coisa nasceu para matar.

– Está morta há muito tempo – atalhou Russ. – Mas vou dizer para que ela nasceu… para nos deixar ricos.

Deu uma risada baixa e se virou, seguindo pelo corredor do subsolo. Anne fitou o alienígena morto por mais algum tempo, depois o seguiu. Russ podia ter razão, e ela sabia que essa coisa não podia feri-la – o cadáver era pouco mais que uma casca, não muito diferente da nave que estavam explorando. Mas ela não conseguia ignorar a sensação que sua presença causava. Quando entrara na nave, tivera certeza de que o interior estava tão vazio quanto aquela igreja abandonada. Agora, cada sombra parecia cheia de ameaça, de dentes e caudas sinuosos e afiados.

O nível inferior fora completamente tomado pelas paredes quitinosas que ela vira lá em cima, mas ainda havia pontos onde alguma coisa havia derretido, espirrado e queimado, atravessando pisos e paredes. Seguiram em meio à escuridão, iluminando o caminho, e numa curva do corredor encontraram mais três daquelas coisas.

Uma tinha sido rasgada em duas, o cadáver transformado numa coisa seca e retorcida, metade num lado do corredor e metade no outro. Outra tinha um buraco enorme no tronco, e o chão debaixo dela derretera, abrindo-se numa cratera escancarada. Uma corrente de ar passava por ali, mas, se vinha do exterior ou de outro ponto da nave, não conseguiam distinguir.

Havia portas ao longo de todo o corredor. Algumas se abriram com facilidade, enquanto outras estavam emperradas pela substância dura e estranha, semelhante a resina. As duas primeiras que Russ abriu não continham nada além de pó e ossos pequenos e esquisitos. Na seguinte havia grossas prateleiras de uma liga de metal cujo conteúdo estava apodrecido. Era impossível saber o que tinham sido antes de se deteriorarem.

– Carga, você acha? – perguntou Anne.

– Um tipo de carga – concordou Russ. – Comida ou algum outro material. Mas aquelas duas primeiras salas eram currais. Algo como estábulos. Gado alienígena ou alguma outra coisa... O que quer que fossem, essas criaturas estavam levando para algum lugar.

Para Anne, a verdade não era essa. Não era o que parecia.

– Acho que não – disse ela. – Não eram as coisas que vimos lá atrás.

– Como assim?

– O que quer que fossem essas criaturas, não eram elas que pilotavam essa nave.

Ele assentiu, mas não respondeu.

Continuaram em frente, descobrindo outros corpos alienígenas imensos em montes de três ou quatro, talvez vinte, ao todo. Minutos depois, ziguezagueando pelo baixo ventre claustrofóbico da nave, encontraram uma coisa completamente diferente. Novos vestígios.

Anne congelou. Agora entendia por que os corredores eram tão altos e largos. Não tinham sido construídos nessa escala em nome da grandeza, mas sob medida. Os restos dessa nova criatura eram mais humanoides que os primeiros, mas ainda maiores que os outros – tinham dois metros e setenta, Anne supôs. Só o que restava do corpo era o esqueleto, ossos dentro de algum tipo de exotraje com o mesmo design da nave, a mesma textura tecno-orgânica.

Essa coisa morta tinha sido a tripulação da nave. Ela sabia.

– Onde estão os outros? – perguntou.

– Outros? Você acha que há outras espécies aqui?

– Não, não... outros iguais a este. Cadê o resto da tripulação?

Russ não tinha a resposta.

– Há quanto tempo saímos do carro? – perguntou ela.

– Sei lá. – Ele olhou o relógio. – Trinta e cinco minutos? Acho que não foi mais que isso.

Respirando fundo, ela estendeu a mão e pegou a dele, descontente com o fato de que as luvas impediam o contato da pele.

– Tá legal. Vamos fazer umas imagens desse cara e dos outros, depois vamos sair daqui. Mais cinco minutos – propôs ela.

Russ concordou. Trabalharam em silêncio na maior parte do tempo, ambos inseguros. Anne estava desapontada consigo mesma – com os dois. Tudo indicava que deveriam estar em êxtase. Sua parte de qualquer lucro que a companhia conseguisse com esses espólios – a nave e sua tecnologia, os corpos alienígenas e o que quer que a Weyland-Yutani pudesse aprender com eles – significava que nunca mais teriam de trabalhar. Deveriam estar chorando de alegria, gritando e comemorando. Em vez disso, Anne sentia que mal podia respirar, como se o peso do ar dentro da nave pudesse sufocá-la. Só queria ir embora, e, a julgar pelo silêncio, sabia que Russ queria a mesma coisa.

Levaram dez minutos. Quando terminaram no nível inferior, subiram pela espiral carregando os equipamentos, depois pararam lado a lado e observaram o corredor em direção à ponta da nave. Os dois. Estavam casados havia tanto tempo, conheciam-se tão bem que nenhuma palavra foi necessária para tomar uma decisão.

– Muito perto – disse Russ. – Cinco minutos ou menos e a gente chega à ponta. Vê o que tem para ver. A gente faz umas imagens e volta lá para fora em quinze, vinte minutos no máximo. A esta hora as crianças devem estar dormindo.

– Tenho certeza de que faz mais de uma hora que estamos aqui – respondeu Anne.

Mas Russ sabia que não era uma discussão. Ambos olharam para o lugar de onde vieram, em direção ao talho no casco. Então, ele apoiou a lanterna no ombro e pegou a mão dela.

Juntos, caminharam rumo à ponta.

Virando a próxima esquina, descobriram dois indivíduos, um de cada espécie alienígena, travados num abraço terrível. A criatura insetoide era diferente das irmãs. Era maior e tinha uma placa imensa de bordas serrilhadas na cabeça azul que parecia ser um tipo de crista.

– Que diabo aconteceu aqui? – murmurou Russ.

– Uma batalha – respondeu Anne. – A pergunta é: de onde vieram estes insetos? Estavam na nave, no compartimento de carga, ou já estavam aqui em Aqueronte e atacaram a nave depois da queda?

– E este aqui? – perguntou Russ. – Por que é tão diferente?

Anne avaliou o abraço mortal mais uma vez, analisou a crista azulada e franziu a testa.

– É uma rainha.

– Como uma abelha?

– Isso não lembra uma colmeia? – Ela indicou as paredes cheias de crostas. – Talvez os outros sejam zangões e esta aqui seja a rainha. – Deu de ombros. – Ou talvez seja só porque essa crista na cabeça me faz pensar numa coroa.

O alienígena que ela imaginava ser a rainha havia empalado o tripulante com a cauda, mas o outro ser respondera na mesma moeda. Tinha enfiado a pata dianteira esquerda dentro das mandíbulas da rainha, como se tentasse destruir-lhe o cérebro.

– Vem – chamou Russ. – Vamos terminar com isso. Não quero mais ficar aqui.

Seguiram em frente.

***

Minutos depois, encontraram uma vasta câmara onde muitos dos tripulantes tinham conseguido se reunir. O teto em forma de domo era muito alto, com uma crosta da mesma substância quitinosa que viram em outros lugares da nave.

– Isto aqui é muito sinistro – disse Russ. – Sinto como se não pudesse respirar.

Anne pôde apenas concordar.

Havia uma plataforma na frente da câmara. Em cima dela havia um assento enorme e um tipo de aparato gigantesco que ela teve certeza de ser algo usado para pilotar a nave. No assento havia outro membro da tripulação, embora ele usasse um capacete que cobria a cabeça toda.

– Acha que é o piloto? – perguntou Russ enquanto subiam para investigar.

– Ou o navegador.

– Olha o peito dele – sussurrou Russ, e ela praticamente sentiu a respiração dele junto ao ouvido. Mas já tinha visto os ossos retorcidos e mumificados projetando-se para fora do exotraje e o rombo nas costelas. – Foi assim que ele morreu. Deve ter sido uma arma, ou talvez uma daquelas caudas, como o corpo que vimos no corredor.

– Acho que não – respondeu Anne em voz baixa.

Vira a forma como os ossos se projetavam para fora. O que quer que tivesse matado o gigante viera de dentro.

Ela se afastou, quase caindo pela borda da plataforma. Recuperando o equilíbrio, segurou o lado da poltrona do navegador e virou-se para ver os fundos da câmara cavernosa. Quando entraram, a plataforma fora a primeira coisa que suas lanternas haviam iluminado. Tinha-os atraído imediatamente.

Agora, ela via mais uma coisa. Muitas outras coisas.

– Russell – sussurrou. Anne foi tomada por uma sensação inquietante, não exatamente entusiasmo e não exatamente medo. – Olha isso.

A lanterna apontava para uma camada de névoa que pairava logo abaixo do nível da plataforma. O vapor parecia ter um tipo de luminescência própria. Abaixo da névoa, espalhados ao redor da plataforma numa área mais baixa do piso da câmara, havia dezenas de grandes estruturas, cada um com cerca de quarenta centímetros de altura. Pareciam ovos, embora tivessem uma aparência quase floral no topo. Flores feias que nunca se abririam.

Nunca mesmo, é claro, pois estavam ali havia eras.

– A névoa... – começou Russ.

– Está estranhamente úmido aqui dentro – comentou Anne. – Talvez a nave esteja extraindo a umidade do exterior e mantendo-a nesta câmara.

– O que são essas coisas, Annie? Mais carga?

Anne passeou com a luz da lanterna pela câmara, analisando-a. Um espaço para carga? Imaginava que poderia ter sido. Colocou seu equipamento na plataforma e desceu em direção aos objetos.

– Devemos levar um? – perguntou, sentando-se na beirada, impulsionando-se e escorregando para baixo rumo à névoa.

As estruturas pareciam ter textura de couro, mas ainda faziam Anne pensar em flores que não desabrocharam. Ela se aproximou e observou um deles, franzindo a testa.

– Eles estão... pulsando? – perguntou Russ, atrás dela.

– Acho que sim.

Um sorriso se espalhou pelos lábios de Anne. Era impossível que estivessem pulsando, é claro, pois isso sugeria que restava vida naquelas coisas, o que quer que fossem. Séculos ou milênios depois da nave cair e da batalha brutal que havia matado todos a bordo, aquela estufa estranhamente fresca parecia ter mantido aquelas estruturas em algum tipo de estado de hibernação.

Estendeu a mão para o mais próximo, os dedos pairando a poucos centímetros.

– Espere – pediu Russ. – Não sabemos o que eles são.

Anne se virou, sorrindo para ele.

– Se a superfície for tóxica, não vai passar pelas luvas.

– Vamos só montar a câmera, captar umas imagens, e o Simpson que se preocupe com eles – insistiu Russ.

– Ora, cadê o *seu* senso de aventura?

Ela viu os olhos do marido se arregalarem ao mesmo tempo que ouviu o som úmido e pegajoso de algo se abrindo atrás dela. Russ agarrou seu braço e a puxou para longe.

– Cuidado! – gritou.

Anne perdeu o equilíbrio e bateu na borda da plataforma. Atrás de Russ, viu a coisa se abrir, fios de muco pendurados nas quatro abas semelhantes a pétalas quando a estrutura se escancarou. Alguma coisa se remexeu dentro dela.

– Russell... – disse Anne, de repente com medo.

– Está tudo bem – respondeu ele, olhando para o ovo.

A coisa lá dentro se jogou sobre ele, agarrou seu rosto e Russ tentou gritar. O som tornou-se um engasgo quando ele cambaleou, caindo sobre ela. Anne gritou o nome dele enquanto empurrava e puxava e arrastava-o para a plataforma. Só então viu as costas da pavorosa coisa em forma de aranha que se agarrara ao rosto dele.

*Está tudo bem*, ele tinha dito. Mas não estava. E nunca mais estaria.

# 16
# CUIDADO COM O QUE DESEJA

DATA: 21 DE JUNHO DE 2179
HORA: 1207

De cabeça para baixo no banco do motorista, Newt cantarolava baixinho consigo mesma. A posição fazia o pescoço doer um pouco, jogava o peso nos ombros e na nuca, mas ela estendeu os pés para o teto do veículo, esticando os dedos, tentando ver se conseguia tocá-lo.

— Rebecca, senta direito — instruiu Tim.

— Isso não é direito?

— Você está de cabeça pra baixo.

— Talvez *você* esteja de cabeça pra baixo.

Tim empurrou as pernas da irmã. Ela tentou se equilibrar, mas caiu para a frente, tombando entre os bancos. Debatendo os membros, o pé direito foi direto na coxa do irmão. Quando ele gritou em protesto, ela continuou se debatendo mais um pouco e o chutou outra vez, sorrindo.

— Rebecca! — rosnou ele, zangado.

Ela sentou-se no chão do veículo, entre os assentos, e lançou um olhar irritado para o irmão.

— Por que você sempre me chama assim?

— É o seu nome. E não me chuta.

— Você que me empurrou. Eu estava caindo. E *não gosto* desse nome.

Tim suspirou e afundou ainda mais no assento. Estivera desenhando quinze ou vinte minutos antes, mas deixara o bloco de lado.

— Talvez eu goste de ficar de cabeça pra baixo — murmurou ela, fazendo beicinho.

— Quê? — Ele a olhou feio.

— Eu gosto de ficar de cabeça pra baixo.

Tim revirou os olhos.

— Beleza. Mas faz isso no outro banco. Eu vou tirar um cochilo.

A menina ergueu as sobrancelhas e se aproximou dele.

— Uau. Você deve estar *muito* chateado.

Mais uma vez, ele a olhou feio.

— Você não está? Eles trazem a gente até aqui, mas não deixam a gente fazer nada. Pra quê?

— Não estou chateada — garantiu ela.

Ele se endireitou no banco, coçando uma mancha na bochecha.

— Quer dizer que não preferia estar lá na colônia, brincando de Labirinto do Monstro com a Lizzie, o Aaron e o Kembrell?

Rebecca bufou e soprou uma mecha de cabelo para longe dos olhos.

— Claro, ia ser bem mais divertido. Mas a mamãe e o papai estão aqui, então é bom estar aqui com eles. É uma aventura, lembra?

Tim se debruçou na direção dela, inclinando a cabeça e observando a irmã como se ela fosse algum tipo de inseto esquisito.

— É, mas é a aventura *deles* — disse. — A gente só está sentado aqui.

— Talvez você esteja — retrucou a irmã, voltando ao banco dianteiro. — *Eu* estou pensando.

Girando, levantou as pernas no ar outra vez, apoiada no pescoço e nos ombros, e tentou alcançar o teto com os dedos dos pés.

— Ah, é? O que está pensando, então?

O estômago da menina se embrulhou um pouco, e ela estremeceu.

— Estou pensando que já faz muito tempo que a mamãe e o papai saíram.

DATA: 21 DE JUNHO DE 2179
HORA: 1229

Brackett pulou o almoço no salão de refeições, esquentou uma tigela de sopa, depois começou a se exercitar para tentar descarregar a preocupação que o devorava. Duzentos abdominais, duzentas flexões e uma quantidade incontável de agachamentos não funcionaram, então ele tentou a barra fixa que seu predecessor havia instalado na porta do banheiro. Com os bíceps ardendo, impulsionou-se para cima e para baixo, firme e em ritmo controlado.

A frustração começou a se esvair enquanto o esforço deixava os pensamentos difusos. Pela primeira vez em mais de uma hora, não sentia a necessidade de olhar o relógio na parede, contar os minutos desde o último contato da colônia com os Jorden.

O suor brotou e escorreu pelo meio das costas. O coração martelava nos ouvidos enquanto ele tentava lembrar quantas repetições já fizera, e decidiu que devia fazer mais. A resposta era bem fácil: se parasse agora, voltaria a se concentrar apenas no relógio.

*O que quer que aconteça não é culpa sua*, disse Brackett a si mesmo, segurando a barra mais uma vez. Uma imagem de Newt passou pelos pensamentos. Newt, a boca suja do sacolé, aqueles olhos grandes tão sérios e sábios demais para a idade.

Içou-se mais uma vez, puxão após puxão, tentando tirar aquela imagem da mente. Isso se mostrou tão difícil quanto suas tentativas de esquecer Anne ao longo dos anos. Tinha seguido com a vida e sido razoavelmente feliz. Contente o bastante. Pensara que passaria o resto da vida sem voltar a vê-la e decidira que podia viver assim.

Por um breve período, apaixonou-se por uma piloto chamada Tyra, mas não deu certo. Em parte por causa das exigências da carreira de ambos e também porque os dois já haviam experimentado um amor maior, e sabiam que aquele não bastava.

Então veio a transferência para Aqueronte. Parte dele preferia nunca ter sido mandado para lá. *Rio de sofrimento*, pensou, lembrando-se da origem mitológica do nome. Na opinião de Brackett, haviam escolhido bem.

Alguém bateu à porta. Ele soltou a barra e pegou a toalha, limpando o suor do rosto.

— Está aberta! — gritou.

A porta se escancarou, e Julisa Paris entrou, ereta e formal.

— Capitão — disse ela à guisa de saudação.

— Tem alguma notícia para mim, tenente?

— Lamento informar que não, senhor.

Brackett sentiu um tremor aflito percorrer o corpo.

— Então, os Jorden ainda não voltaram?

— Foi o que ouvi — confirmou Paris, com um olhar sombrio. — Até onde sei, Simpson nem tentou falar com eles. Está agindo como se isso não fosse nada de mais, e talvez não seja, mas o supervisor de turno com quem falei diz que as pessoas estão ficando nervosas.

Brackett murmurou um palavrão.

— O que o senhor quer fazer, capitão?

— Por enquanto, nada. Mas fique a postos. Segui meus princípios nessa questão, e vou ficar com cara de idiota se jogar esses princípios para o alto. Mas, se essa família estiver em perigo, não pretendo deixá-la sozinha lá fora. Trinta minutos, tenente. Se os Jorden não tiverem dado notícias em trinta minutos, nós vamos até lá.

Paris bateu continência.

— Sim, senhor.

A mulher se virou e foi embora. Brackett fechou a porta.

*Cadê você, Anne?*, pensou ele ao entrar no chuveiro. Queria estar vestido e pronto para sair se fosse necessário. A demora em mandar notícias poderia ser por causa de uma falha nas comunicações, ou talvez eles estivessem distraídos com o entusiasmo da descoberta. Mas uma terrível certeza havia começado a se formar em seu íntimo.

*Façam contato, droga*, suplicou Brackett, em pensamento. *Provem que estou errado.*

### DATA: 21 DE JUNHO DE 2179
### HORA: 1256

Sentada no banco do motorista, Newt abraçava o próprio corpo.

Os faróis da lagarta haviam se acendido conforme foi escurecendo lá fora. O vento estava mais intenso e soprava contra o veículo com tanta força que sacudia as janelas. Embora o aquecedor estivesse ligado, a menina sentia o frio invasor vindo de fora, e começou a se perguntar por quanto tempo as luzes e o aquecimento ficariam ligados. A bateria da lagarta acabaria? A mãe e o pai não os deixariam ali tanto tempo assim, deixariam?

*Não de propósito*, pensou ela.

Pela primeira vez, ficou preocupada de verdade.

O vento uivou ainda mais forte quando ela olhou para o irmão, que tinha se encolhido no banco do passageiro e pegado no sono pelo menos meia hora antes. Queria acordá-lo, só para não se sentir tão sozinha, mas ele não faria nada além de tratá-la mal. Na maior parte do tempo, Tim era um bom irmão mais velho. Davam-se bem, brincavam juntos e riam muito, mas, quando estava cansado ou nervoso, ele podia ser ríspido com ela, até maldoso.

Newt achava que não aguentaria as grosserias dele naquele momento.

Ficou sentada olhando a espaçonave imensa e curva pela janela. Naquele torvelinho de pó e naquela penumbra era difícil ter uma visão clara, mas quando o vento se acalmava ela podia enxergar bem. A nave estava imóvel, e era difícil imaginar que houvesse alguém vivo lá dentro — andando por aí, vivendo mais uma aventura da família Jorden.

Remexeu-se no banco, tentando ignorar a visão da nave enorme e escura. Agora, ficava nervosa só de pensar nela, tão silenciosa e vazia. Mexeu-se de novo, e o vento golpeou a lagarta com tanta força que parecia que mãos gigantes empurravam veículo.

Ela tremeu e passou a língua nos lábios secos. Hesitante, estendeu o braço e cutucou o irmão. Tim resmungou e deu-lhe as costas, afundando no assento em busca de uma posição confortável.

— Tim — sussurrou ela, sacudindo-o um pouco mais. — Timmy, acorda.

Não o chamava de Timmy desde que era uma criancinha. Ele não gostava, agora que os dois estavam crescendo, mas naquele momento ela se sentia muito pequena. Sentia-se criancinha de novo.

— Timmy — repetiu, e ele se voltou para ela, sonolento, abrindo os olhos.

— Que foi? — grunhiu.

— Eles já saíram há muito tempo — disse ela.

Por um segundo, pensou que o irmão ralharia com ela, exigindo que o deixasse dormir. Então, ele se endireitou no banco e olhou a paisagem escura pelo para-brisa, ouvindo o vento. Até então, ela não vira nada mais assustador que a incerteza no olhar do irmão.

Tim parecia estar com medo.

— Vai ficar tudo bem, Newt — disse ele. — O papai sabe o que está fazendo.

De repente, ela ficou sem ar. Tim nunca a chamava de Newt. Por que a chamaria assim agora senão para confortá-la, para tentar diminuir o medo?

Nesse instante a porta ao lado dela se escancarou. A menina gritou quando o vento entrou rugindo e se retorceu quando uma silhueta escura se lançou sobre ela. Berrando, afastou-se daquilo, com o coração prestes a explodir. Então, viu o rosto e, chocada, percebeu que era a mãe, em pânico e com um aspecto tão desvairado que Newt não conseguiu parar de gritar.

Os gritos de Tim se juntaram aos dela enquanto a mãe pegava o radiocomunicador acoplado ao painel.

— Mayday! Mayday! — bradou a mãe ao rádio, gritando por causa do barulho do vento. — Aqui é alpha kilo dois quatro nove chamando o Controle de Hadley's. Repito! Aqui é...

A menina olhou atrás da mãe e viu que não estava sozinha, que o pai também estava ali, mas havia alguma coisa errada com ele. Estava deitado no chão lá fora e, à luz do carro, ela pôde ver que tinha alguma coisa no rosto dele. Um tipo de coisa nojenta que parecia uma aranha, com muitas pernas que pareciam dedos ossudos, o corpo horrendo, vivo e pulsante.

Os gritos ficaram ainda mais agudos e os olhos se arregalaram. Ela não parava de gritar, a voz misturando-se ao uivo do vento. Todo o planeta parecia gritar com ela.

DATA: 21 DE JUNHO DE 2179
HORA: 1257

Brackett se dirigiu ao setor de comando, tomado por um propósito sombrio. Era o momento de deixar o orgulho e os princípios de lado. Já se passara tempo demais. Os Jorden deviam estar em perigo.

A tenente Paris ia ao lado dele, acompanhando o passo em perfeita sincronia. Provando sua sensatez, não dissera uma palavra ao capitão sobre o fato de que fora a decisão dele — seu desejo de mudar as coisas — que levara os Jorden a saírem sem escolta.

Simpson não teria o mesmo tato da tenente.

— Você mandou o sargento Coughlin...

— Reunir uma equipe, sim, senhor. — Paris finalizou a frase por ele. — Aldo vai dirigir. Nós vamos levar Hauer e Chenovski...

— "Nós", não. Quero você aqui. Se alguma coisa der errado, não quero que Draper tente tomar o controle.

— Sim, senhor. Mas...

— Mas o quê? — perguntou Brackett ao virarem uma esquina. Lá da frente, pôde ouvir o som de vozes e o apito de máquinas.

— É o senhor quem deveria ficar aqui, capitão — respondeu ela, firme. — Desculpe, mas o senhor é o comandante aqui. Sou sua oficial subalterna. Se houver algum risco, e devemos presumir que há, até prova em contrário, eu é que devo ir.

Brackett não olhou para ela.

— Você tem razão, Julisa — declarou. — Sou o comandante, então a decisão é minha.

Deram mais alguns passos antes que ela respondesse:

— Sim, senhor.

Simpson surgiu do setor de comando antes que eles chegassem à porta, com um dos técnicos logo atrás dele. Estavam conversando, os dois pareciam extremamente apreensivos, quando o administrador ergueu o olhar e viu os fuzileiros se aproximarem. Pela expressão dele, Brackett percebeu na mesma hora que algo tinha acontecido, e não era boa coisa.

— Capitão Brackett — disse Simpson, a preocupação transformando-se em sarcasmo. — Espero que esteja feliz agora.

A tenente Paris soltou um palavrão.

— É melhor o senhor reconsiderar sua abordagem agora mesmo – ordenou ela.

Brackett ergueu a mão.

— Parem — disse, fulminando com o olhar o burocrata, que pareceu assustado mesmo cheio de arrogância e desdém. — Conte de uma vez, Simpson. O que aconteceu?

O homem olhou ao redor para ter certeza de que ninguém mais os ouvia.

— Encontraram uma espaçonave abandonada — contou. — Antiga, de acordo com Anne Jorden...

*Anne está bem*, pensou Brackett.

— ... mas mesmo assim havia uma coisa a bordo. Se entendi direito, algum tipo de sanguessuga. Difícil ter uma boa comunicação com os constantes distúrbios atmosféricos. Russ precisa de cuidados médicos imediatamente.

— Merda — murmurou Brackett. — E as crianças?

— Estão bem, por enquanto. Vou montar uma equipe de resgate. Técnicos e voluntários.

— Pode esquecer — disse Brackett. — Nós cuidamos disso. O sargento Coughlin está reunindo uma equipe agora. Se você não tivesse notícias deles, nós íamos sair mesmo assim.

Simpson endireitou o cinto.

— Ah, quer dizer que não é nenhum incômodo? — retrucou. — Afinal, não queremos violar o protocolo. Não quero incomodar o senhor, capitão.

Brackett rilhou os dentes, deu um passo à frente e enfiou o dedo no peito do homem.

— Mais tarde, você e eu vamos ter uma conversa sobre como você pôde ser tão *imbecil* a ponto de receber uma ordem como a que a companhia deu, uma ordem que claramente indicava uma descoberta de grande importância, e ainda assim deixou Anne e Russ Jorden levarem os filhos com eles.

Cutucou Simpson mais uma vez.

— Até lá — finalizou —, pode ir se foder.

### DATA: 22 DE JUNHO DE 2179
### HORA: 0402

Anne estava sentada no banco da frente da lagarta com um braço ao redor de cada um dos filhos. Havia tirado a jaqueta como se estivesse maculada, de alguma forma, pela névoa repulsiva que cercava os botões dentro daquela nave. Dezesseis horas depois de ter arrastado Russ de volta ao carro, os gritos da filha ainda ecoavam em seus ouvidos. Tinha levado uma eternidade para acalmar a menina, mas ela e Tim finalmente pegaram no sono.

*Acalmar?*, pensou Anne. *Ela não está calma, está em choque. E você também, se quer saber.*

Não havia pregado os olhos nem um segundo. Como poderia?

Tim se remexeu no banco de trás, abrindo os olhos tristes.

— Mãe, por que ainda estamos aqui? — Sentou-se e esfregou os olhos, vendo a escuridão através da janela. — Precisamos levar o papai de volta para a colônia. A dra. Komiskey vai ajudar ele. Ela *vai* conseguir ajudar, né?

Anne continuou em silêncio. As palavras haviam acordado a garota de um sono inquieto, e agora a garotinha olhava para ela. Os lábios tremiam. Então, ela enterrou o rosto no peito da mãe e começou a chorar de novo, soluços irregulares e ofegantes que iam e vinham como ondas.

O vento uivava estridente ao redor da lagarta, e a porta bateu, porque Anne não a fechara corretamente. Inclinou-se para a frente para olhar pela janela. Na penumbra dos faróis do veículo, viu o pó varrendo o corpo inerte de Russ. Os óculos e a jaqueta o protegeriam do pior, mas ela encaixara um cobertor ao redor dos ombros e o usara para cobrir-lhe parcialmente o rosto. O cobertor sacudia à brisa, mas ainda não havia sido arrancado, e isso era bom.

Bom porque poderia impedir que ele sufocasse se a abominação agarrada a seu rosto já não tivesse feito isso. Bom também porque impedia que as crianças vissem claramente o que aconteceu com o pai.

— Mãe — implorou Tim —, já faz muito tempo! Precisamos levar o papai embora nós mesmos!

— Não podemos fazer isso.

— O que estamos esperando?

Os nervos de Tim estavam em frangalhos, assim como os da mãe.

Anne olhou para a menina. Não queria ter essa conversa com o filho e com certeza não queria tê-la com a filha de seis anos ao lado. Contudo, Rebecca mal parecia estar ouvindo. Mesmo em meio ao próprio choque e ao horror, Anne sentia o coração partido pelo trauma da menina.

*Você vai ficar bem, Russell*, pensou obstinadamente. *Tem que ficar.*

— Precisei de toda a minha força para trazê-lo até perto da lagarta, Tim — respondeu ela em voz baixa, junto à orelha do filho, esperando que Newt não ouvisse. — Mas mesmo que eu conseguisse colocá-lo aqui dentro, não faria isso. E ele não ia querer que eu fizesse.

— O que está *dizendo*? — chorou Tim. — Ele está... Você viu... Precisa...

— Tim! — ralhou ela, e se arrependeu no mesmo instante.

O filho a olhou nos olhos, procurando ali uma resposta.

— Não posso colocá-lo aqui com você e sua irmã — explicou Anne, odiando o tremor na própria voz e as lágrimas quentes que começaram a escorrer pela face. Enxugou-as com raiva. — O que quer que aconteça com seu pai, ele nunca me perdoaria se eu fizesse isso. Não sei nada sobre essa coisa na cara dele, o que ela está fazendo com ele ou o que poderia fazer com você e Newt se eu a pusesse aqui dentro.

Newt estremeceu e murmurou alguma coisa junto ao peito de Anne, as palavras abafadas pela blusa da mãe.

— Que foi, querida? — perguntou Anne, olhando pela janela.

— Então a gente tem que esperar — repetiu a menina. Com olhos vermelhos e inchados, assumiu uma expressão corajosa. — O papai vai ficar bem.

— Bem? — perguntou Tim. — Você viu aquela *coisa*?

Newt prendeu a respiração.

— Eu vi antes de você. Mas também vi o papai quando a mamãe estava colocando o cobertor nele, e o peito dele estava indo para cima e para baixo. Ele está respirando, e enquanto estiver respirando ele vai ficar bem.

Anne abriu um sorriso frouxo para a filha, odiando a barulheira do vento e o chacoalhar da porta, mas amando os filhos do fundo do coração.

— Claro que vai — disse ela, com uma confiança que não tinha. Beijou o rosto da filha, depois virou-se e beijou a testa de Tim. — Claro que vai.

Ficaram em silêncio, e ela os aninhou junto de si.

— Ouviram isso? — perguntou Tim.

Anne se retesou, atenta a qualquer som de Russ ou da criatura. Então, ouviu o ronco de um motor, e seu coração deu um salto. Newt se endireitou no banco, olhando para trás, e faróis iluminaram seu rosto. Anne se virou para a janela traseira e viu as luzes se aproximarem.

Segundos depois, uma lagarta pesada rugia ao lado deles.

Demian Brackett foi o primeiro a descer.

Newt escancarou a porta, pulou do carro e correu para ele, pulando em seus braços. Brackett cambaleou para trás, mas pegou a menina, abraçando-a com força. Por cima do ombro de Newt, olhou para Anne com aqueles olhos fortes e reconfortantes.

— Andem! — gritou Brackett para os outros fuzileiros que desciam da lagarta. Olhou para Russ, com o cobertor ainda esvoaçando sobre o rosto como uma terrível mortalha. — Ponham-no no carro agora!

Anne olhou para Russ enquanto os fuzileiros iam até ele, viu o horror na face de cada um quando tiveram a primeira visão da coisa agarrada ao rosto do marido. Uma onda fria de náusea tomou conta dela enquanto se esforçava para não olhar, para não pensar no que a criatura podia ter feito a ele.

— Sargento Coughlin! — gritou Brackett acima do barulho do vento. — Dirija a lagarta dos Jorden! Hauer, vá com eles!

— Não! — berrou a menina, ainda nos braços dele. — Você leva a gente! Por favor!

Brackett hesitou, inclinando a cabeça para olhar nos olhos da menina. Enquanto os outros fuzileiros colocavam Russ numa maca e o erguiam do chão, o capitão meneou a cabeça para Coughlin e levou Newt até a mãe.

— Tudo bem — disse ele, colocando a menina no carro. Cumprimentou Anne com um gesto. — Vamos levar vocês para casa.

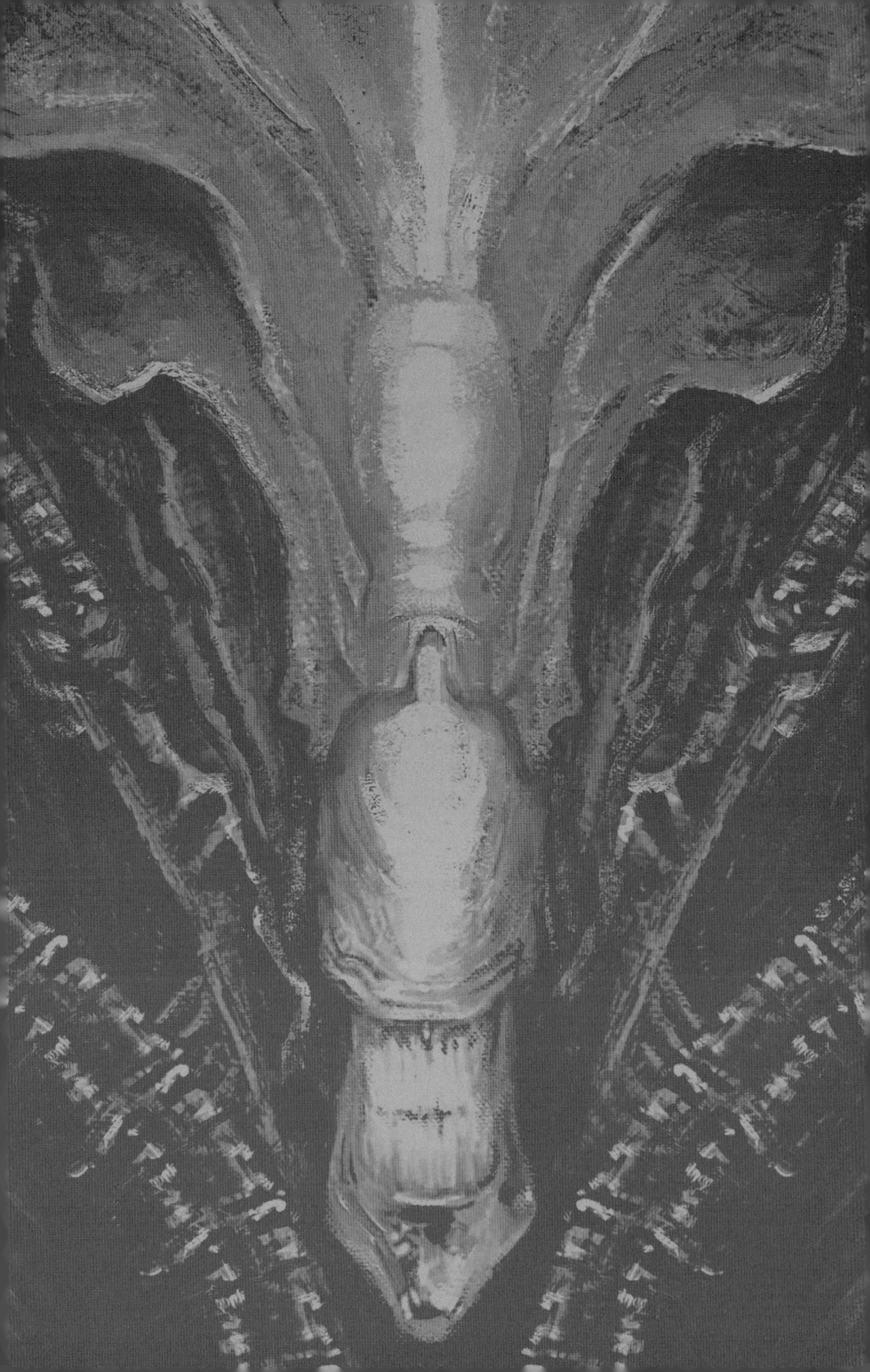

# 17
# NADA VIVO

DATA: 22 DE JUNHO DE 2179
HORA: 2101

Newt desceu da lagarta e ficou entre a mãe e Tim, observando com olhos perdidos os fuzileiros levarem o grande veículo para a garagem subterrânea atrás deles.

Depois de passar tanto tempo ouvindo a fúria do vento e dos detritos no caminho, a garagem parecia estranhamente calma... embora de calma não tivesse nada. Técnicos gritavam uns com os outros e vários colonos se apressaram para falar com a mãe da menina. Jiro, o botânico, queria saber o que tinha acontecido com Russ. A sra. Hernandez, que havia cuidado de Newt e Tim muitas vezes, perguntou a Anne se eles estavam bem. Então o enfermeiro, Joel Asher, passou à frente de todos eles.

— Deixem a família respirar — ordenou Joel, voltando sua atenção para Anne. — Você está bem? Consegue falar?

A menina ergueu o olhar e viu que a mãe parecia não ter ouvido o enfermeiro. Ela olhava fixamente para o carro dos fuzileiros enquanto o motorista, Aldo, e um dos outros subiam a rampa e entravam na traseira do veículo.

— Mãe — chamou, pegando a mão dela e apertando. — O Joel está falando com você.

Anne piscou e olhou para ele.

— Cuide do Russ — pediu ela. — Nós três estamos bem.

— Preciso examinar todos vocês — insistiu o enfermeiro.

— Agora não. Só tome conta do meu marido.

— Anne...

— *Agora não!*

O capitão Brackett veio contornando a frente da lagarta, com um olhar triste mas gentil. Ergueu a mão para o enfermeiro.

— Por favor, faça o que ela diz. Por enquanto, preocupe-se com o Russ. — O capitão olhou para Newt, depois para Tim. — Garanto que eles irão à ala médica assim que possível, mas por ora estão todos bem. Se tranquilizá-los, cuide do pai das crianças. É disso que eles precisam.

O enfermeiro parecia prestes a contestar, quando ouviram uma comoção e viram Aldo e Chenovski carregando Russ rampa abaixo numa maca. Uma onda de medo passou pela garagem, e algumas das pessoas ali se encolheram de horror e repulsa diante do que viram.

Anne tentou ir até lá, mas Brackett a segurou pelos ombros.

— Você quer que eles o ajudem, certo? — disse o capitão. — Deixe que façam o trabalho deles.

Ela se desvencilhou das mãos dele.

— Ele precisa de mim.

— Anne — insistiu Brackett, e alguma coisa no tom de voz dele fez com que a mulher o olhasse. — Ele precisa dos médicos. Precisa da equipe científica. Você acabou de dizer que você e as crianças podem se cuidar, e vão ter que fazer isso.

Newt observou o rosto da mãe, viu a frustração e a angústia e até a raiva nele, e sentiu os próprios olhos começarem a arder com novas lágrimas. Isso a incomodou — achou que já houvesse chorado tudo que tinha para chorar.

Os fuzileiros pararam ao pé da rampa, ambos fitando a criatura de múltiplas pernas atracada com o rosto de Russ.

— O que é isso? — perguntou Chenovski.

Aldo resmungou. Newt já o ouvira falar muitas vezes de suas experiências passadas. Ela o achava o mais corajoso dos fuzileiros, mas viu o medo em seu olhar, e isso a preocupou.

— Vamos tirar isso da cara dele primeiro, depois a gente descobre o que é — respondeu Aldo. Olhou para o capitão Brackett ao dizer isso, e os dois trocaram olhares aflitos.

Newt pegou a mão do capitão.

— Ajuda meu pai.

Ele se abaixou, apoiando-se num joelho ao lado dela. Na volta à colônia, praticamente não se falou, à exceção de Anne, que confortava os filhos. O capitão conversara com eles numa voz gentil, mas ela não conseguia lembrar as palavras, só o tom tranquilizador. Ele apenas tinha *ficado ao lado deles*, certo de que poderia ajudá-los.

— Vou fazer tudo o que eu puder — respondeu.

Joel, o enfermeiro, pôs a mão na cabeça de Newt.

— Todos faremos.

O grupo observou enquanto os marinheiros levaram a maca para o elevador. Uma porta se abriu no outro lado da garagem, e o dr. Reese entrou correndo com o dr. Mori e dois pesquisadores. O sr. Lydecker, da administração, veio logo em seguida. O grupo passou pelos colonos reunidos na garagem e correu para alcançar os fuzileiros que levavam a maca.

Reese fez Aldo e Chenovski pararem a poucos passos do elevador para ver o estado de Russ. Agora, todos ali já tinham visto a criatura agarrada ao rosto dele, e todos haviam desviado o olhar, alguns franzindo o rosto de nojo. O dr. Reese foi a primeira pessoa a ver a criatura insetoide e vil com pernas longas e finas — a ver o modo como ela se prendera a Russ Jorden — e *sorrir*.

A tenente Paris se aproximou de Brackett, olhando apreensiva para Newt, a mãe e o irmão.

— Por que ele está sorrindo? — perguntou a menina, uma raiva terrível e amarga revirando-se no estômago. — Ele está feliz porque isso aconteceu?

— Claro que não — respondeu a tenente, bagunçando o cabelo de Newt. — O dr. Reese é um cientista, querida. Essa é uma coisa que ele nunca viu. Ele deve estar animado por descobrir uma coisa nova, mas tenho certeza de que está tão preocupado com o seu pai quanto todos nós.

— Mentira — bufou Tim.

Newt tinha certeza de que a mãe o repreenderia pela grosseria, mas ela não o corrigiu. Talvez concordasse. Ou talvez estivesse feliz por Tim ter dito alguma coisa, já que ficara quieto durante todo o trajeto de volta.

— Tem gente que sorri ou dá risada quando está nervosa — acrescentou Brackett.

— Eu faço isso às vezes — disse Newt, apertando a mão da mãe e virando-se para olhá-la nos olhos.

— Ele não parece nervoso — respondeu Tim.

— Mas deveria estar — sussurrou a mãe, de olhos arregalados.

O capitão deu um tapinha no ombro de Tim, depois virou-se e ergueu Newt do chão como se ela não pesasse nada. Cansada e triste como estava, ela nem protestou.

— Venham — disse ele. — Vamos levar vocês de volta ao alojamento para poderem tomar um banho.

Anne concordou, e juntos cruzaram a garagem em direção à porta larga pela qual Reese, Mori e os outros tinham acabado de passar. A sra. Hernandez e um garimpeiro chamado Gruenwald foram com eles, mas os outros ficaram para trás, só observando. Newt sentiu-se mal por ver todas aquelas pessoas que conhecia desde sempre os encarando como se eles estivessem fazendo um tipo de show, só que o show era o medo que assolava a família dela.

— Simpson deve estar esperando por vocês lá em cima, tenho certeza — comentou Brackett. — Ele vai ter que interrogar vocês sobre o que aconteceu lá, o que vocês viram...

— Não sei se consigo falar sobre isso — disse Anne encaminhando-se para a saída, os passos ecoando pela garagem.

O capitão estendeu a mão e apertou a dela, segurando-a por um segundo.

— Você vai ter que fazer isso, e não só pelo bem da colônia e por qualquer perigo que possamos correr. Cada detalhe que você lembre é mais uma informação que pode ajudá-los a recuperar o Russ.

— Mãe? — disse Tim, preocupado.

— Ok — respondeu Anne, meneando a cabeça. — Ok.

— Fico com você no interrogatório — continuou Brackett —, mas peça a algum amigo que faça o meio de campo para vocês depois, para ser seu contato, assim não precisarão falar com ninguém com quem não queiram falar.

— Não pode ser você? — pediu Newt.

O capitão a ergueu um pouco mais, apoiando-a no quadril, e a olhou nos olhos.

— Desculpe, Newt. Todos vamos ter muita coisa para fazer agora. Aquela nave lá fora muda tudo para a colônia. Meu pelotão precisa estar preparado para qualquer coisa, e precisamos fornecer segurança para as pessoas que o dr. Reese e o sr. Simpson mandarem lá fora para descobrir de onde ela veio e entender tudo o que puderem sobre os alienígenas que a construíram.

— Não! — gritou Anne, desesperada. — Não podem! Tem mais daquelas coisas lá. Muito mais!

Newt olhou para ela. Um medo que pensava ter derrotado ressurgiu em suas entranhas. A mente foi tomada pela imagem de centenas daquelas coisas aracnoides espreitando a colônia à noite, tentando grudar no seu rosto enquanto dormia.

Ela abraçou Brackett com força.

— Quantas, mãe? — perguntou Tim, com medo.

— Vocês encontraram mais alguma coisa? — perguntou o capitão. — Criaturas maiores? Alguma coisa talvez mais impressionante?

— Nada vivo — respondeu Anne.

O fuzileiro olhou para Gruenwald e a sra. Hernandez, que se aproximavam ao lado da tenente Paris. Todos prestavam muita atenção.

— Vamos falar sobre isso com Simpson — disse ele. — Até lá, ninguém vai fazer nenhuma idiotice. Vão tomar precauções.

A menina viu a mãe pensar e depois menear com a cabeça.

— Ok — disse Anne.

— Tenente Paris — chamou Brackett —, coloque Coughlin e Yousseff na porta do lugar para onde levaram o sr. Jorden. Diga ao dr. Reese que vou querer falar com ele em breve depois que Anne e eu tivermos conversado com Simpson. Depois, mande Draper e mais dois fuzileiros montarem sentinela na área da nave. Ninguém entra lá sem autorização de quem quer que assuma o controle operacional desse fiasco.

— Sim, senhor.

Newt sentiu-se um pouco mais segura. A voz do capitão, com sua confiança e determinação, tranquilizou-a um pouco. Poderia até acreditar que seu pai ficaria bem, se não pensasse demais naquilo.

Abraçou o capitão com ainda mais força.

— Obrigada — sussurrou ao ouvido dele.

Então, passaram pela porta e se dirigiram à escada de metal, as botas retinindo em cada degrau, e ficaram sem palavras mais uma vez.

# 18
# MOVIMENTOS NA ESCURIDÃO

DATA: 23 DE JUNHO DE 2179
HORA: 1637

Quase 24 horas depois de voltar com a família para Hadley's Hope, Newt estava na cama, as pernas encolhidas junto ao corpo.

A sra. Hernandez tinha vindo ao meio-dia para cuidar dela e de Tim, e feito vegetais cozidos para eles. Explicou que a mãe não queria que saíssem do alojamento da família.

Mesmo tendo apenas seis anos, Newt entendia que a mãe não queria que ela ouvisse outras pessoas falarem sobre o que acontecera com o pai, nem sobre o que quer que os cientistas e fuzileiros pudessem ter descoberto naquela espaçonave caída. Em outro momento, teria ficado zangada por ser excluída, mas naquele dia estava distraída demais pela preocupação com o pai.

Na noite anterior, tivera imensa dificuldade para pegar no sono. A lembrança dos próprios gritos ressoava na mente, e, toda vez que fechava os olhos, via os sacos pulsantes no corpo da criatura alienígena agarrada ao rosto do pai. Quando finalmente adormeceu, dormiu por dez horas seguidas sem um único sonho sequer.

Ao acordar, ficara aliviada por não ter tido pesadelos. Em seguida se lembrou do dia anterior e pensou no pai no laboratório médico. Foi quando percebeu que o verdadeiro pesadelo estivera esperando que ela acordasse.

Ao longo do dia, tentou ler e cochilar. Também tentou comer, mas só conseguiu beliscar. Tim ficou desenhando, mas quando ela quis saber qual era o desenho, ele respondeu que era melhor que ela não visse. Que não soubesse. Então, soube exatamente o que o irmão andara desenhando — a mesma coisa que ela via ao fechar os olhos.

A sra. Hernandez tratou de fazê-los comer, mas Newt não queria falar com ninguém, então foi para o quarto assim que terminou o prato de comida.

— Ssshhh — sussurrou, abraçando a boneca, Casey, junto ao peito e dando um beijo na cabeça dela. — O papai vai ficar bem. Tente não ficar com medo.

Newt tinha passado o dia dando esse conselho a Casey, mas a bonequinha não parecia inclinada a aceitá-lo. Não conseguia espantar o medo, assim como a garota também não conseguia.

— Seja corajosa — sussurrou.

Expirou e apertou Casey com mais força. Isso pareceu funcionar. Ser corajosa não era o mesmo que não ter medo. Sua mãe já dissera isso muitas vezes. Ser corajosa significava encarar o medo, e Newt prometeu em silêncio para si mesma que faria isso, não importava o que acontecesse.

— Você e eu, Casey — disse ela. — Nós vamos ser corajosas.

Franziu a testa. Tinha ouvido um barulho vindo da sala de estar? Uma pancada, talvez. Ou uma batida na porta. Seu pulso acelerou quando se enterrou ainda mais debaixo das cobertas. Então, lembrou-se do que tinha acabado de dizer a Casey. Por um momento, prendeu a respiração, depois afastou as cobertas. Segurando Casey, foi até a porta do quarto na ponta dos pés, mas então a porta se abriu.

Newt gritou e pulou para trás, fechando o punho direito — pronta para lutar. Então, a cabeça de Tim surgiu pela porta. Ela rosnou de dentes cerrados e avançou para ele, decidindo que Tim merecia um soco no nariz tanto quanto qualquer monstro que pudesse vir atrás dela.

— Fica quieta — sussurrou Tim, levando um dedo aos lábios para pedir que fizesse silêncio. Entrou no quarto, olhando nervosamente para trás. — A sra. Hernandez pegou no sono na poltrona e não queremos que ela acorde agora.

A mão direita de Newt relaxou.

— Por que não?

Tim a olhou, inquieto.

— Temos que ir, Rebecca.

Ela franziu o cenho.

— Quê? Aonde a gente...

— Papai acordou.

Seu coração disparou.

— Ele acordou? Tem certeza? Ele está bem?

Passos arrastados vieram de fora, e ela olhou para a porta, notando pela primeira vez que não estavam sozinhos. Aaron apareceu atrás de Tim, sério e também ansioso.

Newt segurou Casey discretamente ao lado do corpo. Aaron debochava dela por causa da boneca quase todo dia, e a menina não sabia se aguentaria isso naquela hora. Apesar de ser uns anos mais velho que Tim e ser maior que ele, Aaron normalmente agia como se fosse mais novo.

— É verdade — confirmou Aaron. Sem debochar. Nem mesmo olhou para a boneca.

— Quero ir lá vê-lo — disse Tim, observando a irmã. — Mas não queria deixar você aqui, não sem dizer aonde vou e perguntar se você quer vir junto.

Primeiro, Newt ficou confusa, tentando imaginar como chegariam lá sem serem descobertos. Então, entendeu.

— Pelos dutos? — perguntou.

— Isso. Sabemos em que laboratório eles estão — respondeu Tim. — Já espiamos lá dentro antes, quando fomos brincar de Labirinto do Monstro.

— Não sei...

O irmão revirou os olhos, frustrado.

— Newt, você vem ou não?

— Mas...

— Vem, Tim — chamou Aaron —, a gente vai sem ela.

Newt sentou-se na beirada da cama, deitando Casey no travesseiro. A indecisão a paralisava.

— Mamãe disse que não era para a gente sair de casa — disse ela.

Tim a olhou com raiva.

— Não estou nem aí. Aaron ouviu os pais delem dizerem que o papai acordou, e eu vou lá ver.

— Vem — incentivou Aaron, virando-se para sair. Tim o seguiu.

— Vejo você depois, Rebecca.

Newt o observou enquanto saía, sentindo-se congelada por fora, mas frenética por dentro. Também queria ver o pai, mas a mãe havia dito para eles se comportarem, e não queria deixar a mãe zangada. Mais que isso: tinha medo do que poderiam ver se rastejassem pelos dutos e espiassem o laboratório médico para onde o pai fora levado. E se ele não estivesse acordado de verdade? E se aquela coisa no rosto dele o tivesse machucado, deixado marcas? O pai nunca aprovaria aquela espiadela.

— Tim, não me deixe aqui — pediu num sussurro, não querendo gritar por medo de acordar a sra. Hernandez. Respirando fundo, levantou-se, virou-se e apontou para Casey, deitada no travesseiro. — Você fica bem aí e não se mexe. Volto já.

Calçando os sapatos, saiu do quarto em silêncio, olhou para a sra. Hernandez dormindo no sofá e passou rápido pela porta. Alcançou os meninos na esquina, atravessando um largo corredor.

— Ei, vocês, esperem por mim! — pediu.

Tim olhou para trás e sorriu um pouco, desacelerando o passo até que ela o alcançasse.

— Vamos ficar de castigo se a mamãe nos pegar — comentou ela.

— Ai, para de choramingar — disse Aaron, ríspido.

Tim olhou feio para ele, e Newt sentiu-se um pouco melhor. O irmão nem sempre a defendia, mas ela esperava que, na ausência do pai, eles ficassem mais unidos do que nunca. Aaron podia ser legal, mas na maior parte do tempo parecia não gostar de ter uma menininha como companhia.

*Bom, é o meu pai que está lá,* pensou Newt, *então, não ligo para o que você gosta.*

Não queria começar uma briga com ele, nem que Tim acabasse brigando com o amigo. Mas havia enfrentado problemas demais nos últimos dois dias para tolerar a idiotice dele.

Os três pegaram um corredor secundário à esquerda que era usado principalmente pelos funcionários da manutenção. Havia um elevador de serviço no fundo, e na metade do caminho um grande respiradouro. Tim e Newt montaram guarda enquanto Aaron puxava a grade, depois se esgueiraram em silêncio para dentro do duto, com Tim atrás. Quando estavam todos dentro, ele puxou a grade, colocando-a no lugar.

Havia luz suficiente entrando pelos respiradouros e grades para que eles pudessem ver aonde iam. Passaram vários minutos rastejando depressa pelo tubo retangular e liso, virando aqui e ali, rumo aos laboratórios médicos e científicos. Em geral, mantinham distância daquela parte do complexo quando estavam brincando — os pais tinham avisado que só ficassem nas áreas residenciais da colônia. Mas todas as crianças de Hadley's Hope saíam um pouco dos limites em algum momento. Ainda assim, quando chegaram a um duto que se virava para baixo, mergulhando na escuridão, ela percebeu que nunca tinha ido por aquele caminho.

— Temos que descer lá? — sussurrou.

— Que foi, está com medo? — zombou Aaron, virando-se então para Tim. — Melhor você mandar sua irmã voltar, antes que ela comece a berrar ou coisa assim.

O garoto começou a descer o duto inclinado, primeiro com os pés, cuidadosamente. Assim que ele sumiu de vista, Tim se voltou para a irmã.

— Você está bem? — perguntou. — Olha, se quiser voltar...

Newt se jogou de cabeça no duto sem esperar que ele terminasse.

Deslizou de barriga, arrastando os dedos dos pés e usando as mãos para desacelerar a queda, mas ainda assim colidiu com Aaron no fundo. Ele gritou em protesto, depois cobriu a boca com a mão.

— Desculpa — disse ela, mas com um sorriso que deixava claro que não se arrependia.

Tim desceu atrás deles, mas conseguiu se segurar a tempo. Uma luz fraca vinda de cima forneceu uma iluminação cinzenta ao duto, e eles prosseguiram rapidamente. O metal era frio ao toque, e a frieza penetrou os ossos de Newt.

Mais alguns minutos e três viradas depois, Aaron parou diante de um respiradouro iluminado por uma luz forte e branca.

— Chegamos — sussurrou. — Eu disse que conhecia o caminho. Agora, fiquem quietos, senão eles ouvem a gente.

Levaram alguns segundos para se acomodarem de um jeito que pudessem ver através da grade — os meninos esticados, um de cada lado, e Newt, a menor, ajoelhada no meio. Com uma das mãos na parede do duto acima do respiradouro, inclinou-se para espiar entre os vãos.

No começo, só conseguiu ver a mãe e a dra. Komiskey — uma mulher de cabelo encaracolado em torno dos quarenta anos que fazia o checkup anual de todos os colonos. Mas, quando se deslocou um pouco, inclinando a cabeça para a esquerda, Newt pôde distinguir uma terceira pessoa, sentada ereta numa mesa de exame, as pernas pendendo para fora.

De repente, a garotinha sorriu, sentindo um peso enorme afastando-se do coração. Era seu pai, com a maior cara de bobo ali, só de cueca.

— Sei como você se sente, Annie, mas não posso deixá-lo ir assim — disse a dra. Komiskey. — Ele não sai daqui enquanto não soubermos mais sobre o que aconteceu. Mesmo que eu estivesse disposta a dar alta, não poderia. Não sou a médica dele, sou só uma médica da equipe. O dr. Reese é o diretor da equipe de ciência e não vai permitir isso de jeito nenhum. — Ela olhou para Russ. — Estamos falando de uma espécie recém-descoberta, extraterreste e possivelmente *endoparasitoide*. Até agora, não sabemos nada sobre ela.

Newt não tinha ideia do que a dra. Komiskey estava falando, mas ouviu o pai rir baixinho e sorriu de novo.

Russ balançou a cabeça.

— Sinceramente, Theodora, está tudo bem. Querida, diga a Theodora que está tudo bem. Aquela coisa era nojenta. Se ela estava respirando por mim, e tinha que estar, certo?, eu gostaria de saber que efeitos isso teve sobre mim, se teve algum. Ela enfiou a língua na minha garganta, e só a Anne tem direito de fazer isso.

Newt torceu o nariz e ouviu Aaron rir baixinho. Deu uma cotovelada forte no garoto, que a olhou com raiva, mas ela continuou concentrada nos pais.

Alguém tossiu e Newt se mexeu outra vez, olhando para o outro lado. Ficou surpresa ao ver que o dr. Reese estivera na sala esse tempo todo, com o sr. Simpson ao lado.

— Acredite, sr. Jorden — disse a cientista —, queremos tirar o senhor daqui o mais rápido possível, mandá-lo de volta para seus filhos e para o trabalho. Mas seria uma atitude irresponsável fazer isso sem ter certeza de que o senhor não sofreu nenhum dano.

— Que eu não tenha contraído um tipo de praga ou coisa assim, você quer dizer.

— Isso também — concordou a dra. Komiskey.

A mãe de Newt pegou a mão do pai. Toda essa conversa sobre coisas feias deixava a menina ansiosa, mas se tranquilizou ao ver o amor entre eles. Discutiam muito, mas realmente se amavam.

— Na verdade, Russ — começou o sr. Simpson —, a equipe científica quer tentar a sorte com você agora. A dra. Komiskey fez o que pôde por você, mas a equipe precisa estudá-lo, e as razões são óbvias. Enquanto isso, mandamos algumas pessoas ao local na noite passada. Talvez elas possam trazer alguma coisa interessante para a gente.

— Você mandou pessoas? — disse Russ, a voz mais alta. — O achado é *meu*, droga. — Newt se encolheu diante da raiva do pai, desviando o olhar quando ele continuou. — É um achado autorizado, e é melhor que ninguém pense o contrário.

O dr. Reese foi até uma mesa, na qual havia uma bandeja de metal. Newt piscou, e um arrepio mórbido a percorreu quando viu as pernas aracnoides por cima da bandeja. Cinzenta e morta, a criatura jazia de costas, dura, e a cauda que antes tinha se enrolado em volta do pescoço do pai estava estirada.

O doutor pegou um bisturi e afastou as pernas da criatura.

— Ninguém está discutindo seu direito, sr. Jorden — disse ele. — Mas temos trabalho a fazer. Tente lembrar que o senhor ficou com esta coisa agarrada à cabeça por quase vinte e quatro horas.

A dra. Komiskey se voltou para Anne.

— Olhe para ele. Está quase morto depois de beijar a cara dessa lagosta e só consegue pensar no direito ao achado.

O pai lançou um olhar raivoso à dra. Komiskey, mas Newt percebeu que a médica estava certa. Ele estava pálido e exausto, com um aspecto adoentado. Viu o pai apertar o estômago e se encolher de dor. Ele grunhiu e deitou-se na maca, as mãos na barriga.

— Por favor, Theodora — disse Anne —, só me deixe levá-lo para o nosso alojamento. Vou ficar de olho nele o tempo todo.

A dra. Komiskey olhou para o dr. Reese, que fez que não.

— Sinto muito, Annie — respondeu a médica. — Não podemos. Por que não vai descansar um pouco?

Ninguém mais estava olhando para o pai de Newt, mas ela viu a dor estampada em seu rosto. Ele rangeu os dentes, e as mãos pareceram estremecer sobre a barriga.

— O que há com ele agora? — sussurrou Tim ao ouvido da irmã.

Newt balançou a cabeça. Não sabia.

A mãe hesitou, olhando para o dr. Reese e o sr. Simpson.

— Pode ir — disse a dra. Komiskey. — Vou ficar aqui com o Russ e esperar até eles voltarem do local. Talvez descubram alguma coisa, quem sabe?

Naquele momento, entrou correndo na sala um homem careca com um bigode farto e castanho. Newt o reconheceu, era um dos mecânicos que consertavam as lagartas.

— Eles chegaram — disse o homem, resfolegando depois de correr. Parecia preocupado e assustado. — Eles voltaram...

Outros dois homens entraram carregando alguém numa maca.

— ... e trouxeram uns amigos.

À esquerda de Newt, Aaron sussurrou um palavrão.

— Ah, não — murmurou Tim.

Newt sentiu lágrimas aflorarem aos olhos quando um novo medo tomou conta dela. Uma sensação nauseante surgiu no estômago e se espalhou a partir dali, pois o homem na maca tinha outra daquelas criaturas abraça-rostos colada a ele, pulsando e respirando por ele. A que estava na bandeja de metal ficara cinza, quebradiça e morta, mas a outra estava muitíssimo viva.

— Me ajudem — grunhiu Russ.

Anne foi até ele.

— Tim, o que há com o...

Russ gritou e arqueou as costas, rugindo de dor. O peito estufou. Ele jogou as mãos para o lado ao curvar-se de novo. Newt o fitava com olhos arregalados, algo dentro dele estava fazendo força para sair.

— Papai? — sussurrou. As lágrimas escorriam, quentes e rápidas, ardendo em seu rosto.

A mãe se virou, olhando para ele.

— Russ! — gritou.

Mais uma vez ele berrou e se arqueou. O peito explodiu com um jato de sangue, e ouviram o barulho úmido e repulsivo de ossos e pele se partindo.

— Papai! — gritaram Newt e Tim, juntos.

— Ai, merda! Ai, meu Deus! — choramingou Aaron. — O que é isso?

Então, o pai ficou inerte na mesa, mas algo se mexeu no peito, erguendo-se como uma cobra saindo de uma toca sangrenta. Pálida e ensanguentada, a criatura sibilou, exibindo dentes afiados, a cabeça virando para um lado, depois para outro, os olhos bem fechados, como os de um recém-nascido.

Incapaz de emitir qualquer som e mesmo de respirar, Newt entendeu que, de alguma forma, a coisa devia ser exatamente isso. Um bebê.

As pessoas na sala gritavam umas com as outras, mandando que tomassem uma atitude, enquanto a coisa serpenteava para fora do peito do pai, deslizava para o chão e sumia num canto, onde atravessou uma pequena grade de plástico e desapareceu nas entranhas da colônia. Ainda pintada com o sangue do pai.

No duto mal iluminado, Newt olhou ao redor.

*Ela está aqui agora, na rede de ventilação, com a gente*, pensou ela. *Labirinto do Monstro.*

Começou a gritar de novo. E, desta vez, não pôde parar.

### DATA: 23 DE JUNHO DE 2179
### HORA: 1830

Na pequena sala de exames onde costumava fazer o checkup anual, Anne sentou-se no chão aninhada com os filhos, um de cada lado. Eles enterravam o rosto na mãe, que os abraçava com força, sussurrando que agora ficaria tudo bem, embora até mesmo a menina de seis anos soubesse que era mentira. O pai estava morto, frio, coberto de sangue e já ficando azulado a apenas seis metros dali, no laboratório médico do qual Theodora Komiskey fora expulsa pelo dr. Reese.

— Ei — disse uma voz gentil.

Anne ergueu o olhar e viu a dra. Komiskey parada à porta aberta. Estivera falando com muitas pessoas, e discutindo com o dr. Mori, mas aquela era a primeira vez que a médica entrava para falar com ela.

— Theodora — conseguiu dizer, e as lágrimas fluíram.

Forçou-se a chorar em silêncio e a não tremer muito, torcendo para que as crianças não vissem as lágrimas. Newt havia pegado no sono abraçada a ela, exaurida pela tristeza, mas Tim ergueu a cabeça e a encarou, os olhos vermelhos, a expressão dura e desoladora. Ela detestava aquele olhar, lhe dizia que o mundo do menino havia se partido em dois, mas ele esperava que as coisas piorassem ainda mais.

— Acho que foi bom você não ter me deixado levar o Russ para casa — gemeu ela, olhando para a dra. Komiskey.

— Posso fazer alguma coisa por vocês? — perguntou a médica. — Reese está no meu laboratório, Mori e Hidalgo estão cuidando dos outros que foram trazidos com aquelas criaturas no rosto.

— Algum deles já...

— Ainda não — respondeu a dra. Komiskey. — Mas vão acordar. E não conseguimos encontrar aquele que... aquele que escapou.

— Não dá para cortar aquelas coisas? Ou fazer uma cirurgia para remover o que quer que tenha sido implantado nos coitados com aquelas coisas na cara? — perguntou Anne.

Não conseguia acreditar que precisasse fazer perguntas como aquelas.

— Você sabe o que aconteceu quando tentamos cortar a que estava no Russ. Elas sangram um ácido poderoso. Se tentarmos remover a coisa, é provável que o paciente morra. Sem falar na forma como a probóscide se enrola no pescoço do...

A dra. Komiskey parou de falar e desviou o olhar.

— Mas quer saber? Deixa para lá. Você não deveria ouvir isso. Deveria pegar as crianças e voltar para casa. Se descobrirmos alguma coisa, eu mesma vou te informar.

Um medo gélido vinha crescendo em Anne, e já estava dobrando de tamanho. Ela balançou a cabeça.

— Não vai dar, Theodora. Tem fuzileiros lá fora. Quero estar onde eles estiverem. Mais dessas coisas significam mais das malditas criaturas dentro das paredes ou onde quer que estejam. Estamos numa situação com que ninguém jamais teve que lidar antes. Com Russ...

Ela parou e olhou para Tim, viu como a boca dele se estreitara numa linha fina num esforço para não chorar.

— Estou sozinha — continuou. — E vou manter meus filhos em segurança. Isso quer dizer que preciso ficar onde a investigação está acontecendo. Quero saber o que vocês souberem, quando souberem, e quero um ou dois fuzileiros à distância de um grito.

Pensou em Demian Brackett, mas não mencionou o nome. Theodora não teria entendido, e a própria Anne não sabia bem se entendia. Considerando a história pregressa, deveria sentir-se imensamente culpada por desejar tanto a companhia dele naquele momento, mas não sentia nada disso. Amava Russ. Em seu coração, ele ainda era seu marido, e não conseguia imaginar que um dia deixaria de sentir isso.

Mas Demian ainda era seu amigo, e um fuzileiro colonial, e ela acreditava que ele faria tudo o que pudesse para cuidar de Anne e das crianças, em parte por saber que ele ainda estava apaixonado por ela. Talvez devesse sentir-se mal por tirar vantagem desse amor, mas ela era mãe, e a segurança dos filhos era mais importante.

— Quantos foram trazidos até agora? — perguntou.

A dra. Komiskey evitou encarar Anne durante um tempo.

— Quantos? — perguntou Tim.

Newt se remexeu no sono.

— Doze ou treze — respondeu a médica. — Há outros a caminho.

— Eles são idiotas? — disse Anne. — Eles têm que sair de lá agora, e ficar longe!

— Pelo que entendi, já saíram. Tudo isso aconteceu dentro de poucos minutos, em duas levas... Os primeiros se grudaram aos fuzileiros que andaram entre os ovos, ou o que quer que sejam, e a segunda leva atacou as pessoas que estavam tentando resgatar o primeiro grupo.

Anne suspirou, segurou as crianças junto de si e ergueu o olhar.

— O que são essas coisas, Theodora? — perguntou, sem de fato esperar resposta. — Com que diabo esbarramos aqui? Quero dizer, a companhia nos mandou lá para fora, deu coordenadas específicas e tudo. Eles sabiam o que encontraríamos?

Pelo olhar assustado da doutora, Anne soube que ela se perguntava a mesma coisa.

— Bem que eu queria saber — respondeu a dra. Komiskey. — Mas, mesmo que soubéssemos...

— O quê? Não ajudaria? — retrucou Anne, incomodando Newt. — Se eles sabem de *qualquer coisa* que nós não sabemos, acho que é hora de avisarem. Não concorda?

A doutora expirou.

— Vou contar tudo o que descobrir.

Então, virou-se e saiu, deixando Anne sozinha com as crianças. Eram os Jorden agora, só os três. Sem Russ, ela era a única pessoa que podia protegê-los, e faria isso.

Não importava o custo.

# 19
# CAPTURA PARA ESTUDO

DATA: 23 DE JUNHO DE 2179
HORA: 1837

Brackett segurou firme a arma, tentando manter a frustração sob controle. Ia na frente de uma assistente de laboratório chamada Khati Fuqua e um pesquisador conhecido como Gaio. A origem do apelido era um mistério que o capitão não tinha nem tempo nem disposição para desvendar.

Khati trazia um bastão de choque de noventa centímetros, enquanto Gaio arrastava uma peneira de malha leve para solo que pretendia usar como rede. Estavam se aproximando de um cruzamento no nível subterrâneo do bloco D, abaixo da ala do laboratório médico e do setor de operações. Embora o corredor estivesse silencioso e abandonado, Brackett estava distraído pelas vozes que vinham do comunicador em sua orelha. Al Simpson. Um dos assistentes do dr. Reese. Julisa Paris. Sargento Coughlin.

— Você se alistou no Exército para ser uma exterminadora de luxo? — perguntou Gaio, abrindo um sorriso que fez as suíças grisalhas e espessas ciciarem.

— Não sou exterminadora — respondeu Khati, ríspida. — Não vamos matar aquela coisa. As ordens são para pegá-la com vida.

— Não as minhas ordens — disse Brackett.

— O senhor pode ter assumido um posto aqui, capitão Brackett — retrucou Khati —, mas esta instalação está sob o controle operacional da Weyland--Yutani, e as ordens da empresa são para que qualquer espécie alienígena que encontremos seja capturada para estudo.

— A não ser que represente ameaça à vida humana — insistiu Brackett.

— Não tem nada sobre isso no manual — informou Gaio, espichando a cabeça pelo beiral de uma porta e espiando o interior de um banheiro cuja porta fora deixada aberta.

— Você acha que essa coisa representa perigo para a colônia? — perguntou Khati, arqueando a sobrancelha. — Pela forma como o dr. Reese a descreveu, a criatura parece uma cobra gorda com bracinhos. Acho que não vai nos causar muito problema.

— Isso se conseguirmos encontrar aquela coisa — suspirou Gaio. — Espera um segundo. — O pesquisador entrou depressa no banheiro, verificou as cabines e os respiradouros.

Após a morte de Russ Jorden e a fuga do parasita alienígena que lhe arrebentou o peito, Brackett reuniu o pelotão numa sala com Al Simpson e uns trinta colonos, alguns da equipe científica e outros da equipe colonial. O dr. Reese havia falado com eles sobre o parasita, esboçado uma descrição e pedido que procurassem por ele o mais rápida e exaustivamente possível. Era fundamental, disse ele, que a criatura fosse capturada com vida.

Dentre todas as pessoas, foi Marvin Draper quem fez a pergunta mais notável.

— Se a gente pegar esse bicho — disse ele —, vocês vão conseguir impedir que a mesma coisa aconteça com aqueles coitados que a gente tirou da nave abandonada?

O dr. Reese assumiu uma expressão triste e meneou lentamente a cabeça.

— Sim, essa é a nossa esperança.

De alguma forma, aquilo transformara o que Brackett tinha esperado ser uma caçada a um inseto numa operação de busca e resgate. Busca pelo parasita e resgate àqueles que ainda tinham os "abraçadores" colados à cabeça.

— Vem, Gaio — disse ele, voltando a caminhar pelo corredor sem esperar o pesquisador. — Precisamos ser mais rápidos.

Khati lançou-lhe um olhar de aprovação e o acompanhou. No banheiro, uma descarga soou, e Gaio veio correndo com a rede em cima do ombro, fechando o zíper da calça. Brackett bufou ao chegar à próxima porta.

Bateu de leve e esperou resposta. O segundo em comando de Simpson, Lydecker, surgira no sistema de comunicação para instruir todos na colônia a se trancarem onde quer que estivessem. Deviam ficar onde estavam até segunda ordem, e informar qualquer coisa fora do comum.

Não houve resposta.

— Abra — disse Khati.

Brackett se irritou. Precisava ter uma conversinha com aquela mulher. Mas isso podia esperar.

*Era para ser um posto sossegado*, pensou. *Uma coloniazinha no meio do nada*. Em vez disso, desde sua chegada, era crise atrás de crise. *Talvez eu dê azar*. Pensou em Anne Jorden, nos filhos dela e na perda deles, e decidiu que não queria se ver como responsável por nada daquilo, nem de brincadeira.

— Vamos — disse ele, virando a maçaneta e abrindo a porta.

Khati entrou primeiro, o bastão de choque em riste à sua frente. Brackett e Gaio foram em seguida, verificando o chão do que parecia ser um tipo de almoxarifado. As luzes se acenderam quando entrou, e Brackett se agachou para olhar as prateleiras mais baixas enquanto os outros faziam o mesmo ao longo dos corredores de materiais médicos e laboratoriais.

— Essas coisas são fabricadas aqui? — perguntou ele.

— Algumas são trazidas com as nossas provisões mensais — respondeu Khati. — O resto nós fazemos.

Brackett espiou um duto de ventilação e xingou.

— Temos cerca de sessenta pessoas procurando essa coisa, e ela pode estar em qualquer parte do complexo. Não temos a menor chance de encontrar a desgraçada se ela não quiser ser...

Um grito soou no corredor lá fora. Brackett correu para a porta, mas Khati chegou antes. Saindo, viraram à direita, correndo até o lugar de onde veio o grito — um som que foi abruptamente interrompido e agora ecoava em sua cabeça. Gaio os seguiu, mas Brackett sentiu como se ele e Khati estivessem apostando uma corrida até ele segurar os ombros dela e colocá-la atrás de si.

— Mas que diabo...

Ele se virou para ela.

— Para mim aquilo foi um sinal de perigo, o que significa que você fica atrás e eu investigo.

— Essas não são as minhas instruções — rosnou ela.

— Agora são.

Sem esperar resposta, ele se precipitou pelo corredor, arma na mão, com Khati e Gaio na esteira. No cruzamento, parou, tentando perceber se o grito viera da esquerda ou da direita, dúvida resolvida quase imediatamente pelo aparecimento súbito do sargento Coughlin e de dois rostos desconhecidos vindo pelo corredor da esquerda.

— Ouviu isso, capitão? — perguntou Coughlin.

Brackett o ignorou. Os recém-chegados vinham da esquerda, o que significava que o grito — aquele grito solitário e pavoroso — tinha vindo do pequeno corredor à direita, que terminava em duas portas largas vaivém.

Correu naquela direção e, de repente, parou. Khati foi atrás dele. Um ar úmido e quente emanava daquelas portas, assim como o som vibrante de um maquinário.

— O que tem aí? — perguntou Brackett.

— A lavanderia.

Fez um sinal para Coughlin, que logo se posicionou ao lado dele. Brackett ergueu três dedos da mão esquerda e fez a contagem regressiva, e juntos entraram de uma vez pelas portas duplas, o cano das armas percorrendo a sala em arcos opostos. O barulho das máquinas de lavar ligadas os assolou, e o cheiro quente e úmido de sabão fez os olhos arderem.

— Fique atento — disse Brackett, gesticulando para que Coughlin fosse na frente, depois erguendo a mão para indicar que os outros deveriam ficar para trás.

— Mas que merda — resmungou Khati. — É uma cobra alienígena, não o bicho-papão.

Brackett a olhou com dureza e ela revirou os olhos, mas não avançou.

Os dois fuzileiros percorreram a ampla sala, onde havia roupas e lençóis sujos dentro de cestos com rodinhas posicionados abaixo de dutos abertos, que provavelmente serviam para trazer as roupas sujas despejadas em escotilhas dos andares superiores. Uma porta aberta do outro lado da sala levava à outra câmara, a fonte do ruído estrondoso das máquinas.

Brackett e Coughlin correram para lá.

De repente, um carrinho de lavanderia se moveu, e uma figura saltou na direção deles. Brackett girou a arma, o dedo no gatilho ao ver os olhos enormes, aterrorizados de uma mulher alta e grisalha encarando-o.

— Que... — começou Coughlin.

Antes que pudesse reagir, a mulher passou por ele, por Khati e os outros e desapareceu no corredor. O medo em seu olhar era intenso.

*Cobra alienígena*, dissera Khati. A coisa podia ser horrorosa, mas, para inspirar aquele tipo de medo, devia ter feito algo terrível.

À entrada larga da sala de ruídos estrondosos cheia de máquinas de lavar, Brackett e Coughlin pararam por um instante. Então, o capitão fez que sim com a cabeça, e eles entraram.

A princípio, não soube direito para que estava olhando. As máquinas lavavam. As máquinas secavam. As máquinas dobravam e empilhavam. Mas as pilhas de roupas limpas, que deveriam estar em carrinhos como os que ele vira na sala dos dutos, estavam jogadas no chão.

— Capitão — chamou Coughlin, apontando para uma das enormes máquinas dobradoras.

Os lençóis brancos haviam sido introduzidos na máquina, esticados, vincados, dobrados e redobrados. Mas um deles não era inteiramente branco, tinha uma faixa longa e vermelha no meio, e o seguinte estava ensopado de vermelho.

O coração de Brackett disparou. Um parasita feioso tinha feito aquilo?

— Ande — disse ele em voz baixa, e prosseguiu com Coughlin até o outro lado da máquina enorme.

Os dois congelaram quando a máquina começou a gemer e estalar. Dois cilindros imensos tentavam trazer para dentro dela o corpo de um homem magro, que teve o braço e o ombro esquerdo mastigados pelo mecanismo de dobra. O buraco na testa, porém, não havia sido feito pela máquina.

Sangue e massa cinzenta escorriam para o chão.

Um segundo cadáver jazia a quatro metros dali, perto de uma das secadoras ruidosas em funcionamento.

— Quantas pessoas trabalham aqui embaixo? — perguntou Brackett.

— Talvez até quatro ao mesmo tempo — respondeu Gaio.

— Espalhem-se! — gritou o capitão. — Se virem alguma coisa, não se aproximem. Só avisem.

Atentos, os seis deslocaram-se entre as várias máquinas, pois naquele ruído indistinto das vibrações e das batidas era ainda mais imprescindível que ficassem de olho vivo. Brackett apontou a arma para os mecanismos da máquina dobradora ensanguentada, depois foi para a próxima, enquanto Coughlin começava a procurar entre as secadoras e atrás delas.

— Capitão! — gritou Gaio.

Brackett seguiu o som da voz e encontrou Gaio numa esquina onde um enorme ventilador na parede removia o ar superaquecido da sala. Havia meia dúzia deles espalhados pela lavanderia. Havia também outros respiradouros, e Gaio olhava para um deles.

— É o retorno — disse ele. — Traz ar resfriado de volta para a sala.

Brackett olhou. A tampa estava destruída, a treliça de metal arrebentada por dentro. O parasita havia chegado por ali.

— Olha. — Gaio apontou para o chão.

Mas Brackett não precisava que o pesquisador indicasse o objeto que estava ali, a poucos passos da grade destruída. Era um sapato deixado para trás, sujo de sangue. Um pavor doentio fez seu estômago revirar — nenhum "pequeno parasita" poderia arrastar um homem inteiro por um duto de ar.

Apontando a arma para a grade arruinada, Brackett recuou.

— Todos os civis, saiam daqui agora! — bradou, olhando para as pessoas atrás dele.

Khati lançou-lhe um olhar sombrio. Estivera andando entre as enormes lavadoras, examinando as sombras entre elas e atrás delas com o bastão de choque em punho. Ela foi na direção dele, com aquela curiosidade insaciável iluminando seus olhos.

— O que você encontrou? — gritou ela.

Brackett se voltou para Coughlin.

— Tire-os daqui — mandou. — Vou convocar Paris e pedir reforços.

— Se a coisa entrou nos dutos, pode estar em qualquer lugar — comentou Gaio.

— Vão logo — disse Brackett.

O pesquisador ergueu a mão livre.

— Não precisa repetir. Não quero acabar como esses coitados.

Coughlin rosnou ordens para os dois civis que o acompanhavam e mandou que fossem até a sala dos dutos ao lado de Gaio e Khati. Brackett continuou de olho na grade arrebentada e recuou ainda mais. Teria visto alguma coisa se mexer ali nas sombras? De algum modo, teriam que fazer a criatura sair dali, mas ele não tinha ideia de por onde começar.

Tocou o comunicador no colarinho.

— Aqui é Brackett. Preciso falar com Simpson.

Dessa vez, o grito veio de trás dele.

Brackett girou e viu um dos civis zunindo de volta à lavanderia. O capitão correu em direção à entrada. Uma mulher berrava desesperadamente. A arma de Coughlin disparou sem hesitar.

— Khati! — gritou Brackett ao entrar correndo na sala, arma em punho.

Uma coisa escura e ágil escalou uma estante encostada à parede. Ele mirou e atirou, os projéteis cravando-se na parede e quicando nas prateleiras de metal. Coughlin correu por baixo do alienígena e atirou à queima-roupa, espirrando sangue no chão, onde com um guincho a coisa fumegou e varou o piso. Coughlin gritou e desabou, arrancando a bota esquerda.

A criatura deu um salto, entrou num duto da lavanderia e desapareceu. Brackett deu mais dois tiros no tubo de metal, e depois nada mais pôde fazer além de ficar parado ali, com Khati ao seu lado. O que ela sussurrava parecia a prece mais entremeada a palavrões que ele já tinha ouvido.

Virando-se para inspecionar a sala, Brackett viu Gaio deitado de qualquer jeito em cima de um carrinho de toalhas e lençóis imundos, o sangue vazando de um buraco no meio do peito. Os olhos se moveram uma última vez e vitrificaram, sem vida.

No chão, Coughlin recuou cambaleando para longe do duto e arrancou uma meia grossa, gritando de dor. Ficou sentado olhando o próprio pé. O ácido havia corroído parte da bota e da pele. Dois tocos em carne viva eram tudo o que restava dos últimos dois dedos.

— O que quer que seja essa coisa, não é nenhuma cobra — comentou Khati.

Brackett concordou. Num período de poucas horas, a criatura crescera até o tamanho de um cachorro grande ou um chimpanzé, embora não se parecesse nada com esses animais. A pele enegrecera, se tornado semelhante a uma casca, e tinha uma cauda sinuosa e serrilhada, além de uma cabeça enorme. Ele tivera um vislumbre dos dentes na boca e sentira como se tivesse visto algo que só existiria num pesadelo.

*Parece um demônio*, pensou. Mas os demônios só existiam nas histórias, e essa criatura era real demais.

A que tamanho poderia chegar? A pergunta o retirou do choque.

— Simpson? — chamou ele no comunicador. — Simpson, aqui é o capitão Brackett, você está aí?

— Estou aqui, capitão — respondeu uma voz cansada e arrogante. — Fazendo meu trabalho. O que posso...

— Quantas são agora? Quantas pessoas com esses abraçadores na cara?

— Eram treze. Agora, só nove. Por quê?

— Como assim, "agora, só nove"?

— Quatro daquelas coisas caíram e morreram, exatamente como aconteceu com o Russ Jorden — explicou Simpson. — Estamos de olho nelas. Agora, dá para você me responder?

— Você precisa fazer a contagem de quantas pessoas há na colônia toda — disse Brackett, ansioso. — Trate de incluir todo mundo, do topo à base, e mande todos ficarem atentos. Vimos o alienígena aqui embaixo, na lavanderia. Ele matou pelo menos três pessoas, pelo que vimos, mas acho que pegou outras.

— Pegou? Como assim?...

Brackett silenciou o comunicador e voltou-se para Coughlin.

— Vá para o laboratório médico agora mesmo. Vigie os pacientes lá. Se alguma daquelas coisas sair de dentro de um deles, mate essas cobras malditas antes que cheguem aos dutos.

Coughlin ficou em posição de sentido, com um olhar aterrador, repleto de sofrimento.

— Sim, senhor.

Khati se irritou.

— Você não pode...

— Você não viu aquela coisa? — disse Brackett, ríspido. — Que se foda se não posso!

### DATA: 23 DE JUNHO DE 2179
### HORA: 1903

A caminho do laboratório médico, Coughlin passou pelo de pesquisas, usado pela equipe científica, no momento em que um dos assistentes do dr. Reese saía.

O sargento olhou para dentro da sala e parou, espiando pela fresta na porta. Num tanque cilíndrico de vidro no meio do laboratório — um dentre vários tanques idênticos —, um dos agarradores flutuava num líquido azul borbulhante. Pouco antes de a porta se fechar, Coughlin viu a coisa se mexer, viu a cauda enrolada golpeando o vidro do tanque como o ferrão de um escorpião.

O assistente de laboratório o censurou com o olhar.

— Por que está *me* olhando desse jeito? — perguntou Coughlin. — O que está acontecendo aí dentro?

— Informação restrita, sargento — respondeu o assistente. — E o senhor...

— É, que seja — interrompeu Coughlin. — Vocês estão examinando essa coisa, talvez para tentar ajudar, ou talvez só porque a Weyland-Yutani quer a porcaria dos dados. Mas o que quero saber é *como* vocês pegaram o bicho. Pelo que ouvi, não há jeito de tirar essas coisas de um paciente sem matá-lo. Vocês conseguiram trazer um daqueles ovos da nave abandonada ou assassinaram alguém em nome da ciência?

O assistente franziu o cenho, contrariado.

— Todas as pessoas com o primeiro estágio do xenomorfo no rosto já estão praticamente mortas.

Coughlin fechou os punhos.

— O que está dizendo?

O assistente deu um sorriso frouxo.

— Estou dizendo que a informação é restrita, sargento. — E seguiu em frente.

Coughlin queria atirar nele.

Quando chegou ao laboratório médico, o sargento encontrou a dra. Komiskey sentada numa cadeira perto da porta com os braços cruzados, parecendo uma criança zangada, mas Coughlin entendeu o motivo. O laboratório, normalmente o território de Komiskey, fora dominado pela equipe científica. O dr. Mori observava os pacientes enquanto a dra. Hidalgo ia de leito em leito verificando os sinais vitais. Um dos assistentes estava sentado numa maca, passando um tipo de unguento numa ferida feia e irregular no próprio braço.

Coughlin olhou para o homem ferido e murmurou um palavrão. A dra. Hidalgo parecia nervosa, até assustada, mas os olhos do dr. Mori estavam iluminados por um estranho entusiasmo.

— Com licença, doutores, mas o capitão Brackett me mandou aqui para...

— Fomos informados — respondeu o dr. Mori com frieza. — Entre e fique fora do caminho.

Porém, Coughlin não se mexeu. Contou sete pacientes com abraçadores, e dois sem.

— Cadê os outros quatro?

— No necrotério — respondeu a dra. Hidalgo, empalidecendo.

— Puta merda — sussurrou Coughlin, levando uma das mãos à cabeça. — E os parasitas? Vocês mataram, ou pelo menos prenderam?

Os cientistas nada disseram, mas a dra. Hidalgo olhou para o homem que agora enfaixava o ferimento. Pelo menos um deles tinha tentado impedir que os parasitas escapassem.

— Vocês são lunáticos — disse Coughlin, balançando a cabeça. — Será que não entendem? As coisas crescendo dentro deles... quando saem são pequenas, mas crescem, e bem rápido. E agora nós temos, o quê?, cinco delas por aí? Vamos ter que reunir todo mundo por segurança, ou pelo menos agrupar as pessoas em certos locais, com guardas armados.

A dra. Hidalgo usou um fórceps para tocar as pernas longas e esguias do abraçador que cobria os olhos, o nariz e a boca de Saida Warsi. A coisa escorregou e caiu no chão, morta, e a longa probóscide deslizou de dentro da boca aberta da mulher enquanto ela tossia, recuperava a consciência e começava a gritar. Coughlin se perguntou se ela sabia o que vinha acontecendo ao seu redor, se conhecia o destino medonho que a esperava.

— Bem? — disse o dr. Mori. — O que está esperando? Vá caçar.

— Não, não — respondeu Coughlin, erguendo o cano da arma, pronto para matar o que quer que emergisse daqueles pobres coitados. — Só vou informar o capitão Brackett. Eu? Eu vou ficar bem aqui.

# 20
# A QUESTÃO PROFISSIONAL

DATA: 23 DE JUNHO DE 2179
HORA: 2209

Todas as incertezas abandonaram a mente de Demian Brackett.

Percorria os corredores do porão do bloco F com a precisão militar que fora incutida nele desde o primeiro dia do treinamento na Marinha Colonial, as costas coladas à parede, virando o cano da arma em arcos curtos. Do outro lado, a soldada Yousseff fazia o mesmo, alerta e eficiente. Ela podia ser do bando de Draper, mas provara ser mais do que capaz de pensar por si só. Seu olhar era repleto de inteligência, coragem e a dose certa de medo para manter a prudência.

Horas haviam se passado desde a morte de Gaio, e as informações chegavam rápidas e furiosas. Coughlin relatara a atividade no laboratório, o projetinho de ciência que o dr. Reese vinha conduzindo. Quando tudo isso tivesse terminado, e os alienígenas — que a equipe científica vinha chamando de xenomorfos — tivessem sido eliminados, Brackett pretendia ter uma bela conversa com o doutor sobre como ele havia adquirido o abraçador vivo. Se tivesse sido de forma antiética, se Reese tivesse arriscado a vida de alguém, Brackett prenderia o filho da puta com as próprias mãos. A Weyland-Yutani podia dar aos seus cientistas imensa liberdade para cumprir suas metas, mas nem mesmo a companhia podia tolerar negligências que levassem à morte de inocentes.

Uma tosse baixa fez Brackett olhar para trás. Khati ficara com ele após a morte de Gaio, ainda carregando o bastão de choque. Yousseff lançou-lhe um olhar fulminante.

— Desculpe — disse Khati. — Mas não sei por que precisamos fazer todo esse silêncio. Se aquelas coisas nos ouvirem, não vão sair correndo para longe. Vão tentar nos matar.

Brackett resmungou e se voltou para Yousseff.

— Até que ela tem razão.

Mesmo assim, deslocaram-se em relativo silêncio, indo depressa de sala em sala, verificando cantos escuros e atrás dos móveis, espiando atentamente por entre grades e respiradouros. Cada vez que Brackett olhava dentro de um dos dutos de ar, sentia um mal-estar, lembrando que Newt e as outras crianças costumavam brincar ali. Algumas partes daquele sistema de circulação de ar eram largas o bastante para o xenomorfo em crescimento, mas outras eram mais estreitas, e Brackett achava que os alienígenas teriam dificuldade para passar por elas.

— Controle, aqui é Brackett — disse ele ao comunicador. — Preciso de um mapa do sistema de ventilação.

Estática na linha. Depois, uma voz.

— Capitão, aqui é Lydecker. Na verdade, deixamos tudo aberto. Como andamos evacuando seções da colônia, mantendo a população em pontos mais fáceis de proteger, isolamos outras áreas da forma mais eficaz possível. Assim que a sua equipe tiver completado a inspeção, vocês poderão acessar essas áreas uma por uma.

Brackett e Yousseff viraram-se e entraram numa sala enorme de concreto cheia de canos e odores químicos. Havia água pingando das junções mal fechadas dos canos e manchando o piso, e o cheiro de terra e mofo se misturava ao dos produtos químicos.

— Devo desculpas à sua equipe, Lydecker — admitiu Brackett. — Subestimei vocês.

Estática de novo. Depois, uma voz diferente.

— Deixe os beijos e abraços para depois, capitão — disse a tenente Paris. — Recebi informes detalhados de três diferentes pontos de relocação. A população está temporariamente alojada em quatro lugares, mas há pessoas desaparecidas.

— Merda. Quantas?

Não houve resposta.

— Lydecker! — chamou Julisa Paris pelo comunicador, com rispidez. — Quantas no total?

Estática. Então, Lydecker respondeu:

— Quinze.

O número fez Brackett estacar. Ficou congelado dentro da sala com os vazamentos, tentando apenas respirar.

— O que foi? — perguntou Khati.

Yousseff, que estava no mesmo canal de comunicações que Brackett e ouvira a conversa, voltou-se para ela.

— Problema.

O capitão expirou e olhou para os canos gotejando ao redor.

— Que merda de sala é esta?

— Estamos debaixo da estufa — informou Khati.

*Tá legal*, pensou ele. *Isso explica muita coisa.*

— Lydecker, aqui é Brackett — disse ao comunicador. — Vamos continuar caçando, mas caçar não basta. Assim que vocês tiverem isolado toda a população, preciso que você e o Simpson ponha o dr. Reese e a equipe dele numa sala e trabalhem numa questão que em breve será a única importante.

— Que questão é essa?

Não houve estática dessa vez.

— Aonde os alienígenas estão levando as pessoas? — retrucou Brackett. — Tem que haver uma razão para eles levarem algumas, em vez de só matar e abandonar os corpos. Meu palpite é que estejam todas reunidas num só lugar, como um ninho, ou colmeia, ou algo assim. Precisamos descobrir onde fica e levar os reforços para lá.

Muitos segundos se passaram até o chiado da estática no ouvido de Brackett parar. Olhou para Khati, depois para Yousseff. Por fim, Lydecker disse:

— Você acha que eles estão usando as pessoas para procriar. Mas temos quase certeza de que nenhum dos alienígenas saiu da colônia. Nenhuma das portas externas foi aberta nem arrombada, e eles teriam que voltar para a nave abandonada para chegar aos tais... ovos, ou o que quer que sejam.

— Não temos como saber — interveio Yousseff. — Nunca encontramos essa espécie antes. Não sabemos do que são capazes.

— Aquelas pessoas podem ainda estar vivas — afirmou Brackett em tom sombrio. — Então, quando tiverem certeza de que as outras estão seguras, comecem a procurar. Se houver chance de salvá-las, precisamos tentar.

— Estou com o senhor, capitão — disse Lydecker. — O sr. Simpson acabou de entrar e pediu que eu garanta ao senhor que ele também está.

— Tudo bem. Vamos completar a inspeção do porão do bloco F, depois vamos subir para...

*Krrkk*. Um jorro de estática na linha. Depois, gritos.

— ... achei um! Tem um dos desgraçados bem aqui! Nível um, lado noroeste...

*Krrkk*. Gritos no fundo.

— Draper! — gritou Yousseff ao comunicador. — Reforços a caminho!

Brackett já estava em movimento, correndo para fora da sala dos canos. O lado noroeste do nível um era logo acima.

— Escada? — gritou ele.

Khati correu ao seu lado com o bastão de choque, o que era uma visão patética, e disse:

— Vire à esquerda, a porta fica à direita, perto do elevador! Não tem como errar.

Youssef o alcançou, ainda gritando por Draper, mas sem receber resposta pelo comunicador. Soltou vários palavrões. Brackett rilhou os dentes, tentando lembrar quem mais fora fazer a inspeção com Draper. Dobraram a esquina derrapando, e ele avistou uma porta com uma enorme letra B pintada.

— Olho vivo! — disse ele. — Tem mais de uma dessas coisas.

Virou a maçaneta e escancarou a porta. Youssef avançou, arma em punho, mas a escada estava vazia. Subiram correndo dois degraus por vez na luz trêmula e falha, e puderam ouvir gritos e berros antes de chegar à porta que dava para o nível um.

— De novo! — disse Brackett, segurando a maçaneta e escancarando a porta.

Youssef entrou primeiro, e o capitão foi logo atrás dela, com Khati fechando a retaguarda. Tropeçaram no corpo ensanguentado e destruído de um fuzileiro que só reconheceram pelo uniforme. Por meio segundo, Brackett pensou que fosse Marvin Draper, mas logo ouviu uma voz masculina trovejar, e correu com Youssef para o canto.

Armas em punho, viraram no corredor.

— Puta merda! — bradou Youssef.

Marvin Draper escorava o corpo contra uma porta para impedir que um dos alienígenas passasse. Só tinha uma pistola consigo, o fuzil estava no chão, a quase dois metros dele. Vociferava palavrões enquanto o xenomorfo — muito maior do que tinha sido apenas quatro horas antes — arranhava a porta e batia a cabeça e o corpo nela, jogando Draper cerca de quinze centímetros à frente antes de o fuzileiro se atirar de novo contra a porta.

O alienígena guinchou, os braços esguios passando pela fresta. No chão do corredor, um homem de macacão cinza gritava olhando fixamente o braço esquerdo, a perna e o abdômen, onde o sangue ácido da criatura havia corroído a carne e escavava o osso. As feridas fumegavam.

Brackett ignorou o homem aos berros — na melhor das hipóteses, morreria em minutos.

O alienígena batia a cabeça, tentando passá-la pela fresta, se contorcia e guinchava. De dentro das mandíbulas surgiu uma segunda boca, tentando atacar o rosto de Draper.

— Filho da puta! — gritou ele ao se desviar.

Enfiou a arma na boca da criatura e puxou o gatilho. Depois deu a volta e usou a porta para se proteger do jato de ácido antes de batê-la para manter a besta furiosa do outro lado.

Não seria capaz de segurá-la por muito mais tempo.

— Draper! — gritou Brackett. — Deixa ele vir!

Esperava que ele protestasse, mas viu nos olhos de Draper que ele havia compreendido, e o fuzileiro concordou meneando a cabeça.

— Um! — gritou Yousseff, assumindo uma posição ao lado de Brackett.

— Dois!

— Três! — berrou Draper, afastando-se da porta e saindo em disparada pelo corredor.

O alienígena passou, parou e encarou os recém-chegados.

Brackett e Yousseff abriram fogo. De uma distância segura, Draper fez o mesmo. Partiram a criatura em pedaços e ela desabou no chão, agonizante mas morta, com o sangue atravessando o piso em segundos.

Draper gritou em triunfo e atirou nela mais uma vez. Brackett não conseguia comemorar — não com o fuzileiro morto atrás dele e o civil agonizando a apenas quatro metros. Agora o homem estava deitado no chão, esvaindo-se em sangue, os olhos opacos e vitrificados. Daria o último suspiro a qualquer instante. Não havia nada que pudessem fazer por ele, e Brackett nem sabia seu nome.

O homem expirou, com um estertor vindo da garganta, e morreu.

Seu sofrimento terminara.

— Ele deu uns tiros com a arma do Valente antes de o Valente cair — explicou Draper. — Mas estava perto demais. O sangue.

— Nós sabemos — respondeu Yousseff, virando-se para olhar a esquina logo atrás do cadáver de Valente. — Droga, Jimmy.

— Ele era um bom fuzileiro — comentou Draper.

Para Brackett, aquele era o único elogio fúnebre que qualquer um deles poderia esperar.

— Chegou bem na hora, senhor — disse Draper, guardando a arma e batendo continência para Brackett. O capitão retribuiu a saudação sem formalidades.

— Fez um bom trabalho ao sobreviver até a nossa chegada.

Olharam-se por um momento, unidos na mútua antipatia, mas ambos, pensou Brackett, entendiam que tinham subestimado um ao outro. Pelo que tinha visto, Draper era um fuzileiro e tanto.

— O que eles querem de nós, capitão? — perguntou Yousseff, aproximando-se do alienígena morto e olhando os restos. — Se só querem nos matar, ou nos comer, por que não fazem isso logo, em vez de raptar as pessoas?

Khati foi até o xenomorfo, observando-o tanto quanto a distância segura permitia.

— Agora que temos um para examinar, talvez comecemos a descobrir. — Ela notou Brackett olhando para o bastão de choque, então o sacudiu um pouco. — É. Acho que vou arranjar uma arma.

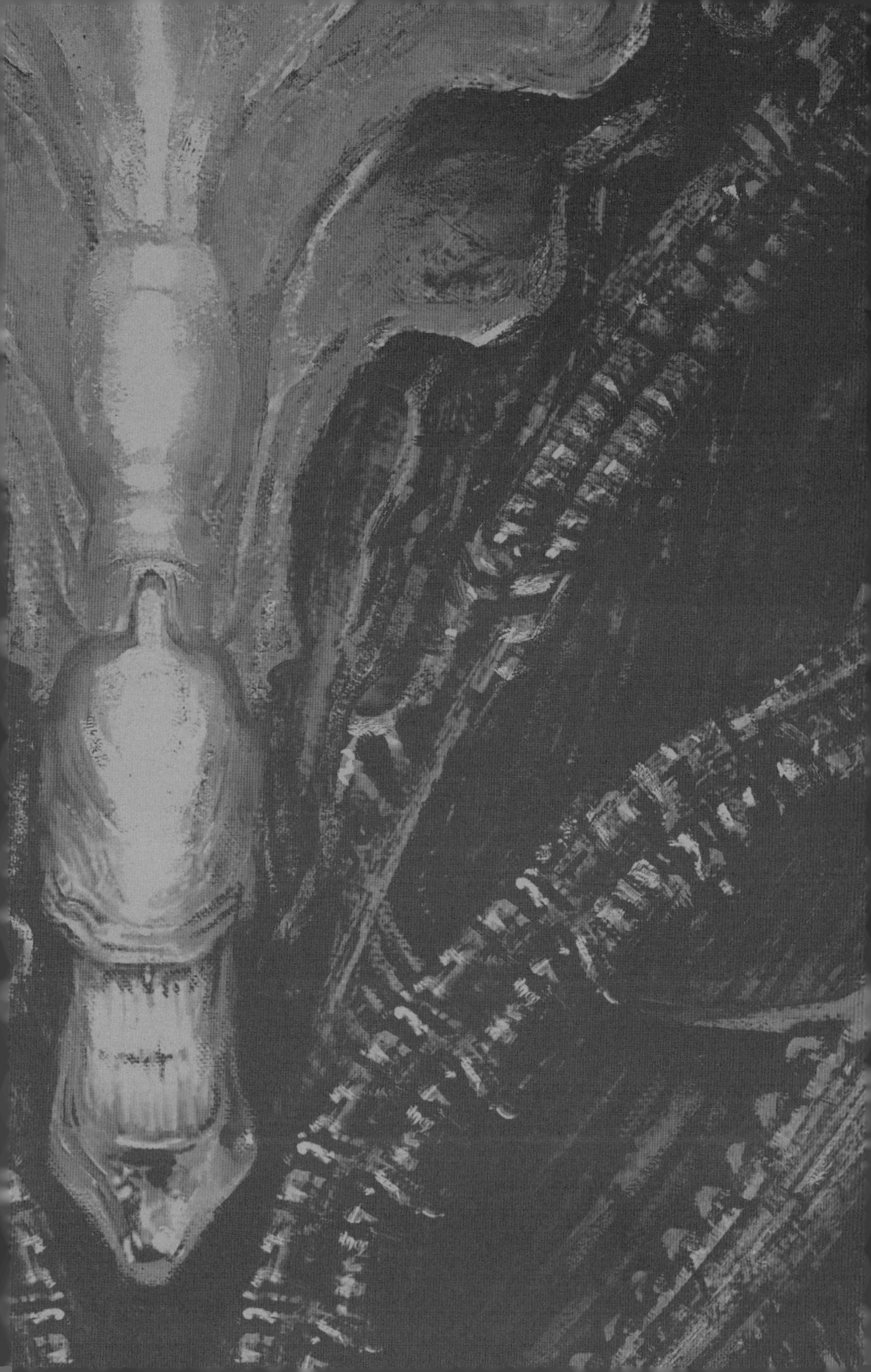

# 21
# PERÍODO DE INCUBAÇÃO

DATA: 25 DE JUNHO DE 2179
HORA: 0954

Coughlin gostava da dra. Hidalgo. Ela podia ser apática e distante às vezes, como qualquer cientista que ele conhecera, mas também tratava as pessoas com cortesia e tinha um sorriso gentil. Parecia *notar* as pessoas, coisa que seus colegas nunca faziam.

Porém, parado no laboratório vendo-a trabalhar, ele não teve tanta certeza. A doutora e seu assistente, Wes Navarro, monitoravam os sinais vitais de uma das pessoas que ainda tinham aquelas coisas aracnoides alienígenas grudadas ao rosto. Mas não se esforçavam em salvar vidas. Tinham desistido das outras sete vítimas, entregando-as à morte iminente, e isso deixava Coughlin revoltado. Uma coisa que os pais lhe ensinaram quando criança era nunca se entregar, nunca se render ao desespero.

A dra. Komiskey estava sentada numa cadeira entre dois leitos, bebendo chá. Os pacientes que ocuparam aqueles leitos estavam mortos, tinham sido levados ao necrotério pelo ordenança Volk.

— Vai ficar só sentada aí? — perguntou Coughlin. — Essas pessoas vão morrer. O Zak Li, ele sabe esculpir uma flauta com as próprias mãos e é um guitarrista fenomenal. A Mo Whiting é tipo uma exobióloga ou coisa assim, certo? É gente boa. E você vai deixá-los morrer?

Theodora Komiskey não tirou os olhos do chá. O sofrimento pairava sobre ela como uma nuvem.

Mas Coughlin queria uma resposta, então continuou:

— Vocês aí, com sua medicina e sua ciência, agindo como se soubessem de tudo, e vocês nem vão tentar...

— Sargento! — interrompeu a dra. Hidalgo, bruscamente.

A mulher mais velha o fulminou com o olhar. Tinha um pequeno cilindro de metal numa das mãos. Navarro havia parado também — segurava uma bandeja de aço com um par de fórceps. Estavam um de cada lado de Zak Li, como se estivessem prestes a fazer algo além de só observar.

— Deixe a dra. Komiskey em paz, sargento — disse a dra. Hidalgo. — Nenhum de nós tem dormido mais que poucas horas por dia. Ela fez tudo o que pôde por essas pessoas, tudo em que pudemos pensar. O senhor conhece o termo “triagem”?

— Claro. Significa que você descobre quem está em pior estado e em que ordem precisa tratar das pessoas. Fazemos a mesma coisa em campo.

A dra. Hidalgo assentiu lentamente, indicando a meia dúzia de pacientes deitados nos leitos ao redor deles.

— Também significa que você trata as pessoas que têm chance de sobreviver e aprende a reconhecer as que não têm. Estamos em modo de triagem, sargento. Não podemos salvar estas pessoas. Se queremos ter uma chance mínima de salvar o restante desta colônia, precisamos aprender tudo o que for possível sobre os alienígenas e descobrir um modo de derrotá-los.

Coughlin se retesou, mas, ao olhar para Zak e Mo e todos os outros com aquelas *coisas* no rosto, começou a vê-los não como pacientes, mas como baixas.

Só um deles, um colega fuzileiro chamado Joplin Konig, já havia perdido o abraçador. Tinha acordado por um momento e começado a gritar, de olhos arregalados, até Navarro lhe aplicar uma injeção. Joplin estava completamente sedado.

— Isso é uma merda — resmungou.

— Concordo — respondeu a dra. Hidalgo, mas já havia retomado o trabalho.

Debruçou-se sobre Zak Li e espirrou alguma coisa em duas das patas aracnoides de cada lado do rosto. As pernas ficaram brancas, congeladas, assim como o trecho da pele de Zak visível entre as patas da criatura.

*Nitrogênio líquido*, pensou o sargento.

— Pronto — disse Hidalgo.

Navarro usou o fórceps para erguer uma das patas. Ela se quebrou e todos na sala ficaram paralisados.

— Não tem sangue — disse o assistente.

A dra. Komiskey se levantou, bebeu um gole do chá e foi até eles.

— Talvez exista um jeito seguro de tirar essas coisas malditas deles, afinal... — disse ela cuidadosamente. — Mas vocês acabaram de matar a pele da bochecha do sr. Li também.

O monitor começou a apitar alto, depois ininterruptamente.

— Droga! — gritou Navarro.

— O alienígena cortou o oxigênio dele — disse a dra. Hidalgo, em tom desolador e resignado. — Afastem-se. Não há nada que possamos fazer por ele agora.

Então, ficaram ali — a médica, a cientista, o assistente e o sargento Coughlin —, impotentes. Assim que a porção das patas do alienígena começou a descongelar, o coto da que fora quebrada começou a sangrar. O ácido corroeu a bochecha de Zak, atravessou o leito e o chão abaixo dele.

Zak Li nem teve chance de gritar.

— É isso — disse Coughlin, erguendo a arma. — *Existe* uma coisa que podemos fazer por essas pessoas, um jeito de acabar com o sofrimento. Se elas vão morrer mesmo, então vamos tirá-las dessa agonia e matar essas baratas alienígenas todas de uma vez só.

A dra. Hidalgo avançou, colocando-se entre a arma de Coughlin e os pacientes.

— Você não fará nada disso!

O sargento franziu o cenho.

— Por que não? Para vocês poderem continuar estudando seus preciosos xenomorfos? — Balançou a cabeça. — Faça isso sem esses coitados. Sei que Mori e Reese estão lá no laboratório de pesquisas, fazendo sabe-se lá Deus o quê. Vá ficar com eles, dra. Hidalgo, e deixe que eu me preocupe com o lado humano das coisas aqui. Pelo que estou vendo, você e sua equipe não são muito bons nisso.

Navarro pigarreou.

— Hã... gente?

A dra. Komiskey foi correndo até o leito de Mo Whiting. Tirou uma caneta do bolso e a usou para cutucar o alienígena que cavalgava o rosto de Mo, e a coisa aracnoide deslizou, soltando a probóscide longa e agora cinza que estivera em torno da garganta como se fosse um tipo de cordão umbilical ressecado.

Coughlin sentiu nojo.

*Porra*, pensou. É exatamente isso.

— Tem mais um saindo aqui — disse Navarro. — Ainda não temos um período gestacional consistente, mas estes dois logo vão acordar. Alguém vai precisar ter "aquela conversa" com eles.

Em seu leito, perto da porta que levava à sala de exames, o soldado Joplin Konig começou a engasgar e se contorcer. Inconsciente, passou a gemer, e o corpo se sacudiu como se convulsionasse.

Coughlin tocou o comunicador no colarinho.

— Capitão Brackett, na escuta? Aqui é Coughlin.

Estática na linha. Depois, a voz de Brackett.

— Na escuta, sargento. Diga.

— Vai acontecer agora!

— Não deixe outra dessas criaturas sair do laboratório viva — rosnou o capitão.

— Sim, senhor!

Navarro pegou um dispositivo todo elaborado que ele equipara com uma rede, ainda determinado a capturar o parasita assim que ele saísse do peito de Joplin.

— Afaste-se, Navarro — disse Coughlin. — Isso não é caso para captura.

— Sargento... — começou a dra. Hidalgo.

Theodora Komiskey ergueu ambas as mãos, tentando arbitrar, como se tivessem tempo para discutir. Havia pessoas demais tentando impedir Coughlin de fazer seu trabalho. Precisava de reforços. Deixara Ginzler no corredor, protegendo o laboratório.

Quando Konig arqueou-se na mesa, com os olhos abertos e tentando respirar, Coughlin recuou na direção da porta automática e estapeou o painel que a abria. Ao ouvir o ruído da porta se abrindo, virou-se para chamar Ginzler.

Havia um alienígena à porta, mais de dois metros de altura, com pele de ébano e equipado como se tivesse sido projetado por um artesão da carne louco. Uma baba fétida e viscosa escorreu das mandíbulas quando a criatura avançou nele.

Coughlin gritou de terror e ergueu a arma, porém tarde demais. Quando o bicho o agarrou com força, esmagando seus braços, ele puxou o gatilho e projéteis partiram para o chão e as paredes, matando Zak Li no leito. Então, o alienígena chicoteou com a cauda, e cravou-a no coração de Coughlin com a precisão de um espadachim.

Morrendo, Coughlin ouviu a dra. Hidalgo gritar.

Em sua mente, gritou para que ela corresse, mas não lhe restavam nem palavras, nem fôlego.

A escuridão o reivindicou.

A dra. Hidalgo fechou a boca, ouvindo os próprios gritos ecoarem na mente. O medo tomou conta dela, um terror diferente de qualquer coisa que já tivesse sentido, mas ela o reprimiu.

O alienígena removeu a cauda ensanguentada do peito do sargento Coughlin com um som nauseante de osso triturado e o estalo úmido de um golpe letal.

Navarro soltava um palavrão atrás do outro, frenético, e cambaleou para trás, caindo por cima do monitor de Mo Whiting antes de desabar no chão. O alienígena avançou nele, quase pulando a cada passo, os movimentos vagamente semelhantes aos de uma ave, mas que deixaram a cientista enojada.

— Ai, meu Deus — disse a dra. Komiskey. — Aimeudeus.

Sua voz vinha de trás do leito do soldado Konig, onde ela estava encolhida, imaginando que poderia evitar a morte. Uma segunda criatura surgiu pela porta, pisando no cadáver do sargento Coughlin.

A primeira foi na direção de Mo Whiting, e Navarro gritou e pulou, tentando fugir. A criatura o agarrou pelo cabelo e o arrastou de volta, regurgitando um líquido denso em seu rosto. Navarro sufocou e se debateu, mas, logo esmoreceu, e o alienígena continuou arrastando-o em direção à porta.

A segunda pulou para perto do soldado Konig no momento em que o peito do homem arrebentou e uma criatura recém-nascida surgiu dele. Os dois monstros ignoraram um ao outro. O parasita pulou para fora do leito e disparou pelo chão, enquanto o adulto avançava até a dra. Komiskey.

A dra. Hidalgo recuou devagar, mantendo os olhos neles. Apressou o passo aos poucos. Enquanto o segundo recém-chegado espetava o ombro de Komiskey com a cauda num golpe não letal, o primeiro parou e se virou em direção à dra. Hidalgo, que ficou imóvel. A criatura não tinha olhos que ela pudesse distinguir, mas inclinou a cabeça como se a avaliasse, depois voltou a arrastar Navarro para fora do laboratório.

Com o coração martelando o peito, quase incapaz de respirar, ela se virou e correu em direção à sala contígua de exames, estapeando o painel. Quando a porta se abriu, ela entrou e a trancou, correndo para o intercomunicador na parede. Apertou e ficou segurando o botão vermelho; ouviu um chiado crepitante de estática e se esforçou para não gritar.

— Aqui é Hidalgo, no laboratório médico — disse em voz baixa, as palavras soando nos alto-falantes no teto da sala, e em todos os outros espalhados pela colônia. Era esse o propósito do botão vermelho. — Eles estão aqui — arfou ela, o lábio inferior tremendo enquanto olhava para a porta, tentando calcular quanto tempo levariam até virem atrás dela. — Por favor, alguém ajude.

DATA: 25 DE JUNHO DE 2179
HORA: 1013

Brackett chegou ao laboratório médico com Yousseff, Hauer e mais dois fuzileiros. Silencioso e ágil, praticamente vibrando com a adrenalina, gesticulou para que eles assumissem posições em torno da porta aberta. Havia sangue espalhado no chão e espirrado nas paredes em padrões que ele imediatamente reconheceu.

*Dois mortos, pelo menos.*

Esquadrinhou o corredor em ambas as direções, mas não viu sinal de alienígenas nem pessoas. O laboratório de pesquisas da equipe científica ficava no final do corredor. Gesticulou para um fuzileiro alto e abrutalhado cujo nome não tivera tempo de aprender, indicando que verificasse o laboratório de pesquisas. A porta do lugar estava completamente selada, mas, com os alienígenas circulando pelos dutos de ventilação, achava melhor ter certeza.

— Capitão — chamou uma voz baixa, e ele se virou para encontrar Hauer agachado na área do elevador a quatro metros e meio dali. Brackett ergueu a mão com a palma voltada para fora, indicando que o soldado deveria ficar a postos e esperar por ele.

Acenando com a cabeça para Yousseff e outro fuzileiro — um soldado de carreira coberto de cicatrizes e com a barba por fazer chamado Sixto —, Brackett entrou no laboratório médico, virando o cano da arma num arco que cobriu toda a sala.

— Nossa, cara — sussurrou Sixto.

— Vasculhem — disse Brackett, e os três se espalharam.

Verificaram atrás das máquinas e viraram os leitos, passaram ao redor de poças de sangue e apontaram lanternas para respiradouros escuros. Havia três cadáveres na sala, Coughlin e dois colonos que antes tinham abraçadores no rosto, mas agora exibiam um grande buraco no meio do peito. As pessoas que estiveram ali, pacientes, cientistas e fuzileiros, haviam desaparecido.

— Capitão Brackett — disse Yousseff —, que diabo é *isso*? — Ajoelhou-se no chão perto de um leito, tocando uma pequena poça de um líquido grosso, grudento e resinoso que se esticou entre os dedos. Com uma careta de nojo, limpou os dedos no leito.

Brackett ouviu um barulho e virou-se para ver a dra. Hidalgo olhá-lo pela janela de uma porta do outro lado da sala.

— Uma porra de um milagre — sussurrou ao correr até a porta e tentar abrir a tranca.

A doutora o fitava por aquela janelinha, de olhos arregalados, e pareceu levar um momento para perceber que precisava abrir a porta por dentro. Balançou a cabeça como se saísse de um transe e abriu a tranca para que a porta se abrisse, deslizando-a para dentro de um encaixe na parede.

— Como é que a senhora está viva? — perguntou Brackett.

— Sal... sss... — A dra. Hidalgo tentou falar, mas não conseguiu, erguendo a mão para cobrir a boca. Os olhos se encheram d'água, porém ela pareceu proibir as lágrimas de caírem. Fortalecendo-se, respirando devagar, ela se endireitou um pouco.

— Sala de exames — explicou, desta vez de forma clara. — Eu disse que estava na sala de exames.

As palavras soaram como um tipo de acusação, e Brackett franziu o cenho. Todos a tinham escutado pelo sistema de comunicação do complexo, mas Youssef dissera que isso indicava o laboratório médico. Será que a doutora estava zangada com eles por não terem ido diretamente a ela antes de verificar se havia ameaças no laboratório?

Talvez ela não estivesse pensando com clareza.

— Não entendi — admitiu ele.

— É uma área isolada. Estéril — respondeu a dra. Hidalgo, as mãos ainda tremendo enquanto punha uma mecha de cabelo grisalho atrás da orelha. — Acho que lá dentro eles não puderam me farejar.

— Ou já tinham conseguido o que procuravam e não quiseram ficar aqui esperando a sorte virar contra eles — sugeriu a soldada Yousseff, chutando o corpo ressequido de um abraçador morto. — Levaram todos os outros daqui, inclusive os que estavam incubando mais daqueles parasitas malditos.

A estática estalou no ouvido de Brackett.

— Aqui é Simpson para o capitão Brackett. Na escuta, capitão?

— Um momento, sr. Simpson — respondeu Brackett, dando uma olhada na sala de exames e depois voltando-se para a dra. Hidalgo. A mulher era mais durona do que parecia, mas pôde ver que ainda estava abalada. — Tem certeza de que está bem?

A cientista expirou. Ergueu a mão e a pousou no ombro dele, grata.

— Não estou nada bem, capitão, mas obrigada por perguntar. E por vir. Do contrário, acho que eu não teria saído dessa sala.

Ele voltou a olhar para o interior da sala de exames.

— Talvez a senhora estivesse mais segura lá dentro. — Dirigiu-se a Yousseff. — Soldado, por favor, fique com a dra. Hidalgo. Volto num segundo.

Então, foi para o corredor, onde Hauer montava guarda perto da área do elevador.

— Tenho a impressão de que eles estão ficando grandes demais para os dutos de ventilação, capitão — disse Hauer.

Brackett foi até lá e olhou para as portas do elevador, que haviam sido abertas à força e agora estavam emperradas e tortas. A escuridão do poço do elevador se escancarava, emanando frieza. Ele manteve a arma apontada para a abertura, mas não se arriscou a chegar mais perto.

Tocou o comunicador no colarinho.

— Simpson, aqui é Brackett. Quer falar comigo?

— Você parece bem agitado, capitão.

— Dormi seis horas em três dias, então estou meio pilhado. Perdi a conta de quantas pessoas morreram e quantas foram raptadas, e estou tentando contar quantos desses alienígenas teremos que enfrentar agora. Todos no laboratório médico estão mortos ou desaparecidos, exceto a dra. Hidalgo...

— Merda.

— ... então não vai demorar para os números crescerem expressivamente. Temos que localizar essas coisas, e tem que ser *agora*.

— E o laboratório de pesquisas? — perguntou Simpson. Brackett olhou para o corredor. O fuzileiro que mandara para ver como estavam Reese e Mori saiu de lá. Fez sinal de positivo para o capitão.

— Está seguro — informou Brackett.

— Ok. Tudo bem, escute — continuou o administrador, a estática confundindo as palavras. — Quero que você convoque todo o seu pessoal. Vamos reunir todos eles num só lugar e quero que seu pelotão os proteja. — Parou, depois acrescentou: — Quando os alienígenas vierem, aí você pode matá-los.

Brackett bufou, zangado, olhando o enorme abismo escuro do poço do elevador.

— Você perdeu o juízo, Simpson. Eles estão procriando agora mesmo, e os que já estão aqui estão crescendo... ficando mais fortes. Precisamos caçar e exterminar esses insetos antes que nasçam mais deles. É nossa única esperança.

— Discordo — respondeu Simpson, em meio à estática.

— Ah, é? Bom, tenho uma pergunta para você. — Brackett virou-se e viu a dra. Hidalgo sair do laboratório médico para o corredor. — Tem certeza de que é uma boa ideia reunir todo mundo? Porque, se meu pelotão não localizar esses desgraçados, acho que você vai estar só arrumando a mesa para o jantar.

DATA: 25 DE JUNHO DE 2179
HORA: 1107

Anne acordou de um susto na escuridão, arfando depois de um pesadelo. Sua memória já se fragmentava e deslizava para os recantos da mente.

Recuperou o fôlego, sentiu o suor frio na pele, depois expirou ao perceber que tinha sido um sonho. Olhando ao redor, viu Newt e Tim espalhados num cobertor que fora colocado no chão, usando jaquetas, agasalhos de moletom e almofadas como travesseiros. Ela se lembrava de tudo. Da espaçonave abandonada com sua carga abominável e do que acontecera ao marido.

— Russ — sussurrou ela, os olhos enchendo-se de lágrimas que ela logo enxugou. Precisava ser mais forte que isso, pelos filhos.

Havia outras pessoas dormindo ao redor deles, umas dez que ela conhecia havia anos, mas que naquele momento pareciam distantes. Algumas eram amigas, outras, vizinhas e colegas de trabalho, mas as únicas prioridades de Anne eram os filhos.

*E Demian*, pensou. Não importava o que mais houvesse no passado deles, Demian já havia sido um grande amigo. O que quer que pretendesse fazer, deveria incluí-lo.

Em seu íntimo, tinha consciência de que Demian Brackett não chegara ao posto de capitão da Marinha Colonial sem ter provado seu valor. Ela e as crianças tinham uma chance muito maior de sobrevivência com ele do que sem ele.

— Mãe? — chamou Tim em voz baixa. — Você está bem? Fez um barulho.

— Só um sonho ruim, querido. — Ela esperava ter soado mais calma do que se sentia. — Volte a dormir.

— Eu não estava dormindo. Não consigo. Toda vez que fecho os olhos...

*Você vê seu pai morrer*, pensou ela.

Choramingando baixinho, ela pegou o filho e o abraçou.

— Eu sei, Timmy. Eu sei.

Estavam amontoados em pequenos grupos havia quase dois dias inteiros, esperando Simpson e Demian avisarem que estavam livres do perigo. Pelo que Anne tinha ouvido, isso ainda não tinha acontecido porque não encontraram nenhum sinal dos colonos desaparecidos, nem dos alienígenas que supostamente seriam a versão adulta daqueles parasitas. Então, na noite anterior, alguém tinha notado que parte do gado havia sumido.

A porta se abriu abruptamente, e ela e Tim desviaram o olhar da luz cortante que entrou na sala. Os dois mecânicos perto da entrada se ergueram de um salto, apontando armas para a silhueta que avançou para dentro, contornada pelo clarão do corredor. Então, a figura acendeu as luzes e a sala toda se iluminou, e as pessoas resmungaram protegendo os olhos.

— Todo mundo de pé! — disse Lydecker. — Vamos deslocar todo o pessoal imediatamente.

Puxou os dois mecânicos armados para uma conversa particular enquanto as pessoas começavam a se levantar, recolhendo roupas de cama, travesseiros e outros objetos. Havia mais duas crianças na sala, que tinham trazido jogos e livros. Anne gostaria de ter trazido essas distrações para os próprios filhos.

Comida e bebida foram levadas para eles ao longo dos dois dias, e a maior parte dos restos dessas refeições ainda estava por ali. Anne ficaria feliz em sair daquele espaço fechado.

— O que está acontecendo? — perguntou, erguendo uma sonolenta Newt nos braços, onde a garota se aconchegou e voltou a dormir. Dois fuzileiros esperavam no corredor, montando guarda. Uma nova onda de medo passou por Anne, e ela foi até Lydecker com Tim logo atrás. — Brad, o que aconteceu?

Lydecker olhou para os outros, viu que estavam ocupados juntando suas coisas e se curvou para falar baixinho no ouvido dela:

— Dois dos grupos foram atacados — revelou. — Quatro baixas, mas todos os outros estão a salvo. Simpson e Brackett acham que será mais fácil proteger todo mundo se estivermos todos num lugar só. Todos os que puderem receberão armas, e também será mais fácil nos isolar do resto da colônia.

Anne o olhou fixamente. A *salvo*, ele dissera.

— Ah, meu Deus.

*Quatro baixas*. Ela se perguntou quem eram. Cada um seria alguém que ela conhecia, talvez um amigo, pelo menos alguém com quem já fizera uma refeição ou dera risada naqueles anos. Então, percebeu que não queria saber. *Quatro baixas*, pensou mais uma vez. Melhor só considerá-las assim. Melhor... pois haveria outras.

— Venha, Tim — chamou ela. — Fique comigo.

Anne e os filhos estavam entre as primeiras pessoas a saírem da sala. Ela olhava ao redor o tempo todo enquanto seguiam Lydecker, e tratou de ficar perto dos fuzileiros, pensando que isso os deixaria mais seguros caso os alienígenas atacassem.

A cada passo, fazia planos.

*O socorro deve estar a caminho*, pensou. *A esta altura já devem ter mandado um relatório, um pedido de socorro. Mas quanto tempo deve levar até que alguém chegue?*

A colônia tinha uma espaçonave escavadora à mão para minerar asteroides, caso houvesse necessidade. A dúvida era se a *Onager* estava em Aqueronte ou no espaço quando a merda atingiu o ventilador. Ela não sabia a resposta, mas entendeu que precisava descobrir — e discretamente, pois, se todos tivessem a mesma ideia, haveria muita pressa em fugir.

Tentou imaginar até onde a nave os levaria. Só para outra lua ou para fora do sistema? Não haveria hipersono numa nave escavadora, percebeu, mas, se pudessem apenas chegar a uma órbita segura, poderiam esperar no espaço até que o socorro chegasse.

E, se a *Onager* não estivesse lá, sempre havia as lagartas na garagem. Na superfície do planeta, ela e as crianças só teriam a comida e a água que conseguissem levar, e precisariam tomar cuidado com as tempestades, mas pelo menos estariam longe dos alienígenas.

Conseguiriam reunir suprimentos e chegar ao hangar sem serem pegos? Sem que as criaturas os matassem ou os raptassem? Se a nave escavadora não estivesse lá e ela revistasse os outros veículos em busca de quaisquer suprimentos que pudesse encontrar, quanto tempo poderiam sobreviver se ela fosse até um dos processadores mais distantes? Tempo suficiente para a ajuda chegar?

— Preciso falar com o capitão Brackett — disse ela a um dos fuzileiros, o soldado Stamovich. Segurava a mão de Tim com a sua esquerda, carregando a filha adormecida com o braço direito.

— Ele está meio ocupado agora — debochou o militar.

— Assim que chegarmos ao novo local, preciso que entre em contato com ele — insistiu ela, firme. — Avise que quero falar com ele.

Stamovich revirou os olhos e se afastou, apontando a arma para esquinas e portas abertas.

O outro fuzileiro era Boris Chenovski, que andava ao lado dela.

— Eu faço o contato, sra. Jorden — disse ele. — Mas pode levar um tempo para o capitão responder. Estamos no meio de uma grande caçada, sabe?

— Eu sei — respondeu ela num sussurro, apoiando a cabeça na de Newt enquanto caminhava. — Só faça o que puder, por favor.

Contudo, em sua mente, uma contagem regressiva tivera início.

# 22

# MEDIDAS DE SEGURANÇA

DATA: 25 DE JUNHO DE 2179
HORA: 1212

— Vamos mesmo ficar seguros? — perguntou Newt.

Anne segurava a mão da filha enquanto desciam a escada, cercados por quinze ou vinte pessoas. O coração batia desenfreado no peito, mas ela se esforçou para sorrir.

— Newt, eu te amo muito. Não vou deixar nada acontecer com você.

— Promete que não vai me deixar?

Anne mal conseguia respirar. O sorriso enfraqueceu enquanto apertava a mão da garotinha.

— Prometo.

Chegaram ao nível seguinte. A porta fora deixada aberta e as pessoas iam passando por ela, reunindo-se às outras que já estavam no corredor, seguindo na mesma direção. Ela teve um vislumbre de Al Simpson andando por ali, pálido e desgrenhado, mas ainda no comando, bradando ordens.

— Vem, querida — disse ela, pegando a filha no colo mais uma vez ao correr para atravessar a multidão. Olhou para trás e avistou Tim. — Vem, pequeno.

Tim franziu o cenho.

— Não sou pequeno.

— Não — concordou Anne, pensando que, na ausência do pai, Tim teria mesmo que crescer bem rápido. — Acho que não é mesmo.

Havia uma dupla de fuzileiros no corredor, ajudando a guiar as pessoas e a garantir que todas chegassem a seu destino de modo organizado, mas Anne viu a forma como observavam os respiradouros e as portas, e a maneira como seguravam as armas, prontos para atacar.

— Está vendo, querida? Esses caras não vão deixar nada acontecer com a gente.

Um grupo de mecânicos, pesquisadores e engenheiros estivera ocupado soldando portas e fazendo barricadas, isolando toda uma seção do bloco D não muito distante do laboratório médico. Duas portas foram deixadas sem solda, mas eram vigiadas por fuzileiros, e agora a maior parte dos colonos sobreviventes se dirigia à enorme área de armazenagem no bloco D, onde se esconderiam até que os militares e voluntários destruíssem os alienígenas ou o socorro chegasse.

Anne tentou não pensar na terceira opção.

Tim correu para acompanhá-la, ficando na frente da mãe e da irmã como se para protegê-las.

— Não se preocupe, mãe — disse ele, firme. — Você e a Newt podem contar comigo para cuidar de vocês.

Anne mordeu o lábio e tentou não chorar. Não temia por si, mas pensar nos filhos presos com aqueles monstros dava-lhe vontade de gritar. *Monstros que nós encontramos*, pensou.

*Monstros que trouxemos para cá.*

— Já me sinto melhor — respondeu ela. — E você, Newt?

— Hã, claro — disse a garotinha, inexpressiva.

O olhar vagava ao redor, alerta, exatamente como os fuzileiros, e Anne percebeu, não pela primeira vez, como a filha era esperta. Newt segurou a boneca Casey junto ao peito e se agarrou com mais força à mãe.

Anne alcançou Simpson um momento depois. Ele estava ofegante e suado, e tentou ignorá-la ao vê-la chegar.

— Sr. Lydecker — disse ele ao comunicador manual —, captou alguma coisa nas varreduras? Alguma coisa que ajude a saber o local exato onde as criaturas estão?

Assim tão perto de Simpson, Anne pôde ouvir os estalos na resposta de Lydecker.

— Ainda não, senhor. Se houver uma colmeia ou coisa do tipo... Bom, estamos trabalhando nisso.

— Mantenham as portas trancadas, Brad — disse Simpson. — Tomem cuidado.

Anne apoiou Newt no outro quadril e olhou para ele enquanto andavam. Não deixaria que o administrador a evitasse.

— Acha mesmo que vamos ficar seguros na área de armazenagem? — perguntou ela.

— Se ficarmos separados, aquelas coisas vão nos pegar um por um — argumentou Simpson. — O melhor a fazer é usar todos os nossos recursos para proteger esta área e resistir até o socorro chegar.

Anne sentiu um arrepio percorrê-la.

— Sério, Al. Quem poderia nos ajudar?

— Mandei uma mensagem para Gateway. — Simpson se empertigou, orgulhoso, como se ele próprio tivesse acabado de garantir a salvação de todos. — Vão mandar mais fuzileiros.

— Mas isso vai levar semanas! — exclamou Anne.

As pessoas se viraram para olhá-la. Ao seu lado, Tim as encarou com firmeza até que desviassem o olhar. Newt a abraçou com força, incomodada com a aflição da mãe.

Anne desacelerou o passo, deixando Simpson seguir em frente. Com os filhos, passou a andar ao lado de um militar.

— Sabe me dizer onde está o capitão Brackett? — perguntou ela. — Preciso muito falar com ele.

— Vou avisá-lo, sra. Jorden. Mas, como pode imaginar...

— Só avise, por favor. Diga que é importante.

— O Demian vai ajudar a gente, mãe? — sussurrou Newt ao ouvido de Anne.

— Talvez *nós* é que vamos ajudá-lo — explicou ela, perguntando-se quanto tempo poderia esperar por Demian antes de empreender a fuga... e quanto tempo sobreviveriam na superfície, em meio às tempestades de detritos, dentro de uma lagarta. — Não podemos ficar aqui — disse ela ao fuzileiro. — Tem que haver um jeito de escapar deste planeta.

— O único jeito de escapar é lutando — respondeu ele.

Anne olhou para Tim, tão corajoso e bonito... tão parecido com o pai. É, lutar e morrer, pensou, beijando a têmpora da filha.

Mas talvez o militar tivesse razão — talvez ainda pudessem sair dessa. Com todos reunidos, haveria um limite para o número de hospedeiros que os alienígenas poderiam abduzir. Os garimpeiros eram durões, e a maioria estava armada. *Talvez ainda possamos matar todas as criaturas. Retomar o controle da colônia.*

*De hora em hora.* Decidiu que esse era o único modo de avaliar a situação. *De hora em hora e um dia de cada vez.* Se Simpson e o resto da equipe conseguissem acomodar todos na área de armazenagem, Anne esperaria um tempo.

*Será que isso é esperança, Annie?*, perguntou a si mesma. Na mente, foi a voz de Russ que ela ouviu. A resposta veio imediatamente. Não era a esperança que impulsionava sua decisão, não agora. As crianças estavam exaustas, e não só elas. A angústia e o medo haviam drenado toda a vitalidade de Anne. Então, por enquanto, descansariam e confiariam nas outras pessoas.

Amanhã de manhã ela reavaliaria a situação.

*Vai, Demian*, pensou ela. *Precisamos conversar, você e eu. Precisamos fugir.*

No entanto, de uma coisa tinha certeza. Se decidisse que era hora de partir e Demian discordasse, ou se não fosse capaz de encontrá-lo até lá, ela e as crianças fugiriam sozinhas.

DATA: 26 DE JUNHO DE 2179
HORA: 0717

Os olhos de Newt se abriram. Ela os esfregou, limpando-os, e piscou ao se espreguiçar e bocejar, soltando a boneca Casey.

O chão sob o cobertor era frio e duro, mas de alguma forma ela estivera dormindo com a jaqueta da mãe embolada debaixo da cabeça como travesseiro. Fazendo uma careta de nojo, limpou a baba da boca e percebeu que uma parte havia chegado à jaqueta. Ao sentar-se, tentou limpá-la. Então, percebeu onde estava e por quê.

Um peso terrível tomou conta de seu coração ao olhar para as dezenas de pessoas que haviam se reunido na área de armazenagem. Só umas poucas dormiam, ali nos fundos da sala com ela. As outras estavam sentadas conversando, assustadas, ou de pé em grupos aflitos. Havia alguns fuzileiros e garimpeiros pelo recinto, portando armas. Um deles, Chenovski, tinha parado a poucos passos dela, falando em voz baixa com Tim e seu amigo Aaron.

— ... acham que agora eles estão grandes demais para passar pelos dutos de ar? — perguntou Aaron.

Chenovski assentiu.

— Depende de quanto tempo faz que chocaram, nasceram ou sei lá o quê, mas sim. É o que nós achamos.

— Alguns desses dutos são bem grandes por dentro — comentou Tim, olhando ansioso para uma grade no alto da parede. — Já entramos neles.

— Esta é uma área de armazenagem — disse Chenovski. — Normalmente, não tem ninguém morando nela. Os dutos vão trazer ar, e só estão aí para ventilação. Os dutos que chegam até aqui são mais estreitos do que na maior parte da colônia. Mas não se preocupem... — Deu um tapinha no fuzil. — Ainda estamos de guarda. Vocês estão protegidos, ok?

Tim e Aaron se entreolharam, não pareciam convencidos. Newt não os culpava. Tinha visto a coisa que saíra do peito do pai. Olhou nervosa para a grade no alto da parede, pegou a boneca e a abraçou.

Cruzou as pernas e ficou sentada ali, sentindo-se muito pequena com toda aquela gente ao redor. Seu olhar passeou por rostos conhecidos e alguns nem tanto, e o coração começou a acelerar enquanto procurava pela mãe. Os olhos dardejaram de um lado a outro, e um medo terrível se acendeu dentro dela, ardendo cada vez mais a cada segundo.

Newt fechou os olhos por um instante, mas, na escuridão em sua mente, viu o pai se contorcer quando o alienígena arrebentou seu corpo, e ouviu o grito de dor... a última vez que ouvira sua voz — e jamais voltaria a ouvi-la.

Quantos rostos conhecidos faltavam agora? Quantos estavam mortos como o pai?

— Não — murmurou Newt, o lábio tremendo e os olhos marejados. Levantou-se, segurando Casey junto ao corpo. — Mamãe?

Virou-se para Tim, Aaron e o soldado Chenovski.

— Cadê a mamãe? — perguntou, mas a voz saiu baixa demais. Sentiu como se fosse invisível para eles.

A respiração travou no peito quando ela saiu correndo em pânico, acotovelando as pessoas. Tim gritou o nome dela e a seguiu, mas Newt não queria mais o irmão, queria a mãe. Colidiu com pernas, quadris e costas, chamando pela mãe, mas ao mesmo tempo vislumbrava rostos e tentava descobrir quem não estava lá na área de armazenagem, e se estariam mortos. Onde estava o amigo do papai, Bill? Onde estava a cozinheira, Bronagh, que sempre guardava para ela um sacolé ou um pedaço de bolo?

— Mamãe? — gritou mais uma vez.

A mão de alguém segurou seu braço. Com o rosto corado de calor e molhado de lágrimas, a menina tentou se desvencilhar, mas não conseguiu. Ouviu seu nome, palavras gentis, mas balançou a cabeça e se virou, zangada... desesperada. Só queria a mãe. Em vez disso, viu-se olhando nos olhos castanhos da dra. Hidalgo. A mulher tinha rugas ao redor dos olhos que pareciam ter se aprofundado, como se ela tivesse envelhecido muito mais nos últimos dias.

— Newt — repetiu a dra. Hidalgo. — Está tudo bem. Escute. Sua mãe está ajudando a trazer comida e mantimentos para nós. Há poucos minutos ela me pediu para cuidar de você quando acordasse, mas parei para conversar com alguém. Sinto muito por você ter acordado sozinha.

As palavras pareciam vir de muito longe.

— Ela... ela tá viva?

— Sim, querida. Ela está bem. Eu juro.

Mas algo sombrio passou pelo rosto da dra. Hidalgo, e Newt entendeu, ouviu a hesitação na voz da cientista.

— Mas outra pessoa morreu — afirmou a menina.

A dra. Hidalgo confirmou.

— Muitas pessoas foram levadas enquanto nós nos ajeitávamos aqui na noite passada. Em silêncio.

*Em silêncio*, pensou Newt. Sabia que era muito nova, mas, como ela sempre dizia, ser muito nova não a tornava idiota. *Em silêncio* significava que os alienígenas também não eram burros. Eram sorrateiros e inteligentes.

Tim e Aaron a alcançaram.

— Rebecca — disse o irmão —, o que está fazendo? Você não pode sair correndo...

— Eu queria a mamãe — respondeu ela, enxugando os olhos. Aquele mesmo peso se instalara em seu coração, e de repente ela se sentiu fria e dura como o chão no qual tinha dormido. — Quero o papai.

Aaron desviou o olhar. Tim meneou a cabeça.

— Também quero.

Newt sentiu que ficava um pouco entorpecida.

— Quem mais sumiu? — perguntou ela à dra. Hidalgo. — Quem mais morreu? O Aldo está bem? E a Lizzie Russo? A sra. Flaherty está aqui?

A cientista piscou, pega desprevenida pelo último nome, e a menina entendeu que não haveria mais nenhum pedaço de bolo esperando por ela na cozinha. Nem sacolé. Bronagh Flaherty estava morta. Ela fechou os olhos com força por um segundo e pôde ouvir mais uma vez o grito do pai.

Newt virou-se para o irmão e mergulhou nos braços dele. Tim a abraçou com força.

— Quero a mamãe — disse ela.

— Eu sei. Ela está vindo.

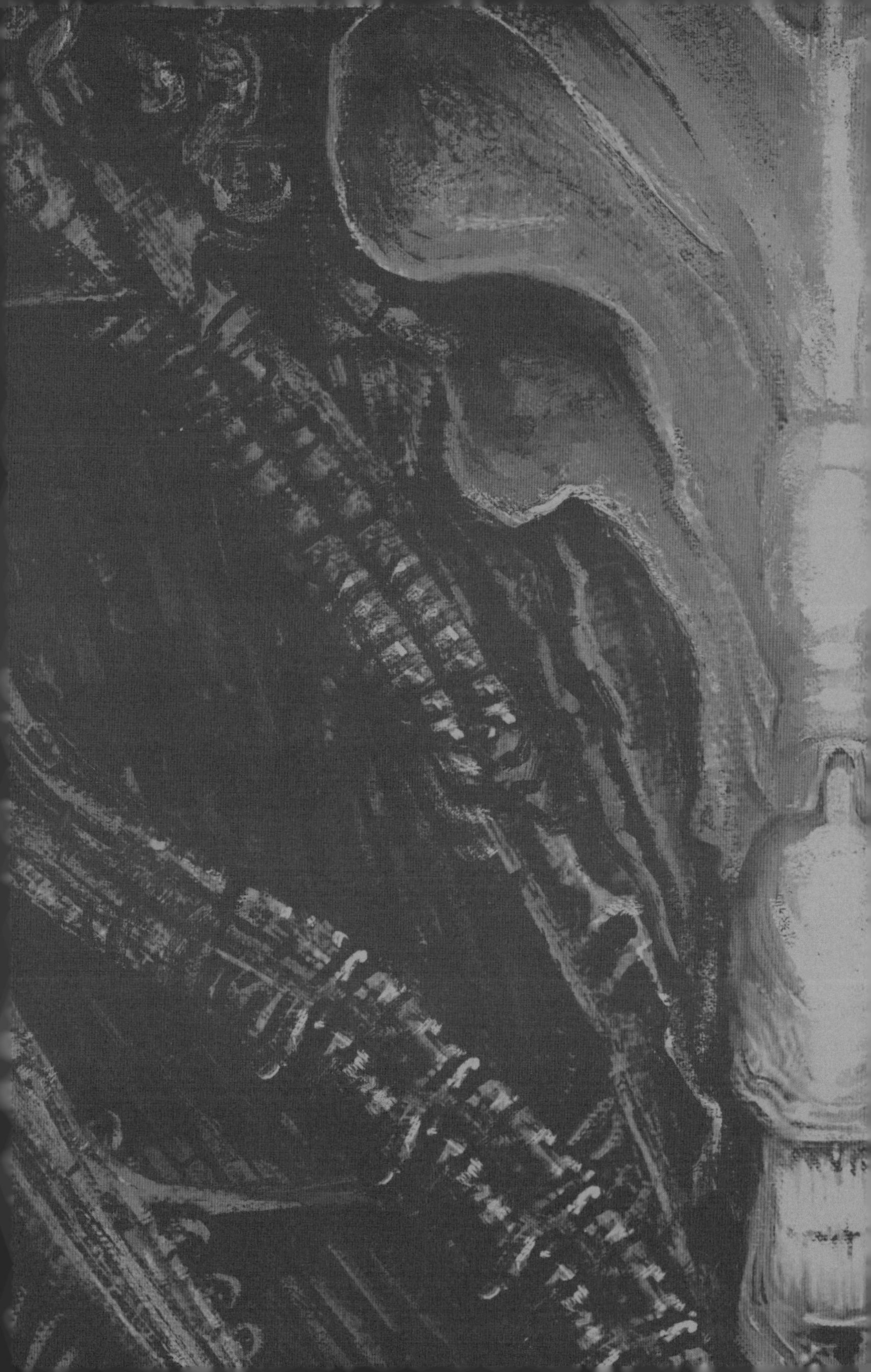

# 23
# ROTAS DE FUGA

DATA: 26 DE JUNHO DE 2179
HORA: 1111

O dr. Reese vacilou nos degraus enquanto o soldado Stamovich abria a porta e seguia para o corredor, com a arma em punho. Stamovich estava pálido e exausto, mas praticamente vibrava com a violência em potencial.

A maior parte da manhã já tinha passado, e não houvera nenhum ataque dos alienígenas desde o meio da noite. Stam queria atirar em alguma coisa. O dr. Reese queria um homem que estivesse pronto para matar para protegê-lo, mas preocupava-o um pouco que o dedo nervoso do soldado no gatilho pudesse acabar disparando contra o alvo errado.

Stam olhou para a escada atrás de si.

— Pode vir, doutor.

Reese o seguiu pelo corredor, e Stam foi em direção à área de armazenagem onde a maior parte dos colonos se escondera.

— Tem certeza que eles não vão atacar de dia? — perguntou Stam.

O dr. Reese franziu o cenho.

— É óbvio que não tenho certeza. Não temos informações suficientes. Mas, exceto pelo "nascimento" dos alienígenas, suas aparições têm acontecido quase sempre à noite.

— Quase sempre — repetiu Stam.

— Acho que não podemos ter certeza de nada sobre os xenomorfos, soldado. Com o tempo, vamos saber mais sobre eles.

— Não sei se a gente tem muito tempo, doutor. E na verdade não preciso saber muita coisa, só como faço para matar esses bichos.

O dr. Reese ficou tenso, mas concordou, meneando a cabeça.

— Estamos trabalhando nisso.

— Eu sei, cara — disse o fuzileiro, grosseiro, girando o cano da arma num arco que incluiu todo o corredor à frente deles, e também atrás. — Até lá, ainda acho que a gente devia andar em grupos maiores. Só nós dois juntos...

— Tenho trabalho a fazer — explicou o dr. Reese. — E o capitão Brackett colocou a maior parte do seu pelotão para procurar as criaturas. Se eu tivesse um exército inteiro para me proteger, acredite, estaria com ele agora.

O dr. Reese se preocupava com o fato de não terem encontrado ainda a colmeia alienígena. Certamente havia muitos deles agora, e outros em gestação. Dezenas de colonos tinham sido levados — muito mais do que a maioria das pessoas sabia —, e não simplesmente desaparecido. Os alienígenas deviam estar transportando os mortos até um lugar onde houvesse ovos. A pesquisa concluíra que um dos primeiros abraçadores era um tanto diferente dos outros. A teoria do dr. Mori era que seu ovo deve ter sido selecionado pelos alienígenas da nave abandonada, e banhado em nutrientes especiais obtidos de uma forma parecida à da resina que as criaturas expeliam da garganta.

Mas o dr. Reese discordava. Isso significaria que uma das pessoas que entraram na nave precisaria ter encontrado o único ovo de rainha. A probabilidade era baixíssima, e exigia uma grande coincidência. Reese suspeitava que havia alguma forma de autodeterminação por meio de imperativo biológico, na qual o próprio abraçador passava por uma metamorfose de modo a produzir uma rainha e perpetuar a espécie.

Qualquer que fosse o caso, o número de alienígenas que haviam aparecido no complexo era a única evidência de que ele precisava. Em algum lugar na colônia, as criaturas tinham uma rainha que chegara à fase adulta e começara a produzir ovos numa velocidade impressionante — mais uma extraordinária amostra do imperativo biológico. Pelo pouco que já haviam descoberto, estava claro que aqueles xenomorfos eram os seres mais extraordinários que ele já tinha encontrado. Viviam para perpetuar a própria espécie e eram decididamente brutais no processo.

Ouviram uma batida atrás deles e ambos se viraram, Stamovich pronto para atirar. O dr. Mori estava no corredor, mãos ao alto, o rosto quase tão branco quanto o cabelo.

— Não, não! — gritou ele. — Sou só eu.

Parecia sem fôlego. O dr. Reese quase o repreendeu por arriscar a vida, mas então a porta da escada se abriu outra vez, e surgiu a assistente de laboratório Khati Fuqua, com um mecânico armado que se oferecera para defendê-los. O homem pensava estar prestando um grande serviço à colônia, já que a equipe científica estava tentando descobrir um modo mais rápido de matar os alienígenas.

O que, obviamente, não era verdade.

— Caramba, doutor — disse Stam a Mori. — Taí uma boa forma de ganhar um tiro na cabeça.

O dr. Mori suspirou de alívio ao baixar as mãos e correr até eles.

— dr. Reese, precisamos conversar.

Reese gesticulou para Stam.

— Vá na frente, sr. Stamovich, por favor. O dr. Mori e eu precisamos de um pouco de privacidade.

Mori gesticulou para Khati. Ela e o mecânico seguiram Stamovich em direção à área de armazenagem.

— O que é tão urgente para você vir correndo atrás de mim? — perguntou o dr. Reese em voz baixa, olhando ao redor para ter certeza de que ninguém os ouviria.

O dr. Mori franziu a testa. Reese podia ser seu superior, mas ele nunca gostara de que lhe falassem num tom que o lembrasse disso. Não que Reese se importasse com o que Mori gostava ou não.

— Acabei de saber quantos colonos foram mortos ou levados — sussurrou Mori. — Chegou a hora, dr. Reese. Fiz um modelo computadorizado do resultado aqui, mas na verdade não precisávamos disso, não é? O senhor deve fazer o contato agora. É hora de sairmos de Aqueronte. Os espécimes estão prontos para serem encaixotados e transportados, e já salvei todas as informações. Temos tudo de que precisamos...

— Mas não tudo o que queríamos — disse o dr. Reese, olhando-o de lado, irritado. — A companhia vai querer um xenomorfo vivo. Um dos ovomorfos, pelo menos.

— E como o senhor propõe que consigamos um desses? — sibilou o doutor Mori.

Como o dr. Reese o ignorou e continuou andando, Mori segurou o braço dele e o forçou a encará-lo.

— O modelo é claro...

— Estou no controle da situação, dr. Mori — declarou Reese, com o queixo travado de raiva diante da audácia do colega.

— O que o senhor chama de controle é uma ilusão — sussurrou o dr. Mori, atento ao fato de que Stam, Khati e o mecânico haviam parado e olhavam para eles. — O tempo está acabando. Se vamos salvar as informações e a nós mesmos, precisamos ir.

— Em breve — prometeu o dr. Reese. — Confie em mim.

DATA: 26 DE JUNHO DE 2179
HORA: 1117

Anne entrou na área de armazenagem carregando um cesto enorme de frutas frescas.

Esteve por quase duas horas colhendo frutas e legumes com a supervisora da estufa, Genevieve Dione, e mais alguns voluntários, e passou por alguns dos momentos mais assustadores da vida, embora houvesse um fuzileiro e dois garimpeiros armados para protegê-los enquanto trabalhavam.

Ficara orgulhosa em se oferecer como voluntária, feliz por poder ajudar as pessoas. Parte disso, sabia, era culpa pela expectativa de abandoná-las. Algumas eram suas amigas, e mesmo aquelas que não eram ainda faziam parte da família que a colônia se tornara.

Entretanto, tinha cumprido sua tarefa. Sentira arrepios o tempo todo enquanto estivera na estufa e até no trajeto de volta, com medo de que os alienígenas atacarem. Imaginara que a sensação acabaria quando estivesse de novo com sua gente, mas não teve essa sorte. Colocou o cesto de produtos no chão e olhou ao redor, o pulso acelerando a cada vislumbre de uma porta com barricada ou um respiradouro escuro onde barras tivessem sido parafusadas.

Pensar na *Onager* era como uma centelha a bilhar na mente. Olhou à sua volta e se perguntou quem mais poderia ter tido a mesma ideia. Derrick Russell, Nolan Cale e Genevieve Dione estavam de pé num grupo conspirador, com os rostos marcados pela determinação. Estavam planejando alguma coisa, mas não havia como saber o quê.

A maioria dos colonos teria desconsiderado a nave escavadora, ainda que pensasse nela, sabendo que não os levaria muito longe. Outros, contudo, talvez tivessem percebido que tudo poderia ser questão de tempo, que flutuar em órbita lhes daria alguns dias ou semanas preciosas, necessárias para a chegada do resgate.

*Se é que a nave está lá*, pensou. Se não estivesse, sempre havia as lagartas. Poderia tirar os filhos dali numa daquelas feras de metal, caso fosse necessário. Mas não queria ir embora sem Demian.

O tempo estava passando.

— Mãe!

Anne se virou e viu Newt correndo em sua direção, Casey pendurada no punho esquerdo, agarrado aos cabelos louros da boneca. A mãe sorriu e abriu os braços, e a filha pulou neles.

— Oi, querida — disse Anne, e as sombras em seu coração recuaram só por um momento. — Que bom que você acordou.

A garota a empurrou, de forma que Anne teve que colocá-la no chão. A menina deu um soco no quadril da mãe.

— Não me deixe mais sozinha! — disse, com raiva. — Você prometeu!

— Eu só estava... — começou Anne, mas viu que a filha estava zangada e amedrontada, e se interrompeu. — Ok. Desculpe. — Olhou ao redor. — Quer uma maçã?

Newt não queria ser distraída nem apaziguada, mas, depois de pensar por um momento, cedeu.

— Pode ser...

— Cadê o Tim?

— Brincando com o Aaron — respondeu ela, com um tom de óbvia reprovação.

Anne prendeu a respiração.

— Não perto do...

— Não, mãe. Não estão brincando de Labirinto do Monstro. Os meninos são burros, mas não *tão* burros assim. Além disso, o soldado Chenovski está de olho neles. Eu fiquei brincando com a Luisa por um tempo, mas aí a mãe dela quis que ela comesse alguma coisa e eu fiquei só esperando.

Anne assentiu ao se inclinar para pegar uma maçã no cesto. Entregando a fruta à filha, viu que o dr. Reese e o dr. Mori se aproximavam com muitos outros, incluindo o soldado Stamovich. Estreitou os olhos. Enquanto Newt mordia a fruta, Anne lutou contra a vontade de confrontar Reese, de tentar forçá-lo a contar o que sabia sobre os alienígenas. O que teriam descoberto? Talvez o mais importante fosse: o que a Weyland-Yutani sabia sobre as criaturas? Será que a empresa já sabia de antemão no que ela e Russ se meteriam quando receberam a ordem de investigar as coordenadas onde encontraram a nave?

Só de pensar nisso sentiu a raiva aflorar dentro de si.

— Newt, está vendo o dr. Reese bem ali?

— Estou.

— Preciso falar com ele por um instante. Não vou embora. Vou estar logo ali...

— Vou junto.

— Não, querida. A conversa é particular.

Newt pareceu desconfiada por um segundo, depois olhou para lá, medindo a distância entre ela e os cientistas.

— Tudo bem. Mas não vá embora sem mim.

— Nunca — disse Anne, beijando-a no topo da cabeça. — Jorden para sempre.

Newt meneou a cabeça uma vez, com firmeza.

— Jorden para sempre — repetiu a garotinha com a boca cheia de maçã.

Anne atravessou a área de armazenagem, contornando pilhas de produtos e mantimentos que foram reorganizados para abrir espaço para os colonos. O dr. Reese e o dr. Mori estavam falando com Al Simpson. Ela estava tão concentrada em Reese que, quando Demian Brackett entrou pela porta vigiada logo atrás dos cientistas, também andando em direção a Reese, ela demorou um pouco para notar sua presença.

Quando o viu, apressou o passo. Seria um erro revelar seus planos na frente dos cientistas, então, precisaria tomar cuidado. Porém, não podia deixar que Brackett fosse embora antes de falar com ele.

— Demian — chamou ela, entrando em seu caminho. — Precisamos conversar.

Ele deve ter notado a urgência na expressão dela, pois seus olhos se encheram de preocupação.

— O que foi? As crianças estão bem?

A força e a gentileza fizeram-na sentir uma onda de arrependimento. Sabia que tinha feito a escolha certa ao se casar com Russ — do contrário, Newt e Tim nunca teriam nascido —, mas uma pontada de tristeza tomou conta dela quando se permitiu imaginar como teria sido a vida com Demian.

— Elas estão bem. Eu só... — Parou de falar quando Simpson, Reese e Mori se aproximaram deles. A cacofonia de vozes na área de armazenagem pareceu crescer, e qualquer esperança de ter uma conversa particular pareceu tola. — Quando terminar aqui, preciso falar com você antes que saia de novo.

Brackett concordou com um gesto solene.

— Com certeza. Pode me dar um minuto?

Anne começou a responder, mas agora Simpson estava ali, com ar irritado.

— Capitão, o que está fazendo? — perguntou o administrador. — Encontrou o ninho? — O bigode se agitou quando ele falou.

— Ainda não...

— Então, por que está aqui? — retrucou Simpson, raivoso. — Várias pessoas já acham que as perdas da noite passada são culpa da sua recusa em dedicar todo o seu pelotão à proteção deste abrigo. Você me disse que essas perdas eram inevitáveis, que o mais importante era localizar e matar os alienígenas. Mas até o momento não conseguiu isso.

— Simpson — disse Brackett numa voz baixa porém perigosa —, não vim falar com você. Vim ver o dr. Reese.

O administrador resmungou alguma coisa, preparando uma réplica, mas Brackett o silenciou com um olhar firme.

— O que posso fazer pelo senhor, capitão? — perguntou o dr. Reese.

— Recebi um comunicado dos meus superiores que quero compartilhar com o senhor — explicou Brackett.

O dr. Reese abriu um sorriso débil.

— Por favor, continue.

— Perguntei sobre meu pelotão ser usado como serviço de proteção nas missões de pesquisa, esclarecendo minhas objeções. A resposta veio da Força Espacial da Marinha, comando de Eridani, em Helene 215, informando que minha responsabilidade se restringe a garantir a segurança da colônia. A segurança de indivíduos trafegando além das fronteiras da colônia *não* seria responsabilidade do Corpo de Fuzileiros Navais dos Estados Unidos.

— Isso é absurdo — adiantou-se o dr. Mori. — Nós sempre...

— Calma — disse o dr. Reese, erguendo a mão. Parecia ter assumido uma confiança sinistra, e Anne não entendia o motivo. — Continue, capitão Brackett.

Anne olhou o rosto de Demian e viu sua raiva.

— Duas horas depois de receber as primeiras ordens, elas foram substituídas por um comunicado confidencial emitido pela equipe de comando na Estação O'Neil...

— A maior autoridade no Corpo de Fuzileiros — interrompeu Reese.

— Sim — reconheceu Brackett. — Em conjunto com o chefe de operações de Gateway. — Olhou para Anne para ter certeza de que ela entendera. Voltou a encarar Reese e Mori, ainda ignorando Simpson. — Fui instruído a colocar a mim mesmo e ao meu pelotão à sua disposição a partir de agora, dr. Reese. Qualquer que seja o plano que o senhor tenha em mente para lidar com os xenomorfos, devo apoiá-lo de todas as maneiras possíveis. E vou seguir essas ordens, porque sou fuzileiro. *Mas* vou continuar a expressar minhas opiniões, e a primeira delas é que o governo e a Weyland-Yutani andam íntimos demais. Não confio no senhor, doutor.

Anne viu Al Simpson murchar. O administrador, geralmente turbulento, acabara de perder os últimos vestígios de qualquer liderança que tivesse exercido sobre as pessoas de Hadley's Hope. Por mais brusco e rude que ele pudesse ser, Anne sempre o respeitara pelo empenho em seu trabalho e pela determinação, mas qualquer controle que tivera sobre a colônia fora ilusão. Todos sabiam que a Weyland-Yutani era quem mandava, e isso queria dizer que o dr. Reese *sempre* estivera no comando. As novas ordens de Brackett apenas formalizavam a verdade.

— Que *diabo* há de errado com vocês? — perguntou ela.

Os quatro homens se voltaram para ela. Os cientistas piscaram, como se antes daquela intromissão ela fosse invisível. Vários colonos os rodearam, espectadores da pequena luta por poder que se desenrolava.

— As pessoas estão *morrendo*. — Ela os fulminou com o olhar. — Meus amigos e eu... meus filhos... não ligamos para quem de vocês está no comando. Na verdade, eu arriscaria dizer que, a esta altura, nenhum de nós dá a mínima para quem de vocês *pensa* que está no comando. Este lugar está desmoronando. Meu marido morreu, assim como muitos dos meus amigos, e dezenas de pessoas desapareceram. Os alienígenas são difíceis de matar e estão se proliferando. Se vocês não descobrirem um jeito de eliminá-los, não vai restar ninguém com vida para obedecer a vocês. Então, parem de ficar aí vendo quem tem o pau maior.

Vivas e aplausos soaram ao redor dela.

— Mamãe? — ouviu a filha dizer.

Sentiu-se corar ao perceber que a filha tinha ouvido suas palavras. Olhou para trás e viu que Tim cobria os ouvidos da irmãzinha com as mãos, e sorriu para os dois.

— A sra. Jorden tem razão — disse Simpson, olhando para os colonos reunidos ao redor. — Já estamos fazendo tudo o que podemos para proteger todos vocês, localizar os alienígenas e recuperar nossos amigos desaparecidos.

*Recuperar*? Será que algum deles acreditava naquilo? Anne ouviu o rumor de vozes ao redor e soube que os colonos não deixariam de contestar Simpson. Estavam todos com medo, e de luto, e não havia palavras capazes de tranquilizá-los. Só resultados acalmariam seus nervos.

Ela olhou para Brackett, mas ele estava rigidamente parado ao lado dos cientistas enquanto o dr. Reese murmurava alguma coisa para ele.

— Todo mundo vai morrer? — perguntou Luisa em voz alta, o cabelo ruivo era um emaranhado caótico em torno do rosto.

A expressão de Brackett se derreteu quando ele se aproximou.

— Não, querida. Não vou deixar isso acon...

Uma comoção às portas surpreendeu a todos. As pessoas se encolheram de surpresa e medo, algumas gritando, alarmadas, mas então Lydecker entrou correndo com vários outros membros da equipe administrativa. Viu que os havia assustado e pediu desculpas antes de correr até Simpson, pegando o chefe pelo braço e levando-o até um canto reservado.

Umas das pessoas que vieram com Lydecker era um jovem de aparência impecável chamado Bill Andrews, que muitas vezes fora responsável por atribuir missões às equipes de pesquisa. Anne e Russ o conheciam bem, e agora ela se aproximava dele.

— Bill... o que está acontecendo?

Ele olhou em volta, sem saber quanto poderia contar. Então, piscou, como se lembrasse algo que nunca deveria ter esquecido.

— Annie, como estão as coisas?

Ela olhou de soslaio para os filhos. Newt e a dra. Hidalgo estavam sentadas em caixotes de plástico, envolvidas numa conversa animada, mas Tim estava sozinho no chão, com um ar de tristeza. Quando cuidava da irmã ele parecia bem, mas, quando não mantinha a mente ocupada, seus pensamentos naturalmente vagavam de volta ao horror da morte do pai.

— Estou bem — respondeu ela, expirando devagar. — Mas tenho medo pelas crianças. Fico pensando quando é que este pesadelo vai acabar, sabe?

Bill lançou um breve olhar para Lydecker e Simpson, e baixou a voz.

— Talvez logo — disse, e ela o olhou com curiosidade. — Fomos burros antes, não pensamos direito. Todos nós temos nossos implantes TDP, e finalmente percebemos que podemos usá-los para rastrear as pessoas desaparecidas.

Anne bateu com a palma da mão na testa. Todo colono tinha um implante subdérmico — um transmissor de dados pessoais. Nos anos que passara em Hadley's Hope, ela só os vira serem usados duas vezes — quando uns garimpeiros saíram do alcance do rádio e tiveram problemas mecânicos. Mesmo assim, alguém deveria ter pensado nisso antes.

Ela deveria ter pensado nisso.

— Acho que localizamos o ninho das criaturas, debaixo do Processador Um — disse Bill. — O sr. Lydecker acredita que os fuzileiros vão mandar um grupo armado para lá agora. — Ele sorriu. — Não vai demorar muito.

— De um jeito ou de outro — concordou Anne, não se atrevendo a ter esperança.

### DATA: 26 DE JUNHO DE 2179
### HORA: 1221

— Acho que vocês não me entenderam — disse a dra. Hidalgo, colocando o cabelo atrás das orelhas e fitando os colegas com um olhar sinistro. — Eu vou com eles.

O dr. Mori exibiu os dentes num sorriso de escárnio e reprovação, mas o dr. Reese pareceu chocado de verdade. A dr. Hidalgo gostou disso, gostou de ser capaz de chocá-lo.

— Isso é inaceitável, Theresa — repreendeu ele.

Ela riu levemente.

— Acha que ligo para o que você acha inaceitável?

Quando percebeu a conversa entre Lydecker e Simpson, e depois viu aqueles dois homens abordarem seus colegas da equipe científica, entendeu que algum tipo de avanço havia ocorrido. Então, Anne tinha voltado para pegar os filhos e contado a ela que o ninho dos alienígenas fora encontrado.

A dra. Hidalgo sabia que não podia ficar com os colonos. Não sabendo que logo eles seriam abandonados. Tratou de afastar seus colegas cientistas de Simpson, Brackett e os outros para ter aquela conversa. Estava acontecendo do jeito que ela previra.

— Só há um modo de fazer isso — afirmou o dr. Reese. — Os fuzileiros têm que matar todos os alienígenas. Um dos idiotas sugeriu que tentassem sobrecarregar o núcleo do processador e esperar que explodisse, exatamente como o acidente com os irmãos Finch… a explosão que destruiu o Processador Seis.

O dr. Mori olhou para ele boquiaberto.

— Mas a colônia inteira seria destruída.

— Exatamente — debochou Reese.

A dr. Hidalgo concordou:

— Foi por isso que Al Simpson se ofereceu para acompanhar. Eles precisam de um técnico, alguém que possa orientá-los, dizer a eles o que é seguro e o que não é. Ele está apostando a própria vida na esperança de poder ajudar a salvar o resto dessas pessoas. — Ela os olhou com firmeza. — Estou disposta a fazer o mesmo.

O dr. Mori segurou brutalmente o braço dela, cravando os dedos ao se aproximar, sussurrando determinado:

— Por acaso é idiota, mulher? Nós vamos levar nossas informações e nossas amostras e vamos sair de Aqueronte.

Ela balançou a cabeça, negando.

— Eu posso ajudá-los — afirmou. — Conheço medicina suficiente para tratar ferimentos e posso aconselhá-los em relação ao alienígena.

— Theresa — disse o dr. Reese secamente —, se os fuzileiros parecerem incapazes de concluir o trabalho, nós vamos embora com ou sem você.

Até mesmo piscar era um tormento para a dra. Hidalgo. Toda vez que o fazia, via os alienígenas assassinando pessoas no laboratório, depois arrastando outras para serem usadas na incubação.

— Faça o que tiver que fazer, dr. Reese — respondeu ela, e voltou-se para Mori. — Eu diria "cuidem-se", mas, na verdade, isso é o que vocês dois sempre fizeram de melhor.

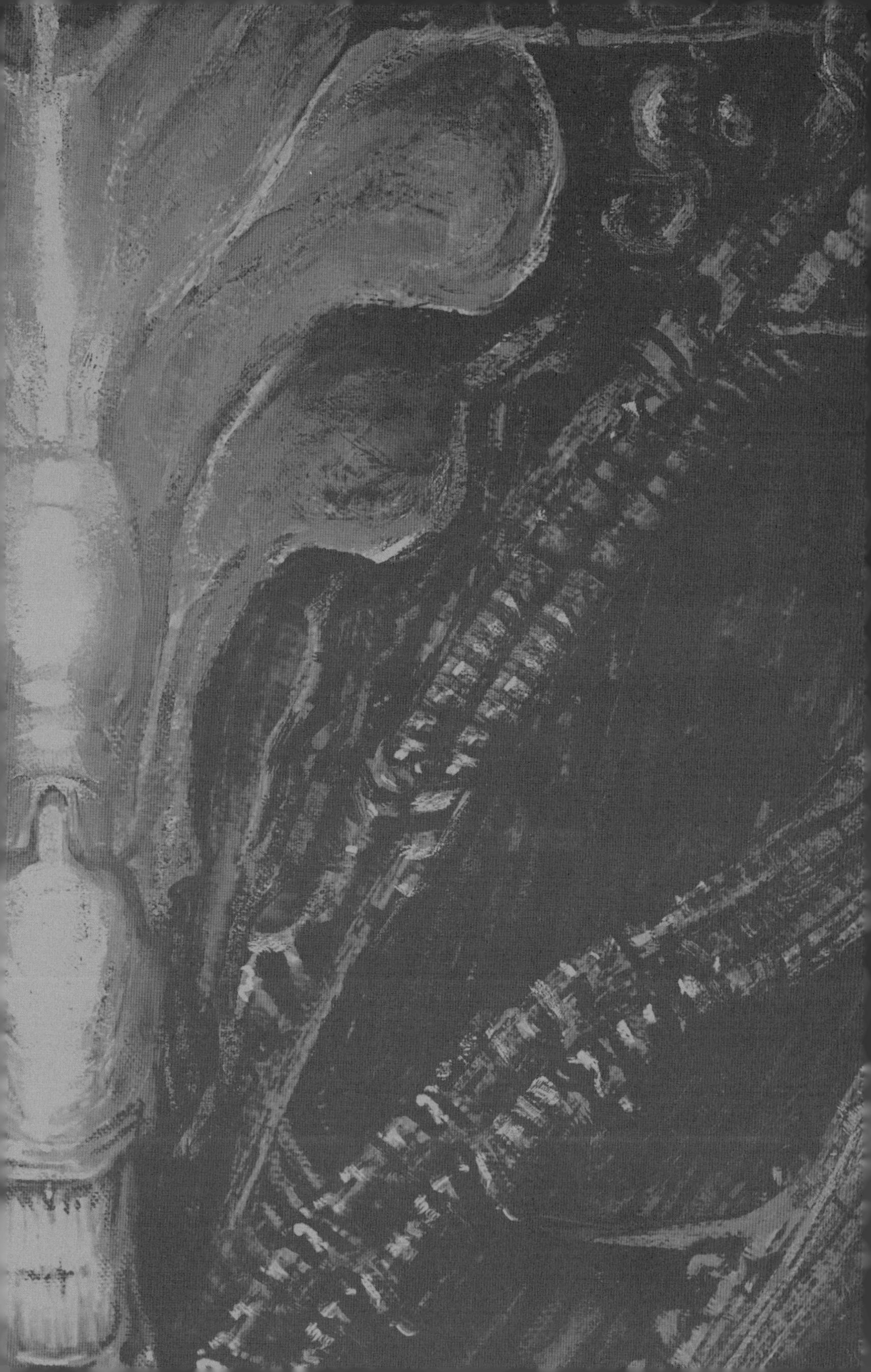

# 24
# TUDO DESMORONA

DATA: 26 DE JUNHO DE 2179
HORA: 1332

*Respire, Julisa,* disse ela a si mesma. *Você está armada e é perigosa.* Mesmo tentando caminhar em silêncio, a tenente Paris achava que seus passos soavam como trovões no corredor vazio.

Em outra situação, pensar nisso a teria feito sorrir, mas naquela tarde o estoque de sorrisos estava baixo. Assim como o contingente de fuzileiros. Ela usava uma couraça MX4 e um elmo à prova de balas. Uma pistola VP78 estava pendurada no coldre do quadril e ela levava um rifle de plasma M41A nas mãos, com um fuzil de batalha endurado no ombro como arma de reserva, todos carregados com projéteis de alta velocidade. Tinha poder de fogo suficiente para enfrentar um exército sozinha, mas nada disso serviria para alguma coisa se um daqueles alienígenas a alcançasse antes que ela pudesse mat*á*-lo.

E aquele sangue ácido... não queria nem pensar naquilo.

O capitão Brackett havia levado Draper, Pettigrew e mais dez fuzileiros para caçar os alienígenas em sua colmeia, ou que diabo fosse, deixando-a encarregada de proteger os colonos na ala isolada do bloco D. Havia posicionado o resto do pelotão ao redor do perímetro, não só em cada ponto da área de armazenagem que poderia servir de entrada, mas em cada cruzamento que levasse naquela direção.

Passara a *última* hora patrulhando pessoalmente o interior do perímetro, verificando as soldas e barricadas e os guardas que vigiavam as duas portas não soldadas. Tinha passado pela porta da área de armazenagem algumas esquinas atrás — mas, no todo, simplesmente não tinham soldados suficientes para salvaguardar os colonos de forma efetiva caso os alienígenas viessem em massa.

Sentia arrepios cada vez que passava por uma porta ou se aproximava de uma esquina. Ao chegar perto da próxima virada, assobiou do jeito que tinha combinado. Do outro lado da esquina veio a resposta, as mesmas duas notas, e ela expirou, apertando o passo. Virou a esquina e deu de cara com Aldo Crowley apoiado a uma parede com a arma aninhada nos braços.

— Caramba, Aldo — disse ela —, você parece tranquilo demais.

Crowley se endireitou em posição de sentido, e logo depois riu e voltou a se recostar na parede.

— Tenente, sou só um cara com uma arma. Se aquelas coisas vierem atrás da gente, o melhor jeito de eu servir a senhora *é* gritar feito uma menininha, para avisar o resto de vocês.

Ela poderia ter retrucado, mas ele não estava errado.

— Você que sabe — respondeu. — Não vou fazer você marchar parado. Mas vou te dizer uma coisa... essas coisas *podem* morrer. Se ficar aí coçando o saco, pode acabar grávido de um dos bebês deles, ou sei lá que porra deve ser aquela. Eu? Prefiro morrer.

A tenente Paris foi em frente, mas notou que Aldo não estava mais apoiado na parede. Estava segurando a arma com as duas mãos, vigiando os cantos e as sombras do corredor adiante, que levava ao setor de comando.

Menos de dois metros à frente ela encontrou a soldada Yousseff e um homem chamado Virgil, que usava uma máscara de proteção enquanto derretia e selava os rebites na porta da escada com um maçarico portátil. Com isso, só restaria uma porta sem solda — só um caminho para Brackett e os outros entrarem e saírem.

Virgil havia começado pela parte de baixo, as faíscas de metal líquido voando em todas as direções. O metal ficava incandescente e brando onde a chama o atingia.

— Alguma coisa? — perguntou a tenente Paris em voz alta, acima do barulho do maçarico. Yousseff balançou a cabeça, negando. Virgil nem ergueu o olhar. Paris ficou na ponta dos pés e espiou pela janela quadrada na porta da escada. As sombras e a luz brincavam nos degraus do outro lado, mas ela não viu nada se mexer.

— Acha que eles vão conseguir, tenente? — perguntou Yousseff.

— Espero que sim — respondeu Paris, e sorriu. — O novo comandante *é* bonitinho. Eu preferiria que ele não levasse uma mordida na cara.

Yousseff riu e meneou a cabeça.

— Concordo plenamente.

A tenente Paris seguiu em frente, continuando seu circuito do perímetro, surpresa por, depois de ter servido com Yousseff durante quase dois anos, finalmente terem encontrado algo em comum. Pensou em Brackett, lá com aquele babaca do Draper, e esperou que ambos voltassem com vida. Já tinham perdido fuzileiros demais, como Coughlin, e ela não queria perder mais nenhum.

Aproximando-se da porta seguinte, assobiou o sinal. Mais três passos e parou, franzindo o cenho, consternada.

Inspirando e expirando, ouvindo os próprios batimentos cardíacos. Ergueu o rifle de plasma e deu mais dois passos rumo à esquina. Então, assobiou mais uma vez.

O som que ouviu em resposta foi um gorgolejo úmido, seguido de um baque de carne caindo no chão.

*Porra.*

Silenciosa e rápida, correu para a esquina. Costas contra a parede, espiou pela borda, o cano da arma na frente.

O alienígena estava agachado acima de Chenovski, que jazia no chão, vivo mas, de alguma forma, paralisado. O rosto e a couraça estavam cobertos por uma grossa camada de fluido, um tipo de muco, mas os olhos estavam arregalados e conscientes enquanto o alienígena o arrastava rumo a outro corredor bifurcado.

*Paralisia*, pensou ela. *Mas ele vai saber quando for colocado na frente de um daqueles ovos e um daqueles abraçadores malditos implantar um parasita no peito dele.*

Tinha beijado Chenovski uma vez, bêbada e triste por estar sozinha no próprio aniversário. A amizade dos dois basicamente se resumia à tenente trapaceando no carteado e ele deixando que ela se safasse.

Paris surgiu da esquina.

— Ei, bicho escroto! — rosnou ela.

O alienígena ergueu a cabeça de repente. Se tivesse olhos, estaria encarando-a.

— Tenente? — chamou Yousseff de um ponto à esquerda, de onde Paris viera.

A tenente atingiu o alienígena duas vezes no peito. A criatura recuou cambaleando, o sangue ácido espirrando no chão, chiando ao corroer o piso. O jato de ácido atingiu as pernas de Chenovski e ele gemeu, mas poderia ter sido bem pior.

— Recuar! — gritou ela, dando um passo para trás, tentando afugentar a criatura para longe de Chenovski enquanto ele ainda estava vivo.

A coisa não pareceu ter medo.

Em vez disso, avançou nela como se a desafiasse a atirar mais uma vez, incitando-a a derramar mais ácido no amigo. Paris sentiu o estômago se contorcer em náuseas.

*Essas coisas são inteligentes assim?*

Disparou várias vezes na parede logo ao lado da criatura. À esquerda, ouviu Yousseff gritar, ir em sua direção, e então Aldo Crowley, deixando seu posto na próxima esquina, a muitos metros de distância, para vir em seu socorro.

O alienígena não se intimidou. Abriu a boca e as mandíbulas se projetaram, e grossas gotas de baba escorreram dos lábios. Paris queria gritar. Queria vomitar. Mas queria principalmente matar.

Puxou o gatilho, um único disparo mirando bem no centro da cabeça. A criatura desviou para a esquerda, e o projétil perfurou a carapaça, só resvalando no crânio. A coisa se ergueu como se estivesse furiosa e encolheu a cauda atrás de si. A tenente Paris se preparou para o ataque, pensando que, se pudesse abrir fogo com uma salva completa do rifle de plasma, poderia matar a criatura antes que chegasse a ela, e talvez — só talvez — o sangue caísse mais perto do alienígena, e Chenovski sobreviveria.

Com um ruído úmido, o ser cravou a ponta afiada da cauda no crânio de Chenovski.

Paris gritou e abriu fogo quando a criatura avançou em sua direção. Levou uma rajada de tiros ao se aproximar, e a fuzileira retrocedeu, bateu na parede e continuou atirando até partir o corpo do monstro em pedaços. O sangue jorrou, e ela se jogou de lado quando os respingos corroeram a parede.

Escorregou para o chão até ficar de barriga para baixo, com o fuzil de combate batendo contra o capacete e a pistola atravancada no quadril. Ela se viu deitada no chão quando Yousseff a alcançou.

— Levanta, tenente — disse Yousseff, bruscamente. — Pode haver outros.

Como se Paris não soubesse disso. Levantou-se e ergueu de novo o rifle de plasma.

— Não sei como ele passou pela porta selada daquele lado, mas deve ter vindo daquele corredor secundário — disse Yousseff, gesticulando com a arma. — Não tem como ter pegado o Chenovski de surpresa vindo de outro lugar.

Nove metros adiante, a entrada para aquele corredor secundário se escancarava. As fuzileiras se entreolharam. Nenhuma das duas queria entrar ali, mas não tinham escolha. Não parecia haver dúvida de que os alienígenas sabiam exatamente onde os colonos haviam se escondido e estavam tentando eliminar aqueles que estavam de sentinela.

*Ou então não ligam*, pensou a tenente Paris, com um arrepio. *Talvez só vejam a nossa área de armazenagem como a área de armazenagem* deles *agora... e seja lá como aquele primeiro tenha entrado, eles acham que podem vir e pegar um de nós por vez, sempre que for conveniente.*

— Comigo — disse ela a Yousseff, dando um passo.

Uma pancada reverberou pelo corredor.

Aldo Crowley gritou um monte de palavrões para o Deus dele. Paris e Yousseff viraram-se e encontraram Virgil de bunda no chão segurando o maçarico, ainda de máscara, uma figura tão indiferente que chegava a ser indecente. Outra pancada, e as portas da escada começaram a se vergar no alto. A solda na parte de baixo, embora ainda estivesse fresca, aguentou enquanto a parte superior das portas começou a se curvar para dentro.

Um alienígena enfiou a cabeça pela abertura cada vez mais larga.

— Atire nele, Aldo! — gritou a tenente Paris enquanto ela e Yousseff voltavam depressa pelo corredor. — Abra fogo, droga!

Aldo puxou o gatilho, cravejando as portas com projéteis de plasma que estouraram as janelas e abriram buracos no metal. O alienígena colidiu com as portas mais uma vez e as dobradiças rangeram, começando a ceder.

Virgil se endireitou, avançou, enfiou o maçarico na abertura e soltou um jorro de chamas azuis concentradas.

A tenente Paris ouviu o alienígena gritar. Gostou do som. Então, ele arrebentou as portas. Uma delas foi completamente arrancada e caiu em cima de Virgil, derrubando o maçarico. A chama atingiu seu corpo e, embora a porta bloqueasse a visão de Paris e Yousseff, elas puderam ouvi-lo uivar de dor.

A criatura arrancou a arma das mãos de Aldo e a jogou de lado, ao mesmo tempo que a mandíbula estendida varava a testa do homem.

Enquanto Aldo escorregava pela parede, morto, Paris e Yousseff abriram fogo, despedaçando o alienígena com dezenas de projéteis.

Quando cessaram, Paris prendeu a respiração, com o eco dos disparos tinindo nos ouvidos. Olharam para a bocarra aberta nas portas arruinadas. Depois de alguns segundos, avançaram sem olhar para Aldo, parando apenas um momento para verificar o estado de Virgil, que dera fim à própria vida com o maçarico.

Apontaram as armas para a escadaria escura, as luzes piscando lá no fundo, e as duas foram para a esquina que até poucos momentos atrás havia sido o posto de Aldo Crowley.

Juntas, as fuzileiras montaram guarda, vigiando o corredor tomado pela carnificina e atentas a qualquer sinal de um novo ataque.

Por enquanto, a área continuava em silêncio.

— Estamos muito ferrados — sussurrou Yousseff.

A tenente Paris não disse nada. Em vez disso, rezou para que Brackett e Draper conseguissem terminar o serviço. Soube dos riscos quando se alistou no Corpo, mas decidira opor-se com firmeza à ideia de morrer em Aqueronte.

DATA: 26 DE JUNHO DE 2179
HORA: 1339

A enorme estrutura se chamava Processador Atmosférico Um. O lugar era do tamanho de um estádio esportivo dos velhos tempos, com pelo menos quinze andares de altura e vários níveis de profundidade. O maquinário interno incluía não só as unidades de processamento atmosférico mais importantes, mas também um reator que fornecia energia para toda a colônia.

Um largo túnel de serviço saía do piso principal do complexo da colônia num ângulo que levava ao subterrâneo e se ligava no topo ao primeiro subsolo da enorme estação de processamento. Percorrendo esse túnel, Brackett e sua equipe viram evidências claras de que os alienígenas vinham usando o lugar para ir e vir do complexo. A resina pegajosa e endurecida que os demônios excretavam estava por toda parte, e no caminho encontraram espirros e poças de sangue humano.

A equipe de Lydecker havia rastreado os TDPs até um local debaixo das estações primárias de aquecimento, nos interiores do Processador Um — subsolo três. Os alienígenas estavam construindo uma colmeia naquele ventre quente e ruidoso. Ao levar a equipe para dentro da enorme estrutura, o capitão tentou não imaginar quantos daqueles monstros estariam esperando por eles.

O subsolo três era acessível via dois elevadores e duas escadas estreitas e longas. Brackett e Draper montaram guarda enquanto o cabo Pettigrew levava Stamovich, Hauer e mais sete fuzileiros para o enorme elevador de carga. Não gostava de dividir o grupo, mas a velocidade do elevador tornava aquela a melhor opção. Usar as escadas para descer oferecia muitos cantos escuros dos quais os alienígenas poderiam atacá-los. Além de portas demais, enquanto o elevador tinha somente uma.

— Pettigrew, quando chegar ao fundo, fique parado a não ser que esteja sob ataque — disse Brackett. — Ouviu? Ninguém sai para explorar. Só inspecionem a área em torno do elevador e esperem por nós. Vamos logo atrás de vocês.

— Sim, senhor — respondeu o cabo Pettigrew.

Ele parecia mais velho com aquele capacete escondendo o cabelo louro. Ou talvez fosse o medo que o tivesse envelhecido.

— Se vir algum daqueles bichos, corra mais rápido que os outros — sugeriu Draper, um brilho maldoso no olhar. — Os que entraram na nave.

Stamovich deu uma gargalhada, mas depois assumiu uma expressão sombria.

— Ei. Eu sou um daqueles caras.

— É — respondeu Draper. — Eu sei.

Brackett fungou com desprezo.

— Ok, andem. Vemos vocês lá embaixo.

Afastou-se do elevador quando as portas se fecharam. Durante a descida, ele olhou para Al Simpson, que estava diante do outro elevador com a dra. Hidalgo. Simpson trazia um escâner ligado aos sistemas do setor de comando. O aparelho mostrava um mapa dos subsolos, indicando o local onde os sensores haviam detectado o grupo de TDPs.

— Vá em frente, sr. Simpson — disse ele.

Simpson apertou o botão do segundo elevador, e eles ouviram o ruído trepidante e o zumbido da máquina a subir. A dra. Hidalgo espiou entre as barras da gaiola que formava o poço e viu o elevador vazio vindo na direção deles.

Quando chegou, a gaiola e as portas internas se abriram, e todos entraram. O elevador ribombou e retiniu quando as portas se fecharam e começou a descer. Brackett se perguntou quão inteligentes seriam os alienígenas. Seriam capazes de distinguir o som do elevador em meio aos outros ruídos industriais que tomavam o coração subterrâneo da colônia?

Achava que provavelmente sim.

Quando chegaram ao fundo — Brackett divagando sobre o *Paraíso perdido* e o nono círculo do Inferno —, Pettigrew e os outros haviam inspecionado a área. Brackett foi o primeiro a sair do elevador, com Al Simpson logo depois. O administrador nem sequer ergueu o olhar, apesar do perigo que todos esperavam enfrentar. Brackett percebeu que começava a respeitar aquele homem, ainda que contra sua vontade.

— Por ali — disse Simpson, apontando para uma área aberta que levava a um corredor largo entre dois enormes geradores.

As lâmpadas no alto do teto não iluminavam muito bem aquele ambiente, onde as sombras superavam as áreas claras.

— Não podemos deixar este lugar para eles de uma vez e dar o fora do planeta? — perguntou Hauer, com um toque de seriedade na voz. — Faço mais o tipo que larga de mão.

— Achei que você fizesse mais do tipo covarde — resmungou Stamovich. Vários fuzileiros riram.

Brackett virou a arma e apontou para o lugar que Simpson indicara.

— Talvez os babacas queiram falar mais baixo? — sugeriu ele. — Sabem, só para o caso improvável deles ainda não saberem que estamos aqui?

Isso os calou. Muitos apontaram as armas para a penumbra entre os geradores, como o capitão fizera.

— Olha, é bem simples — disse Draper, olhando com firmeza para Brackett. — A gente mata essas coisas, ou elas matam a gente e todo mundo lá em cima.

Brackett assentiu.

— Nisso estamos de acordo. — Voltou-se para Pettigrew. — Cabo, mantenha o elevador neste nível e de portas abertas. A dra. Hidalgo vai ficar lá com você...

— Ah, não vou, não — disse a mulher, erguendo o queixo em desafio.

— A senhora vai querer ajudar os feridos — argumentou Brackett. — O melhor jeito de fazer isso é ficando aqui, porque é por aqui que vamos sair quando tivermos terminado. Se alguém se machucar, traremos a pessoa para a senhora na volta.

A dra. Hidalgo se virou e pôs a mão no braço de Pettigrew num gesto tranquilizador.

— Sem querer ofender o cabo, mas ele é só um fuzileiro. O senhor pode não querer me levar para a colmeia, mas a verdade é que estarei mais segura com doze fuzileiros do que com um só. — Olhou nos olhos de Brackett. — Vou com vocês, capitão. Goste ou não.

Draper bufou.

— E o que vai fazer quando uma daquelas coisas tentar te levar e botar um bebê em você? Aqui embaixo não tem sala estéril para você se esconder — disse ele.

Ela não conseguiu disfarçar o sofrimento em seu olhar. Abriu um sorriso que não enganava ninguém.

— Então, suponho que morrerei, sargento Draper — respondeu. — Mas se vocês fizerem o possível para impedir isso...

Draper xingou e desviou o olhar.

— Nossa, doutora — disse Stamovich.

Brackett a avaliou. Conhecia muitas mulheres que eram guerreiras formidáveis, mas a dra. Hidalgo era uma idosa que passara a maior parte da vida contemplando o universo em vez de lutar.

— Sabe atirar? — perguntou.

— Um pouco. Meu pai me ensinou quando eu era menina, mas faz muitos anos.

Brackett tirou a arma lateral do coldre e a entregou à cientista.

— Não atire em nenhum humano.

Quando pegou a arma, o objeto pendeu na mão com um peso terrível, mas logo a dra. Hidalgo achou a melhor forma de segurá-la e meneou a cabeça para o capitão.

— Farei o melhor que puder.

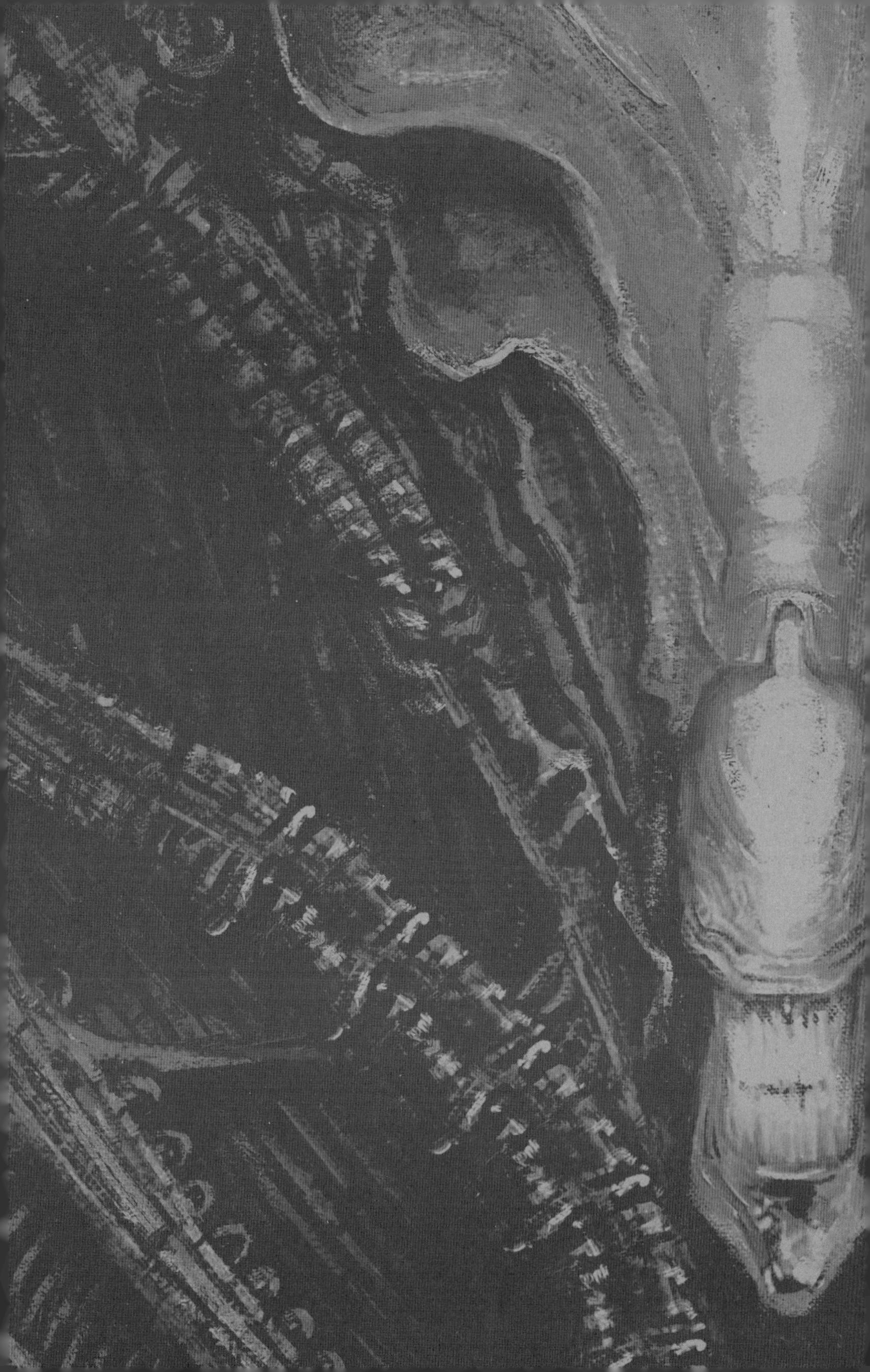

# 25
# SEGREDOS E VIDAS

DATA: 26 DE JUNHO DE 2179
HORA: 1346

Simpson ia na frente com seu escâner rastreador, a luz verde lançando um fulgor medonho em seu rosto. Brackett e Draper o acompanhavam, um de cada lado, conforme penetravam as profundezas abaixo das principais torres de resfriamento, em direção às estações primárias de aquecimento.

Luzes tremulavam e geradores estalavam. O teto era tão alto ali embaixo que a escuridão engolia a pouca iluminação fornecida pelas péssimas lâmpadas. Fornalhas gemiam enquanto as chamas subiam cada vez mais, lançando calor nos dutos. Brackett enxugou o suor da testa, pouco abaixo da borda do capacete, e imaginou se o calor teria atraído os alienígenas — se isso criava um local de procriação melhor para manter os ovos.

— Que nojo — murmurou um dos fuzileiros atrás dele.

— Capitão, dê uma olhada nisso — disse Stamovich. — Essa merda é nojenta.

Brackett gesticulou para que Draper ficasse com Simpson e foi para trás, apontando a lanterna para um fluido espesso e pegajoso. O fuzileiro que pisara na gosma ergueu a bota, e fios do material se esticaram como uma teia de aranha entre o chão e a sola. Brackett olhou para a dra. Hidalgo.

— Aula de ciência depois — disse ela, enxugando a testa com a manga da roupa. — Tentem não deixá-los vomitar em vocês.

Os fuzileiros reagiram com repugnância, mas ninguém disse uma palavra. O que havia pisado no líquido limpou a sola da bota o melhor que pôde numa parte seca do chão, e eles seguiram em frente. Pouco tempo depois, Draper apontou para as paredes e Brackett moveu a lanterna, descobrindo que a resina estava por toda parte. Em alguns lugares, parecia ter endurecido.

— Era assim dentro da nave abandonada — sussurrou Draper —, mas cobria um espaço muito maior.

*Eles estão mesmo construindo um tipo de colmeia*, pensou Brackett. Subitamente, Hauer deu um grito de alarme, alto o bastante para ser ouvido apesar do barulho das fornalhas e geradores.

— Hauer, o que... merda! Eles estão aqui! — berrou Sixto.

Brackett girou para ver Hauer sendo arrastado para cima, os pés chutando o ar. Um dos alienígenas havia enrolado a cauda em torno da cintura dele. Com a luz trêmula Brackett pôde ver a silhueta na escuridão, em cima de um gerador trovejante. A criatura levou Hauer para cima, envolveu-o com o braço e começou a fugir.

— Não! — gritou Stamovich, e abriu fogo, metralhando o gerador e a escuridão acima com projéteis.

Muitos outros perderam o controle e soltaram gritos de batalha e uma saraivada de disparos, atirando nas sombras acima e ao redor deles.

— Cessar fogo! — rugiu Brackett.

— Mas que merda, cessar fogo!

Draper agarrou o cano da arma de Stamovich e o virou para cima, gritando na cara dele.

Quando os disparos cessaram, Draper empurrou Stamovich.

— Seu idiota, você poderia ter matado o Hauer!

Stam o olhou boquiaberto.

— Matado? Aquela coisa acabou de...

— Levar o cara — disse Draper. — Você não sabe se não podemos trazê-lo de volta vivo.

— Você nem *gosta* do Hauer! — gritou Stamovich.

— Não sei vocês — comentou outro fuzileiro —, mas eu prefiro morrer a ter uma daquelas coisas na minha cara. Aquilo já é morrer.

Brackett virou-se depressa, girando o rifle de plasma num arco, apontando a lanterna para a escuridão. Simpson e a dra. Hidalgo se aproximaram dele, o medo e a dúvida estampados em seus rostos. O capitão fez com que a dra. Hidalgo ficasse junto dos outros fuzileiros. Simpson olhou para seu aparelho. À sua frente, onde uma porta enorme levava para dentro do reator, a escuridão começou a se agitar.

— Movimento! — berrou Brackett. — À frente!

Todos começaram a atirar enquanto as sombras ganhavam vida. Stamovich gritou quando um alienígena pulou do alto, pousando em cima dele. Brackett virou-se, disparando rajadas. Viu um fuzileiro morrer quando um dos insetos o empalou por trás, os braços do homem se abrindo como se tivesse sido crucificado.

Draper correu até Brackett, mirando com o rifle de plasma.

— Abaixa!

Brackett se lançou ao chão na direção de Draper, girando ao tocar o solo, erguendo a própria arma enquanto os contornos negros de um alienígena mergulhavam sobre eles. Draper disparou, o sangue ácido respingou o chão, a carapaça rachando com um ruído de estilhaço a cada impacto.

— Merda, estava aqui esse tempo todo! — gritou Brackett.

Estivera a menos de cinco metros da coisa, que se camuflara de modo tão hábil na lateral de uma fornalha que ele havia pensado ser parte do maquinário.

A dra. Hidalgo apareceu ao seu lado, tentando ajudá-lo a se levantar. Trazia a pistola na mão, uma arma tão pequena que chegava a ser patética, totalmente inútil. Ele a olhou nos olhos e lá encontrou uma estranha calma.

— Tem uma coisa que o senhor precisa saber — disse ela em voz alta.

— Não dá para esperar? — gritou ele, certo de que a doutora perdera o juízo.

Estavam no meio de um tiroteio, pessoas morrendo ao redor. *Fuzileiros* morrendo — seu pelotão.

Brackett tratou de se levantar enquanto os disparos martelavam seus tímpanos, bloqueando qualquer outro som. Quantos alienígenas esperavam por eles? Tentou raciocinar e, ao fazer isso, viu Al Simpson virar-se e correr. Um alienígena surgiu de trás do gerador para barrar o caminho. Simpson gritou e tentou retroceder, mas era tarde demais. A criatura o pegou, arrastando-o para a escuridão do maquinário labiríntico.

Brackett atirou e o matou antes que os dois desaparecessem. O demônio largou o cadáver e investiu contra o capitão, sibilando. Ele e Draper abriram fogo, mas a criatura saltou para a escuridão. Brackett ouviu estalos e arranhões e teve um vislumbre da cauda a se erguer. A coisa maldita havia escalado a lateral do gerador. Lá do alto, poderia mergulhar sobre eles a qualquer momento.

— Recuar! — gritou, acenando para o pelotão. — Vamos embora!

Numa rápida avaliação, percebeu que restavam seis fuzileiros de pé. Sixto pressionava a lateral do corpo, o sangue escorria entre os dedos, mas ainda vivia. Tinham matado pelo menos três alienígenas, mas havia outros... a presença deles fervilhava na escuridão.

Virou-se para pegar a mão da dra. Hidalgo e viu uma criatura parada atrás dela. A mulher deve ter visto o choque no olhar dele, pois girou, mirou e atirou três vezes na cabeça do alienígena. O sangue jorrou nela, o ácido chiou ao corroer a carne do peito, do braço direito e do ombro.

Brackett berrou, em parte para cobrir o som dos gritos agonizantes da dra. Hidalgo. Envolveu a cintura dela com um braço e a arrastou para trás enquanto disparava, destroçando o alienígena.

— Vão! — gritou para Draper e os outros.

Eram fuzileiros. Recuar não estava em seu sangue, mas assim fizeram, rápidos e cautelosos, atirando em qualquer ponto escuro que pudesse esconder o inimigo. A dra. Hidalgo cambaleou ao lado de Brackett e ele a ajudou a arrancar a jaqueta e a couraça que recebera. A couraça amortecera o ácido, mas não havia impedido que ele atingisse o corpo da cientista, e Brackett o viu escavar a pele dela. A lembrança daquele fedor o perseguiria enquanto respirasse.

— Escute... — disse ela.

— Cale a boca! — mandou ele, ríspido.

Jogou o rifle por cima do ombro e a ergueu nos braços. Não pesava quase nada. Aquele corpo magro de passarinho, o peito subindo e descendo tão depressa, o fez querer gritar de novo.

Brackett correu com ela nos braços. Draper e os outros fuzileiros gritaram para ele, incentivando-o a ir mais rápido. Ao correr, olhou para o rosto dela e viu um único ponto na face direita onde o sangue do alienígena a atingira. Um buraco havia se formado e ainda chiava e fumegava, o ácido atravessando o rosto como o projétil mais lento do universo.

Ela ia morrer.

— Escute o que vou dizer. — Ela arfou.

Mais gritos soaram à frente deles. O maquinário desapareceu enquanto ele cambaleava rumo aos dois elevadores de serviço. Os estalos e gemidos continuavam, mas agora tudo o que podia ver eram Draper e os outros chamando-o adiante. O coração martelava o peito conforme corria, a cientista agonizando em seus braços, e contava as cabeças dos fuzileiros sobreviventes. Seis. Incluindo Draper. Nem sinal de Pettigrew. Tinham-no deixado para trás para vigiar os elevadores, e os alienígenas o levaram. *Mas é claro que levaram*, pensou. *Teria dado no mesmo entregá-lo de bandeja.*

A dra. Hidalgo começou a sufocar. O ácido no peito chegara queimando aos pulmões. Ela arfava e tossia.

— Você... tem que... *ouvir*! — exigiu ela.

Draper correu na direção deles, dando cobertura enquanto seguiam para o elevador aberto. Os outros fuzileiros já estavam lá dentro, um deles impedindo que as portas se fechassem.

— Há uma... nave — disse a dra. Hidalgo, revirando os olhos. — A equipe científica... a companhia nos deu... uma nave. Porta do pessoal autorizado... entre o laboratório médico e...

Brackett olhou para ela.

— Aqui em Aqueronte? Tem uma nave aqui?

Ele ergueu o olhar para Draper, que também encarava a cientista.

— Uma nave de fuga? Puta merda! — exclamou Draper. — Aquele filho da puta do Reese! Quantos cabem, doutora? Quantos passageiros ela suporta?

Brackett a sentiu afundar nos braços, e a cabeça dela pendeu para trás ao expelir seu último e trêmulo suspiro. Pela primeira vez, ocorreu ao capitão que o ácido talvez não parasse, que poderia abrir caminho até ele, e caiu de joelhos, colocando-a gentilmente no chão.

*Uma nave de fuga*, pensou. De alguma forma, a Weyland-Yutani já sabia. *Diabo, talvez tenha sido por isso que escolheram este lugar.*

Não, certamente não tinham certeza, ou teriam trazido mil pessoas para vasculhar cada centímetro da superfície. Porém, deviam saber que em algum ponto daquele sistema poderiam encontrar problemas. Tinham dado à equipe científica um meio de fugir daquela lua esquecida por Deus, com a noção de que todas as outras pessoas — inclusive as crianças — eram descartáveis.

*Newt*, pensou Brackett. *Anne.*

Não tinham poder de fogo suficiente para destruir os alienígenas, não quando pelo menos uns vinte deles já haviam nascido. As chances de *ninguém* sair de Aqueronte com vida eram cada vez maiores... a não ser que houvesse uma nave de fuga.

Ele era um fuzileiro. Tinha uma missão e um dever para com aquelas pessoas e o Corpo. Contudo, se pudesse salvar a vida de ao menos algumas, incluindo a mulher que amava e os filhos dela, certamente isso seria mais nobre que deixar todos morrerem.

Tocou a face esquerda da dra. Hidalgo, desejando que ela pudesse estar a bordo da nave e agradecendo-lhe em silêncio. Agora entendia a culpa que vira nos olhos dela antes.

Brackett se levantou e virou bem a tempo de ver o elevador começar a subir. Draper o olhou através da gaiola, os olhos frios como pedra.

*Quantos passageiros ela suporta?*, ele havia perguntado. Na verdade, Brackett não podia culpá-lo. Marvin Draper provara sua coragem em combate, mas, se Brackett pudesse ter feito uma lista de pessoas que embarcariam na nave de fuga, Draper não estaria nela.

O elevador subiu chacoalhando e desapareceu rumo aos níveis superiores. Brackett apertou o botão para chamar o outro elevador e espiou o poço.

Atrás dele, a escuridão ganhou vida.

# 26
# UM POR UM

DATA: 26 DE JUNHO DE 2179
HORA: 1346

Quando Anne ouviu as batidas na porta da área de armazenagem, soube que as coisas haviam saído dos eixos. Metade dos colonos se encolheu e se afastou da entrada, mas ela reconheceu o som de um punho batendo, pedindo para entrar. Os alienígenas não pediam.

Newt agarrou a boneca Casey e a camiseta da mãe.

— Fique com o Tim, querida — disse Anne.

— Mãe, não! — gritou a menina, tentando abraçá-la. — Você disse...

— Só um segundo!

Anne correu para a porta. Várias pessoas gritaram para impedi-la. Lydecker desatou a correr e chegou antes dela.

— Que diabo está fazendo? — exigiu saber.

Ela o ignorou. Espalmando a mão na porta, gritou:

— Quem está aí?

— Tenente Paris! — foi a resposta.

O medo fez seu estômago revirar, e o coração começou a galopar. Sussurrou um palavrão ao empurrar para os lados as caixas que haviam sido empilhadas e destrancou as portas duplas. Lydecker não discutiu. Ouvira a voz de Paris e sabia que a mulher estava viva e desesperada, ou não teria ido até eles.

Anne escancarou a porta, e Paris entrou recuando com a soldada Yousseff atrás de si, ambas apontando as armas para o corredor em que estavam. Usando capacete e equipamento completo de proteção, tinham riscas de suor no rosto e olhos arregalados de urgência.

— Alguma notícia do Simpson ou do capitão Brackett? — quis saber Paris, voltando-se para Lydecker.

O homem balançou a cabeça, negando.

A tenente Paris olhou ao redor, murmurando um palavrão sem se importar com quem ouvisse.

— Diabo, cadê o dr. Reese? — perguntou. — É hora de ele entrar em cena. Onde é que o cara se meteu?

— Sumiu — respondeu Anne.

— Como assim, *sumiu*? — rosnou Yousseff.

— Ele e o dr. Mori disseram que tinham informações fundamentais que precisavam guardar — explicou Lydecker. — Querem me dizer que diabo está acontecendo?

Um arrepio gélido subiu a espinha de Anne quando viu a confusão desesperada nos olhos de Paris. Então, a tenente jogou o rifle de plasma por cima do ombro.

— Yousseff, a porta — disse ela, e a outra fuzileira tratou de trancar tudo, empurrando as caixas de volta para a frente da porta como barricada. — Escutem todos — gritou a tenente Paris, chamando a atenção das dezenas de colonos agrupados na área de armazenagem. — Nenhum dos outros fuzileiros posicionados ao redor do perímetro isolado está respondendo aos comunicadores. Pelo menos três estão mortos, pelo que sei, e temos de supor que os alienígenas estão dentro do perímetro, pegando um por um. Estão trabalhando devagar, removendo as pessoas que estavam protegendo vocês, e depois disso vão entrar.

— Como? — perguntou um dos garimpeiros. — Todas as portas foram soldadas e bloqueadas, menos uma. — Ergueu uma pistola pesada e franziu o cenho. — Vou estourar a cara de qualquer um desses bichos feios que tente chegar perto de mim ou do pessoal aqui.

— Talvez você tenha sorte, Meznick — disse Paris —, mas não sei se sua arma vai adiantar muito. Estou dizendo, não acho que este lugar esteja seguro o bastante.

Anne sentiu que não conseguia respirar. *Aquele* lugar não estava seguro o bastante? Aonde mais poderiam ir, onde tantas pessoas poderiam esperar o resgate — onde poderiam dormir e comer?

Olhou para os filhos. Tim estava de pé com um braço em torno da irmã, e ela pensou em como Russ teria ficado orgulhoso dele.

As pessoas disparavam perguntas em Paris. Algumas se recusavam a ir a qualquer lugar sem ouvir notícias do dr. Reese ou de Al Simpson. Mas quando Yousseff olhou nervosa para a porta que haviam acabado de reforçar, praticamente tremendo de medo dos alienígenas tentarem entrar a qualquer momento, Anne soube que não havia mais tempo para hesitações.

— Eu vou — disse ela, aproximando-se rapidamente dos filhos. — Vamos, crianças.

— Estou com medo — choramingou Newt.

— Eu também, Rebecca — disse Tim. — Mas a gente vai ficar bem. Eu protejo você — prometeu.

— Anne, não faça isso — pediu Bill Andrews, pegando o braço dela por trás.

— Não seja burro, Bill — respondeu ela, desvencilhando-se. — Não está vendo o medo no olhar dessas fuzileiras? Acha que a tenente Paris está errada? Este é o lugar mais confortável para esperar o resgate, mas, se estivermos mortos quando eles chegarem...

— Aonde vamos, então? — perguntou Andrews, dirigindo-se a Paris.

— Temos algumas ideias — respondeu a tenente. Anne ergueu Newt nos braços, depois segurou a mão de Tim e lançou-se em direção à porta recém-reforçada. — Subir para o nível um e seguir por mais trinta metros pelo corredor sudoeste — disse ela. — O centro de operações dos pesquisadores. Fica logo acima do laboratório médico, mas é basicamente uma caixa grande. Só uma porta de entrada e saída. Entramos lá e soldamos a porta...

— E morremos de fome em questão de dias — disse Meznick.

— Então, levem tudo o que puderem — rosnou Anne —, mas pelo menos lá vamos ter uns dias para tentar pensar em alguma coisa. Melhor do que morrer aqui hoje.

— Não vou a lugar nenhum — retrucou Meznick. — Vamos resistir aqui, esperar o Simpson e os outros... Até onde sabemos, a equipe do Brackett já exterminou a tal colmeia.

— Fique à vontade — disse Anne.

— Mas e o Demian? — sussurrou a filha no ouvido dela.

Anne engoliu em seco, mas nada disse. Todos os seus grandes planos viraram pó. Não chegaria mais ao hangar, nem à garagem — não com as crianças, não se os fuzileiros que protegiam o perímetro estivessem mortos. Que diabo, teria sorte se chegasse ao centro de operações.

*É nossa única chance*, pensou.

Olhou em torno de si em busca de Cale, Dione ou Russell, que ela vira tramando alguma coisa juntos em silêncio. Não achou ninguém. Percebeu que de alguma forma eles — e sabe-se lá mais quantos outros — haviam saído sem que ninguém notasse.

*Provavelmente estão tentando chegar* à Onager. *Desgraçados.* Mas não podia odiá-los por isso. Se não tivesse esperado por Demian... tido esperança...

— Droga — resmungou, afastando-se. Virou-se para Andrews. — Você vem?

Ele assentiu.

— Vai lá. Vou pegar um pouco de comida e água e alcanço você.

Quando as pessoas começaram a se alvoroçar, algumas abrindo caixas de suprimentos, Lydecker ergueu as mãos.

— Calma, pessoal — disse ele. — Eu vou ficar bem aqui, mas não vou deter ninguém que queira sair.

*Como se você pudesse*, pensou Anne.

— Mas só vamos abrir essa porta uma vez. Depois disso...

— Saia do caminho, Lydecker — disse Anne, seca. — Tim, ajude a soldada Yousseff.

Yousseff e Tim começaram a tirar de novo as caixas da frente da porta, auxiliados por alguns colonos. Na hora em que a porta se abriu, as duas fuzileiras saíram depressa, com as armas apontadas para os corredores abandonados, e talvez houvesse vinte pessoas com os braços cheios de mantimentos, prontas para sair correndo.

Mal tinham chegado ao corredor e fechado a porta quando tiros ecoaram de algum ponto adiante.

— Vão, vão! — gritou a tenente Paris enquanto ela e Yousseff erguiam as armas e corriam em direção à fonte dos tiros.

Outro fuzileiro dobrou a esquina, mancando bastante e disparando os últimos projéteis de seu rifle de plasma antes de ficar sem munição. Anne reconheceu o soldado Dunphy e se retesou ao ver o sangue na mão esquerda do homem, percebendo que a manga da roupa estava encharcada. Fora um dos fuzileiros no perímetro, então, não estavam todos mortos, mas Dunphy não parecia muito longe do túmulo.

— Izzo foi abatido! — gritou Dunphy. — Tem três deles vindo por aqui!

Julisa Paris virou-se e pegou o braço de Anne, olhando-a nos olhos.

— Escute. Yousseff e eu viemos por ali. Foi lá que já matamos um. Se eles estiverem vindo de lá, seu caminho até o centro de operações deve estar livre. Passe pela porta não soldada e nós a trancamos depois que alcançarmos vocês. Vão rápido, e nós cuidamos disso.

Anne concordou.

— Vamos dar a vocês cinco minutos antes de selarmos a porta do centro de operações.

Paris tocou os cachos louros de Newt e os bagunçou um pouquinho.

— Vão! Tim, tome conta da sua mãe!

Tim apertou a mão de Anne com mais força, e logo os dois saíam em disparada pelo corredor, rezando para que a escada que levava ao andar de cima estivesse livre. Dois minutos ou menos para chegar ao centro de operações, isso era tudo de que precisavam.

Anne olhou para trás só uma vez, para as portas da área de armazenagem, perguntando-se quanto tempo conseguiriam resistir. Mesmo que soldassem aquelas portas internas, havia alienígenas demais. Tinha certeza de que de alguma forma eles entrariam, mas agora era tarde demais para que os outros os seguissem. Ela e os filhos, Bill Andrews, Parvati, Gruenwald e os outros que vieram com ela... viveriam ou morreriam juntos.

Abraçou a filha com mais força. Apertou a mão de Tim.

*Viver*, pensou, quase numa prece. *Vamos viver.*



DATA: 26 DE JUNHO DE 2179
HORA: 1359

A coisa que se movia na escuridão tinha forma humana. Brackett a fitava, fazendo mira com a arma.

— Quem está aí?

— Capitão? — A figura se arriscou a sair das sombras.

— Pettigrew? Cara, achei que você tivesse morrido.

O cabo trazia o fuzil ao lado do corpo ao correr rumo aos elevadores, movendo-se com urgência agora que sabia que Brackett não atiraria nele.

— Um deles me atacou dois minutos depois que vocês foram embora — contou Pettigrew, vasculhando as sombras, ansioso e alerta enquanto o segundo elevador descia zumbindo e trepidando. — Apertei o botão para segurar o elevador e percebi que não precisava ficar parado esperando a morte. O alienígena não ia saber que botão apertar. Dei o fora com a coisa na minha cola, consegui entrar num armário de ferramentas pouco antes de ela me alcançar.

— Como conseguiu escapar? — perguntou Brackett, olhando para o elevador que vinha do alto através da gaiola.

— Não precisei — respondeu Pettigrew.

Alguma coisa se mexeu e arranhou as sombras acima das máquinas mais próximas. Pettigrew e Brackett se viraram de uma só vez, fazendo mira. As luzes tremularam, e Brackett viu o lustro liso de alguma coisa preta que fluía como água na escuridão.

— O tiroteio começou, vocês estavam sendo atacados, e ele deu o fora, mais interessado na luta — contou Pettigrew. — Acho que ele pensou em voltar para me pegar mais tarde.

O elevador estalou ao descer, deslizando para dentro da gaiola logo atrás deles antes de parar sacudindo.

— Acho que ele fez isso — murmurou Brackett.

Quando as portas do elevador se abriram, o alienígena pulou de cima do gerador ruidoso para o chão diante deles.

— Vai, vai! — disse Brackett, atirando na criatura e recuando para o elevador.

Pettigrew também abriu fogo, mas o fuzil emperrou, e ele soltou um palavrão, virando-se para apertar o botão que levava ao nível um. O alienígena correu para eles, com os braços estendidos, a cauda ondulando atrás do corpo, pronto para atacar. Brackett puxou o gatilho mais uma vez e cravejou o peito da fera com balas.

A criatura vacilou e caiu, o sangue derretendo o chão a poucos metros do corpo da dra. Hidalgo, dilacerado pelo ácido. Enquanto o elevador começava a subir, o alienígena sibilou, virando-se para olhá-los com aquela carapaça sem olhos que era a cabeça, e levantou-se de um salto.

Atingiu a gaiola abaixo deles pouco depois do elevador sair do alcance. Antes que saíssem de vista, Brackett viu outros monstros brotarem da escuridão abaixo deles.

— Como a gente vai sobreviver a isso, capitão? — perguntou Pettigrew, desabando no chão do elevador.

Com o coração martelando, Brackett se voltou para ele.

— Vamos sair dessa porra desse planeta.

Pettigrew estreitou os olhos, incrédulo.

— Como?

— Existe um jeito — respondeu Brackett, agradecendo a Theresa Hidalgo em silêncio. — Só precisamos chegar lá antes do seu amigo Draper.

### DATA: 26 DE JUNHO DE 2179
### HORA: 1359

O dr. Reese carregava a maleta prateada e o dr. Mori carregava a arma.

Andavam tão rápida e silenciosamente quanto podiam, esperando que ninguém os ouvisse, alienígena ou humano. Entre o laboratório médico e o de pesquisas havia uma única porta estreita à qual só os três membros principais da equipe científica tinham acesso. Na superfície metálica da porta havia as palavras SOMENTE PESSOAL AUTORIZADO, já gastas.

O dr. Mori pusera a chave numa corrente em torno do pescoço e a usou para destrancar a porta enquanto ambos olhavam ansiosos para o corredor.

— Não venho aqui embaixo desde o dia em que chegamos — sussurrou Mori. — Nunca pensei que precisaríamos abrir esta porta.

Reese lançou-lhe um olhar sombrio, satisfeito com o peso da maleta na mão direita.

— Sempre foi uma possibilidade.

Mori empurrou a porta e se afastou, vigiando o corredor com a pistola — a arma parecendo-lhe tão insignificante —, enquanto o dr. Reese entrava. A chave acionou as lâmpadas no interior, e elas se acenderam.

Ele franziu o cenho, olhando em direção ao laboratório de pesquisas. Teria ouvido um som lá dentro? Seriam passos? Ficou atento por vários segundos, depois se convenceu de que tinha sido sua imaginação. Entrando na passagem estreita, puxou a porta e se encolheu quando ela se fechou com um som alto.

— Idiota! — grunhiu Reese, a palavra roçando as paredes lisas e cinzentas do espaço claustrofóbico. Mas agora não havia nada a fazer quanto àquilo.

— Vá andando — resmungou Mori.

O dr. Reese era seu superior, mas naquele momento Mori não se importava. Na busca pela sobrevivência, para fugir de Aqueronte com a vida e com a pesquisa, os dois estavam em pé de igualdade. A maleta prateada continha todas as informações, um único abraçador morto e amostras de um ovo da nave abandonada e da resina que vinha da boca dos xenomorfos. Se tivessem mais tempo, teriam tentado levar um abraçador vivo, mas, por mais que quisessem levar a pesquisa para a companhia e receber as recompensas, não poderiam fazer isso se hesitassem por tempo demais e acabassem mortos.

— Depressa — sibilou Reese.

Mori rilhou os dentes.

— Não sou tão jovem quanto antes.

Marcharam pelo corredor estreito, os ombros roçando as paredes, até chegarem a uma leve curva, onde o caminho se alargava e dava a eles um espaço para respirar. Mais alguns passos os levou até uma porta baixa onde tiveram que se inclinar para passar. Então, o corredor começou a se curvar para a direita, levando a um segundo lance de degraus que descia num ângulo reto. Os primeiros arquitetos da colônia haviam projetado aquela passagem para ficar trancada e esquecida.

— Por favor, meu amigo — disse o dr. Mori quando chegou ao fim da escada. — Me dê um momento.

O dr. Reese se virou para fulminá-lo com o olhar, mas sua expressão suavizou.

— Só um momento — concordou.

Mori meneou a cabeça. Vinha segurando a pistola, mas não parecia haver mais necessidade, então acionou a trava de segurança e a guardou na parte de trás do cós da calça. Quando olhou para a maleta na mão de Reese, sorriu, ainda tentando recuperar o fôlego.

Esperou, dedilhando nervosamente a chave pendurada na corrente do pescoço. A chave da qual precisariam para atravessar a última porta.

— Obrigado — disse ele, respirando fundo. — Estou bem.

O dr. Reese lhe deu um tapinha no braço.

— Que bom. Não quero ir sozinho. É uma longa jornada.

Enquanto retomavam a caminhada, deixando os degraus para trás, ouviram um som arrastado do ponto de onde vieram. Os cientistas ficaram paralisados e se entreolharam num silêncio temeroso.

*Não*, pensou o dr. Mori. *Não depois de chegarmos tão perto*. Sacou sua arminha patética enquanto os dois olhavam a escada e esperavam.

# 27
# PRONTOS PARA LUTAR

DATA: 26 DE JUNHO DE 2179
HORA: 1400

Amontoados no centro de operações dos pesquisadores, os colonos que seguiram Anne andavam rapidamente. Nos fundos havia uma oficina para reparar equipamentos, e Bill Andrews localizara um maçarico portátil poucos minutos depois de chegar.

Anne sentou-se num banco com os filhos e observou Bill ligar o maçarico, a chama branco-azulada crepitando e queimando o ar. Umedeceu os lábios com a língua, percebendo como seu coração batia forte. Tinham chegado até ali sem que mais ninguém morresse, e a visão do maçarico e daquela sala, que mais parecia uma caixa, a fizeram sentir-se mais segura na mesma hora.

Mas outros se sentiram seguros antes, e isso não os ajudara. Do outro lado da sala, Stefan Gruenwald e Neela Parvati inspecionavam o estojo de armas que haviam trazido da área de armazenagem, distribuindo-as.

— Tim — disse Anne —, você e a Newt, fiquem aqui um minuto.

A menina agarrou a mão dela, olhando ansiosamente para a entrada enquanto Bill testava o maçarico nas dobradiças do lado esquerdo das portas duplas. Então, se virou para a mãe.

— Vai ficar tudo bem — prometeu Anne. — Proteja a Casey.

Newt olhou novamente para o maçarico em uso, depois meneou a cabeça, concordando, e abraçou a boneca, beijando-a no topo da cabeça. Anne correu pela sala, ziguezagueando entre as pessoas amedrontadas que tentavam se acomodar de algum jeito confortável, trancadas dentro da sala onde ficariam por sabe-se lá quanto tempo. Os mantimentos que trouxeram estavam empilhados em mesas, e as cadeiras foram entregues aos mais velhos entre eles. Os outros acampavam no chão.

Anne olhou para os respiradouros acima dos monitores nas paredes e, embora tivesse certeza de que os dutos eram estreitos demais para os alienígenas adultos, imaginou quantos outros poderiam nascer. A única coisa que os colonos não podiam fazer era cortar o próprio suprimento de ar.

Quando marchou até o grupo das armas, Parvati a encarou.

— Quero uma arma — disse em voz baixa.

Parvati arqueou a sobrancelha. Gruenwald inclinou a cabeça e a olhou preocupado.

— Não acha que será melhor para todo mundo deixar as armas com quem sabe usá-las? — perguntou ele.

— As criaturas pegaram meu marido — respondeu Anne, e apontou para os filhos do outro lado da sala: Tim, à beira das lágrimas, e Newt, agarrada à boneca. — Se tudo der errado, preciso de alguma coisa para garantir que *eles* não terminem do mesmo jeito.

Parvati abriu a boca, chocada, talvez pensando que Anne cogitava matar os próprios filhos para não deixar que os alienígenas os levassem. Anne se perguntou se na verdade não queria dizer exatamente isso.

A pergunta a assombrava.

Gruenwald lhe entregou uma arma. Ela se virou sem dizer mais nada e voltou ao bando.

As batidas na porta começaram antes mesmo de ela se sentar.

— Mãe? — chamou Newt.

Tim ficou de pé e se colocou ao lado dela, pronto para lutar. Um instante depois, Newt fez o mesmo, e a visão daquela menininha de seis anos preparando-se para defender a si mesma e a família partiu tudo o que restava do coração de Anne Jorden. Ela segurou a pistola com mais força e observou Bill recuar, com o maçarico na mão.

Gruenwald correu para a porta, Parvati logo atrás dele, com meia dúzia de outras pessoas armadas.

— Tenente Paris? — chamou Bill. — É você?

— É o Draper! — trovejou uma voz. — Deixa a gente entrar, droga. Estão na nossa cola.

Tiros irromperam no corredor.

— Abre essa porta! — gritou Draper, e as pancadas voltaram. — Cadê o Mori e o Reese? Estão aí com vocês?

— Temos que deixá-los entrar! — disse Bill Andrews, olhando em volta em busca de apoio.

— Não! — vociferou Gruenwald. — Não podemos arriscar nossa própria segurança. Eles vão ter que se virar sozinhos.

Outra rajada de tiros, e então Parvati surpreendeu Anne ao passar por Gruenwald e seguir até a porta.

— Você não dá as ordens aqui — rosnou ela para ele. — Não vamos deixar ninguém para aquelas criaturas!

Outros dois se apressaram em ajudá-la.

— Seus idiotas! — berrou Gruenwald, correndo para detê-los. — Pensem nas crianças que temos aqui!

Mas Bill Andrews se colocou no caminho dele, empurrando-o.

— Estamos pensando nos homens e mulheres lá fora.

Parvati e os outros puxaram a porta da direita, abrindo-a, as dobradiças ainda não soldadas. Só então Anne percebeu que o tiroteio no corredor havia cessado.

— Já abrimos! — gritou Parvati.

— Ah, não — murmurou Anne.

Sentindo lágrimas aflorarem nos olhos, puxou os filhos para junto de si com a mão esquerda e apontou a arma com a direita. Quando viu o sargento Draper passar pela porta — curvado, pálido e ensanguentado, mas vivo —, expirou, e todas as suas forças se esvaíram.

Draper ganhara tempo para eles.

Mas então o sargento cambaleou e caiu, e todos puderam ver o buraco em suas costas...

... e os alienígenas avançaram atrás dele, pisoteando o corpo e matando Neela Parvati antes mesmo de passarem pela porta.

Newt e Tim gritaram, e Anne se juntou a eles. Não havia para onde correr. Não restava nada a fazer senão gritar e morrer.

### DATA: 26 DE JUNHO DE 2179
### HORA: 1400

A tenente Paris e a soldada Yousseff haviam matado mais dois alienígenas antes de ouvirem os gritos vindos da área de armazenagem.

Yousseff saiu correndo em direção às portas principais. Anne Jorden, Bill Andrews e mais umas vinte pessoas tinham saído pouco antes de as criaturas atacarem, e Paris não pôde deixar de pensar que gostaria de ter ido com eles. Que as duas tivessem ido. Agora, corria atrás de Yousseff, alcançando-a numa curva do corredor e jogando-a contra a parede.

— Não seja burra! — gritou na cara da outra mulher, odiando-se por fazer aquilo.

— Mas temos que ir... — A soldada começou a chorar.

— Ir o quê? Morrer? Porque é o que vamos fazer se formos para lá!

Então, Yousseff riu em meio às lágrimas.

— Tenente, fala sério! Já estamos mortas mesmo!

Alguma coisa se mexeu atrás delas, e ambas se viraram, mantendo o dedo no gatilho. Quase atiraram em Brackett e Pettigrew.

— Merda! — gritou Paris, o coração quase arrebentando o peito.

— Anne Jorden e os filhos dela? — berrou Brackett, correndo na direção das fuzileiras. — Eles estão lá dentro com aquelas coisas?

Paris balançou a cabeça, negando.

— Não. Um grupo de colonos se separou e foi para o centro de operações dos pesquisadores.

Brackett baixou a cabeça, respirando fundo.

— Graças a Deus.

— Esbarramos no Draper e nuns outros... estavam indo para lá defender aquela posição — informou Yousseff.

— Claro que estavam — rosnou Brackett. — Filho da puta.

— O que está acontecendo, capitão? — quis saber a tenente Paris.

Brackett olhou para ela.

— Yousseff disse que estávamos todos condenados. Talvez não.

— Talvez não o quê? — perguntou Yousseff, afastando-se da esquina e dos gritos e aproximando-se de Brackett e Pettigrew.

— Talvez exista um jeito de sairmos daqui — explicou Pettigrew.

— É melhor vocês não estarem curtindo com a nossa cara — disse a tenente Paris.

— Não estou — garantiu Brackett, e sua expressão ficou sombria. Ergueu o rifle de plasma, afastou-se dos outros e abriu fogo contra um alienígena que dobrou a esquina quase precisamente no ponto onde Yousseff estivera momentos antes. — Leve a gente para lá agora! — gritou Brackett. — Para o centro de operações!

Em seguida, os quatro fuzileiros estavam correndo e atirando, liderados pela tenente Paris.

### DATA: 26 DE JUNHO DE 2179
### HORA: 1405

O dr. Reese recuou dois passos, colocando o dr. Mori entre ele e o que quer que estivesse vindo pelo corredor no alto da escada.

Atrás dele, a passagem voltava a se estreitar. Se lembrava corretamente, mais quarenta e cinco metros o levariam a uma escotilha depois da qual havia um lance curto de degraus, depois outra escotilha. Passando por ela chegava-se a um pequeno hangar escondido onde a nave de evacuação para seis passageiros o aguardava.

Deu mais um passo. O dr. Mori estava com a arma — Reese não podia fazer nada para ajudar a defendê-los.

*Corra*, disse a si mesmo, apertando com mais força a alça da maleta. Dedicou a vida à pesquisa científica em detrimento da família, da saúde e de qualquer chance de fazer verdadeiras amizades. Tinha trocado a cortesia e a elegância pela busca do conhecimento e do avanço... pela criação, não importando as consequências.

Reese sabia que a Weyland-Yutani investia milhões no desenvolvimento e na pesquisa científica para encontrar modos mais eficientes de matar e conquistar. Isso nunca lhe causara uma crise de consciência.

*Mas abandonar o dr. Mori...*

O dr. Reese disse a si mesmo que Mori não era seu amigo.

*Não*, pensou, *mas é a coisa mais próxima disso que tenho*. Obrigando-se a se livrar daquela culpa, começou a correr no instante em que uma figura esbelta dobrou a esquina e apareceu na plataforma no topo dos doze degraus.

O dr. Reese a fitou.

— Khati? — disse o dr. Mori, e se aproximou do primeiro degrau.

Reese agarrou-lhe o ombro.

— Pare, seu tolo.

A mulher tinha sido uma de suas pesquisadoras, mas desaparecera na noite anterior. A equipe científica presumira que tivesse sido levada pelos alienígenas, mas ali estava ela. O lado esquerdo do rosto tinha um hematoma imenso e roxo e múltiplos arranhões. O cabelo era um emaranhado, e as roupas estavam desalinhadas e rasgadas.

Khati Fuqua os encarou do alto, olhos cheios de sofrimento.

— Por favor...

Arrastou-se em direção ao degrau no topo, grunhiu de dor e se inclinou levemente para segurar o corrimão. A mão errou e o pé pisou em falso, e ela caiu, rolando, estendendo os braços para tentar aparar a queda, sem conseguir.

— Droga! — resmungou o dr. Mori, correndo até ela. O dr. Reese se aproximou desconfiado, olhando por cima do ombro de Mori.

— Ela está bem?

Gemendo, Khati rolou, virando-se para cima. Uma das mãos estava sobre o esterno, e o dr. Reese se perguntou se ela teria batido o peito na borda de um degrau.

Ela se contorceu de dor.

— Ah, não — murmurou.

— Ah, não — repetiu o dr. Reese.

O dr. Mori ficou de pé e olhou para ela.

— Khati, sinto muito.

Reese mudou a maleta para a mão esquerda. Com a direita, tirou a arma da mão de Mori. Passando por cima da pesquisadora, foi até a metade da escada, voltando por onde viera. Precisava de uma posição de vantagem.

— Como é que ela nos seguiu? — o dr. Reese exigiu saber. — Você não trancou a porta?

— Não tranquei — respondeu o dr. Mori. — Nunca pensei...

— Mentira! — Reese engoliu em seco, o suor porejando da testa. — Mesmo que tivesse apenas fechado a porta, ela não poderia ter nos seguido. Não quero isso, Mori, está entendendo? — Sua voz ficara estridente. Ouvia o tom de pânico, mas não conseguia se conter.

— Você acha que *ela* queria? — perguntou o dr. Mori, olhando para Khati no chão enquanto ela começava a se contorcer e gritar, hiperventilando ao tentar processar a dor.

Na metade da escada, o dr. Reese apontou a arma para ela e respirou fundo. Queria desesperadamente puxar o gatilho, só para dar fim à dor dela e a qualquer perigo que pudesse representar.

— Anda logo — sussurrou para si mesmo.

Mas não conseguia puxar o gatilho, não podia matar a jovem a sangue frio, embora em sua mente aquilo fosse um gesto de misericórdia.

Khati corcoveou de novo, e ele pôde ver a pele do peito se esticar enquanto o parasita cavava o caminho para fora.

*Não temos tempo para isso*, pensou.

Mas, é claro, não demoraria muito.

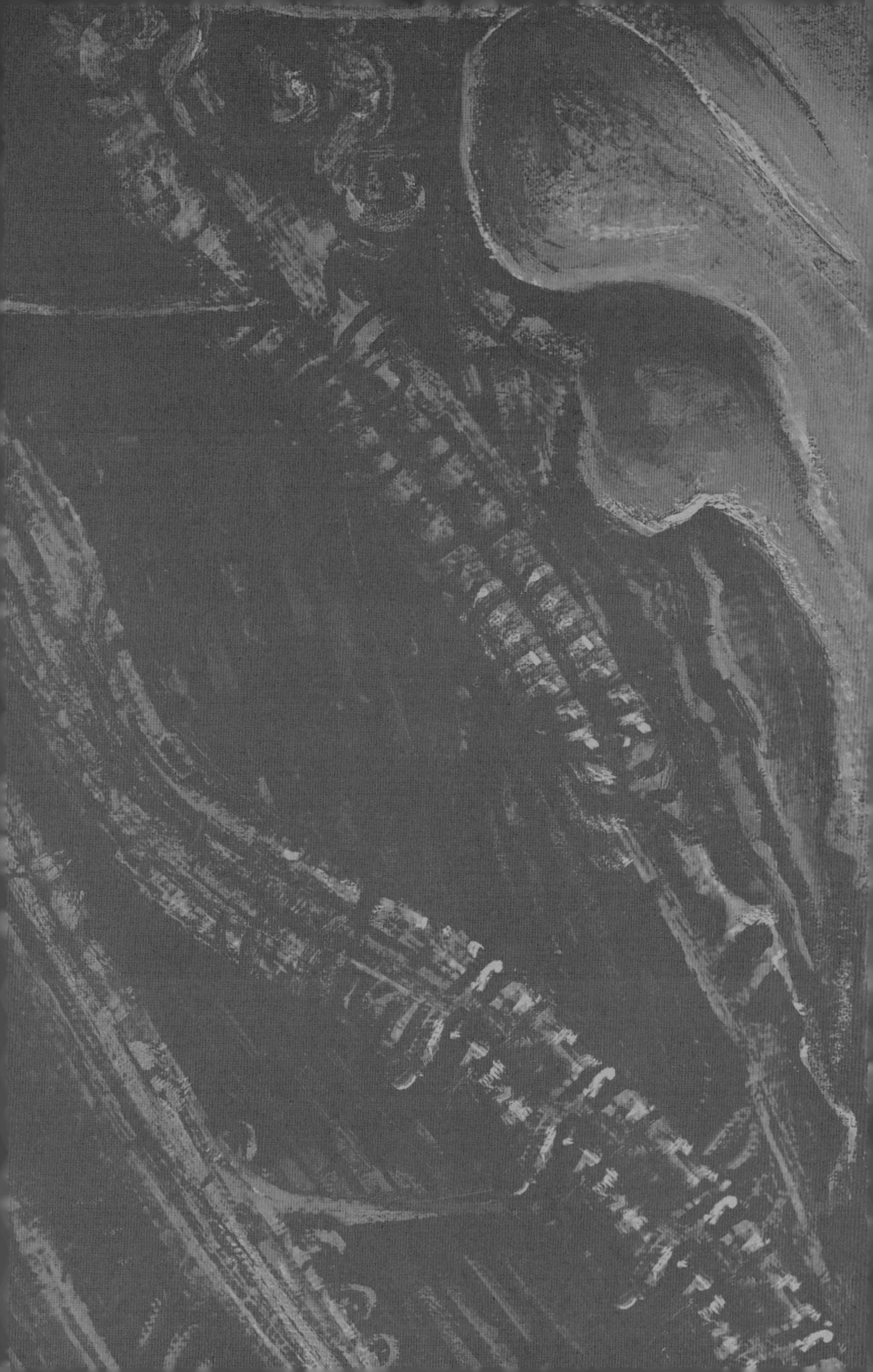

# 28
# O LABIRINTO DO MONSTRO

DATA: 26 DE JUNHO DE 2179
HORA: 1407

Em meio aos berros e tiros, uma estranha calma envolveu Anne. Foi como se o centro de operações tivesse ido parar numa dimensão paralela, e ela tivesse sido deixada para trás.

Bill Andrews e Stefan Gruenwald estavam na linha de frente, descarregando os projéteis de plasma nos alienígenas, dilacerando dois deles. O sangue ácido espirrou nos olhos de Gruenwald, e o homem gritou, caindo de joelhos. Cobriu o rosto e gritou ainda mais alto, numa melodia de agonia e entrega, quando o ácido nos olhos queimou também as mãos.

Um dos xenomorfos agarrou Bill Andrews e o bateu contra a parede, derrotando-o sem matá-lo. Guardando-o para depois.

Os que não estavam atirando se encolhiam ou procuravam alguma coisa com a qual revidar.

Anne ergueu a pistola, soltou o ar e atirou três vezes enquanto recuava. Olhou para os filhos atrás de si. Newt abraçava a boneca com tanta força que parecia a ponto de esmagá-la. Tim pegara um monitor, a única arma que havia encontrado à mão.

*Não*, pensou ela, a única palavra gravada na mente.

*Não.*

Então, viu o quadrado escuro na parede atrás das crianças.

— Tim! Newt! — gritou ela, a voz falhando. — Labirinto do Monstro!

Ela os viu girar, percebendo o que ela queria que fizessem. Então, virou-se novamente para os gritos e a carnificina. O cheiro do sangue e do medo avançou sobre ela como uma tempestade. Um dos alienígenas se agachou sobre a amiga da filha, Luisa. A garotinha deu um grito tão agudo que foi como se um tipo de loucura lhe rasgasse a garganta, e o alienígena vomitou a resina pegajosa no rosto dela. A garota sufocou e silenciou. O corpo inteiro estremeceu, depois ficou inerte, levado à inconsciência pelo choque e pelo terror.

Algo atingiu Anne em seu íntimo.

— Deixa ela em paz! — berrou, atirando duas vezes no alienígena, o coração mais cheio de ódio do que jamais imaginara possível.

Uma bala rachou a carapaça na têmpora e outra abriu um buraco na mandíbula inferior. Os pequenos espirros de sangue não atingiram Luisa, mas o coração de Anne parou quando ela percebeu o que quase havia feito.

A criatura se virou e deu um passo na direção dela.

— Newt! Tim! — gritou.

Enquanto os outros colonos eram mortos ou arrastados para longe ao redor dela, os filhos de Anne gritavam pela mãe. Ela se virou e viu que tinham retirado a grade do respiradouro, mas pararam, gritando para que ela fosse com eles. A angústia no rosto dos dois feria seu coração.

— Entrem! — gritou, correndo na direção deles. — Entrem aí!

Tim empurrou a irmã para o duto estreito — pequeno demais para uma das criaturas — e foi logo atrás.

Anne ouviu um sibilo baixo, praticamente sentindo o alienígena que avançava em sua direção.

*Russ*, pensou. *Sinto muito.*

Virou-se, mirou e atirou uma vez antes de as mandíbulas perfurarem sua testa.

Newt ouviu o irmão gritar pela mãe. Ele vacilou e bateu no interior do duto, voltando para a entrada.

— Timmy, não!

Ela agarrou a camiseta de Tim, mas ele se desvencilhou e se voltou para ela, lágrimas furiosas escorrendo pelo rosto.

— Vai, Rebecca! — gritou ele. — Não espera!

E então se virou, correu e se abaixou para pegar a arma que a mãe deixara cair.

— Eu te salvo, mãe! — gritou Tim.

Porém, não podia. Era tarde demais para isso. Tarde demais para a mãe. Tarde demais para Tim.

Apática, Newt virou-se de costas, mas ainda ouviu o grito — o último som que ouviria de seu irmão e melhor amigo.

Sentiu o alienígena vir atrás dela e lançou-se para dentro do duto, rastejando para longe o mais rápido possível. *Labirinto do Monstro*, pensou. Contudo, agora aqueles dutos eram o único lugar onde não havia monstros. Ela os conhecia melhor que qualquer um, mas nunca rastejara por ali sozinha.

*Sozinha.* A palavra ecoou na mente assim como os movimentos ecoavam pelos dutos.

*Completamente sozinha.*

DATA: 26 DE JUNHO DE 2179
HORA: 1407

Khati aspirou o ar entre os dentes, respirando do jeito que ensinam às mulheres que estão prestes a dar à luz. Então, corcoveou de novo, os olhos azuis arregalados ao dar um grito que derrubou as muralhas que o dr. Reese construíra dentro de si para esconder as emoções. Tinha conhecido aquela mulher, jantado com ela, apreciado o som de sua risada.

— Por que ainda estamos aqui? — berrou o dr. Mori abaixo dele. — Vamos embora logo!

Reese estava de pé na metade da subida, olhando para o pequeno espaço abaixo e para a entrada do próximo trecho do corredor de evacuação. O dr. Mori deu mais um passo no corredor, hesitante e confuso, e Reese soube que ele tinha razão.

*Sem atrasos*, pensou.

Que diabo estava esperando? Khati agonizava e estaria morta momentos depois de a coisa irromper de seu peito. O instinto de Reese fora esperar que o parasita emergisse e matá-lo antes que pudesse crescer.

Deveriam estar fugindo.

A agonia de Khati o mantivera paralisado ali.

Lembrou-se do modo como ela sorria quando tomava o primeiro gole de café pela manhã, o sonzinho de felicidade que fazia ao saboreá-lo.

Puxou o gatilho, atingindo-a meia dúzia de vezes no peito. O dr. Mori gritou e deu as costas. Khati desabou no chão, inerte. A coisa dentro do corpo pulsou uma vez, como se fizesse uma última tentativa de se libertar, depois também se quedou imóvel.

O dr. Reese suspirou, lamentando a morte enquanto o sangue da mulher e o do parasita formavam uma poça debaixo do corpo, chiando conforme o ácido corroía o chão.

— Filho da puta! — disse Mori, virando-se para encará-lo mais uma vez.

Fora atingido.

O dr. Reese franziu o cenho, não compreendendo de imediato, mas depois entendeu que, quando Mori dera as costas, não fora por horror ou nojo. Uma bala ricocheteara e o atingira no ombro esquerdo, e ele tinha as mãos sobre a ferida.

— Imbecil! — rosnou Mori. — Vamos!

O dr. Reese olhou para Khati e disse a si mesmo que enxergava alívio naqueles olhos opacos e mortos. Baixou a arma e meneou a cabeça, descendo os degraus.

Mori sussurrou seu nome.

Intrigado, Reese ergueu o olhar e viu o terror no rosto do colega. Então, ouviu o sibilo atrás de si, o ranger do peso nos degraus e o gotejar de um líquido atingindo o metal.

Baixou a cabeça, sem se importar em olhar, sabendo que era inútil tentar fugir. As mãos do alienígena lhe envolveram o ombro direito e a garganta, trazendo-o para junto dele como um amante insistente. Só quando sentiu a saliva escorrer quente no pescoço ele começou a gritar, pensando no tormento que acabara de presenciar em Khati.

Apontou a arma para si e puxou o gatilho.

DATA: 26 DE JUNHO DE 2179
HORA: 1408

Brackett foi o primeiro a entrar pela porta. Tinham ouvido os gritos e tiros vindo do corredor, mas, na hora em que chegaram ao centro de operações, a sala silenciara... exceto pelo sibilo dos alienígenas.

Colou-se à parede do corredor, deslizando, então viu que só um dos lados das portas duplas estava aberto. Erguendo a mão para deter os outros, mostrou três dedos, fez uma contagem regressiva e girou, passando pela parte aberta da entrada. Arregalou os olhos ao avistar os cinco alienígenas dentro da sala, todos entregues à tarefa de cobrir colonos vivos com a resina pegajosa que saía de sua boca.

Brackett abriu fogo enquanto Youssef batia o corpo na outra metade da porta, apenas para descobrir que fora soldada nas dobradiças.

— Abre espaço, capitão! — gritou a tenente Paris. — Deixa a gente entrar!

Os projéteis de plasma de Brackett dilaceraram um alienígena e feriram mais outro quando as criaturas se voltaram para atacá-lo. Avançar teria sido idiotice — ficaria encurralado naquela sala pequena com os demônios. Em vez disso, recuou, gritando ordens aos outros fuzileiros, e os quatro retrocederam para o corredor, voltando por onde vieram.

— Eles têm que sair um por vez — rosnou ele, o coração acelerado, o corpo tomado pela adrenalina. — Pegamos!

Pettigrew deu um urro de triunfo ao perceber que Brackett tinha razão. Os quatro se alinharam no corredor e atiraram furiosamente nos alienígenas à medida que saíam da abertura, um por vez. O sangue ácido espirrou por todo o chão, abrindo buracos irregulares.

Quando acabou, o eco dos disparos ainda martelava os tímpanos de Brackett. Por um momento, ficou olhando atordoado para a carnificina de carapaças e membros e caudas de ébano estilhaçados, depois avançou.

— Cuidado, capitão! — gritou Pettigrew, mas Brackett sabia que estavam todos mortos, ou teriam continuado a atacar, seguindo o que parecia ser uma necessidade genética de destruir tudo o que encontrassem.

Pisou com cuidado em torno do chão carcomido pelo ácido e dos restos alienígenas, voltando a entrar no centro de operações. Respirou fundo ao observar os corpos lá dentro e começou a andar entre eles, verificando a pulsação, tomando nota dos que estavam obviamente mortos e dos que ainda poderiam estar respirando, destinados à procriação dos alienígenas.

Os ainda vivos estavam envoltos por casulos, inconscientes.

— O que vamos fazer com eles, capitão? — perguntou Julisa Paris, entrando na sala e o acompanhando na tarefa de encontrar sobreviventes. O fedor do sangue e da morte fez Brackett franzir o cenho. Sua cabeça doía. Não respondeu, pois sabia que não estavam vendo aquelas pessoas da mesma maneira. Paris via amigos e conhecidos onde Brackett via estranhos. Procurava somente três rostos.

Anne. Newt. Tim.

— Há mais alienígenas — continuou Paris. — Outros vão chegar. Como é que vamos libertar essas pessoas antes de...

— Não vamos — disse Yousseff, entrando na sala. De capacete, quase parecia uma garotinha brincando de faz de conta. O brilho sinistro em seus olhos revelava a verdade. — É uma intenção nobre, tenente, mas, até onde sabemos, só tem espaço para cinco ou seis passageiros na nave de fuga.

— A gente arranja espaço — argumentou a tenente Paris.

— Quem você vai deixar para trás por eles? — perguntou a soldada. — Eu? O cabo Pettigrew?

Brackett parou de escutar.

Estava diante de um cadáver familiar. Reconheceu as roupas e o cabelo. Do rosto não restava o bastante para identificar, mas ele soube e sentiu um gelo correr pelas veias e um vazio se abrir em seu íntimo.

— Me desculpe — sussurrou, baixando a cabeça.

Ajoelhou-se ao lado dela, deixando a arma no chão, e cobriu a cabeça com as mãos como se pudesse prender a tristeza dentro dela. Ainda podia visualizar em sua mente a garota que ela tinha sido quando se conheceram. Seu corpo recordava o toque. O coração se lembrava da dor que sentira ao romper o relacionamento quando embarcara para se alistar no Corpo de Fuzileiros, e do arrependimento quando soubera que ela pretendia se casar com Russ.

*Teria sido melhor se eu nunca tivesse vindo aqui*, pensou. *Se nunca mais tivesse visto você.*

Pettigrew tinha ficado no corredor, vigiando a saída. Agora, enfiava a cabeça pela porta.

— Andem logo — disse ele. — Ouvi alguma coisa aqui fora. No lugar de onde viemos.

Yousseff ficou ao lado dele, olhando para o corpo de Anne Jorden.

— Sinto muito, capitão — disse ela —, mas não podemos ficar. Se não chegarmos à nave de fuga, estaremos todos mortos.

Brackett meneou a cabeça devagar. Piscando como se despertasse de um sono, olhou para os cadáveres ao redor e para os encasulados, tantos deles irreconhecíveis como Anne. Então, congelou por um momento, desvencilhou-se do pensamento e ficou de pé. A menos de dois metros do corpo da mãe estava o de Tim Jorden, com uma arma na mão pequenina.

— Newt? — disse Brackett, olhando ao redor. — Alguém viu a Newt?

— Puta merda, aqui! — bradou a tenente Paris, correndo até um corpo pequeno e encasulado.

A esperança aflorou dentro de Brackett, imagens da garotinha ocuparam sua mente. Correu até lá e começou a trabalhar ao lado de Paris, os dois arrancando a resina endurecida do corpo da menina enquanto Yousseff ficava perto da porta e Pettigrew vigiava o corredor.

Quando arrancaram um pedaço do material que escondia os olhos, a esperança esmoreceu dentro de Brackett.

— Sinto muito — murmurou Paris. — Não é ela.

Brackett assentiu.

— Quem é esta menininha? Você a conhece?

— O nome dela é Luisa. Uma das amigas da Newt.

Yousseff indicou o outro lado da sala, onde outros corpos jaziam sangrentos e arruinados.

— Deve ser um destes.

— Procurem — mandou Brackett. — Por favor, vocês duas, vejam se podem confirmar de alguma forma.

*Confirmar que Newt está morta*, ele queria dizer, mas ficou feliz por elas terem entendido. Não conseguiria dizer as palavras.

Brackett arrancou mais do casulo endurecido e tirou Luisa de dentro dele. O cabelo ruivo estava empapado com o material viscoso, e ela exibia uma palidez inumana, mas, quando ele se levantou com a garotinha nos braços, ela resmungou baixinho, e suas pálpebras tremeram.

Logo despertaria. Viveria. Ele pretendia garantir isso. Não havia mais nada que pudesse fazer por Anne ou Tim, mas podia fazer aquilo por Newt. Podia salvar sua amiga.

Yousseff e Paris continuaram a vasculhar o restante da sala.

— Caras, a gente tem que ir! — gritou Pettigrew lá fora.

Tiros soaram e ecoaram pelo corredor, e foi o fim.

Não tinham mais tempo para gestos humanitários. Se ficassem e tentassem defender os que ainda estavam vivos, certamente todos morreriam. Havia alienígenas demais, difíceis demais de matar, e os monstros ainda estavam procriando. Brackett olhou para a garotinha em seus braços.

*Você vai ter que bastar,* pensou. *Se eu puder manter você viva...*

Se pudesse manter Luisa viva, então conseguiria viver com a decisão de fugir. De sobreviver.

— Vocês ouviram o cabo! Vamos! — mandou Brackett.

Yousseff foi a primeira a se juntar a Pettigrew no corredor. Brackett a seguiu, carregando Luisa, e Paris foi por último. Quando a tenente passou pela porta, Pettigrew gritou um aviso e abriu fogo. Brackett se virou para ver dois alienígenas correndo na direção deles, vindos do outro lado. Paris e Yousseff atiraram também, rompendo os alienígenas em pedaços e espirrando o sangue deles sobre as carcaças, que caíram no chão a nove metros de distância.

A garotinha se mexeu nos braços de Brackett, choramingando, mas não chegou a recuperar a consciência. Ele a segurou mais junto de si e a acalmou enquanto o eco dos disparos se desvanecia.

— O jeito mais rápido de chegar ao laboratório médico? — perguntou ele.

A tenente Paris o olhou, estranhando.

— Por que diabos nós iríamos...

— A passagem particular para a nave de fuga fica logo ao lado — explicou Pettigrew. — Sabe aquela porta...

— Sei — interrompeu Paris, e logo voltaram a correr.

Dessa vez Paris foi na frente, com Brackett atrás dela carregando Luisa e Pettigrew, e Yousseff na retaguarda. Tinham certeza de que haveria mais deles. As pernas de Brackett pareciam feitas de chumbo, e o coração trovejava no peito enquanto corria, sacudindo a garotinha nos braços. Paris girou a arma num arco completo quando passaram pela área do elevador, silencioso e de portas fechadas. Dobraram uma esquina, chegaram à porta da escada que os levaria ao andar superior, a uma curta distância do laboratório, e Brackett virou-se para ver Pettigrew e Yousseff correndo atrás dele.

— Alguma coisa? — perguntou.

Yousseff ficou na esquina, apontando a arma na direção de onde vieram.

— Nem sinal — respondeu Pettigrew. — Isso não quer dizer que eles não venham.

— Exato — disse Yousseff. — Não estamos a salvo enquanto não sairmos daqui.

Paris começou a subir a escada e gesticulou para que eles a seguissem. Correram pelos degraus, Brackett retesando-se com o barulho que as botas faziam a cada passo, imaginando que distância acima e abaixo o som percorreria. Luisa não devia pesar mais que trinta quilos, mas seus braços estavam cansados. A tentação de acordá-la era enorme, fazê-la correr por conta própria, mas a menina teria muita sorte se dormisse até estarem bem longe de Aqueronte. No silêncio do espaço, todos poderiam ficar de luto juntos.

Paris saiu da escada para a plataforma seguinte, virando num corredor e avaliando os dois lados.

— Está livre! — gritou, e eles a seguiram até lá.

— Tenente, cubra a direita. Yousseff, a esquerda — disse Brackett. — Pettigrew, verifique a porta.

Não havia dúvida quanto a que porta ele se referia. Na parede entre o laboratório médico e o de pesquisas, todos viram a porta estreita e preta entreaberta, a placa de "somente pessoal autorizado" na penumbra.

Yousseff deslizou pelo corredor primeiro, com Pettigrew atrás. Brackett viu as portas do elevador arruinado na frente do laboratório médico e indicou-o com o queixo para que a soldada fosse para lá. Ela assentiu e avançou pelo corredor, acendendo a lanterna do rifle de plasma e apontando o facho de luz para o poço escuro do elevador.

Pettigrew empurrou a porta da passagem de fuga com o cano da arma, abrindo-a.

Um alienígena surgiu das sombras no interior, jogou-o no chão e agarrou-lhe o rosto. As mandíbulas protuberantes atravessaram o peito do homem com um golpe, esmagando ossos e rasgando músculos. Ao morrer, Pettigrew disparou meia dúzia de projéteis do rifle de plasma, três dos quais atingiram a criatura e fizeram o sangue dela espirrar por cima dele. O ácido queimou a carne, mas Pettigrew já estava morto.

— Paris! — gritou Brackett, recuando com Luisa nos braços.

Yousseff berrou o nome de Pettigrew e uma série de palavrões. Brackett virou-se e olhou para o corredor bem a tempo de ver as pernas de Yousseff chutando o ar enquanto ela era arrastada pela abertura retorcida nas portas do elevador.

A tenente Paris também viu.

— Isso não vai acontecer com a gente — disse ela friamente. — Temos um modo de ir para casa.

— Então, vamos! — rosnou Brackett.

O alienígena no qual Pettigrew atirara jazia no chão, tentando se reerguer. A cauda chicoteava o ar, a ponta letal trêmula, pronta para atacar. Julisa Paris atirou nele três vezes, estourando o crânio, e em seguida estavam correndo de novo.

Entraram desabalados pela estreita porta de evacuação, Paris vigiando o corredor adiante enquanto Brackett chutava a porta para fechá-la. Jogou Luisa sobre um dos ombros e a ouviu grunhir, resmungando ao deslizar à beira da consciência. Brackett fechou as duas trancas, lacrando a porta. Aquilo não deteria os alienígenas por muito tempo, mas ele esperava que bastasse.

Então seguiram velozes pelo corredor, Paris na frente com a arma, rezando para que não houvesse mais nenhuma surpresa esperando por eles à frente.

# 29
# BASTA DE MORTES

DATA: 26 DE JUNHO DE 2179
HORA: 1410

O dr. Mori correu, com uma das mãos sobre o ferimento à bala no ombro. Os passos arranhados atrás dele estavam próximos, mas não podia se dar ao luxo de olhar.

O cheiro do próprio sangue o fez querer vomitar, desmaiar ou as duas coisas. Lágrimas escorriam pelo rosto, e tinha a mente tomada pelas imagens da morte horrenda de Khati e do alienígena matando Reese. Essas lembranças estavam gravadas a fogo em sua alma, e ele sabia que enquanto vivesse as veria toda vez que fechasse os olhos.

Por pelo menos seis ou sete segundos, iludiu-se pensando que *enquanto vivesse* duraria mais que só o minuto seguinte. Mas, quando olhou para a frente, viu que ainda havia cerca de trinta metros de corredor até chegar ao hangar de evacuação.

Uma porta que precisava de chave. E de tempo para usá-la.

Um soluço escapou do dr. Mori. O remorso tomou conta dele — tantas coisas que gostaria de ter feito, e muitas mais que gostaria de não ter feito. Porém, não tinha mais direito de desejar.

Caiu de joelhos, enfraquecido pela perda de sangue e pelo choque. A mão ainda apertava o ombro, onde a ferida começou a arder insanamente. Ele se virou para ver o alienígena correndo em sua direção. Analisou a carapaça lisa da enorme cabeça e o andar ágil e veloz de predador enquanto se aproximava. Entristecia-o pensar que jamais teria a chance de estudá-lo.

*Lindo*, pensou. E de fato era.

— Ei, bicho feio! — gritou uma voz feminina.

A criatura se voltou para a voz, a cauda arranhando a parede. Sibilou.

— Abaixe, dr. Mori! — bradou um homem.

Os projéteis penetraram o alienígena no momento em que o dr. Mori se jogou no chão. Afastou-se rastejando, enquanto a criatura estremecia e desabava, agonizando ao morrer. O cientista olhou os próprios sapatos, um dos quais fumegava enquanto várias gotas de ácido o queimavam. Gritando em pânico, esticou a mão e arrancou o sapato do pé.

Então, fitou o pé patético com a meia cinzenta, o tecido mais fino nos dedos, e se apoiou na parede, trêmulo.

O capitão Brackett passou com cautela ao redor do alienígena morto, carregando a garotinha nos braços. A tenente Paris foi atrás dele, a arma ainda nas mãos, pronta para lutar.

— Levante, dr. Mori — disse Brackett. — Você é nossa passagem para longe daqui.

O cientista ergueu o olhar para ele, vazio e desamparado.

— Vão me levar com vocês?

Brackett olhou para a menininha nos braços, mas seu olhar ainda parecia distante, como se visse outra pessoa.

— Acho que já basta de mortes, não concorda?

A tenente Paris o ajudou a se levantar, e ele mancou em direção à porta com o sapato que lhe restava, grato por ter a chave na corrente em torno do pescoço.

O dr. Mori abriu a porta do hangar, e o ar frio soprou ao redor dele.

Sentiu-se vivo.

DATA: 26 DE JUNHO DE 2179
HORA: 1429

A nave de fuga sacudiu violentamente ao atravessar a atmosfera cheia de detritos de Aqueronte. Brackett tinha deitado Luisa numa câmara de hipersono, mas a tampa continuava aberta. A menina merecia saber o que tinha acontecido, merecia viver o que quer que acontecesse a seguir. Era só uma criança, mas Brackett não esconderia dela os horrores por que passaram. Ele a deixaria chorar, a confortaria se pudesse, e esperaria que ela fosse forte o bastante para não se deixar abater por tudo o que tinha perdido.

Esperava também ser forte o bastante.

— Estamos saindo da atmosfera — anunciou a tenente Paris na cabine de controle. — Alguém quer olhar pela última vez antes de deixarmos essa rocha para trás?

— Eu, não — respondeu Brackett.

Olhou para o dr. Mori. O homem estava pálido e fraco, mas sobreviveria. Dentro de poucos minutos, quando saíssem da área de turbulência e estivessem a caminho de algum lugar, Brackett removeria a bala do ombro dele e costuraria a ferida. Seria doloroso, e devia haver alguma coisa nos suprimentos médicos da nave para amortecer a dor, mas Brackett não ofereceria. Mori merecia toda a dor que havia causado.

— E você, doutor? — perguntou.

Mori balançou a cabeça, negando.

— Não há nada para mim lá.

Brackett concordou, e sentiu o estômago revirar de angústia. Respirou lentamente, forçando-a a sumir. Choraria por Newt e Tim, por Anne e pelas oportunidades perdidas, mas não podia se deixar abater. O espaço vazio dentro dele, onde antes havia o coração, estava frio e escuro, e talvez ficasse assim para sempre. No entanto, tinha trabalho a fazer, e não podia deixar o sofrimento ficar no caminho.

*Use a dor,* pensou. *Transforme em combustível.*

— Tenente Paris — chamou, virado para a frente da nave —, imagino que o computador de bordo tenha uma rota pré-programada.

— Tem, sim. Estação Gateway. Vamos passar a maior parte do tempo no hipersono.

Brackett fitou o dr. Mori, refletindo sobre como o comportamento da equipe científica fora traiçoeira. Sabiam o tempo todo que haveria uma ameaça alienígena em Aqueronte. Sabiam o bastante para ter traçado seu próprio plano de fuga. Quando chegara a ordem da Weyland-Yutani de mandar pesquisadores àquelas coordenadas específicas, eles sabiam que os Jorden correriam um perigo terrível.

Mesmo depois de o pior acontecer, estavam mais interessados em cumprir sua missão de estudar os alienígenas do que em tentar descobrir como matá-los, como manter as pessoas vivas.

Os colonos tinham sido descartáveis. Até as crianças.

Mas esse protocolo não começara com os doutores Reese e Mori. Tinha vindo do alto, dos seus contratantes.

— Desligue — murmurou. — Desligue o sistema de navegação.

O dr. Mori olhou para ele, as sobrancelhas franzidas de surpresa e preocupação.

— Como é que é, capitão? — perguntou a tenente Paris.

*Tenente, não,* pensou ele. *Não mais.*

— Desative a rota pré-programada, Julisa — pediu. — E descubra um jeito de impedir que eles nos rastreiem, se puder. Não vamos para a Estação Gateway.

— O que está fazendo, capitão? — perguntou o dr. Mori.

— Não consigo parar de pensar nos seus xenomorfos como demônios, doutor — respondeu Brackett, alto o bastante para Julisa ouvir. — Mas não são demônios. São matadores impiedosos, e para mim são tão alienígenas quando uma criatura senciente pode ser... mas estão seguindo seu próprio imperativo biológico. Não são perversos.

Brackett abriu um sorriso sinistro.

— Já a Weyland-Yutani... se existe maldade no universo, uma praga que precise ser exposta à luz e destruída, é a companhia. De agora em diante, essa é a minha luta. Minha guerra. E, se não quiser ser abandonado no primeiro planeta que encontrarmos, dr. Mori, vai ser a sua guerra também.

Na câmara de hipersono aberta, Luisa começou a resmungar baixinho, piscando enquanto começava a se mexer e acordar. Brackett segurou a mão dela, os dedos pequeninos agarrando os seus, grandes e cobertos de cicatrizes.

— Agora é que a verdadeira batalha começa.

DATA: 26 DE JUNHO DE 2179
HORA: 1618

Newt, Tim e as outras crianças que brincavam de Labirinto do Monstro sempre tinham chamado aquele lugar de "clube", mas ela sabia que o espaço em forma de caixa no qual se refugiara não fora feito para ser um clube, nem mesmo uma sala.

O retângulo devia ter três metros de comprimento por um metro e oitenta de largura, e, embora Newt conseguisse ficar de pé dentro dele, um adulto teria que se curvar, agachar ou ajoelhar. Já havia algumas coisas ali: um cobertor e vários agasalhos de moletom e jaquetas, livros e caixas velhas de biscoito deixadas para trás, e também alguns brinquedos. Meia dúzia de dutos de ar saíam do clube, enquanto um exaustor trazia o ar para dentro. Às vezes, ficava quente demais ali, às vezes frio demais, mas o lugar era seu e era seguro.

Os alienígenas nunca a encontrariam ali dentro, o que seria perfeito...

Até ela precisar de alguma coisa para comer ou beber.

Newt se envolveu num cobertor e se encostou na parede de metal da caixa. Abraçou a boneca Casey junto ao peito, tomando cuidado com a cabeça, que tinha começado a se descolar do corpo.

— Vai ficar tudo bem — sussurrou para Casey, o coração palpitando.

Com olhos arregalados, observou os dutos ao redor, sabendo que não conseguiriam vir atrás dela, mas ainda temendo. Imagens passaram por sua mente como clarões de relâmpagos, mas ela balançou a cabeça e as forçou a sumir.

Sua mãe. Seu irmão.

Melhor não pensar neles, nem no sangue e nos gritos. Melhor não pensar em nada. Apenas sobreviver. Era o que a mãe teria dito. Os Jorden sempre tinham sido sobreviventes.

— Eu sou rápida — sussurrou para a boneca.

Era verdade. Tim havia dito que ela trapaceava, mas Newt sempre fora a melhor no Labirinto do Monstro. Se tomasse cuidado e ficasse de ouvidos atentos, poderia evitá-los quando precisasse arranjar comida ou alguma coisa para beber.

— Vou te proteger — prometeu, beijando o alto da cabeça de Casey.

A menina ficou quieta, com ouvidos atentos. Quando o exaustor se desligou por alguns minutos, ouviu ecos chegando pelos dutos, vindos de salas distantes e outros andares da colônia. Os sons eram estranhos, baixos e tristes, pelo menos para ela, mas achava que se os seguisse talvez descobrisse que eram gritos.

Ficou bem ali onde estava e tentou não chorar. Às vezes, conseguia.

# 30
# CONSTRUINDO MUNDOS MELHORES

### DATA: 5 DE JULHO DE 2179

Na Estação Gateway, cada dia era um borrão.

Todo dia sendo ninguém, fazendo nada, tendo pouco na vida. Todo dia de luto pela filha morta havia muito tempo — tanto a menininha que deixara para trás quanto a mulher que havia crescido, amadurecido, amado, vivido e morrido sem que Ripley jamais a conhecesse.

*Eu disse que já estaria em casa no seu aniversário*, pensava o tempo todo. Era sempre o último pensamento da noite e o primeiro ao despertar. A culpa permanecia tão intensa e crua quanto no primeiro dia.

Todos os dias eram borrões que se misturavam, em semanas, em meses... Dormindo. Andando. Trabalhando. Voltando à sua cabine.

Comendo, tomando banho, bebendo, fumando, olhando o toco do cigarro virar cinzas e ser soprado para longe como os anos da sua vida, sem que ninguém soubesse ou lamentasse sua ausência. Uma vida sem sentido não era vida.

Aquele não tinha sido diferente de nenhum outro dia. Só um entre muitos, todos iguais.

Até alguém tocar a campainha.

O som despertou Ripley da triste contemplação, e por alguns segundos não conseguiu identificar o que era. Nunca ouvia nada. Ninguém vinha visitá-la, não tinha amigos. Era uma mulher de outro tempo, e, quando alguém falava com ela — nas docas de carga, no refeitório —, Ripley sempre tinha a impressão de que não era vista como uma pessoa de verdade, mas uma curiosidade. Uma peça do passado.

Levantou-se e foi até a porta, tentando imaginar quem estava ali. Quando abriu a porta e viu Burke, sentiu o coração apertar.

Ele não estava sozinho.

— Oi, Ripley — disse. — Este é o tenente Gorman, do Corpo de Fuzileiros Coloniais...

Ela fechou a porta na cara deles. Burke, apesar de todo o esforço que fizera para agradar, nunca mostrara ser mais que um sujeito desprezível defendendo os próprios interesses. Fingia se importar, e às vezes ela achava que o sentimento era genuíno. Havia traços em sua personalidade que o tornavam insondável, mas havia também uma vulnerabilidade. Talvez isso tenha despertado um pouco da simpatia de Ripley, mas ele dava a impressão de ser fraco.

Quanto ao cara que o acompanhava, parecia simplesmente um militar. Ela se afastou da porta, mas ouviu a voz de Burke outra vez.

— Ripley, precisamos conversar. Perdemos contato com a colônia em LV426.

Ficou paralisada. As batidas do coração vacilaram. A escuridão pesada em seu íntimo pareceu pulsar, e ela se voltou devagar para a porta. Abriu-a de novo.

*Por quê?*, perguntou-se. *O que estou deixando voltar à minha vida?* Fitou Burke e o fuzileiro por um longo tempo. Burke ficou constrangido. O fuzileiro a encarou. Então, ela os deixou entrar.

Jonesy resmungou e pulou do banquinho. Ripley sentou-se devagar. Não convidou Burke e Gorman a se sentarem.

— E daí? — perguntou.

— Já faz um tempo — respondeu Burke. — O último contato foi dentro do padrão. Uma série de mensagens de colonos e uma solicitação de equipamento na próxima nave de suprimentos. Desde então não houve resposta a nenhuma das solicitações da Companhia, nem a mensagens particulares, nem a questões científicas. Nada.

— Falha técnica — disse ela, mas sentiu que a pele esfriara, seu interior mais ainda.

— Possibilidade clara — disse Gorman.

*Credo*, pensou Ripley, *ele até fala como militar.* Burke ergueu a sobrancelha.

— Que foi? — perguntou ela.

Tinha um mau pressentimento. Depois de tudo o que tinham feito com ela, tudo que havia contado, e por isso lançada ao ostracismo, por que Burke viria até a ala de alojamentos mais desvalorizada de Gateway?

Com um soldado a reboque.

— Estamos reunindo uma equipe de resgate — disse Burke. — E queremos que você esteja nela.

O estômago de Ripley se contorceu. Uma onda de memórias a inundou — a última ceia de Kane, a *Nostromo*, a fera, as mortes que ela testemunhara e as que não vira. Dallas, seu amante causal.

Levantou-se depressa do banquinho, que quicou no chão e tombou. Jonesy rosnou e escapuliu, escondendo-se em algum lugar fora de vista. Ela adoraria poder fazer a mesma coisa.

Foi até a cozinha e serviu café para os dois homens. Não por querer que ficassem, mas porque, sem alguma coisa com que ocupar as mãos e a mente, perderia o juízo.

*Ele me pediu mesmo isso?*

— Não acredito — disse ela. — Vocês me jogam para os lobos e agora querem que eu volte para lá? Esquece. Não é problema meu.

Entregou o café a Burke. Teve que resistir à tentação de jogá-lo na cara daquele esnobe desgraçado.

— Posso terminar? — perguntou ele.

— Não. De jeito nenhum.

Entregou a outra xícara para Gorman, e ele pareceu acordar.

— Ripley, você não entraria com os soldados. Posso garantir sua segurança. — Pelo menos ele parecia capaz de dizer mais que duas palavras por vez.

— Esses Fuzileiros Coloniais são durões pra caramba — acrescentou Burke. Ripley deu as costas a ele e serviu café para si. O coração martelava, e as lembranças ficavam cada vez mais reais. — Vão levar poder de fogo de novíssima geração; não há nada com que não possam lidar — prosseguiu Burke. — Tenente, não estou certo?

— Isso mesmo. Fomos treinados para lidar com situações como essa.

— Então, não precisam de mim — retrucou Ripley. — Não sou militar. — Sua voz tremeu, e ela se odiou por isso, mas o medo era intenso e real. Não conseguia esconder. Talvez nem devesse tentar.

— É, mas não sabemos exatamente o que está acontecendo lá embaixo — argumentou Burke. — Pode ser só um transmissor quebrado, mas, se não for, eu gostaria que você estivesse lá como consultora. Só isso.

Ripley se aproximou de Burke. Era um homem da empresa, da Weyland-Yutani, como dissera tantas vezes.

— Qual é seu interesse nisso? Por que você vai?

— A corporação financiou a colônia em conjunto com a administração colonial. Estamos fazendo muita terraformação agora, construindo mundos melhores...

— É, eu vi o comercial — interrompeu Ripley. — Olha, não tenho tempo para isso. Tenho que ir para o trabalho.

— É, eu soube que você está trabalhando nas docas de carga.

— Isso mesmo.

— Pilotando carregadeiras e empilhadeiras, esse tipo de...

— E daí?

— Acho ótimo que você esteja se mantendo ocupada, esse foi o único trabalho que você conseguiu. Não tem nada de errado nisso.

*Filho da puta*, pensou Ripley. Estava deixando que ele a irritasse, e isso a enfurecia ainda mais.

— O que você diria se eu garantisse que posso reintegrá-la como oficial de voo? — perguntou Burke. — A empresa já concordou em refazer seu contrato.

Ela olhou de soslaio para Gorman — insondável, silencioso —, depois de novo para Burke.

— Se eu for — concluiu.

Ele concordou.

— É, se você for. Vamos lá, é uma segunda chance, caramba! E, na minha opinião, essa seria a melhor coisa do mundo para você, ir lá e encarar aquela coisa. Voltar à ativa...

— Me poupe, Burke, já fiz a avaliação psicológica este mês.

— Eu sei. — Ele se levantou e invadiu o espaço pessoal dela. — Eu li. Você acorda toda noite, lençóis úmidos de suor...

Ele a estava lembrando dos pesadelos, dos lugares escuros onde era caçada pela fera e daquele lugar ainda mais sombrio que pesava dentro dela quando estava acordada.

— Que merda, Burke! — gritou na cara dele. — Eu disse não, e falei sério! Agora, por favor, vão embora. Eu não vou voltar, e não sou... — Engoliu em seco, respirou. — Eu não teria nenhuma utilidade para vocês se fosse.

— Ok — respondeu Burke num sussurro, como se de repente estivesse falando com uma criança.

Ripley acendeu outro cigarro, tremendo, e ouviu Burke deixar alguma coisa na mesa. Um cartão comunicador, imaginou.

*Ele que se foda. Ele que se foda por fazer eu me sentir assim.*

— Quero que me faça um favor... — pediu ele. — Só pense no assunto.

— Obrigado pelo café — disse Gorman.

Ele passou a mão pelo cabelo curtinho, pôs o quepe e saiu da cabine dela. Burke o seguiu e fechou a porta com cuidado.

Ripley tremia, e não era por andar bebendo café demais. Ajoelhou-se e acariciou o gato, imaginando se ele também tinha pesadelos.

## DATA: 6 DE JULHO DE 2179

Eles a caçavam. Não era mais só um, agora havia muitos monstros, e os corredores não eram só os de uma espaçonave fria. Passava por pedras nuas, escorregadias por causa de uma camada viscosa da qual se afastou, encolhida. Tropeçou em coisas emaranhadas que pareciam pertencer ao interior de um corpo. Tentou gritar.

*Tenho que avisá-los. Estão vindo, sabem que estamos aqui, e tenho que avisar os outros!*

Não sabia que "outros" eram esses. Não eram Dallas e Lambert, nem Kane — estes estavam mortos há muito tempo —, mas outras pessoas, que pertenciam a outro lugar, nas profundezas daquela memória sombria e pesada que com tanta frequência ameaçava vir à tona e se revelar por completo.

Então, ela correu. As feras a caçavam, e ela sabia que sem sombra de dúvida a alcançariam e a rasgariam em pedaços antes que encontrasse um amigo.

Ripley acordou de supetão, gritando, arfando, suando, levando alguns segundos para entender que não estava mais sendo caçada e que, de fato, estava mais segura do que nunca.

Quase.

Quase segura, pois os pesadelos continuavam. Era assombrada por eles, e, por mais que detestasse aceitar as avaliações psicológicas e quisesse provar que estavam erradas, sabia que carregava um trauma. Sua mente não lhe pertencia. A força do lado sombrio em seu íntimo vinha lentamente derrotando-a, implacável.

Jogou água no rosto e no pescoço, lavando o suor dos pesadelos, mas não a impressão que deixavam. Então, olhou-se no espelho e soube o que precisava fazer.

O cartão comunicador de Burke estava onde ele o deixara. Ela o inseriu na máquina e ligou para ele. O burocrata respondeu, tonto de sono e confuso. Levou um momento para se situar.

— Ripley? — Olhou para o relógio atrás de si e viu que ainda era cedo. — Você está bem?

— Só me diga uma coisa, Burke. Vocês vão até lá para destruir aquelas coisas. Não para estudar. Não para trazer aqui. Mas para acabar com elas.

— Esse é o plano. Você tem minha palavra.

Ela ficou em silêncio por um instante, avaliando aquele momento decisivo. Se ficasse como estava, acabaria definhando. Se confrontasse seus medos, encarasse aqueles pesadelos, talvez, um dia, pudesse seguir em frente.

— Tá legal — disse ela. — Estou dentro.

Burke ia dizer alguma coisa, mas ela interrompeu a conexão e se reclinou na cadeira.

Sentiu-se mais leve. Diferente. O peso no interior, aquela estrela negra... tinha sumido. O que quer que fosse, fora retirado dela, e, embora confusa, não lamentava sua partida. Quaisquer lembranças que estivesse revivendo naqueles pesadelos tenebrosos se foram para sempre, e ela estava feliz.

Olhou para Jonesy, ainda sentado no pé da cama.

— E você, seu idiotinha. Você vai ficar aqui.

Jonesy pareceu satisfeito com isso.

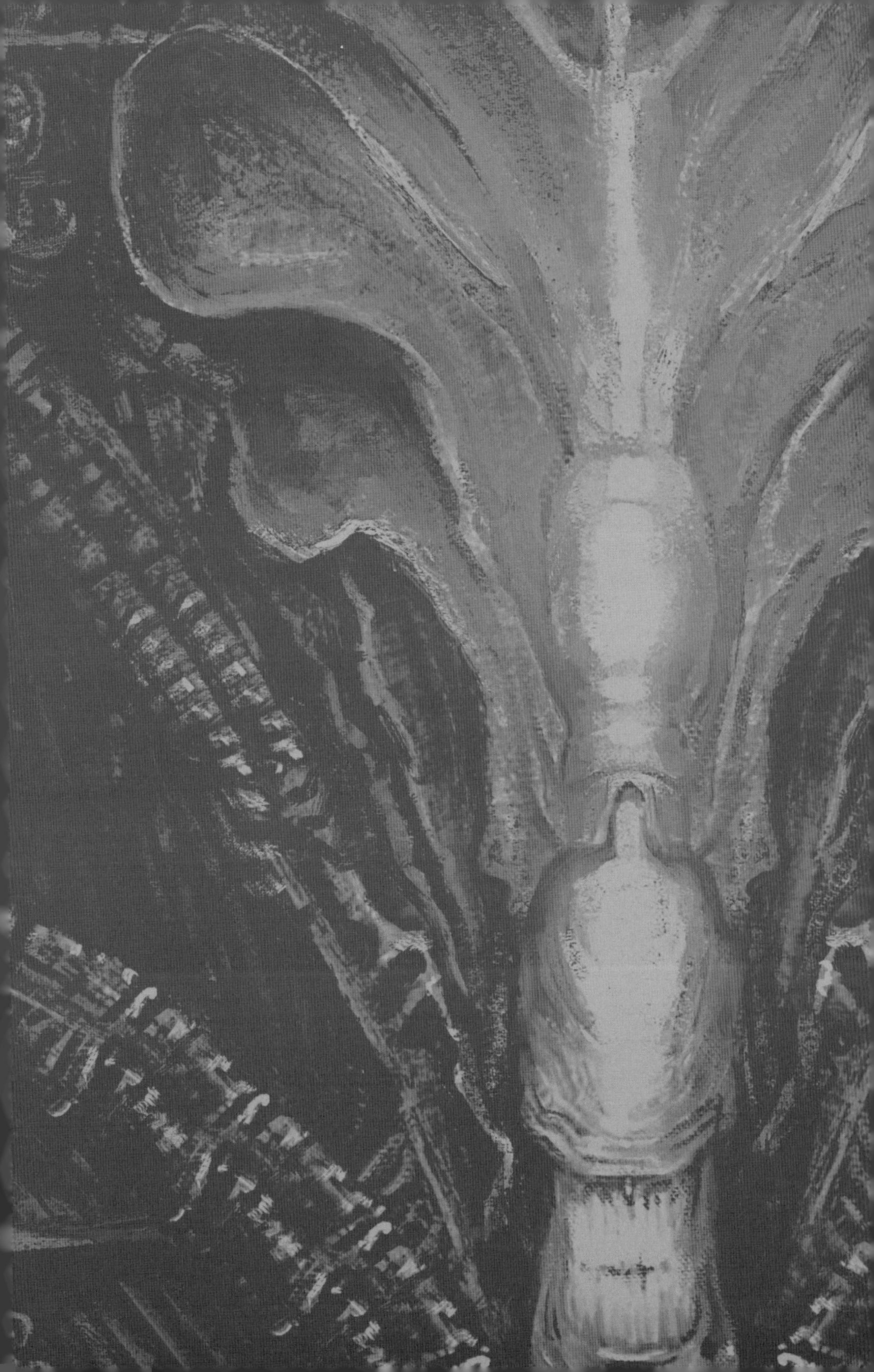

# 31
# A PEÇA MAIS CRUEL

DATA: 27 DE JULHO DE 2179
HORA: 0900

— Estamos no elevador expresso para o inferno, descendo!

A nave baixou em direção a Aqueronte. Alguém gritou *urra*, mas Ripley tinha fechado os olhos com força, e se concentrava em manter o jantar no estômago. A nave inteira chacoalhava, o metal rangia, os fuzileiros resmungavam, e ela agarrava os braços da poltrona com tanta força que teve câimbras nos dedos.

Aquela era a mais agressiva das entradas da atmosfera — era mais um ataque do que uma aterrissagem —, e Ripley nunca fora treinada para nada daquilo.

Mas já tinha passado por coisa pior. Abriu os olhos, olhou para o teto e tentou imaginar o que estava por vir.

DATA: 27 DE JULHO DE 2179
HORA: 0958

Sobrevoaram a colônia. Ainda tinha energia, a estrutura externa parecia intacta, e os gigantescos processadores atmosféricos continuavam em funcionamento. A não ser pelo silêncio, não parecia uma colônia que tivesse enfrentado algum contratempo.

Mas ainda não haviam entrado em contato. Se os colonos tivessem ouvido a nave de pouso rodeando a área, certamente já teriam saído para recebê-la, não?

Ripley estava nervosa. O silêncio e a tranquilidade a perturbavam.

— Cara, parece uma porra de uma cidade fantasma — sussurrou um dos fuzileiros.

Ela sentiu um calafrio percorrê-la.

*Se estão todos mortos, então está longe de ser uma cidade fantasma*, pensou. *É uma cidade monstro.*

O tenente deu ordem para pousar. Ripley, Burke e os fuzileiros estavam no veículo de combate terrestre guardado no ventre da nave, com o androide Bishop no controle.

— Prefiro o termo "pessoa artificial" — dissera ele, mas ele que se fodesse! Bishop, Ash... na opinião dela, nomes diferentes para o mesmo desgraçado.

Segundos depois de a rampa da nave ter tocado a plataforma de pouso, Bishop pisou no acelerador. A atmosfera havia mudado; de provocadora e cheia de bravatas tornou-se firme e calma, carregada de uma boa vontade que quase tranquilizava Ripley. Quase. Vira o poder de fogo que aqueles caras traziam e o profissionalismo com o qual se prepararam. Porém, também sabia o que podia haver dentro daquele complexo.

*Eu não deveria ter vindo*, pensou pela milésima vez. Mas, depois que saíra do hipersono na *Sulaco*, decidira acompanhar a equipe em sua jornada pela superfície. A *Sulaco* permanecia em órbita e desguarnecida, e ela não tinha a menor vontade de ser deixada lá sozinha. Já ficara sozinha por tempo demais.

— Dez segundos, gente, fiquem atentos! — berrou outro soldado. — Tá legal, desta vez eu quero uma dispersão organizada.

O veículo parou e uma porta se abriu.

Ripley prendeu a respiração. Os fuzileiros saíram, e a porta se fechou com um baque. Gorman continuou lá dentro com ela, Burke e Bishop. Tudo o que sabia era o que aparecia nas telas do centro de controle de Gorman. Sentiu-se isolada dos outros na mesma hora, como se estivessem em algum lugar muito distante.

Chovia forte, o chão repleto de cinzas enlameadas. Havia muitos veículos abandonados no meio do complexo. Uma placa solitária, onde se lia bar, brilhava num vermelho firme, a única coisa naquele planeta que não era de um cinza mortiço.

A equipe se espalhou em torno de uma porta larga para veículos com a placa "Comporta Norte".

— Primeiro esquadrão, em frente — disse Gorman. — Hicks, ponha o seu no corredor e vigie a retaguarda.

Ripley observou o conteúdo dos vários monitores conectados às câmeras nos capacetes enquanto o primeiro pelotão se aproximava da porta. Procediam com movimentos firmes e econômicos, com calma, mas rapidamente. Hudson abriu os circuitos elétricos do mecanismo de tranca da porta, e a barreira pesada de metal começou a se deslocar.

— Segundo esquadrão, avançar — mandou Gorman. — Manobra de flanco.

As portas se abriram. Dentro, tudo era sombra.

Os fuzileiros entraram no complexo agrupados em formação fechada, verificando esquinas, usando lanternas acopladas ao ombro para iluminar o caminho. As comportas internas estavam emperradas, semicerradas, e dois fuzileiros as puxaram até abri-las totalmente.

Vasquez foi em frente, e Ripley viu o que ela revelou.

O corredor depois da comporta fora destroçado. O teto desabado, os painéis das paredes estilhaçados, derramando um emaranhado de canos partidos e fios pendentes. De um canal rompido gotejava água.

*Ah, merda,* pensou Ripley.

— Segunda equipe, avançar — disse Gorman. — Hicks, vá para o andar de cima.

Enquanto o segundo pelotão subia uma escada que ficava logo depois das portas abertas, o primeiro penetrou ainda mais no complexo. Os danos ao corredor estavam ainda mais aparentes naquele ponto, e havia algumas pilhas espalhadas de móveis que podiam ter servido de algum tipo de barreira. Se foi isso que aconteceu, não funcionou.

— Senhor, está vendo isso? — perguntou Apone. — Parecem disparos de armas de pequeno porte, com projéteis explosivos. Provavelmente cargas de pesquisa sísmica. Estão vendo? Continuem alertas, galera.

Ripley verificou a câmera do capacete de Hicks e viu que ele acabara de chegar ao topo da escada. O corredor além dela estava igualmente escuro e também mostrava sinais de danos.

— Ok, Hicks, Hudson, usem seus rastreadores de movimento — disse Gorman.

Enquanto via os dois homens observarem mecanismos que traziam nas mãos, Ripley sentiu um arrepio percorrê-la. Ash havia projetado aparelhos muito parecidos com aqueles para ajudar a caçar a fera a bordo da *Nostromo*. Os novos aparelhos pareciam mais inteligentes e sólidos, mas a tecnologia devia ser mais ou menos a mesma.

As equipes avançaram. Ripley sentia o suor descer pelas costas. Burke assistia às transmissões com ela, e Bishop ficava um pouco atrás, observando a operação. Estava presa ali com um androide e dois homens de quem não gostava, e começava a desejar que tivesse ido com Hicks.

— Dividam-se em duplas e vasculhem o local — mandou Gorman.

Foi Hudson quem viu movimento em seu rastreador. Avisou o tenente e avançou lentamente com Vasquez pelo corredor escuro, armas nas mãos. Os batimentos cardíacos de Hudson aceleraram. Os de Vasquez mal se alteraram.

*Tire-os daí*, pensou Ripley. Quase disse em voz alta, mas percebeu que soaria como alguém em pânico. Tinham chegado até ali, percorrido uma longa distância, para descobrir o que havia acontecido e ajudar qualquer sobrevivente. Então, precisavam ir em frente.

Porém, isso não a impedia de estar aterrorizada. Hudson chutou uma porta e... gerbos. Correram em pânico pelo viveiro.

— Senhor, temos uma situação negativa aqui — informou Hudson. — Vamos em frente, senhor.

Se estava sendo sarcástico ou não, Ripley não saberia dizer.

Em outra tela, alguma coisa lhe chamou a atenção. A visão da câmera de Hicks cobriu um corredor de um lado a outro, e Ripley viu alguma coisa fora de lugar, uma série de manchas escuras e irregulares no chão.

— Espera! Espera, diz para ele... — Apanhou um headset. — Hicks. Recue. Vire à direita. — Ele fez o que ela dizia e revelou as queimaduras de ácido no chão. Um piso de grades de metal derretido como se fosse feito de gelo. — Aí.

Como gelo, seu sangue esfriou. Sentiu náuseas.

— Vocês estão vendo isso direito? — perguntou Hicks, olhando-os através da câmera no capacete de Drake. — Parece derretido. Alguém deve ter matado um dos bandidos da Ripley aqui.

Ela olhou para Burke. Não sabia por quê, nem tinha certeza do que esperava dele.

— Sangue ácido — disse ele, parecendo impressionado pela confirmação de tudo o que Ripley lhe contara.

— Se gostaram disso, tem uma coisa que vão adorar — disse Hudson.

Ele e Vasquez tinham encontrado uma área muito maior queimada, um buraco derretido atravessando vários andares e largo o bastante para um homem passar. *Talvez se um deles tiver explodido*, pensou Ripley. *Talvez tenha sido isso.*

— Senhor, este lugar está morto — disse Apone. — O que quer que tenha acontecido aqui, acho que chegamos tarde demais.

Gorman analisou as telas e os bioinformes de seus fuzileiros.

— Tudo bem, a área está segura, vamos entrar e ver o que os computadores deles podem nos contar.

— Espere aí — disse Ripley, aquele pânico familiar ressurgindo —, a área não está...

— A área está segura, Ripley — insistiu ele, dispensando-a sem olhar. — Primeira equipe, vão para o centro de operações. Hudson, veja se consegue ligar o computador central deles.

— Positivo.

— Hicks, me encontre na Comporta Sul — disse Gorman. — Vamos entrar.

*Aposto que eles já se sentem mais seguros*, pensou Ripley. Considerou discutir com o tenente, dizer a ele que não havia maneira de declarar que a área estava segura até as equipes terem feito uma varredura completa. Embora fossem imensas, violentas e letais, Ripley também lembrava como uma das feras havia se escondido a bordo da *Narcissus*, permanecendo tão quieta ali que por algum tempo ela não a notara.

Aqueles corredores que ela vira nas câmeras, as muitas salas, as escadarias... poderia haver uma centena de xenomorfos lá dentro. Mas o veículo já estava em movimento, e logo tinham contornado a colônia e estacionado na Comporta Sul.

*Estou sendo atraída para lá*, pensou Ripley. *Eu deveria ter ficado na* Sulaco, *mas não queria ficar sozinha.* E agora deveria ficar quieta, bem ali onde estava... mas não faria isso. Iria com Gorman e Burke.

*Não posso deixar de ir.*

Precisava ver o que tinha acontecido aos colonos. Mesmo não gostando daquilo, sabia mais sobre os xenomorfos do que qualquer um naquela missão.

Ainda chovia forte quando saíram do veículo e se aproximaram da Comporta Sul. Hicks e outro fuzileiro esperavam por eles lá, e Gorman e Burke entraram antes dela.

Ripley parou por um instante, ainda no exterior, a uma curta distância da porta aberta.

*Ainda posso ir embora*, pensou. Mas, na verdade, já tinha chegado longe demais.

— Você está bem? — perguntou Hicks. Tinha se virado, notado que ela estava parada ali e voltado para ver como estava. Ela gostou dele por isso.

— Estou — respondeu Ripley num sussurro.

Entrou, e as portas se fecharam atrás dela.

DATA: 27 DE JULHO DE 2179
HORA: 1003

No labirinto de dutos, enquanto procurava comida, Newt ouviu vozes.

Deram-lhe medo, aquelas vozes, mas também esperança, e isso a enfureceu. Tinha aprendido do modo mais difícil que se poderia imaginar que a esperança era a peça mais cruel que podia pregar em si mesma.

A esperança poderia causar sua morte.

Ainda assim, deslizou pelos dutos, seguindo as vozes...

... e esperou.

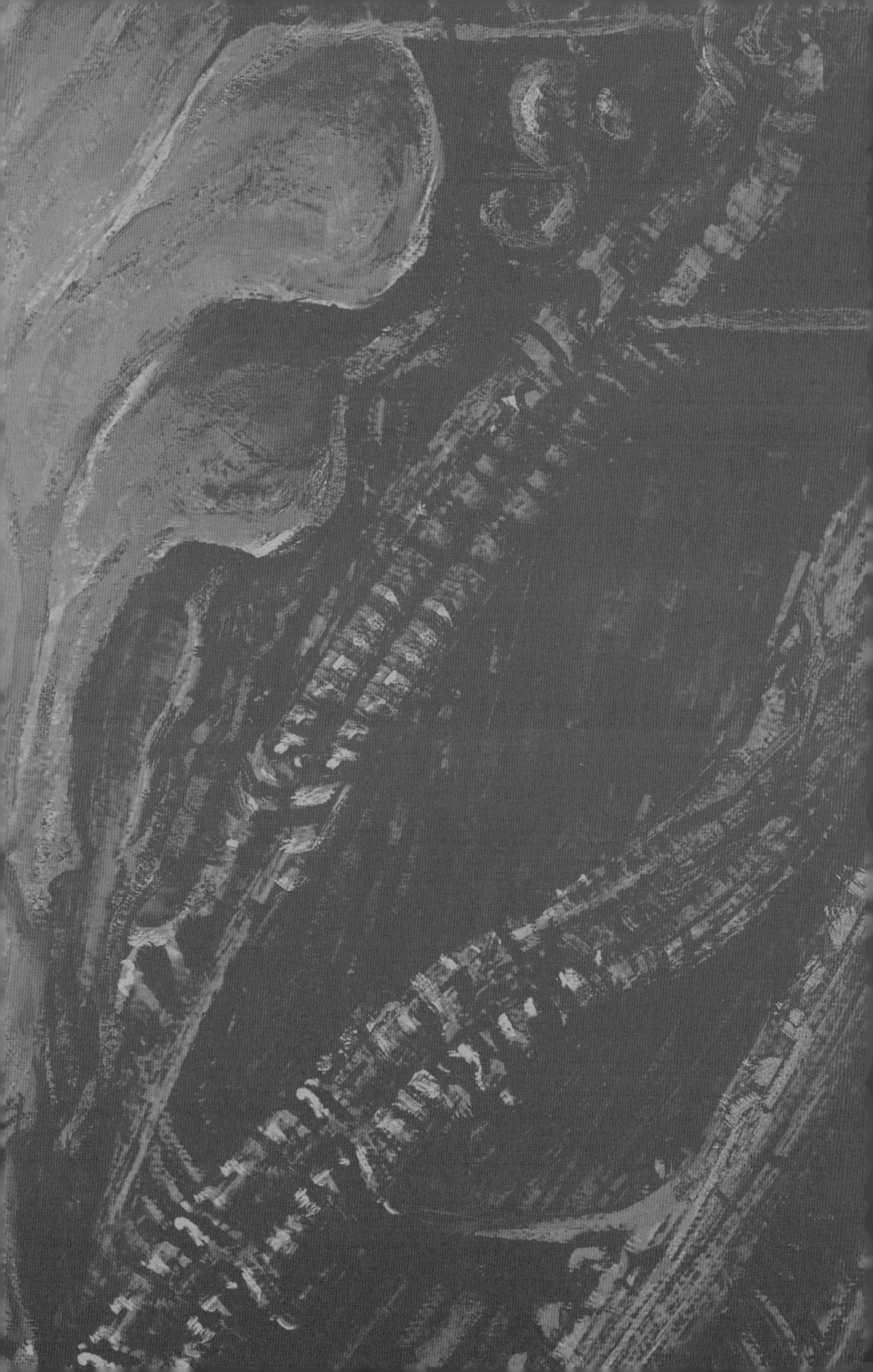

# AGRADECIMENTOS

Vi *Aliens, o Resgate* quando estreou nos cinemas, perto do meu aniversário, em julho de 1986. Tinha dezenove anos, e foi a primeira vez que um filme me fez ter pesadelos. Agradeço a James Cameron por eles. Muito obrigado também ao meu editor, Steve Saffel, por me dar cobertura, e a toda a equipe da Titan por sua dedicação a esta nova viagem ao cânone de *Alien*. Um agra-decimento especial a Josh Izzo, da Fox, por seu entusiasmo e por me lem-brar de parar e relaxar um pouco, e a James A. Moore e Tim Lebbon pela amizade e pelo *brainstorming*. Finalmente, minha gratidão, como sempre, à minha família fantástica, pelo apoio, e ao meu agente, Howard Morhaim, por navegar pelo universo comigo.

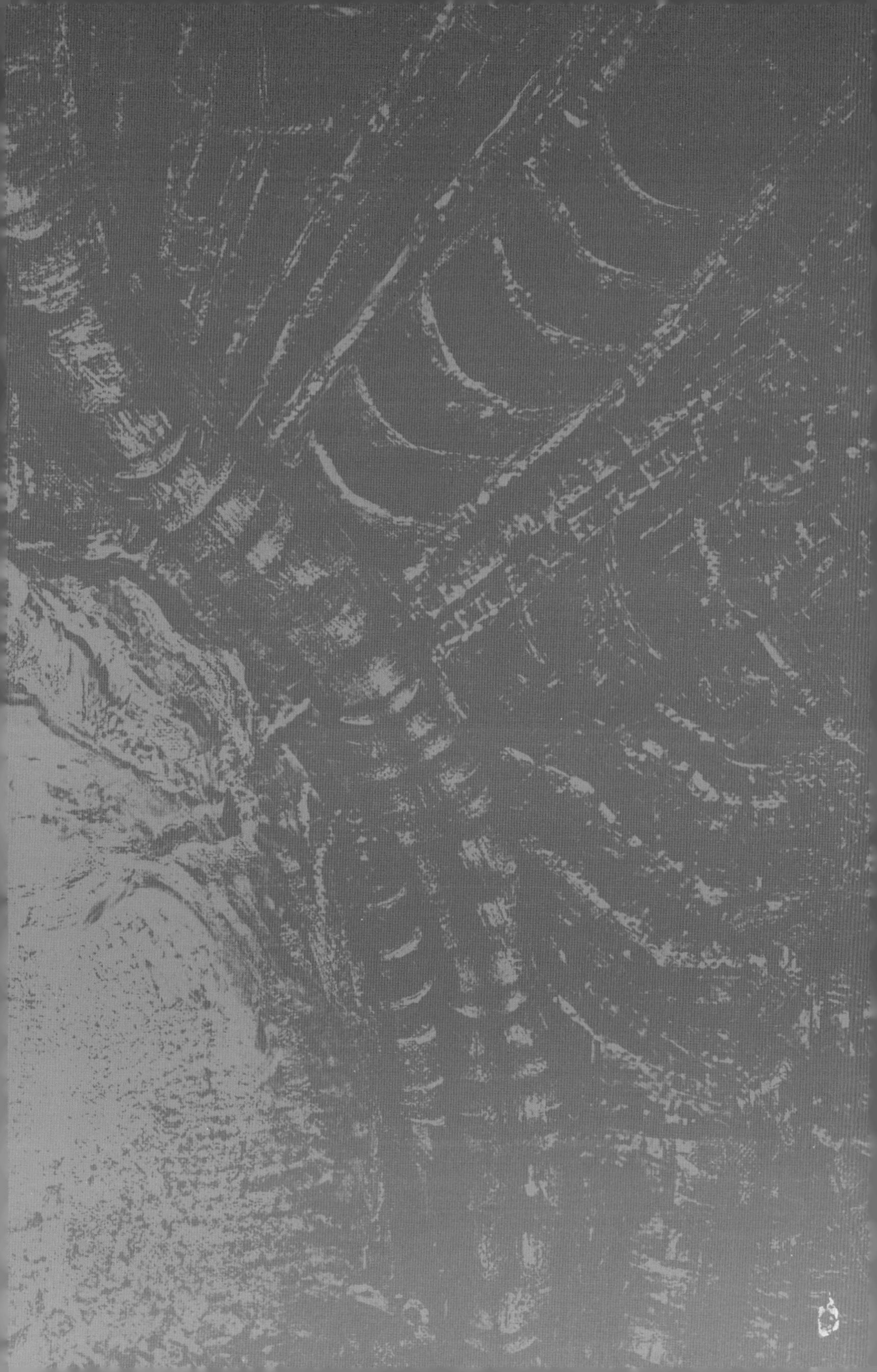

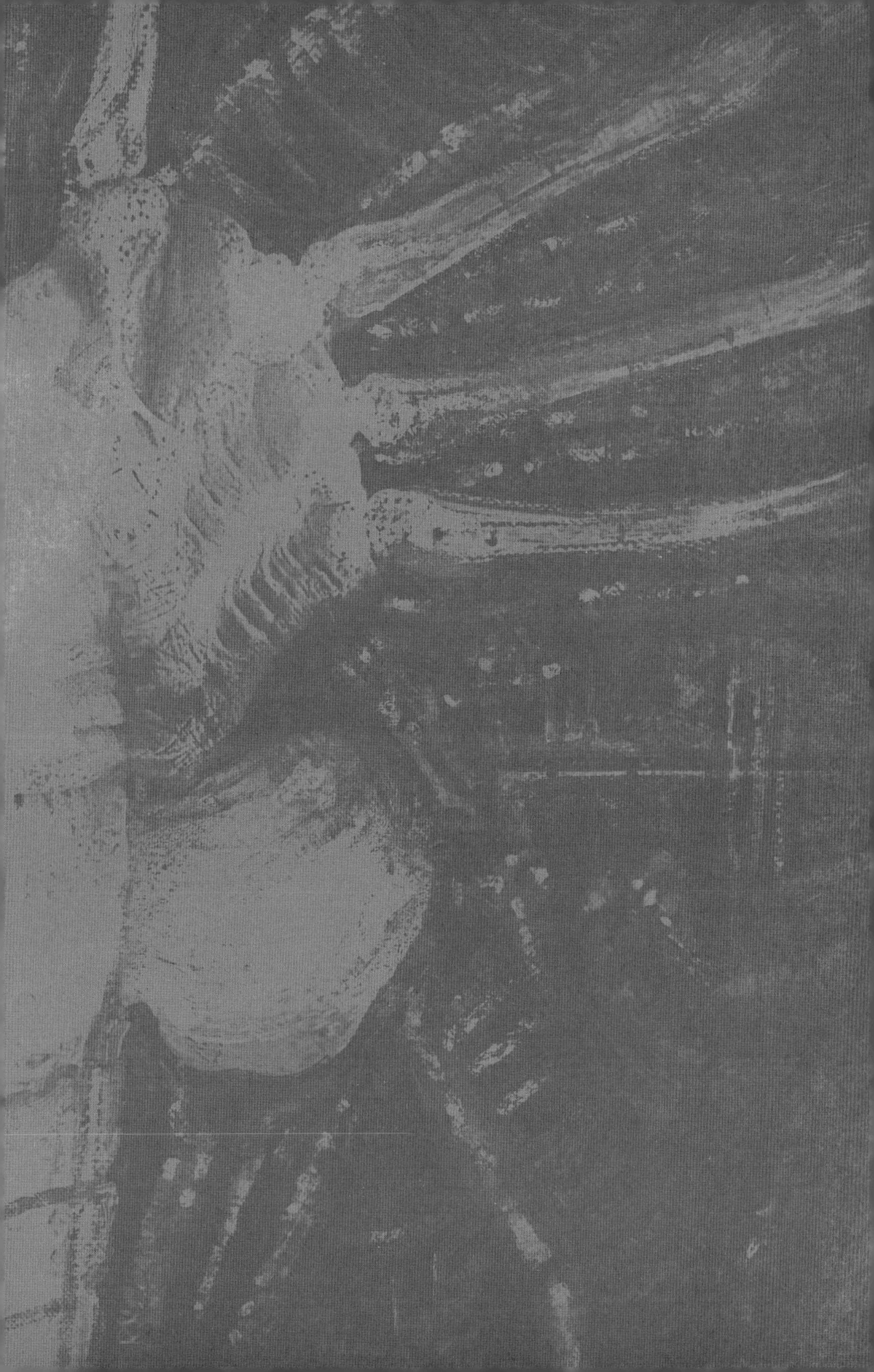

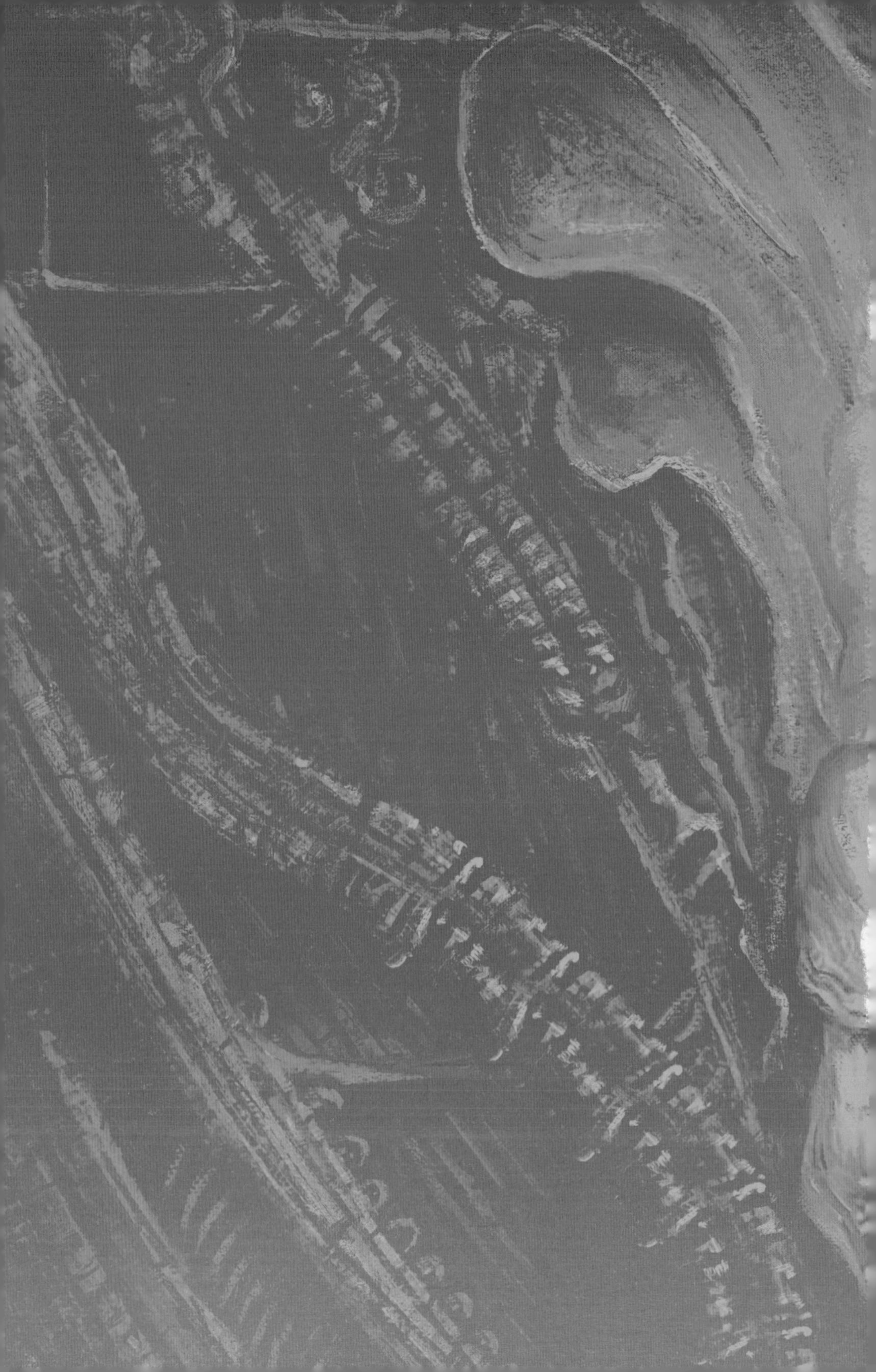

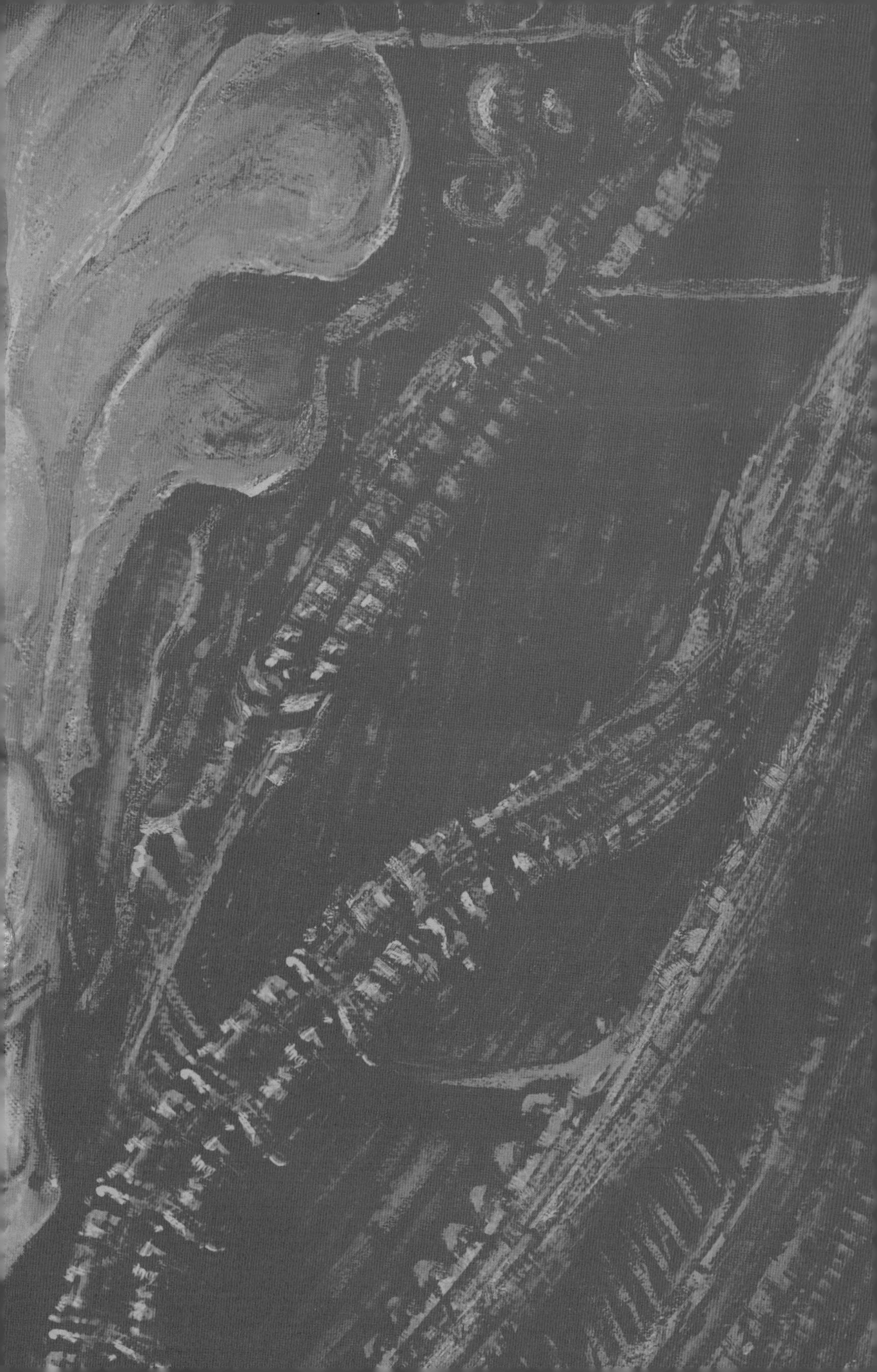

ESTE LIVRO FOI COMPOSTO EM ELECTRA LT STD
CORPO 12PT, PARA A EDITORA LEYA.